JOHN KATZENBACH es uno de los autores más importantes de novela negra en el mundo; muchas de sus novelas han sido adaptadas al cine y a la televisión. Posee también una larga trayectoria como periodista en temas judiciales. Sus novelas *El psicoanalista* y su secuela, *Jaque al psicoanalista*, han sido grandes éxitos de ventas desde su publicación. Es autor, además, de las novelas *La guerra de Hart*, *Al calor del verano*, *El hombre equivocado*, *Historia del loco*, *Juegos de ingenio*, *La Sombra*, *Juicio final*, *Retrato en sangre*, *Un final perfecto*, *El estudiante* y *Personas desconocidas*.

Papel certificado por el Forest Stewardship Council®

Título original: *The Dead Student*

Primera edición en B de Bolsillo: noviembre de 2020
Segunda reimpresión: enero de 2022

© 2014, John Katzenbach
© 2014, 2015, Penguin Random House Grupo Editorial, S. A. U.
Travessera de Gràcia, 47-49. 08021 Barcelona
© 2014, Laura Paredes, por la traducción
Diseño de la cubierta: Penguin Random House Grupo Editorial / Ferran Bretcha
Fotografía de la cubierta: © Francesco Ungaro / Pexels y © Malte Luk / Pexels

Printed in Spain – Impreso en España

ISBN: 978-84-1314-220-3
Depósito legal: B-11.612-2020

Impreso en Novoprint
Sant Andreu de la Barca (Barcelona)

BB 4 2 2 0 B

El estudiante

JOHN KATZENBACH

Traducción de Laura Paredes

Y si nos ofenden, ¿no nos vengamos? Si somos como vosotros en lo demás, también nos pareceremos a vosotros en esto.

WILLIAM SHAKESPEARE,
El mercader de Venecia

PRIMERA PARTE

CONVERSACIONES ENTRE DIFUNTOS

Esto es lo que Moth llegó a entender:

La adicción y el asesinato tienen cosas en común.
En ambos, alguien quiere que confieses:
«Soy un asesino.»
O:
«Soy un adicto.»
En ambos se supone que llega un momento en que tienes que someterte a un poder superior:
«Para el típico asesino es la ley. Policías, jueces, quizá la celda de una cárcel. Para los adictos corrientes es Dios, o Jesús, o Buda, o cualquier cosa concebible más fuerte que las drogas o el alcohol. Sométete a ella. Es la única forma de dejarlo. Suponiendo que quieras hacerlo.»

Jamás pensó que ninguna de ambas confesiones o concesiones formaría parte de su estructura emocional. Sabía lo que era la adicción. No estaba seguro sobre lo del asesinato, pero estaba decidido a averiguarlo en poco tiempo.

1

Timothy Warner encontró el cadáver de su tío porque aquella mañana se despertó con unas ansias intensas y terriblemente familiares, un vacío en su interior que zumbaba grave y repetidamente como la potente cuerda desafinada de una guitarra eléctrica. Al principio, creyó que era por haber soñado que bebía alegremente vodka helado con absoluta impunidad. Pero entonces se recordó que llevaba noventa y nueve días sin beber, y se dio cuenta de que si quería alcanzar los cien tendría que esforzarse para llegar sobrio al final del día. De modo que en cuanto su pie tocó el frío suelo al salir de la cama, antes de mirar por la ventana para ver qué día hacía, o de estirar los brazos para insuflar algo de vida a sus cansados músculos, cogió el iPhone y abrió la aplicación que contabilizaba los días que llevaba sin probar el alcohol. El noventa y ocho del día anterior saltó a noventa y nueve.

Se quedó mirando el número un momento. Ya no sentía una satisfacción estimulante, ni siquiera una ligera sensación de éxito. Aquel entusiasmo había desaparecido. Ahora sabía que el indicador diario era simplemente otro recordatorio de que siempre estaba en peligro. De recaer. De sucumbir. De dejarse llevar. De tener un pequeño resbalón.

Y entonces estaría acabado.

Puede que no enseguida, pero tarde o temprano. A veces pensaba que mantenerse sobrio era como hacer equilibrios en el borde de un hondo precipicio, contemplando vertiginosamente un inmenso Gran Cañón a sus pies mientras lo zarandeaba el vendaval. Una ráfaga lo tumbaría y se despeñaría al vacío.

Lo sabía del mismo modo que se sabe cualquier cosa.

Al otro lado de la habitación había un espejo de cuerpo entero con marco negro, apoyado en la pared de su reducido piso, junto a la bicicleta cara con la que solía ir a sus clases; le habían retirado el coche y el carnet de conducir durante su última recaída. Vestido solo con ropa interior holgada, se levantó y se miró el cuerpo.

La verdad es que no le gustó lo que vio.

Él, que había sido atractivamente fuerte y enjuto, estaba ahora cadavérico, hecho un saco de costillas y músculos con un tatuaje penoso y solitario, resultado de una noche de borrachera: la cara de un payaso triste en su hombro izquierdo. Llevaba su pelo azabache largo y despeinado. Tenía cejas oscuras y una encantadora sonrisa ligeramente torcida que le hacía parecer más simpático de lo que se consideraba en realidad. No sabía si era guapo, aunque en cierta ocasión una chica muy bonita le había dicho que sí lo era. Tenía las piernas y los brazos largos y delgados de un corredor. Había sido ala abierta de reserva en el equipo de fútbol americano de su instituto y, dado que sacaba sobresalientes en todo, el chico al que pedir ayuda para unas prácticas en el laboratorio de Química o para un trabajo de Literatura cuya fecha de entrega había vencido. Uno de los mejores jugadores del equipo, un fornido defensa, tomó cuatro letras de su segundo nombre, alegando que Tim o Timmy no iba con su aspecto habitualmente resuelto, y empezó a llamarlo Moth, «mariposa nocturna». Cuajó, y a Timothy Warner no le importaba demasiado, porque creía que aquellos insectos tenían curiosas virtudes y se arriesgaban a volar peligrosamente cerca de las llamas, obsesionados por la luz. Así que se le quedó Moth, y rara vez usaba su nombre de pila entero, salvo en las ocasiones formales, las reuniones familiares o las reuniones de AA, cuando se presentaba diciendo: «Hola, me llamo Timothy y soy alcohólico.»

No creía que sus distantes padres ni su hermano y su hermana mayores, con los que apenas mantenía ya contacto, recordaran aún su apodo de instituto. El único que lo usaba con regularidad, y con cariño, era su tío, cuyo número se apresuró a marcar mientras se miraba en el espejo. Moth sabía que tenía que protegerse de sí mismo, y llamar a su tío seguramente era el primer paso para su supervivencia.

Como esperaba, le salió el contestador automático: «Ha llamado al doctor Warner. En este momento estoy con un paciente. Por favor, deje un mensaje y le devolveré la llamada cuanto antes.»

—Tío Ed, soy Moth. Esta mañana tengo unas ansias horrorosas. He de asistir a una reunión. ¿Podríamos vernos en Redentor Uno esta tarde a las seis? Tal vez podamos hablar después. Creo que podré superar el día sin problemas. —No estaba seguro de esta endeble promesa final.

Su tío tampoco lo estaría.

«Quizá debería ir a la reunión del almuerzo en el centro de actividades estudiantiles de la universidad —pensó—, o a la de media mañana en la tienda del Ejército de Salvación, a solo seis manzanas de aquí. O quizá debería volver a la cama, taparme la cabeza con las mantas y esconderme hasta la reunión de las seis.»

Prefería las sesiones vespertinas en la Primera Iglesia de la Redención, a la que su tío y él llamaban Redentor Uno para abreviar y darle el exótico nombre de una nave espacial. Era un habitual de esas sesiones, como muchos abogados, médicos y otros profesionales liberales que preferían confesar sus ansias en la cómoda sala de reuniones con paneles de madera y mullidos sofás de *skay* de la iglesia, y no en los sótanos bajos con sillas plegables de metal y crudas luces de techo donde se celebraban la mayoría de reuniones. Un benefactor adinerado de la iglesia había perdido un hermano por culpa del alcoholismo, y gracias a su generosa financiación había asientos cómodos y café recién hecho. Redentor Uno daba impresión de exclusividad. Moth era el participante más joven con diferencia.

Los exalcohólicos y exadictos que iban a Redentor Uno procedían de todos los mundos lejanos de los que, según habían dicho a Moth repetidas veces, él estaba destinado a formar parte. Acabaría siendo médico, abogado o exitoso hombre de negocios, o al menos eso creían quienes no lo conocían demasiado.

«No un médico borracho, un abogado adicto o un hombre de negocios enganchado.»

Le tembló un poco la mano y pensó: «Nadie dice jamás a su hijo que de mayor será alcohólico o yonqui. Y menos en Estados Unidos, la tierra de las oportunidades. Aquí decimos que cuando seas mayor tendrás la posibilidad de ser presidente. Pero mucha más gente acaba siendo alcohólica.»

Era una conclusión fácil.

Sonrió al añadir mentalmente: «Los pocos niños a los que dicen que de mayor serán unos borrachos seguramente se sienten tan motivados para evitar tal destino, que acaban siendo presidentes.»

Dejó el iPhone en la repisa del baño para oírlo sonar y se metió en la humeante ducha caliente. Esperaba que una buena dosis de champú y un buen chorro de agua abrasadora se llevaran las capas endurecidas de ansiedad.

Se estaba secando cuando sonó el teléfono.

—¿Tío Ed?

—Hola, Moth. Acabo de recibir tu mensaje. ¿Problemas?

—Problemas.

—¿Graves?

—Todavía no. Solo las ganas, ya sabes. Estoy un poco tocado.

—¿Pasó algo concreto que desencadenara...?, ya me entiendes.

Moth sabía que a su tío siempre le interesaba el *porqué* subyacente que le permitiría decidir el *qué* hacer.

—No. No lo sé. Nada. Simplemente las sentí esta mañana en cuanto abrí los ojos. Fue como despertarme y encontrarme un fantasma sentado a los pies de la cama mirándome.

—Es aterrador —comentó su tío—. Pero no es lo que se dice un fantasma desconocido. —Hizo una pausa, una dilación de psiquiatra, para medir sus palabras lo mismo que un carpintero experto calcula las medidas—. ¿Crees que tiene sentido esperar hasta las seis? ¿Qué tal una reunión más pronto?

—Tengo clases casi todo el día. Debería ser capaz de...

—Eso si vas a clase.

Moth guardó silencio. Lo que sugería su tío era evidente.

—Eso si no sales de casa —prosiguió su tío—, giras a la izquierda y vas directo a esa bodega tan barata de la calle LeJeune. Ya sabes a cuál me refiero, la que tiene ese puñetero letrero de neón parpadeante que todos los alcohólicos del condado de Dade conocen. Y tiene aparcamiento gratuito. —Estas dos últimas palabras sonaron cargadas de desprecio y sarcasmo.

Una vez más, Moth no dijo nada. Pensó si era eso lo que iba a hacer. Quizás había un *sí* escondido en alguna parte de su ser que todavía no se había manifestado, pero que estaba a punto de hacerlo. Su tío adivinaba sus conversaciones interiores antes de que tuvieran lugar.

—¿Crees que podrás doblar a la derecha y pedalear tranquilamente rumbo a la facultad? ¿Podrás llegar al final de cada clase? ¿Qué tienes esta mañana?

—Un curso avanzado sobre aplicaciones actuales de los principios jeffersonianos. Lo que el gran hombre dijo e hizo hace doscientos cincuenta años y que sigue vigente hoy en día. Y después de comer, una clase obligatoria de Estadística de dos horas.

Su tío esperó de nuevo antes de responder, y Moth se lo imaginó sonriendo burlonamente.

—Bueno, Jefferson siempre resulta interesante. Esclavos y sexo. Inventos de lo más inteligentes y una arquitectura increíble. Pero esa clase de Estadística... bueno, menudo tostón. ¿Cómo fuiste a parar ahí? ¿Qué tiene eso que ver con un doctorado en Historia de Estados Unidos? Incitaría a cualquiera a la bebida.

Era una broma que solían compartir, y Moth soltó una risita.

—Eres *demasié* —dijo, y al historiador que había en él le complació la ironía de utilizar jerga anticuada y en desuso.

—¿Qué tal si llegamos a un acuerdo? —sugirió su tío—. Nos encontraremos en Redentor Uno a las seis, como propones. Pero irás a la reunión del almuerzo en el centro del campus. Es a mediodía. Llámame cuando llegues. Ni siquiera tienes que levantarte para decir una puñetera palabra si no te apetece. Solo asiste. Y llámame cuando salgas. Después, llámame otra vez cuando entres en la clase de Estadística. Y cuando salgas. Y cada vez, apáñatelas para poner el teléfono de modo que pueda oír de fondo al profesor soltando el rollo. Eso es lo que quiero oír. Una bonita y aburrida disertación. No el tintineo de copas.

Su tío era un alcohólico veterano, muy versado en la infinidad de excusas, explicaciones y trucos para evadirse de todo, salvo de otro trago. Su recuento personal de días sin beber rondaba los siete mil, un número que Moth creía que a él le sería imposible alcanzar. Era más que un padrino. Era Virgilio para el Dante alcohólico de Moth. Era consciente de que su tío Ed le había salvado la vida, y que lo había hecho en más de una ocasión.

—De acuerdo —dijo—. ¿Nos vemos, pues, a las seis?

—Sí. Guárdame un asiento cómodo, porque puede que llegue un par de minutos tarde. Tengo una visita de urgencia a primera hora de la tarde.

—¿Alguien como yo? —preguntó Moth.

—No hay nadie como tú, chaval —respondió su tío, y añadió con fingido acento sureño—: Bueno, sí: tal vez una depresiva esposa aburguesada de ojos tristes a quien se le están acabando los ansiolíticos y se ha asustado porque su terapeuta habitual está de vacaciones. Solo soy una receta con titulación que espera ser firmada. Nos vemos después. Y llámame. Todas las veces que te he dicho. Estaré esperando.

—Lo haré. Gracias, tío Ed.

—No es nada, hombre.

Pero, por supuesto, lo era.

Moth hizo las llamadas acordadas, y en cada una de ellas bromeó un poco con su tío sobre alguna nimiedad. Moth no había pensado decir nada en la reunión de mediodía, pero hacia el final de la sesión, a instancias del joven profesor de Teología que la dirigía, se había levantado para manifestar sus temores sobre sus ansias matinales. Casi todas las cabezas habían asentido en señal de reconocimiento...

Cuando salió de la reunión, fue al campo de deportes de la universidad en su *mountain bike* Trek de veinte velocidades. La nueva pista de caucho de cuatrocientos metros que rodeaba el campo de fútbol americano estaba vacía. A pesar de la señal que advertía a los estudiantes que no la utilizaran sin supervisión, pasó la bicicleta por encima del torniquete y, tras dirigir una rápida mirada a derecha e izquierda para asegurarse de que estaba solo, se lanzó a pedalear por la pista.

Aceleró el ritmo enseguida, vigorizado por los cambios de marchas, la peligrosa inclinación al tomar cada curva, la constante velocidad mezclada con el despejado cielo azul de una típica tarde invernal de Miami. Mientras movía las piernas y la energía le tensaba los músculos, sentía que enterraba las ansias en su interior. Cuatro vueltas se convirtieron pronto en veinte. El sudor empezó a escocerle en los ojos. Su respiración era cada vez más pesada debido al esfuerzo. Se sentía como un boxeador cuyo gancho de derecha ha dejado atontado a su contrincante.

«Sigue dando puñetazos», se dijo. Tenía la victoria a la vista.

Cuando terminó la vigésima octava vuelta, frenó en seco con un chirrido de neumáticos en la pista sintética. Era probable que algún miembro de seguridad del campus apareciera en cualquier momento; había ido al límite.

«¿Qué me haría?, ¿gritarme? —pensó—. ¿Multarme por intentar mantenerme sobrio?»

Pasó de nuevo la bicicleta por encima del torniquete para salir. Después desanduvo sin prisa el camino hasta el aparcamiento de bicis, donde la dejó encadenada, y luego se dirigió a la clase de Estadística. Pasó un guardia de seguridad en un pequeño vehículo blanco y Moth lo saludó con la mano, pero el hombre no le correspondió. El joven sabía que seguramente empezaría a apestar cuando el sudor se secara, una vez que entrara en el aula con aire acondicionado, pero no le importó.

El día empezaba a presentar, milagrosamente, cierto cariz optimista.

Los cien días no solo parecían ahora posibles, sino probables.

Esperó un rato fuera, hasta que faltaba un minuto para las seis, antes de entrar en Redentor Uno y dirigirse directamente al salón de reuniones. Ya había unas veinte personas sentadas en círculo que saludaron a Moth con la cabeza o ligeramente con la mano. La sala estaba algo impregnada de humo de cigarrillo, lo que a Moth le pareció una adicción aceptable para los alcohólicos. Miró a los demás: médico, abogada, ingeniero, profesor, calderero, sastre, soldado, espía. Y él, estudiante de posgrado. Al fondo había una mesa de roble oscuro con una cafetera y tazas de cerámica. También había un reluciente cubo metálico lleno de cubitos y una selección de refrescos *light* y agua embotellada.

Moth encontró un sitio y dejó su sobada mochila a su lado. Los habituales supusieron que estaba guardando el asiento para su tío, quien, al fin y al cabo, era quien lo había llevado por primera vez a Redentor Uno para unirse a su grupo de adictos distinguidos.

Pasados unos quince minutos de reunión sin que su tío diera señales de vida, Moth empezó a moverse, inquieto. Había algo raro, una nota desafinada. Aunque Ed llegara a veces tarde, si decía que iba, siempre aparecía. Moth no dejaba de volver la cabeza hacia la puerta, esperando verlo entrar disculpándose.

El orador hablaba vacilante sobre la oxicodona y la sensación de calor que le producía. Moth intentó prestar atención. Pensó que era una descripción de lo más común y que la explicación no variaba demasiado si se trataba de fármacos derivados de la morfina, de metanfetamina casera o de ginebra barata del súper. El repentino calor que surgía en la cabeza y el cuerpo parecía envolver el alma del adicto. Tal había sido su caso durante sus pocos años de adicción, y sospechaba que su tío, durante sus décadas, había sentido lo mismo.

«Calor —pensó Moth—. ¿No es una locura vivir en Miami, donde siempre hace calor, y querer más?»

Trató de concentrarse en el orador. Era un ingeniero, un agradable hombre calvo de mediana edad algo regordete, que trabajaba para una de las constructoras más importantes de la ciudad. Con realismo, Moth se preguntó cuántos bloques de pisos y rascacielos de oficinas podía haber construido en la avenida Brickell un hombre al que le importaba más el número de pastillas que podía obtener cada día que los detalles de los planos arquitectónicos.

Se volvió hacia la puerta al oír que se abría, pero era una mujer, una ayudante del fiscal del Estado que tendría unos doce años más que él. De cabello oscuro, llevaba un elegante traje azul y una cartera de piel en lugar de un bolso de diseño, e incluso al final de una jornada laboral se la veía cuidadosamente compuesta. Era bastante nueva en Redentor Uno. Solo había asistido a unas cuantas reuniones y había hablado poco en cada una de ellas, de modo que seguía siendo un misterio para los habituales. Recientemente divorciada. Delitos graves. Droga consumida: cocaína. «Hola, soy Susan y soy adicta.» Se disculpó en voz baja y se sentó en una silla del fondo.

Cuando le llegó su turno, Moth tartamudeó y declinó hablar.

La reunión terminó sin que su tío apareciera.

Moth salió con los demás. En el aparcamiento de la iglesia, dio unos cuantos abrazos maquinales e intercambió su número de teléfono con algunos, como era costumbre tras una reunión. El ingeniero le preguntó dónde estaba su tío, y Moth le dijo que Ed tenía pensado asistir, pero que debía de haberlo retenido una paciente de urgencia. El ingeniero, una cirujana cardíaca y un profesor de Filosofía que lo estaban escuchando asintieron con la cabeza de la forma especial que tienen los adictos en recuperación, como aceptando que lo más probable era que la suposición de Moth fuera cierta, aunque puede que no. Todos le dijeron que les llamara si necesitaba hablar.

Nadie fue lo bastante grosero como para hacerle notar que su ejercicio previo en la pista había provocado que oliera fatal. Como Moth era el habitual más joven de Redentor Uno, le dejaban pasar bastantes cosas, tal vez porque les recordaba a sí mismos hacía veinte años o más. Además, todos los asistentes a la reunión estaban familiarizados con la pestilente fragancia de las náuseas, los residuos y la desesperación que acompañaba a sus adicciones, de modo que habían desarrollado una tolerancia a los hedores muy superior a la habitual.

Moth se quedó allí, moviendo los pies. Vio marcharse a los demás. Todavía hacía calor, una atmósfera densa y húmeda, y la noche parecía envolverlo en una intensa penumbra. Notó que volvía a sudar.

Dudó en ir a la consulta de su tío, pero alzó la mirada y se encontró montado en su bicicleta, pedaleando frenéticamente hacia allí.

Los coches surcaban la noche a su alrededor. Llevaba una única luz de seguridad roja en la rueda trasera, aunque dudaba que sirviera de mucho. Los conductores de Miami interpretan de una forma un tanto libre las normas de circulación, y a veces creen que ceder el paso a un ciclista es una especie de humillación o algo tan difícil que supera la habilidad del más pintado. Estaba acostumbrado a que le cerraran el paso y a que casi lo golpearan de lado cada cien metros, y en el fondo le gustaba el riesgo constante de que un coche lo arrollara.

La consulta de su tío estaba en un pequeño edificio a diez manzanas de las tiendas de lujo de Miracle Mile, en Coral Gables, a solo dos o tres kilómetros del campus universitario. Después de la zona comercial, la calle se convertía en un bulevar de cuatro carriles rápidos, aunque con semáforos frecuentes en ambos sentidos para frustrar a los conductores de los Mercedes Benz y los BMW que volvían raudos a casa después del trabajo. La calzada estaba dividida por una ancha ringlera central de grandes palmeras y mangles retorcidos. Las palmeras, con su rigor vertical, parecían puritanas, mientras que los viejos mangles eran nudos gordianos endemoniadamente deformes debido a los años. Ambos sentidos del bulevar parecían encerrados en túneles formados por las ramas desplegadas al azar. Los faros de los automóviles abrían arcos de luz entre los troncos.

Moth pedaleó deprisa, esquivando coches, ignorando a veces los semáforos rojos si creía que podía cruzar sin riesgo la intersección. Más de un conductor le tocó el claxon, a veces simplemente por verlo allí ocupando el espacio que, a su entender, su descomunal todoterreno necesitaba y se merecía.

Al llegar al bloque de oficinas casi jadeaba y tenía el pulso acelerado. Encadenó la bicicleta a un árbol situado delante. Era un edificio soso, de ladrillo rojo y cuatro plantas achaparradas con un aire viejo, algo deteriorado, especialmente en una ciudad que sentía devoción por lo moderno, lo joven y lo actual. En la parte trasera del despacho había unos ventanales que daban a calles secundarias, al aparcamiento, a una palmera alta y poco más. Moth siempre había pensado que era un lugar poco apropiado para alguien con tanto éxito profesional.

Fue hacia la parte de atrás y vio el Porsche descapotable plateado de su tío aparcado en su correspondiente plaza.

No supo qué pensar. «¿Paciente? ¿Urgencia?»

Titubeó antes de subir a la consulta. Se dijo que podía simplemente esperar junto al Porsche, ya que tarde o temprano su tío saldría.

«Tiene que haberle surgido algo importante. Dijo que esa visita lo haría llegar tarde a Redentor Uno. Sin duda no se trataba de una simple receta de sertralina. Tal vez un episodio maníaco. Alguien con alucinaciones. Pérdida de control. Amenazas de muerte. El hospital. Algo.»

Quería creer lo que había contado unos minutos antes a sus compañeros de Redentor Uno.

Subió al último piso en ascensor, que chirrió y dio un ligero bandazo al llegar al rellano del cuarto. El edificio estaba en silencio. Supuso que ninguno de los otros terapeutas del edificio seguía trabajando a esa hora. Unos cuantos tenían secretaria; su clientela sabía cuándo llegar y cuándo irse.

La consulta de su tío en el último piso tenía una reducida, apenas cómoda, sala de espera con revistas viejas en un revistero. En una habitación contigua, más grande, Ed tenía espacio para un escritorio, una silla y un diván de psicoanalista que utilizaba con menos frecuencia que años atrás.

Moth entró sin hacer ruido en la consulta y tendió la mano hacia el conocido timbre junto a la puerta. Había un bonito cartel escrito a mano, pegado junto al timbre, para los pacientes: «Llame dos veces para avisar que ha llegado y tome asiento.»

Era lo que Moth iba a hacer. Pero su dedo vaciló sobre el timbre al ver que la puerta de la consulta estaba apenas abierta.

La entreabrió.

—¿Tío Ed? —llamó.

Después abrió la puerta del todo.

Esto es lo que Moth logró hacer:

Reprimió un grito.

Hizo ademán de tocar el cuerpo, pero no pudo hacerlo debido a la sangre y la viscosa masa encefálica de una herida en la cabeza, que salpicaban el escritorio y manchaban la camisa blanca y la colorida corbata de su tío. Tampoco tocó la pistola semiautomática que yacía en el suelo junto a la mano derecha extendida de su tío. Sus dedos parecían crispados en forma de garra.

Sabía que su tío estaba muerto, pero no podía decirse a sí mismo la palabra «muerto».

Llamó a Emergencias con mano temblorosa.

Escuchó su voz aguda pidiendo ayuda y dando la dirección de la consulta, como si las palabras las pronunciara un desconocido.

Echó un vistazo alrededor para intentar grabar en su memoria todo lo que veía, pero aquello lo superaba. Nada de lo que vio le aclaró nada.

Se dejó caer en el suelo y esperó.

Se esforzó por contener las lágrimas cuando los policías que llegaron en unos minutos le tomaron declaración. Una hora después hizo una segunda declaración, en la que repitió todo lo ya dicho, ante Susan, la ayudante del fiscal con traje azul a la que había visto aquella misma tarde en Redentor Uno y de la que solo sabía el nombre de pila. Ella no le mencionó la reunión al entregarle su tarjeta de visita.

Esperó a que llegara el furgón del forense que servía de ambulancia y coche fúnebre y observó cómo dos sanitarios vestidos de blanco metían el cadáver de su tío en una bolsa de vinilo negro, que colocaron sobre una camilla. Para ellos era algo rutinario, y manejaron el cuerpo con experta despreocupación. Pudo echar un vistazo al orificio teñido de rojo en la sien de su tío antes de que cerraran la bolsa. Probablemente no lo olvidaría jamás.

Respondió «No lo sé» cuando un inspector le preguntó con voz cansada por qué se habría suicidado su tío. Y añadió: «Era feliz. Estaba bien. Había superado completamente todos sus problemas», antes de soltarle con brusquedad: «¿Por qué dice que se suicidó? Él no haría eso. De ninguna manera.» El inspector se mostró indiferente y no respondió. Moth miró alrededor con espanto, sin saber por qué insistía en negar el suicidio, aunque había algo que le decía que estaba en lo cierto.

Rechazó el ofrecimiento de la ayudante del fiscal de llevarlo a casa en coche. Permaneció en la sala de espera mientras la policía científica procesaba maquinalmente la escena del crimen. Tardaron varias horas. Pasó ese tiempo intentando dejar la mente en blanco.

Y entonces, cuando la última luz centelleante de los coches de policía se apagó, cayó en un torbellino de impotencia y, sin pensar en lo que hacía, o quizá pensando que era lo único que quedaba por hacer, fue en busca de un trago.

2

—*Eres una asesina.*

—*No, no lo soy.*

—*Sí que lo eres. Tú lo mataste. O la mataste. Pero lo hiciste. No fue nadie más. Lo hiciste tú solita, sin ayuda de nadie. Criminal. Asesina.*

—*No. No lo hice. No podría hacer algo así. De verdad que no.*

—*Sí pudiste. Y lo hiciste. Asesina.*

Una semana después de abortar, Andy Candy yacía en posición fetal, acurrucada entre volantes rosados y cojines de tono pastel en la cama del pequeño cuarto del modesto hogar en que había crecido. Candy no era parte de su verdadero nombre, sino una rima infantil que su difunto padre, que la adoraba, usaba desde siempre. Él se llamaba Andrew, y ella tenía que haber sido niño y heredado su nombre. «Andrea» fue el acuerdo que sus padres alcanzaron en el hospital cuando les entregaron una niña, pero desde entonces había sido Andy Candy, un recordatorio constante de su padre y del cáncer que se lo había llevado prematuramente, un peso que Andy Candy siempre llevaba consigo.

Su apellido era Martine, pronunciado con un ligero tono afrancesado como reconocimiento familiar a los antepasados que habían emigrado a Estados Unidos casi ciento cincuenta años antes. Tiempo atrás, Andy Candy había soñado con viajar a París para rendir homenaje a su ascendencia, para ver la torre

Eiffel, comer *croissants* y dulces, y puede que para tener una aventura con un hombre mayor que ella en una especie de romance de película *nouvelle vague*. Era solo una de las muchas fantasías placenteras sobre lo que haría en cuanto se licenciara en la universidad, provista de un diploma en Literatura inglesa. Hasta tenía un vistoso póster de una agencia de viajes colgado en la pared de su dormitorio: una despampanante pareja tomada de la mano paseaba por el Sena en octubre. El póster rezaba «París es para los amantes», una visión simplista en la que, sin embargo, Andy Candy creía a pies juntillas. En realidad, no hablaba francés ni conocía a nadie que lo hablara, y aparte de un viaje con el instituto a Montreal para ver una representación teatral de *Esperando a Godot*, nunca había ido a ningún sitio especialmente francés. Ni siquiera había oído hablar el idioma a nadie que no fuera un profesor.

Pero ahora, en cualquier lengua, Andy Candy estaba sufriendo, llorando desesperada, y seguía discutiendo consigo misma, siendo por un segundo alguien que suplicaba perdón retorciéndose las manos, para acto seguido pasar a arengarse a sí misma como lo haría un ama de casa gruñona, una celosa fiscal, incluso una inquisidora despiadada e implacable, cubierta con una capucha oscura.

—*No tenía otra opción. Ninguna. De verdad. ¿Qué podía hacer?*

—*Todo el mundo tiene opciones, asesina. Muchas opciones. Has hecho algo muy malo y lo sabes.*

—*No es verdad. No tenía otra alternativa. Hice lo correcto. Lo siento mucho, muchísimo, pero fue lo correcto.*

—*Es fácil decir eso, asesina. Muy fácil. ¿Para quién era lo correcto?*

—*Para todos.*

—*¿De veras? ¿Para todos? ¿Estás segura? Menuda mentira. Mentirosa. Asesina. Asesina mentirosa.*

Andy Candy abrazó un raído osito de peluche. Se tapó la cabeza con un edredón confeccionado a mano, decorado con corazones rojos y flores amarillas, como si pudiera distanciarse de la acalorada discusión. Se sentía dividida en dos partes que combatían en su interior: una, lloriqueante y arrepentida; la otra, insistente. Deseaba volver a ser una niña. Se estremeció, sollozó y pensó que abrazando un peluche podría de algún modo quitarse años, retrotraerse a un tiempo en que las cosas eran mucho más fáciles. Era como si quisiera esconderse en su pasado para que su futuro no pudiera darle caza.

Hundió la nariz en el osito y sollozó, intentando amortiguar su voz para que nadie la oyera. Después, jadeando un poco, se tapó una oreja con el peluche y la otra con la mano, como si quisiera tapar las voces que discutían.

—*No fue culpa mía. Yo fui la víctima. Perdóname, por favor.*

—*Eso nunca.*

La madre de Andy Candy se toqueteó con un dedo el crucifijo que le colgaba del cuello antes de tocar un do en el piano. Extendió los dedos sobre las teclas blancas de un modo muy parecido a como hacía Adrien Brody en *El pianista*, su película favorita, cerró los ojos y se lanzó a interpretar un *Nocturno* de Chopin sin pulsar las teclas. No necesitaba oír las notas para escuchar la música. Sus manos se deslizaban sobre el teclado relucientes como la espuma blanca de las olas.

Sabía que su hija estaba llorando desconsoladamente en el cuarto de atrás. Tampoco oía ese sonido, pero, como con Chopin, sus notas eran clarísimas. Suspiró hondo y descansó las manos en el regazo, como si tras el acorde final de un recital esperara los aplausos. La música de Chopin se desvaneció, sustituida por el concierto de tristeza que se estaba interpretando en la parte posterior de la casa.

Se encogió de hombros y se giró en la banqueta. Como faltaba por lo menos media hora para que llegara su siguiente alumno, tenía tiempo de ir a consolar a su hija. Pero ya lo había intentado muchas veces aquella última semana, y todos sus abrazos, palmaditas en la espalda, caricias en el pelo y palabras cariñosas solo habían provocado más lágrimas. Había intentado ser razonable: «Que te violen en una cita no es culpa tuya.» Y sensible: «No puedes castigarte a ti misma.» Y finalmente, práctica: «Mira, Andy, no puedes esconderte aquí. Tienes que empezar a rehacerte y enfrentarte a la vida. Traer un hijo no deseado al mundo es un pecado.»

No sabía si se creía esta última frase.

Dirigió la vista al raído sofá del salón, donde un cruce entre doguillo y caniche, un chucho dorado con pinta de bobo y un galgo de ojos tristes estaban reunidos, observándola ansiosos. Los tres perros tenían aquella expresión con la que parecían decir: «¿Y ahora qué? ¿Damos ya ese paseo?» Cuando sus miradas se encontraron con la de ella, tres colas de distintas formas y tamaños empezaron a menearse.

—Nada de paseos —dijo ella—. Más tarde.

Los perros, todos adoptados en la perrera por su marido, un veterinario bondadoso, antes de su muerte, siguieron sacudiendo la cola; era posible que comprendieran el motivo de la demora.

«Los perros son así —pensó—. Saben cuándo estás feliz. Y cuándo triste.»

Hacía cierto tiempo que nadie habría usado la palabra «feliz» para describir aquella casa.

—Andrea —dijo en voz alta la madre de Andy Candy en un tono cansado que reflejaba frustración—. Voy para allá. —Lo dijo, pero no se movió de la banqueta del piano.

Sonó el teléfono.

Pensó que no debería contestar, aunque no habría sabido por qué. Pero tendió la mano hacia el auricular a la vez que miraba a los tres perros y señalaba el final del pasillo, donde sabía que su hija estaba sufriendo.

—A la habitación de Andy Candy. Id. Intentad animarla.

Los perros, mostrando una obediencia que decía mucho de la habilidad de su difunto marido para adiestrar animales, saltaron del sofá y corrieron con entusiasmo por el pasillo. Sabía que si la puerta estaba cerrada, ladrarían, y el cruce entre doguillo y caniche se levantaría sobre las patas traseras y empezaría a arañar la puerta frenéticamente para que su hija lo dejara entrar. Si estaba entreabierta, el trío entraría en fila india hasta su cama.

«Buena idea —pensó—. A ver si ellos consiguen que se sienta mejor.»

Y entonces, la madre de Andy Candy contestó al teléfono:

—¿Sí?

—¿La señora Martine?

—Yo misma. —La voz de su interlocutor le resultó extrañamente familiar, aunque un poco insegura y tal vez temblorosa. Intentó asignar un rostro al acento.

—Soy Timothy Warner...

Sintió una oleada de recuerdos y cierto placer.

—¡Moth! ¡Caramba, Moth, qué sorpresa...!

Una vacilación.

—Quería... quería hablar con Andrea, y me preguntaba si podría darme su número de la facultad.

La madre de Andy Candy no respondió al instante. Estaba recordando que Moth, que solía pasear su apodo con orgullo, solía llamar a su hija por su verdadero nombre. No siempre, pero a menudo utilizaba el formal «Andrea», lo que, para ella, lo había elevado de categoría.

—Me enteré de lo del doctor Martine —añadió Moth, cauteloso—. Envié una tarjeta. Tendría que haber llamado, pero...

El joven quería decir algo sobre la muerte de su marido por cáncer de colon, pero ya no había nada que decir.

—Sí. La recibimos. Fue muy amable de tu parte. Siempre le caíste bien, Moth. Gracias. Pero ¿por qué llamas ahora? ¡Hace años que no sabemos nada de ti, Moth!

—Sí. Cuatro, creo. Puede que un poco menos.

Cuatro, naturalmente, lo situaba poco antes del fallecimiento de su marido.

—Pero ¿por qué ahora? —repitió. No estaba segura de si necesitaba proteger a su hija. Andy Candy tenía veintidós años y podía ser considerada una adulta, aunque en ese momento la joven que sollozaba en el cuarto de atrás parecía bastante más cerca de ser un bebé. Por lo que recordaba, el Moth que había conocido hacía unos años no suponía ninguna amenaza, pero cuatro años era mucho tiempo y no sabía en qué se habría convertido. La gente cambiaba, y su repentina llamada la había sorprendido: ¿ayudaría o lastimaría a su hija hablar con su primer novio?

—Solo quería... —Moth se detuvo y suspiró, resignado—. Si no quiere darme su número, no pasa nada...

—Está en casa.

Un breve silencio.

—Creía que estaría terminando el semestre. ¿No se licencia en junio?

—Ha tenido cierto contratiempo. —La madre de Andy Candy creyó que era una descripción lo bastante neutra de un embarazo indeseado.

—Yo también. Por eso quería hablar con ella.

La mujer se quedó callada un momento, dilucidando una ecuación mental. Era más que algo matemático, era una partitura musical para acompañar emociones arrolladoras. Tiempo atrás Moth había interpretado acordes mayores en la vida de su hija, pero no estaba del todo segura de que este fuera el momento adecuado para hacerlos sonar de nuevo. Por otra parte, Andy Candy podría ponerse legítimamente furiosa cuando averiguara que su antiguo novio había llamado y que su madre, queriendo protegerla, había impedido que hablaran. Como no sabía exactamente qué responder, llegó a un arreglo seguro para ella:

—¿Sabes qué, Moth? Iré a preguntarle si quiere hablar contigo. Si dice que no, bueno...

—Lo entiendo. Tampoco es que termináramos de una forma demasiado amistosa por aquel entonces. Pero gracias. Se lo agradezco.

—Muy bien. Espera.

—*Si prometo no volver a matar nunca a nadie, ¿me dejarás en paz? Por favor.*

—*No prometas lo que no puedes cumplir, asesina.*

Los perros rodearon a la muchacha como se les había ordenado. Trataban de llegarle a la cara bajo las mantas, apartándolas con el hocico, ansiosos por lamerle las lágrimas con vehemencia perruna. La inquisidora que había en su interior pareció retroceder hacia una penumbra recóndita al verse sitiada por aquellas olorosas peticiones de atención, resoplidos y toques de patitas. Esbozó una leve sonrisa y contuvo un último sollozo; era difícil estar triste cuando unos perros cariñosos te daban golpecitos con el hocico, a la vez que era difícil no estarlo.

No oyó a su madre en la puerta hasta que habló:

—¿Andy?

—Déjame en paz —fue su respuesta inmediata.

—Tienes una llamada al teléfono.

—No quiero hablar con nadie —fue la esperada respuesta, llena de amargura.

—Ya lo sé —repuso su madre con dulzura. Vaciló, y añadió—: Es Moth. ¿Te lo puedes creer?

Andy Candy inspiró bruscamente. Los recuerdos la asaltaron: los había buenos y felices, pero también tristes y atormentados.

—Está al teléfono, esperando —repitió innecesariamente su madre.

—¿Sabe que...? —empezó la joven, pero se interrumpió porque conocía la respuesta: «Por supuesto que no.»

Andy Candy supo que si decía que no o si pedía a su madre que le tomara nota de su número para devolverle la llamada después, el motivo que él tuviera para llamarla desaparecería para siempre. No sabía qué hacer. El pasado la atrapó como una fuerte corriente que la alejaba de la seguridad de la playa. Recordó las risas, el amor, el entusiasmo, la aventura, algo de dolor y algo de placer, y también la rabia y aquella terrible depresión y abatimiento cuando cortaron.

«Mi primer amor del instituto —pensó—. Mi único amor auténtico. Eso deja una huella profunda.»

Algo en ella le dictaba: «Dile que le diga "No, gracias; ya lo está pasando suficientemente mal ahora mismo, ¿sabes?" Dile que le diga que solo quieres que te dejen en paz. No es necesaria otra explicación. Y que cuelgue.» Pero no lo dijo, ni eso ni nada de lo que resonaba en su interior.

—Hablaré con él —dijo, sorprendiéndose a sí misma, y se levantó, apartando a los perros.

«¿Estás segura de querer abrir esta puerta?», pensó mientras tendía la mano hacia el teléfono supletorio.

Se llevó el auricular al oído, esperó un momento y dirigió una mirada dura a su madre, quien retrocedió por el pasillo para dejarla sola. Andy Candy inspiró hondo y se preguntó si podría hablar sin que se le quebrara la voz.

—¿Moth? —susurró finalmente.

—Hola, Andy.

Dos palabras, dichas como si la otra persona estuviera a kilómetros y años de distancia, pero el espacio y el tiempo se unieron explosivamente, casi como si Moth estuviera de repente a su lado en su cuarto, acariciándole la mejilla. Levantó la mano como si notara su roce en la piel.

—Cuánto tiempo.

—Sí, lo sé. Pero he pensado mucho en ti —respondió él—. Últimamente, aún más, supongo. ¿Cómo te ha ido?

—No muy bien.

—A mí tampoco —reconoció Moth tras un breve silencio.

—¿Por qué me llamas? —preguntó Andy Candy, y se sorprendió de mostrarse tan brusca. ¿Era propio de ella ser directa y tajante? Pero el mero hecho de oír la voz de su antiguo novio la llenaba de sentimientos tan confusos que no sabía cómo reaccionar, aunque no se le escapaba que uno de esos sentimientos era placentero.

—Tengo un problema —dijo Moth de forma lenta y prudente. No era así como ella lo recordaba, sino más impulsivo y rebosante de energía temeraria. A partir de esas pocas palabras intentó descubrir en quién se habría convertido durante ese tiempo. Él añadió—: No. En realidad tengo muchos problemas. Grandes y pequeños. Y no sabía a quién recurrir. Ya no hay demasiada gente en quien confíe, así que pensé en ti.

Andy Candy no supo si eso era un cumplido.

—Te escucho —dijo, pero pensó que no bastaba. Tenía que decir algo más para animarlo a continuar. Moth era así. Un empujoncito, y se abriría del todo—. ¿Por qué no empiezas por...?

—Mi tío —dijo él, interrumpiéndola. Y repitió—: Mi tío. —Su voz reflejaba cierta desesperación—. Confiaba en él, pero murió.

—Siento oír eso. Era el psiquiatra, ¿verdad?

—Sí. Lo recuerdas.

—Solo lo vi una o dos veces. Era distinto al resto de tu familia. Me gustaba. Era divertido. Eso es lo que recuerdo. ¿Cómo...? —No tuvo que terminar la pregunta.

—No fue como tu padre. No se puso enfermo. Nada de hospitales ni sacerdotes. Mi tío se pegó un tiro. O eso cree todo el mundo. Toda mi estirada familia y la maldita policía.

Andy Candy no dijo nada.

—Yo no creo que se suicidara —añadió el joven.

—¿No?

—No.

—Entonces, ¿qué...?

—Creo que lo mataron.

—¿Por qué lo crees? —preguntó ella tras un silencio.

—Él no se habría matado. No era esa clase de persona. Se había enfrentado a tantos problemas en su vida, que uno más no lo habría amilanado. Y no me habría dejado totalmente solo. No ahora, ni hablar. Así que si él no lo hizo, tuvo que hacerlo alguien.

Andy Candy pensó que aquello no era realmente una explicación, sino más bien una conclusión basada en una convicción de lo más endeble.

—Tengo que encontrar a su asesino. —La voz de Moth sonó fría y dura, apenas reconocible—. Nadie más lo buscará. Solo yo.

Andy Candy se quedó callada un instante. La conversación no discurría en absoluto como había esperado, pese a que no sabía qué había esperado.

—Pero ¿cómo...? —empezó, sin esperar respuesta.

—Y cuando lo encuentre, tendré que matarlo. Quienquiera que sea —afirmó Moth con una ferocidad inesperada. «Nada de llamar a la policía ni de andarse con medias tintas.»

Estupefacta, Andy Candy se asustó, pero no colgó.

—Necesito tu ayuda —añadió él.

«Ayuda» podía significar muchas cosas. La muchacha se dejó caer hacia atrás en la cama, como si la hubieran tumbado de un fuerte empujón. Temió quedarse sin respiración.

—Asesina. No hagas promesas que no puedes cumplir.

3

Él escogió como punto de encuentro un sitio que parecía apropiado.

Como mínimo, no le recordaría nada de su pasado ni le diría nada sobre lo que esperaba para el futuro de ambos, si es que iba a haber alguno. Tomó el autobús y miró una fotografía de ella que llevaba en la cartera: Andy a los diecisiete años. Feliz, con una hamburguesa con patatas fritas. Pero este recuerdo fue desplazado por otro.

—*Hola. Me llamo Timothy y soy alcohólico. Hace tres días que no bebo.*

—*¡Hola, Timothy!* —*lo saludaron los presentes en Redentor Uno.*

Pensó que todo el grupo parecía apagado, pero sinceramente contento de su regreso. Cuando había entrado sigilosa y torpemente en la sala al principio de la reunión, más de uno de los habituales se había levantado de la silla para darle un abrazo y varios le habían expresado condolencias sinceras. Estaba seguro de que todos sabían lo de la muerte de su tío y comprendían que eso le habría impulsado a beber. Con la mirada fija al frente, cuando lo llamaron para que hablara, por primera vez tuvo la extraña sensación de que tal vez él significaba más para ellos de lo que ellos significaban para él, aunque no sabía muy bien por qué.

—*Tres malditos días enteros* —*repitió antes de sentarse.*

Moth anotó sus recientes noventa horas sin beber en un calendario mental:

Día uno: se despertó al alba tumbado en el cuadro rojo de tierra de un diamante de béisbol de la liga infantil. No recordaba dónde había pasado la mayor parte de la noche. Había perdido la cartera, lo mismo que un zapato. El hedor a vómito dominaba todo lo demás. No sabía muy bien de dónde había sacado las fuerzas para arrastrarse por las veintisiete manzanas que había hasta su piso. Cojeó las últimas, descalzo, con la planta del pie en carne viva de tanto andar. Una vez en el piso, se quitó la ropa como una serpiente que muda de piel y se adecentó; ducha caliente, peine y cepillo de dientes. Tiró a la basura todo lo que había llevado puesto y se percató de que hacía dos semanas que su tío había muerto y que en todo ese tiempo él no había estado en casa. En el fondo, agradecía la pérdida de memoria que le impedía saber en qué otros diamantes de béisbol había dormido.

Se dijo que tenía que volver a dejar la bebida, y se pasó todo el día escondido en la oscuridad de su piso, con el estómago revuelto y los sudores diurnos convirtiéndose en sudores nocturnos, temeroso de salir. Era como si una sirena sensual y seductora lo estuviera esperando justo delante de la puerta para incitarlo a ir a la bodega o al bar más cercano. Como el Ulises de la leyenda, trató de atarse a un mástil.

Día dos: al final de un día pasado entre dolores y temblores en el suelo, junto a su cama, finalmente respondió las llamadas de sus padres. Estaban enfadados y decepcionados, y seguramente también preocupados, aunque eso era más difícil de distinguir. Le habían dejado mensajes, y era evidente que intuían la causa de su desaparición. Y que sabían dónde había desaparecido, aunque no en concreto: no necesitaban saber la dirección exacta de los antros que había frecuentado. Entonces se enteró de que se había perdido el funeral de su tío, lo que le provocó una hora entera de llanto.

Cuando terminó, le sorprendió un poco haber resistido el impulso de salir a beber. Le temblaron las manos, pero aquel pequeño indicio de resistencia a la adicción lo animó. Se había repetido un mantra: «Haz lo que haría el tío Ed, haz lo que haría el tío Ed.» Aquella noche, tembló bajo una delgada manta aunque en su piso hacía un calor agobiante y el ambiente era húmedo.

Día tres: por la mañana, cuando el terrible dolor de cabeza y los temblores incontrolables empezaron a remitir, llamó a Susan, la ayudante del fiscal que le había dado su tarjeta. No pareció sorprendida de tener noticias suyas, y tampoco le pareció fuera de lo normal que hubiera esperado tanto para llamar.

—El caso está cerrado, o casi cerrado, Timothy —le informó con delicadeza—. Estamos esperando un último informe toxicológico. Lamento decírtelo, pero se considera suicidio. —No especificó por qué lamentaba este detalle, y él no se lo preguntó. Solo respondió débilmente:

—Sigo sin creérmelo. ¿Puedo examinar el expediente antes de que lo archivéis?

A lo que ella contestó:

—¿De verdad crees que eso te será de alguna ayuda?

La palabra «ayuda» no tenía nada que ver con la muerte de su tío. Él respondió que sí sin estar nada seguro. Quedaron en que iría a su despacho un día de esa semana.

Tras colgar, volvió a la cama, contempló el techo durante más de una hora y decidió dos cosas: volver a Redentor Uno esa misma tarde, porque eso sería lo que su tío le habría aconsejado, y llamar a Andy Candy, porque cuando intentaba pensar en alguien que pudiera escucharlo sin pensar que era un borracho medio enloquecido por el dolor y que decía insensateces, ella era su única posibilidad.

Yendo en autobús, el parque Matheson-Hammock quedaba cerca del piso de Moth. Se sentó en la última fila con la ventanilla abierta unos centímetros para, sin fastidiar el aire acondicionado del vehículo, aspirar el aroma de las hortensias y azaleas transportado por el escurridizo calor del mediodía. Solo iban unas cuantos viajeros más. Vio a una joven negra, supuso que jamaicana, con un uniforme blanco de enfermera; llevaba un manoseado libro en rústica titulado *Español fácil*. Moth veía cómo movía los labios practicando un idioma que resultaba casi imprescindible para trabajar en Miami.

A sus pies, llevaba una bolsa de plástico con un gran sándwich para compartir, una botella de agua y una limonada con gas, que, por lo que recordaba, era la bebida preferida de Andy Candy en sus excursiones tipo picnic a South Beach o al Parque Nacional Bill Baggs, en Cayo Vizcaíno. No recordaba haberla llevado jamás a Matheson-Hammock, lo que constituía el principal motivo para haber elegido aquel lugar. No habían vivido nada juntos en ese parque. No tenían ningún recuerdo de roces de labios, ni de la sensación sedosa de unos cuerpos jóvenes tocándose en el agua.

Pensó que era mejor olvidarse de las ensoñaciones de amor.

No sabía si Andy Candy acudiría. Había dicho que sí, y seguramente era la persona más sincera que conocía, ahora que su tío ya no estaba. Pero, siendo realista, aunque tuvo que admitir que lo era muy poco, tenía sus dudas. Sabía que por teléfono se había mostrado enigmático, torpe y puede que un poco espeluznante al ponerse a hablar de repente de matar a alguien.

—Yo no vendría a verme —se susurró por encima del ruido del autobús, que en ese momento reducía la marcha al llegar a su parada.

Se levantó y bajó del vehículo para sumergirse en el brillante sol de la tarde.

Siguió un amplio sendero que recorría en paralelo el camino de entrada al parque. Más de un corredor se cruzó con él bajo los cipreses que cubrían de sombras la ruta. Ignoró el edificio de piedra coralina, donde una joven vendía entradas y mapas, y en cuya fachada un gran cartel rezaba HÁBITAT DE FLORIDA EN PELIGRO DE DESAPARICIÓN, con fotografías del escaso territorio de que disponían los animales autóctonos. Se paró cerca de una hilera de palmeras que bordeaban la bahía Vizcaína, donde una joven pareja latinoamericana ensayaba su boda. El sacerdote sonreía, intentando relajar a los presentes con bromas que ninguna de las dos madres parecía encontrar ni remotamente graciosas.

Moth esperó al final del aparcamiento, en un banco al que daba sombra una palmera. Oía risas agudas procedentes de un extremo del parque, donde un estanque extenso y poco profundo ofrecía sus aguas como una especial zona de recreo para los niños pequeños. La fuerte luz confería a la playa cercana un brillo plateado.

Iba a sacar el móvil para comprobar la hora, pero se contuvo. Si Andy Candy llegaba tarde, no quería saberlo. «Siempre hay un riesgo al contar con otras personas. Puede que no vengan. Puede que se mueran.»

Cerró un momento los ojos a la luz deslumbrante y contó los latidos de su corazón, como para tomarle el pulso a sus emociones. Cuando los abrió, vio que un pequeño sedán rojo entraba en el aparcamiento y estacionaba en una plaza cerca del fondo. Como muchos coches en Miami, tenía los cristales tintados, pero alcanzó a vislumbrar un cabello rubio y supo que era Andy Candy.

Ya estaba de pie antes de que ella saliera del coche. La saludó con la mano y ella le devolvió el saludo.

Unos vaqueros desteñidos en sus largas piernas y una camiseta azul pastel. Llevaba el pelo recogido en una coleta informal, tal como solía cuando iba a hacer *footing* o a nadar. Al ver a Moth, se quitó las gafas de sol. Él se fijó en sus ojos para intentar descubrir las similitudes y los cambios. Notó que un sentimiento desbocado crecía en su interior con cada paso que ella daba hacia él.

Andy Candy casi se paró en seco. Moth le pareció más delgado, como si los años pasados desde el instituto hubieran afinado su cuerpo, ya esbelto. Llevaba el cabello enmarañado más largo de lo que recordaba, y la ropa parecía colgarle a regañadientes del cuerpo. No sabía qué le diría, y no estaba segura de si debería darle un par de besos o un abrazo, tal vez solo estrecharle la mano, o quizá no hacer nada. No quería vacilar ni parecer ansiosa.

Cruzó a paso normal el aparcamiento. «No vayas rápido. Tampoco despacio», se decía.

Moth salió de la sombra de la palmera. «Saluda con la mano. Sonríe. Actúa con normalidad, sea lo que eso sea», se dijo.

Se encontraron a mitad de camino.

Moth empezó a levantar los brazos para abrazarla.

Ella se inclinó adelantando las manos.

La torpeza derivó en un semicontacto. Cada uno alzó los brazos a la altura de los codos del otro. Los dos guardaron algo de distancia entre ambos.

—Hola, Moth.

—Hola, Andrea.

—Cuánto tiempo sin verte —sonrió ella.

—Tendría que haber... —alcanzó a decir Moth tras asentir.

—Creía que jamás volvería a verte —aseguró Andy Candy sacudiendo la cabeza—. Pensé que tú seguirías tu camino y yo el mío, y ya está.

—Compartimos unos cuantos recuerdos.

—Recuerdos de la adolescencia —dijo Andy Candy, y se encogió ligeramente de hombros—. Supuse que eso era todo.

—Más que de la adolescencia. Algunos son de adultos —sonrió Moth.

—Sí, lo sé —dijo ella con una sonrisa encantadora.

—Y aquí estamos.

—Sí. Aquí estamos.

Hubo un silencio.

—He traído algo de comida y bebida —comentó Moth—. ¿Vamos a las mesas de picnic y hablamos?

—De acuerdo.

Lo primero que Moth dijo cuando llegaron a una mesa a la sombra fue:

—Siento haber sido tan... no sé, por teléfono...

—Me asustaste. He estado a punto de no venir.

—Medio sándwich para cada uno. La limonada es para ti.

—Te has acordado —se sorprendió Andy Candy con una risita—. Creo que no he bebido esto desde... —Se detuvo. No tenía que decir «desde que salíamos juntos» para que él la entendiera. Empujó el sándwich hacia él—. Ya he almorzado. Cómetelo tú. Tienes aspecto de necesitarlo.

Moth asintió, reconociendo la exactitud del comentario.

—Pero tú sigues siendo bonita. Incluso más bonita que cuando... —Se interrumpió. No quería recordarle su ruptura, aunque su presencia no haría otra cosa.

—No me considero bonita —dijo ella encogiéndose de hombros—. Solo algo mayor. —De nuevo sonrió antes de añadir—: Los dos somos mayores.

Siguió mirándolo y al final le dio un mordisco al sándwich. Moth pensó que era un poco como la directora de una funeraria que observara un cadáver recién llegado para ser vestido para el ataúd.

—¿Qué fue de ti, Moth?

—Quieres decir...

—Sí. Después de nuestra separación.

—Fui a la universidad. Estudié mucho, saqué muy buenas notas. Me licencié con honores. No fui a la facultad de Derecho como quería mi padre. Luego empecé un posgrado en Historia de Estados Unidos porque no sabía qué más hacer. Bastante inútil desde su punto de vista, supongo, al pensar en lo que pasó, aunque sea algo que me encanta... —Se interrumpió. Ella no le había preguntado por su currículo—. Comencé a tener problemas con el alcohol —dijo en voz baja—. Problemas serios. Soy lo que los psiquiatras llaman un bebedor compulsivo. Todo empezó en cuanto me fui de casa. Era como andar por la cuerda floja. Primer paso, saca buenas notas; segundo paso, emborráchate; tercer paso, saca sobresaliente en un trabajo; cuarto paso, emborráchate como una cuba; ya me entiendes.

—¿Y ahora? —preguntó.

—Esa clase de problema jamás te abandona —comentó Moth—. Mi tío me ayudaba. Era quien me llevaba a un sitio mejor.

A veces una mirada penetrante vale tanto como una pregunta. Es lo que ella hizo para que él continuara.

—Yo encontré su cadáver.

—Se suicidó. Me lo dijiste, pero...

—Eso es lo que no me creo —la interrumpió Moth—. Ni por un puto instante.

La repentina palabrota le permitió atisbar una rabia que a Andy Candy le resultó desconocida. Moth alzó los ojos hacia el cielo azul antes de continuar.

—Es lo que te dije por teléfono: él no me habría dejado solo. Éramos compañeros. Teníamos un acuerdo. No sé, quizá se le pueda llamar así, un acuerdo. Una promesa. Nos iba bien a los dos. Él se mantenía sobrio para ayudarme. Yo me mantenía sobrio para ayudarlo dejando que me ayudara. Cuesta entenderlo si no eres alcohólico, pero es lo que hay.

Le dio algo de vergüenza describirse como «alcohólico», por más exacto que fuera. Miró a Andy Candy. Ya no era la chica del instituto con la que había perdido la virginidad al arrebatarle la suya. La mujer que tenía delante parecía el resultado de un artista que hubiese tomado las líneas que esbozaban a una adolescente para añadirles color y forma hasta crear un retrato completo.

Ella asintió. Se le ocurrió que probablemente no había nadie a quien conociera mejor que a Moth, y a la vez nadie que fuera más desconocido para ella.

—¿Y ahora? —preguntó—. ¿Ahora quieres matar a un desconocido?

—Suena absurdo, ¿verdad? —sonrió Moth. Andy Candy tampoco tuvo que contestar esta pregunta. No sonreía—. Pero voy a hacerlo —añadió.

—¿Por qué?

—Es una cuestión de honor —indicó él, haciendo un gesto dramático—. Es lo menos que puedo hacer.

—Menuda estupidez tremendista. No eres policía. No sabes nada sobre matar.

—Aprendo rápido —replicó Moth.

De nuevo se produjo un breve silencio mientras él se giraba un poco para contemplar el agua.

—No esperaba que lo entendieras —dijo entonces. Lo que quería decir era: «Es una deuda que voy a pagar y no confío en nadie más, especialmente en la policía y el sistema judicial.» No lo dijo en voz alta, aunque pensó que debería hacerlo, pero no lo hizo.

Andy Candy miró las mismas olas azules a lo lejos.

—Sí que lo esperabas —lo contradijo—. Si no, no me habrías llamado. —Empezó a levantarse. «Vete de aquí. ¡Lárgate ya!» Las voces que gritaban en su interior eran como las alucinaciones espontáneas que dan órdenes a los esquizofrénicos:

potentes, imperativas. «Márchate ahora mismo. El Moth al que amabas ya no existe.»

—Andy —dijo Moth con cautela—. No sabía a quién más recurrir.

Ella volvió a sentarse en el banco. Dio un largo sorbo a la limonada.

—¿Por qué crees que puedo ayudarte, Moth?

—No lo sé. Simplemente recordé... —Se detuvo.

Andy Candy lo vio volverse hacia el agua y luego hacia el cielo. Alargó la mano, pero la retiró bruscamente. Él debió de ver el movimiento, porque se volvió hacia ella y puso una mano sobre la suya. Por un instante, Andy Candy miró las manos de ambos y un recuerdo eléctrico le recorrió la piel. Y entonces apartó su mano.

—No me toques —pidió en voz baja, casi susurrante.

—Lo siento. No era mi intención...

—No quiero que nadie vuelva a tocarme nunca —dijo.

Las palabras le salieron en un tono de desesperación mezclado con rabia. De repente tuvo miedo de echarse a llorar y de que todo lo que le había sucedido saliera a la superficie. Vio que Moth procuraba entender.

—No debería relacionarme contigo —añadió. A pesar de lo duras que eran estas palabras, pronunciadas por ella sonaron suaves—. Me partiste el corazón.

—Y también el mío —dijo Moth, sacudiendo la cabeza—. Fui un imbécil, Andy. Lo siento.

—No quiero una disculpa. —Andy inspiró bruscamente y adoptó un tono oficioso—. Esto es sin duda un error. ¿Me estás oyendo, Moth? Un error. ¿Qué es lo que quieres de mí?

—Me retiraron el carnet de conducir. ¿Podrías llevarme en coche a un par de sitios?

—Sí.

—¿Acompañarme mientras hablo con un par de personas?

—Sí. Si eso es todo.

—No —dijo Moth—. Hay otra cosa.

—¿Cuál?

—Si en algún momento crees que estoy totalmente loco, me

lo dices. Y te marchas de mi lado para siempre. —Era lo único que Moth había ensayado en el trayecto de autobús hasta el parque.

Andy Candy guardó silencio. Una parte de ella insistía: «Díselo ahora mismo, levántate, vete y no mires atrás.» Se sentía como si estuviera descendiendo por una escarpada pendiente rocosa de esquisto y perdiendo el apoyo. Miró a Moth y pensó que tendría que hacer eso por él porque una vez lo había amado con apasionada intensidad adolescente, y ayudarlo ahora sería la única forma de acabar realmente con todos los sentimientos que aún conservaba.

4

«Cómete la pistola», pensó ella.

«No sin permiso.»

«Joder, no necesitas que nadie tome esta decisión, sean cuales sean las normas. Cómete la pistola y punto.»

Susan Terry miró al defensor de oficio, sentado al otro lado de la mesa junto a su cliente, un muchacho larguirucho, de un barrio pobre, con aspecto asustado, al que, a sus diecisiete años, habían pillado con cuatrocientos gramos de marihuana en la mochila de camino al instituto donde cursaba su último curso. Bajo la hierba llevaba una pistola semiautomática barata del calibre .25, de la clase que tiempo atrás era conocida como «especial del sábado noche», una expresión que había quedado en desuso porque ahora, en Miami, como en cualquier otra ciudad estadounidense, todas las noches podían ser como las del sábado.

El defensor de oficio era un simpático excompañero de la Facultad de Derecho que simplemente había acabado en el lado opuesto de la cadena de montaje de la justicia penal. Hacía una década habían compartido con éxito una argumentación en una clase práctica, además de algún que otro golpe, y Susan sabía que ahora estaba demasiado cargado de trabajo y abrumado. Si tenía que darle un respiro a alguien, sería a él. Además, en Miami, cuatrocientos gramos de hierba tampoco eran una cantidad importante, especialmente en una ciudad en la que, en sus buenos tiempos, se habían confiscado toneladas de cocaína.

Echó un vistazo a los documentos de la detención y a los alegatos iniciales mientras oía sin escuchar la casi constante algarabía de voces airadas y golpes de rejas que colmaba la prisión del condado. Una música permanente de desesperación.

El chaval iba al instituto en bicicleta. La pobre justificación que daba el policía que lo paró y registró era que conducía de forma «errática», lo que, para Susan, serviría para describir a cualquier adolescente que montara en bicicleta. Puede que resultara válido en un juicio. Puede que no.

Y el policía había cometido otro error: había detenido al chaval una manzana antes de la zona «libre de drogas» del distrito escolar. Veinticinco metros más y el muchacho habría ido a parar a la penitenciaría estatal, sin importar la flexibilidad legal que pudiera haber mostrado Susan Terry.

«Probablemente el policía vio la mochila, tuvo un mal pálpito y no quiso esperar —pensó—. Y resultó que tenía razón.»

Ella y su excompañero de facultad lo sabían. Estaba preparando mentalmente un argumento sobre la legalidad del registro y la incautación, tal como sabía que él estaba haciendo.

El chaval tenía un buen currículo académico. Un futuro en algún centro público superior. Tal vez en la universidad estatal si subía la nota de matemáticas y seguía en el equipo de baloncesto. Tenía trabajo a tiempo parcial preparando hamburguesas en un McDonald's y una familia integrada: padre, madre y abuela, que vivían todos en casa con él. Y, lo más importante, nunca lo habían detenido hasta entonces, detalle asombroso para alguien que crecía en Liberty City.

Pero la pistola... eso sí era un problema. Y ¿por qué la llevaba al instituto?

«Cómetela —se dijo de nuevo—. El chaval tiene una oportunidad.»

En la jerga que empleaban los fiscales, «comerse la pistola» significaba los tres años, como mínimo, que en Florida le caían a quien llevara un arma al cometer un delito. La fiscalía echaba mano de la amenaza de cárcel obligatoria como medida de presión para obtener confesiones de culpabilidad, retirando esta parte de la acusación en el último minuto legalmente posible.

La expresión significaba algo muy distinto para los policías clínicamente deprimidos y para los veteranos de Irak aquejados de trastorno por estrés postraumático.

—Sue, danos un respiro, anda —pidió el defensor de oficio—. Mira los antecedentes del chaval. Está realmente limpio... —Sabía que su excompañero de facultad no tenía demasiados clientes sin antecedentes, y que estaría ansioso, incluso desesperado, por obtener un resultado positivo—. Y no sé qué decirte sobre lo del registro de ese policía. Puedo argumentar sólidamente que fue una violación de los derechos de mi cliente. Además, si lo encierran, volverá a estar aquí dentro de cuatro años. Ya sabes lo que pasa en la cárcel. Les enseñan a ser auténticos criminales, y sabes que lo próximo que haga será mucho peor que llevar medio kilo de hierba de mala calidad, que debería reducirse a un delito menor.

Susan Terry ignoró al defensor de oficio y clavó los ojos en el adolescente.

—¿Por qué llevabas el arma? —preguntó.

El adolescente miró de soslayo a su abogado, quien asintió con la cabeza y le susurró:

—Esto es extraoficial. Se lo puedes decir.

—Tenía miedo —respondió.

Para Susan, esto tenía sentido. Cualquiera que hubiera recorrido Liberty City en coche después del anochecer sabía que había mucho que temer.

—Adelante —lo animó el defensor de oficio—. Díselo.

El adolescente se embarcó en una historia titubeante: bandas callejeras, llevar marihuana solo una vez para los matones de la manzana a fin de que los dejaran en paz a él y a su hermana menor. La mochila y la pistola eran para la persona que tenía que encargarse de la hierba.

Susan no estaba segura de creerlo. Había algo de verdad, quizá, eso seguro. Pero ¿en su totalidad? No era probable.

—¿Puedes darme algún nombre?

—Si lo hago me matarán.

—¿Y qué? —replicó Susan, encogiéndose de hombros—. Te diré qué vamos a hacer: habla con tu abogado. Escucha lo que te diga, porque es lo único que te separa de arruinarte la vida por completo. Voy a llamar a un inspector de la unidad de narcóticos. Cuando llegue, y supongo que lo hará en unos quince minutos, tendrás que tomar una decisión. Danos todos los nombres de los hijoputas de tu manzana que trafican con drogas y podrás salir de aquí. A pesar de la pistola. Si mantienes la boca cerrada, despídete, porque irás al trullo. Y lo que fuera que tu madre esperaba que fueras de mayor va a ser que no. Esto es lo que tienes ahora mismo sobre la mesa.

Susan adoptó sin esfuerzo la actitud de chica dura. Le gustaba especialmente utilizar el apelativo «hijoputa» porque, por lo general, los defensores se sobresaltaban al oírla en labios de alguien tan atractivo.

El adolescente se removió incómodo en su asiento.

«El dilema existencial básico, habitual y cotidiano de los barrios pobres de la ciudad —pensó ella—. Jodido por un lado o jodido por el otro.»

Su compañero de facultad sabía, por supuesto, lo que significaba su pequeña representación de fiscal dura. Él tenía sus propias variaciones de la misma escena y las usaba de vez en cuando. Rodeó los hombros de su cliente con el brazo en un gesto tranquilizador y amistoso como para decirle que era la única persona del mundo en la que podía confiar, y al mismo tiempo dijo a Susan:

—Llame al inspector.

—Ahora mismo —repuso ella, poniéndose de pie. Esbozó una sonrisa (de víbora) y dirigiéndose al abogado, añadió—: Llámeme después. Ahora tengo una cita y no quiero llegar tarde.

«¿Qué estoy haciendo aquí?», pensó Andy Candy. Quiso decirlo en voz alta, puede que hasta gritarlo casi presa del pánico, pero mantuvo la boca cerrada. Estaba sentada junto a Moth en el área de seguridad en la entrada de la Fiscalía del Estado de Dade. Él estaba inclinado con las manos apoyadas en las rodillas, tamborileando con los dedos sus pantalones desteñidos.

Moth había hablado poco mientras iban a la Fiscalía del Estado, un edificio moderno parecido a una fortaleza, contiguo al metro Justice Building, en un Palacio de Justicia de nueve plantas que ya no era moderno pero tampoco antiguo, y que poseía rasgos de un matadero industrial: un suministro inagotable de delitos y delincuentes en una cinta transportadora. Habían cruzado puertas amplias y detectores de metales, subido en ascensores y llegado por fin al área de seguridad, donde aguardaban. Las idas y venidas de abogados, inspectores de policía y personal judicial provocaban un zumbido casi constante cuando los guardias de seguridad situados tras un cristal blindado pulsaban el sistema eléctrico para permitir las entradas y salidas. La mayoría de la gente que llegaba y se iba parecía familiarizada con el proceso y casi todos tenían el aspecto apresurado de no poder esperar ni un segundo, como si la culpabilidad o la inocencia llevaran incorporado un cronómetro.

Tanto Andy Candy como Moth se incorporaron cuando un fornido agente de cuello grueso con una pistola de .9 mm enfundada lo llamó. Se identificaron.

El policía señaló a Andy Candy.

—Ella no está en mi lista —dijo—. ¿Es testigo?

—Sí. La ayudante del fiscal del Estado, Terry, no sabía que podría traerla conmigo —mintió Moth.

El agente se encogió de hombros y anotó los datos de Andy Candy: estatura, peso, color de ojos, color de pelo, fecha de nacimiento, dirección, teléfono, número de la Seguridad Social y del carnet de conducir. Después le registró a conciencia el bolso y los hizo pasar de nuevo a ambos por el detector de metales.

Una secretaria se reunió con ellos al otro lado.

—Seguidme —les dijo enérgicamente, aunque era innecesario.

Los guio por un laberinto de escritorios que llenaban una gran zona central. Los despachos de los fiscales rodeaban los escritorios. Había plaquitas con el nombre en cada puerta.

Los dos vieron S. TERRY - DELITOS GRAVES a la vez.

—Os está esperando —anunció la secretaria—. Adelante.

Susan alzó la vista desde detrás de una mesa de acero gris cubierta de gruesos expedientes y de un ordenador de sobremesa prácticamente desfasado. Tras ella, junto a una ventana, había un tablero blanco con listas de pruebas y testigos dispuestos bajo un número de caso escrito en rojo. En otra pared había un gran calendario, con señales de vistas y otras comparecencias ante el tribunal. Una ventana que daba a la cárcel del condado dejaba entrar un tenue rayo de sol. No había demasiada decoración, salvo unos diplomas enmarcados en negro y varios artículos de periódico también enmarcados. Tres de ellos estaban ilustrados con una fotografía en blanco y negro de Susan. Era un sitio austero, dedicado a un único objetivo: hacer funcionar el sistema judicial.

—Hola, Timothy —dijo Susan.

—Hola, Susan.

—¿Quién es tu amiga?

—Andrea Martine —se presentó Andy Candy, y avanzó para estrechar la mano de la fiscal.

—¿Y por qué estás aquí?

—Necesitaba algo de ayuda —explicó Moth—. Andy es una vieja amiga, y esperaba que pudiera darme cierta perspectiva.

Susan supo de inmediato que eso no era exactamente cierto, pero tampoco completamente falso. No le pareció que tuviera que preocuparse. Esperaba una conversación breve, algo triste y algo difícil, tras la cual su implicación en la muerte de su tío habría terminado. Señaló a la pareja las sillas situadas delante de su mesa.

—Siento todo esto —comentó. Se inclinó y cogió un expediente marrón—. Estaba de guardia la noche que tu tío falleció. Según el procedimiento habitual, el ayudante del fiscal del Estado tiene que acudir a la escena de un posible crimen. Eso facilita la base legal de la cadena de pruebas. En el caso de tu tío, sin embargo, estuvo bastante claro desde el principio que no se trataba de un homicidio. Ten —dijo, empujando el archivo hacia Moth—. Léelo por ti mismo.

Cuando él empezó a abrir el archivo, Susan se volvió hacia su ordenador.

—Las imágenes no son agradables —comentó a Andy Candy—. Hay copias en el expediente, y aquí en la pantalla. También el informe policial, el informe de la policía científica, la autopsia y el examen toxicológico.

Moth empezó a sacar hojas del expediente.

—El examen toxicológico...

—Su organismo estaba limpio. Ni drogas ni alcohol.

—¿Y eso no te sorprendió? —preguntó Moth.

—Hombre, ¿en qué sentido? —respondió Susan despacio.

—Tal vez si hubiera recaído después de tantos años, la desesperación igual le habría hecho pegarse un tiro. Pero no fue así.

—Ya —respondió Susan con cautela—. Comprendo que puedas pensar eso. Pero no hay nada en ningún examen que indique que no fue un suicidio. Los residuos de pólvora alrededor del orificio de entrada, que técnicamente llamamos «tatuaje de pólvora», indicaban que el disparo se realizó presionando el arma contra la sien. La posición de la pistola en el suelo encajaba con el hecho de que se hubiera caído de la mano de tu tío cuando la fuerza del impacto lo empujó hacia abajo y a un lado. No faltaba nada de la consulta. No había señales de que la entrada hubiera sido forzada. Ni señales de lucha. En el bolsillo tenía la cartera con más de doscientos dólares. Hablé personalmente con su última paciente de aquel día, que se fue poco antes de las cinco de la tarde. Había acudido semanalmente a la consulta de tu tío los últimos dieciocho meses.

Sacó un bloc.

—Los inspectores hablaron también con el resto de sus pacientes actuales, con su exmujer, con su actual pareja y con algunos colegas. No pudimos encontrar indicios de ningún enemigo manifiesto, y nadie sugirió ninguno. —Pasó un par de páginas del bloc—. Al comprobar su situación financiera salieron a la luz algunas cosas. Debía más de su piso de lo que vale actualmente, lo que no es ninguna novedad en Miami, pero tenía más que suficiente en acciones e inversiones para afrontar esa circunstancia. No era ningún jugador que debiera una locura a un corredor de apuestas. No estaba en la mira de ningún camello por deudas. Pero hubo algo más que nos reafirmó en la idea de que...

Moth leía en diagonal las hojas mientras Susan hablaba.

Alzó la vista. Abrió la boca como para decir algo, pero se movió nervioso y al final pareció decir otra cosa:

—¿De qué se trataba?

—Escribió dos palabras en su talonario de recetas.

—¿Qué...?

—«Culpa mía» —citó Susan—. Está en la foto del escritorio. ¿Recuerdas haberlo visto cuando encontraste el cadáver?

—No.

Deslizó una fotografía por la mesa hacia Moth, que la observó atentamente.

—No sabemos cuándo lo escribió, claro. Quizá llevaba ahí todo el día, incluso una semana. Quizá fue producto de su preocupación por ti, Timothy, ya que tú lo llamaste varias veces por la mañana y por la tarde. Obtuvimos todos sus registros telefónicos... En fin, que tu tío nos dejó una especie de disculpa suicida.

—Tiene algo raro —aseguró Moth bruscamente—. Es como si lo hubiera garabateado deprisa. No como si quisiera que lo viera otra persona —comentó, y añadió con frialdad—: Podría significar otra cosa, ¿no?

—Sí, pero lo dudo.

—¿Has dicho que su último paciente fue a las cinco de la tarde?

—Sí, un poco antes, en realidad.

—Me dijo que tenía otro. Una urgencia. Después tenía que encontrarse conmigo...

—Sí, lo dijiste en tu declaración. Pero no hay constancia de que tuviera otra visita. En su agenda constaba una visita al día siguiente a las seis de la tarde. Seguramente se lio.

—Era psiquiatra. No liaba las cosas.

—Por supuesto —dijo Susan, procurando no sonar condescendiente. Lo que no dijo fue: «Pues ya lo creo que la lio en algo si escribió "Culpa mía" antes de pegarse un tiro. A lo mejor no solo la lio, sino que la cagó.»

Miró a Andy Candy, que permanecía callada contemplando un primer plano de 20×25 en papel brillante en que aparecía el tío de Moth boca abajo sobre su mesa con un charco de sangre bajo la mejilla.

«Eso le será muy instructivo», pensó la fiscal.

Andy Candy jamás había visto esa clase de fotografías salvo en la televisión y el cine, y entonces no pasaba nada porque era irreal, una ficción creada con finalidades dramáticas. En cambio, aquella fotografía era cruda, casi obscena y explícita. Sentía náuseas pero no podía apartar la mirada.

—Lo siento, Timothy, pero las cosas son así —comentó Susan.

—Será solo si las cosas son así —replicó Moth, que detestaba este tópico, con cierta tensión en la voz—. Sigo sin creérmelo —aseguró.

Susan hizo un gesto con la mano abarcando los documentos y fotografías.

—¿Qué ves aquí que diga otra cosa? —preguntó—. Sé lo unido que estabas a tu tío, pero la depresión que puede conducir al suicidio suele ocultarse bastante bien. Y tu tío, dada su experiencia y su formación como psiquiatra, sabría mejor que nadie cómo ocultarla.

—Eso es verdad —asintió Moth, y se reclinó en su asiento—. ¿Eso es todo, pues?

—Es todo —corroboró Susan. No añadió: «A no ser que alguien me venga con algo que demuestre que estoy equivocada y me vea obligada a cambiar de opinión, lo que estoy segura que no pasará ni en mil años.»

—¿Me lo puedo quedar?

—Te hice copias de algunos informes. Pero Timothy, no estoy segura de que eso vaya a ayudarte. Ya sabes lo que tendrías que hacer. —Susan respondió la pregunta que él no formuló—: Ve a las reuniones. Vuelve a Redentor Uno —sonrió—. ¿Lo ves? Los demás han logrado que lo llame con el apodo que inventaste. Ve allí, Timothy. Ve cada tarde. Háblalo. Te sentirás mucho mejor.

Aunque intentaba ser delicada, no fue difícil captar el cinismo de su consejo.

Moth recogió en silencio el conjunto de copias de fotografías e informes que Susan Terry le había preparado. Dedicó unos instantes a observar cada imagen, a la espera de que produjese algún efecto en su memoria, casi como si pudiera introducirse en ella y regresar a la consulta de su tío. Le tembló un poco el pulso y se detuvo con la mirada puesta en una fotografía de la pistola junto a la mano de Ed. Fue a decir algo, pero no lo hizo. Echó un rápido vistazo a las fotografías, una a una, las mezcló y volvió a mirarlas. A continuación las extendió sobre el escritorio de Susan. Señaló la primera: Arma en el suelo. Mano extendida.

—Esto es tal como lo recuerdo —dijo con voz áspera y seca—. Porque nadie movió nada, ¿verdad?

—No, Timothy. Los de la policía científica jamás mueven nada hasta haberlo fotografiado, documentado y medido. Van con mucho cuidado en ese sentido.

Entonces señaló la segunda fotografía.

Escritorio. Cajón inferior. Unos cuatro centímetros abierto.

—Esta fotografía... Nadie cambió nada, ¿verdad?

—No. Está tal como lo encontraron —aseguró Susan tras estirar el cuello para verla.

Una tercera fotografía.

Escritorio. Cajón inferior. Totalmente abierto.

Una pistola semiautomática negra del calibre .40 bajo unos papeles, guardada en una funda de cuero color canela forrada de piel de oveja.

—Y esto... —Estas palabras fueron formuladas a modo de pregunta.

—Yo misma abrí ese cajón —explicó Susan—. Mientras los de la científica tomaban fotografías. Es el arma corta de repuesto que tu tío tenía registrada. La compró hace años, cuando realizaba psicoterapia como voluntario en una clínica del humilde barrio de Overtown. Iba por la noche. Es una zona bastante violenta. No es extraño que fuera armado a esas sesiones. —Hizo una pausa—. Pero dejó ese trabajo hace cierto tiempo. Sin embargo, se quedó con el arma.

—No la usaba, supongo.

—En Miami mucha gente tiene más de un arma corta, Timothy. Guarda una en la guantera del coche, una en un maletín, una en el bolso, una en el cajón de la mesita de noche... Lo sabes muy bien.

Moth fue a hablar, se detuvo, fue a hacerlo una segunda vez, volvió a parar, se quedó mirando las fotografías y se echó hacia atrás en su asiento.

—Gracias por tu tiempo, Susan —dijo finalmente, tras asentir con la cabeza, y añadió con brusquedad—: Nos veremos en una reunión. Yo soy alcohólico —explicó a Andy Candy con amargura, y señaló a la fiscal—. Pero a Susan le gusta la cocaína.

—Exacto —confirmó ella con frialdad—. Pero ya no.

—Eso —dijo Moth—. Ya no. Claro.

Andy Candy no supo muy bien qué significaba ese último intercambio de palabras.

—Ya va siendo hora de marcharse —dijo Moth.

Se estrecharon la mano por mera formalidad, y Andy Candy y Moth salieron del despacho de la fiscal. Sin saludar a la secretaria, Moth tomó a Andy Candy de la muñeca en cuanto cruzaron la puerta y empezó a andar deprisa, tirando de ella como si llegaran tarde en lugar de haber terminado. Ella vio que él tenía los labios apretados y una expresión rígida, como si llevara una máscara.

Recorrieron la Fiscalía, pasaron ante los de seguridad, bajaron en ascensor, anduvieron por el pasillo, atravesaron los detectores de metal, salieron al exterior y cruzaron la calle hasta que estuvieron delante del edificio, más antiguo, del Palacio de Justicia.

Moth casi arrastró todo el camino a Andy Candy, que tenía prácticamente que correr para seguirle el paso. No dijo nada.

Una vez fuera, los golpeó una oleada de luz y calor, y Andy Candy vio que Moth se venía un poco abajo, como si de repente hubiera recibido un puñetazo, pues se paró en seco al final de la escalinata de entrada. Había árboles y otras plantas para dar un aire menos severo al lugar, pero era en vano.

Los dos estuvieron callados unos instantes. Delante de ellos, un operario de mantenimiento mayor y arrugado estaba limpiando en el bordillo de la acera lo que a Andy Candy le pareció una porquería de lo más extraña. Había plumas y una mancha roja y marrón en el cemento gris. El operario lo barrió todo hasta formar un montón, que echó con una pala en una carretilla. Después, conectó una manguera y empezó a regar la zona.

—Un pollo muerto —dijo Moth.

—¿Qué?

—Un pollo muerto. Santería. Ya sabes, esa religión parecida al vudú. Están juzgando a alguien dentro y contratan a un brujo para que sacrifique un pollo delante del Palacio de Justicia. Se supone que les dará buena suerte con el jurado, o que hará que el juez reduzca la sentencia o algo así. —Moth sonrió y sacudió la cabeza—. Tal vez tendríamos que haberlo hecho nosotros —añadió.

Andy Candy trató de hablar con dulzura. Suponía que Moth seguía destrozado por la muerte de su tío y quería ser amable. También quería irse. Tenía que superar su propia tristeza y se sentía atrapada en algo que rozaba la locura y el sentimentalismo, cuando lo que ella más necesitaba era algo racional y rutinario.

—¿Eso es todo? —preguntó. Sabía que entendería que no estaba hablando del pollo muerto.

«Será mejor que lo ayudes a superar lo que viene ahora —pensó al ver que a Moth le temblaba un labio—. Haz que vaya a esa reunión. Y luego desaparece para siempre.»

—No —respondió Moth.

Ella no dijo nada.

—¿Viste las fotografías?

Andy Candy asintió.

Él se volvió hacia ella. Había palidecido un poco, o bien el sol brillante le había robado parte del color.

—Siéntate ante una mesa —le pidió con frialdad.

—Perdona, ¿qué?

—Siéntate ante una mesa, como hizo mi tío.

Andy Candy hizo lo que le pedía y se irguió con las manos delante de ella como una secretaria remilgada.

—Ya está —dijo.

Moth se sentó a su lado y soltó:

—Ahora, pégate un tiro.

—¿Qué?

—Quiero decir, enséñame cómo te pegarías un tiro.

Andy Candy sintió que una ola la cubría, casi como si contuviera la respiración y viera las aguas cada vez más oscuras al hundirse. Su conflicto interior, olvidado cuando Moth había vuelto a su lado, resonó de repente:

—*¡Asesina!* —oyó en su interior—. *¿Tal vez tendrías que suicidarte?*

Como una mala actriz en una producción provinciana, simuló una pistola con el índice y el pulgar. Se la llevó teatralmente a la sien.

—Pum —dijo en voz baja—. ¿Así?

Moth la imitó.

—Pum —dijo en voz igual de baja—. Esto es lo que hizo mi tío. Se deduce de las fotografías. —Vaciló un instante y Andy Candy pudo ver el dolor en sus ojos—. Pero no lo hizo. —Moth se llevó su pistola a la sien.

—Dime, Andy, ¿por qué alargaría alguien la mano hacia abajo para empezar a abrir el cajón del escritorio donde guardaba una pistola desde hacía años, tal vez lo abriría un poco y decidiría de repente usar la otra pistola que tenía delante de él en la mesa?

Andy trató de responder esta pregunta. No pudo.

Moth imitó de nuevo los movimientos. Alargó la mano hacia abajo. Se detuvo. Llevó la mano hacia el tablero de una mesa. Levantó una pistola.

—¡Pum! —dijo por segunda vez. Un poco más fuerte. —Inspiró hondo y sacudió la cabeza antes de proseguir—. Mi tío era un hombre organizado. Lógico. Solía decirme que las personas más meticulosas de este mundo eran los joyeros, los dentistas y los poetas, porque veneran la economía del diseño. Pero que a continuación iban los psiquiatras. Ser alcohólico era caótico y estúpido, y detestaba ese aspecto de ello. Para Ed la recuperación significaba examinar todos los detalles, analizar todos los pasos... No sé, ser listo, supongo. Es lo que estaba intentando enseñarme. —Su voz reflejaba una mezcla de rabia y desesperación—. ¿Qué sentido tiene tener dos armas a punto para suicidarte? —Se detuvo antes de apartarse de la sien su falsa pistola hecha con dos dedos y apuntar hacia delante, como si quisiera disparar a las reverberaciones del calor sobre el asfalto del estacionamiento—. Voy a encontrarlo y a matarlo —dijo con amargura. El *lo* de su amenaza era un fantasma.

5

—Estoy preocupado —dijo el estudiante 1—. No, mucho más que preocupado. Angustiado.

—No jodas —dijo la estudiante 2.

—¿Por qué no añades cagado de miedo a ese algoritmo? —dijo el estudiante 3.

—¿Y qué haremos al respecto? —preguntó el estudiante 4. Estaba intentando conservar la calma, pues toda aquella situación se prestaba más bien al pánico.

—En realidad, creo que estamos totalmente jodidos —dijo el estudiante 1 con resignación.

Estaban sentados en un rincón de la cafetería de un hospital, ante humeantes tazas de café. Era mediodía y la cafetería estaba llena. De vez en cuando, miraban nerviosos en derredor.

—El despacho del decano. La seguridad del campus. Podríamos ir a ver al profesor Hogan, porque es el experto en personalidades explosivas y en violencia. Él tendrá alguna idea sobre lo que podemos hacer —comentó con decisión la estudiante 2. Era una dura exenfermera de una UCI, que se había apuntado a clases nocturnas y dejaba que su marido bombero cuidara de sus dos hijos pequeños mientras ella asistía a la Facultad de Medicina—. Que me aspen si voy a dejar que esta situación se descontrole más. Sabemos que se trata de una enfermedad. Esquizofrenia del tipo paranoide. Puede que trastorno bipolar; una de esas. Tal vez un trastorno explosivo intermitente. No lo sé. Así que hay que hacer un diagnóstico real. Mira qué bien. Tenemos que hacer algo si no queremos vernos metidos en un lío que afecte a nuestras carreras. Y es peligroso. —Su pragmatismo incomodaba a los otros tres miembros del grupo de estudio de Psiquiatría, que estaban ansiosos por adquirir la habilidad de no sacar conclusiones precipitadas sobre una conducta, por más extraña y aterradora que fuera.

—Sí. Magnífico plan —intervino el estudiante 1—. Tiene sentido hasta que nos lleve ante el consejo universitario por grave infracción académica. No puedes acusar a otro estudiante sin una base firme y sólida. Y desde luego esto no es plagio, ni copiar, ni acoso sexual. —El estudiante 1 se había planteado seriamente estudiar Derecho en lugar de Medicina, y tenía tendencia a ser literal—. Mirad, solo estamos especulando sobre la enfermedad exacta y sobre lo que podría pasar, por más peligroso que parezca, porque todas las predicciones son puras sandeces. Y no puedes entregar un estudiante a los administradores solo porque creas que puede hacer algo terrible y su conducta sea errática, quizá delirante, y encaje en todas esas categorías que conocemos porque resulta que las estamos estudiando ahora. No es algo basado en pruebas. Es algo basado en sensaciones.

—¿Hay alguien en el grupo que no tenga estas sensaciones? —preguntó con cinismo la estudiante 2. Nadie respondió—. ¿Alguno de vosotros no se siente en peligro?

De nuevo, el grupo guardó silencio. Bebieron sorbos de café.

—Creo que estamos jodidos —comentó el estudiante 3, pasado un rato. Se llevó la mano al bolsillo superior de su bata blanca. Una semana antes había dejado por fin de fumar, y aquel era un acto reflejo. Los demás se fijaron, puesto que estaban perfeccionando sus dotes de observación—. Y estoy de acuerdo con vosotros dos. Pero tenemos que hacer algo, aunque implique cierto riesgo.

—Hagamos lo que hagamos, no pienso recibir una reprimenda oficial. No quiero que algo manche mi currículo para siempre. No puedo permitírmelo —advirtió la estudiante 2.

—Tu currículo no valdrá una mierda si... —soltó el estudiante 1.

—Muy bien, de acuerdo... —prosiguió la estudiante 2—. Pues yo digo que vayamos a ver al profesor Hogan para empezar, porque es lo menos arriesgado que podemos hacer. —Se le quebró un poco la voz—. Y vayamos rapidito. O, por lo menos, que lo haga uno de nosotros.

—Ya iré yo —se ofreció el estudiante 4—. Saco sobresalientes con él. Pero tendréis que respaldarme si os llama para que confirméis mi historia.

Asintieron rápidamente. Todos estaban nerviosos, asustadizos; cualquier sonido repentino en la cafetería los hacía estremecerse. El estrépito rutinario de los platos, el esporádico aumento de volumen de una conversación en otra mesa, nada de eso se perdía inocentemente entre el ruido de fondo como de costumbre. A todos les preocupaba que el estudiante 5 fuera a entrar en cualquier momento pistola en mano.

—Necesito una lista —dijo el estudiante 4—. Que todo el mundo apunte valoraciones precisas sobre conductas aterradoras. Incluid el máximo de detalles posible. Nombres. Fechas. Lugares. Testigos, y no solo la ocasión en que todos lo vimos estrangular a aquella rata de laboratorio sin motivo alguno. Después iré a ver al profesor Hogan con todo ese material.

—Siempre y cuando el asunto no se demore —comentó el estudiante 1—. Sabéis tan bien como yo que cuando alguien está al borde del precipicio, puede caer bastante rápido. Necesita ayuda. Y seguramente lo ayudaremos yendo a ver al profesor Hogan.

Los demás miraron al techo y entornaron los ojos.

—Seguramente —repitió el estudiante 1.

—Seguramente. Sí —coincidió el estudiante 3.

Ninguno de ellos, en realidad, creía que estuvieran ayudando lo más mínimo a su compañero, pero decir esa mentira en voz alta era tranquilizador. Todos sabían que lo que de verdad querían era protegerse, pero nadie estaba dispuesto a admitirlo en voz alta.

—¿Estamos de acuerdo, entonces? —preguntó el estudiante 4.

Se miraron entre sí para apoyarse mutuamente.

—Sí. —Todos los miembros del grupo de estudio dieron su conformidad.

—Muy bien. Veré al profesor Hogan mañana por la mañana antes de su clase —anunció el estudiante 4 con cautela—. Tendréis que darme vuestras listas antes de entonces.

Esa tarea parecía sencilla para los demás. Eran estudiantes acostumbrados a trabajar duro, a tomar notas y explicar resumidamente un tema antes de una fecha límite. Hacer la valoración de un paciente era algo automático para ellos, y esta tarea era algo así. Entonces Ed Warner echó un vistazo al reloj de pared.

—Estamos a uno de abril de 1986 —dijo—. El día de las inocentadas. Será fácil recordarlo. Son las dos y media de la tarde y los cuatro miembros del Grupo de Estudio Alfa de Psiquiatría están de acuerdo.

Andy Candy seguía algo rezagada a Moth, que recorrió a paso rápido el pasillo hacia la consulta de su tío, hasta que vio la cinta amarilla que precintaba la puerta y se paró en seco. Había dos tiras largas con el omnipresente POLICÍA - NO PASAR en negro. Formaban una equis que cruzaba por delante la placa de la consulta: DR. EDWARD WARNER - PSIQUIATRA.

Moth levantó una mano y Andy pensó que iba a arrancar la cinta de seguridad.

—Moth —dijo—, no deberías hacer eso.

—Tengo que empezar por alguna parte —repuso él con voz exhausta, dejando caer bruscamente la mano a un costado.

«¿Empezar el qué?», pensó Andy, y le pareció que tal vez era mejor no saber la respuesta a esa pregunta.

—Moth —insistió con toda la dulzura que pudo—, vamos a comer algo. Después te dejaré en tu casa y así podrás pensar con calma en todo este asunto.

—Cuando pienso, lo único que consigo es deprimirme —dijo tras volverse hacia su exnovia sacudiendo la cabeza—. Cuando me deprimo, lo único que quiero es beber. —Esbozó una leve sonrisa irónica—. Lo mejor para mí es seguir adelante, aunque sea en la dirección equivocada.

Tocó la cinta policial con un dedo. Después llevó la mano al pomo. La puerta estaba cerrada con llave.

—¿Vas a forzar la entrada?

—Sí —respondió Moth—. Joder, la verdad tiene que estar en alguna parte, y voy a empezar a derribar todas las puertas.

Andy Candy asintió y sonrió a su vez, aunque sabía que seguramente forzar la puerta estaba mal y que, además, sería ilegal. Aquel Moth le recordaba mucho al que ella había amado: alguien que en su comportamiento combinaba lo psicológico, lo práctico y lo poético de una forma que para ella era como la miel, dulce e infinitamente tentadora, pero también pegajosa y probablemente destinada a dejarlo todo hecho un desastre.

Pero al alargar la mano hacia la cinta, se abrió otra puerta detrás de ellos en el pasillo, y ambos se volvieron. Salió un hombre moreno de mediana edad algo regordete, ajustándose una chaqueta azul. Al verlos, se detuvo.

—¿Qué estáis haciendo? —preguntó con un acento ligeramente español—. No se puede entrar ahí.

—Quería ver la consulta de mi tío —respondió Moth.

—¿Eres Timothy? —dijo el hombre tras vacilar un momento.

—El mismo.

—Ah, tu tío hablaba a menudo de ti. —El hombre se acercó a ellos, alargando la mano—. Soy el doctor Ramírez. Mi consulta ha estado al lado de la de tu tío durante muchos años, tantos que ni siquiera sé cuántos. Siento mucho lo ocurrido. Éramos amigos y colegas.

Moth asintió.

—No te vi en el funeral —prosiguió el doctor Ramírez.

—No —dijo Moth, y con un arranque de sinceridad nerviosa que sorprendió a Andy Candy, añadió—: Estaba de borrachera.

—¿Y ahora? —repuso Ramírez, sin entrar a valorarlo.

—Espero haber recuperado el control.

—El control. Es difícil con los duros golpes emocionales que se reciben de repente. He tratado durante años a muchos pacientes, y lo inesperado los derrumba cuando menos se lo esperan. Pero tu tío estaba muy orgulloso del tiempo que ambos llevabais sin beber, ¿sabes? A menudo íbamos a almorzar entre una visita y la siguiente, y me hablaba con satisfacción y orgullo de tus progresos. Te estás sacando el doctorado en Historia, ¿verdad?

El doctor Ramírez tenía una forma de hablar entre sermoneadora y reflexiva, como si cada opinión suya tuviera que traducirse en una lección de vida. En algunas personas, esto podría haber sido pretencioso, pero en aquel psiquiatra casi gordinflón resultaba agradable.

—Estoy en ello —aseguró Moth.

—Bueno —dijo Ramírez tras un instante de silencio—, si quieres hablar sobre lo que sea, mi puerta estará abierta.

—Muy amable —respondió Moth. Aquello era un acto de cortesía psiquiátrica, como decirle que sabía que tenía problemas y lo mejor que podía ofrecerle era escucharlo—. Puede que le tome la palabra. —Y, tras pensar un instante, le preguntó—: Doctor, su consulta está aquí al lado. ¿Estaba en ella cuando mi tío...?

—No oí el disparo, si es eso lo que me preguntas —contestó sacudiendo la cabeza—. Ya me había ido. Era martes, y los martes tu tío solía ser la última persona de esta planta en marcharse. Normalmente, unos minutos antes de las seis. Los lunes tengo un paciente tarde. Otros días, alguno de los demás psiquiatras se quedan hasta tarde. Como solo somos cinco que tenemos aquí la consulta, intentamos tener presente los horarios de los demás.

Moth pareció procesar esta información.

—O sea, que si hubiera preguntado qué noche estaba mi tío solo en esta planta, usted, o cualquier otra persona, habría contestado que el martes, ¿no?

—Pareces un detective, no un estudiante de Historia, Timothy —comentó el doctor Ramírez mirándolo con admiración—. Sí. Exacto.

—¿Puedo hacerle una pregunta personal, doctor?

Ramírez, un poco sorprendido, asintió.

—Si quieres. No sé si podré responderla.

—Usted conocía al tío Ed. ¿Cree que tenía tendencias suicidas?

El rostro del doctor reflejó que estaba procesando recuerdos y recelos mientras reflexionaba un momento. Moth reconoció el gesto. Era una cualidad que tenía su tío, la necesidad de un psiquiatra de valorar el impacto de lo que iba a decir, por qué se lo preguntaban y qué había realmente detrás de la pregunta, antes de responder.

—No, Timothy —dijo con cautela—. No vi que hubiera signos manifiestos de depresión que sugirieran un suicidio. Se lo dije a los policías que hablaron conmigo. No parecieron tomarse en serio mis observaciones. Y el mero hecho de que yo no observara nada no significa que no existieran, ni que Edward no los ocultara mejor que otras personas. Pero no vi nada que me alarmara. Y almorzamos juntos el día anterior a su muerte.

Hizo una pausa y luego sacó un pequeño bloc y rápidamente escribió un nombre y una dirección.

—Ed vio a este hombre hace muchos años. Quizá...

El doctor se metió la mano en el bolsillo de los pantalones, sacó un llavero y repasó su contenido. Sacó lentamente una llave y con un exagerado movimiento la dejó caer al suelo enmoquetado.

—¡Vaya! —exclamó con una sonrisa—. La llave de reserva que tengo de la consulta de tu difunto tío. Parece que la he perdido. —Y señaló la puerta—. Si vas a entrar, ¿podrías esperar a que me vaya? Preferiría no ser demasiado cómplice. —Se rio un poco de su picardía—. Lo siento —dijo, disculpándose, y su tono se volvió triste y precavido—. No sé qué encontrarás dentro, pero tal vez te ayude. Buena suerte. No suelo volverle la espalda a la gente que busca respuestas. Puedes deslizar la llave por debajo de mi puerta cuando hayas terminado.

El doctor Ramírez se volvió hacia Andy Candy, hizo una ligera y educada reverencia y, acto seguido, se dirigió al ascensor.

Moth y Andy Candy estaban incómodamente sentados en el diván que su tío usaba para los pocos pacientes de psicoanálisis que conservaba. Tras ellos había una gran fotografía de un ocaso multicolor en los Everglades. En otra pared se veía un brillante grabado abstracto de Kandinsky. Una pared contaba con una modesta biblioteca de libros de medicina y un ejemplar de *La hora de 50 minutos*. Cerca de la mesa había tres diplomas enmarcados. Pero había poco que dijera algo sobre la personalidad del hombre a quien pertenecía la consulta. Andy Candy sospechó que estaba hecho adrede. Moth observaba el escritorio de roble macizo de su tío con mirada intensa.

—No alcanzo a verlo —dijo lentamente—. Es como si se mostrara y enseguida se desvaneciera.

Andy Candy se debatía entre adivinar lo que Moth contemplaba con tanto detenimiento e imaginar lo siguiente que haría.

—¿Qué intentas ver?

—Sus últimos minutos. —Moth se levantó de repente—. Mira, está sentado aquí. Sabe que tiene que encontrarse conmigo y que es importante. Pero, en lugar de eso, escribe «Culpa mía» en un talonario de recetas, alarga la mano hacia una pistola que no era la que tenía desde hacía años y se dispara. Esto es lo que la policía y Susan, la fiscal, aseguran que ocurrió.

Moth se paseó por la consulta, se acercó al escritorio, rodeó un sillón dispuesto para los pacientes que no se sometían a psicoanálisis. Casi se atragantó cuando vio las manchas granates de sangre seca en la moqueta beis y el tablero de madera. Cuando habló, le temblaba un poco la voz:

—Andy, lo que yo veo es a alguien en este sillón con un arma. Obligando a mi tío a... —Se paró en seco.

—¿A qué?

—No lo sé.

—¿Por qué?

—No lo sé.

—¿Quién?

—No lo sé.

—Tenemos que marcharnos, Moth —dijo Andy Candy con suavidad, levantándose—. Cada segundo que pases aquí te lo pondrá más difícil.

Moth asintió. Andy Candy tenía razón.

Ella señaló la puerta, para animarlo a dirigirse hacia allí. Pero antes de dar un paso, se le ocurrió algo. Vaciló un segundo antes de hablar.

—Moth —dijo—, la policía y la fiscal tendrían que asegurar-se de que no fue un asesinato, ¿verdad? Aunque la pistola estu-viera ahí en el suelo, junto a tu tío. De modo que, primero, in-vestigarían a todos los que suelen ser siempre sospechosos. Los sospechosos habituales, como el título de la película. Es lo que la fiscal dijo que hicieron: examinaron su lista de pacientes, se-guramente la lista de sus expacientes, y también hablaron con sus amigos y vecinos para averiguar si tenía algún enemigo, ¿verdad? Para ver si alguien lo estaba amenazando. Comproba-ron que no tenía deudas de juego ni debía dinero a camellos. Es lo que la fiscal dijo, ¿verdad? Descartaron toda clase de cosas antes de sacar su conclusión, ¿verdad? ¿Verdad? —repitió con fría determinación.

—Sí —dijo Moth—. Verdad y verdad.

—De modo que si es lo que tú crees que es y lo que ellos no creen que es, tenemos que mirar donde ellos no miraron. Es lo único que tiene sentido. —Ella misma se sorprendió un poco de su lógica. O antilógica. «Mira donde no tiene sentido hacerlo.» Se preguntó de dónde le habría surgido esa idea. Señaló otra vez la puerta—. Es hora de marcharse, Moth —dijo con cautela—. Si realmente hubo un asesino en esta habitación como crees, sentado justo aquí, seguro que no dejó nada que pudiera levan-tar las sospechas de la policía. —Y volvió a asombrarse de sí misma, esta vez de su repentino sentido práctico.

6

Dos conversaciones. Una imaginada. Una real

La primera:

—Nos está perjudicando a todos. Queremos librarnos de él.

—Pues presentad una queja al decano. Es evidente que vuestro compañero tiene problemas emocionales.

—Nos da igual los problemas, las tensiones, las dificultades o lo que sea que tenga. Si está enfermo, pues que se joda. Queremos que deje el grupo para que nuestras carreras no corran peligro.

—Os entiendo. Es lógico. Os ayudaré.

Si hubiese tenido lugar de esta forma habría tenido sentido para todo el mundo salvo para una persona.

Y la segunda:

—Hola, Ed.

Primero un momento de confusión, al esperar a una persona y encontrarse con otra. Después, estupefacción. Estupor.

—¿No me reconoces? —Ya sabía la respuesta, pues el repentino reconocimiento fue evidente en los ojos de Ed Warner.

Acto seguido sacó lenta y parsimoniosamente la pistola del bolsillo interior de la chaqueta y lo encañonó desde el otro lado de la mesa. Era una pequeña automática del calibre .25 cargada con balas expansivas de punta hueca, las cuales causaban grandes destrozos y eran las preferidas de los sicarios profesionales. También era el arma preferida de las mujeres asustadizas o los propietarios intranquilos que por las noches temían allanamientos de morada o ataques de zombis enajenados. Y la preferida de los asesinos expertos, a quienes gustaba un arma pequeña, fácil de esconder y manejar y mortífera en las distancias cortas.

—Jamás pensaste que me verías de nuevo, que volverías a encontrarte con tu viejo compañero de estudios, ¿verdad, Ed? Nunca imaginaste...

Todo se desarrolló más o menos como con los demás. Diferente pero igual, incluido el momento en que escribió «Culpa mía» en una receta sobre la mesa de Ed antes de marcharse.

Una de las cosas que asombraba al estudiante 5 era lo prodigiosamente tranquilo que se había vuelto con los años, a medida que perfeccionaba el asesinato. Aunque no es que él se considerara precisamente un asesino en el sentido habitual de la palabra. No tenía cicatrices en la cara ni tatuajes carcelarios. No era un matón callejero con vaqueros holgados y una gorra ladeada. No era el impasible sicario de un traficante de drogas que llevaba su psicopatología como otros llevan un traje. Ni siquiera se consideraba una especie de experto criminal, aunque sentía cierto engreimiento por cómo había perfeccionado sus habilidades a lo largo de los años. «Los criminales de verdad —pensaba— tienen un déficit moral y psicológico que los convierte en quienes son. Quieren robar, atracar, violar, torturar o matar. Es una compulsión. Quieren dinero, sexo y poder. Es una obsesión. Lo que los incita a cometer delitos es la necesidad de actuar. A mí, no. Yo solo quiero justicia.» Se consideraba más próximo, por estilo y temperamento, a alguna clase de fuerza vengadora clásica, lo que le concedía bastante legitimidad en su propia imaginación.

Se detuvo ante el semáforo de la calle Setenta y uno con la avenida West End. Un taxi frenó en seco para no darle a la trasera de un reluciente Cadillac nuevo. Se oyó un chirrido de neumáticos y un intercambio de cláxones y seguramente imprecaciones en diversos idiomas que no lograron atravesar las ventanillas cerradas. «Música urbana.» Un autobús atestado de pasajeros soltaba gases de escape acres. Oía el traqueteo distante del metro subterráneo. Junto a él, una mujer que empujaba una sillita de bebé tosió. Sonrió al pequeño y lo saludó con la mano. El pequeño le devolvió la sonrisa.

«Cinco personas arruinaron mi vida. Eran displicentes, desconsideradas, interesadas. Estaban obsesionadas consigo mismas, como tantos egoístas vanidosos. Ahora solo queda una.»

Estaba seguro de algo: no podría enfrentarse a su propia muerte, ni siquiera a los años que lo conducirían hasta ella, sin consumar totalmente su venganza.

«La justicia es mi única adicción —pensó—. Ellos eran los ladrones. Los asesinos. Culpable. Culpable. Culpable. Culpable. Falta un último veredicto.»

El semáforo cambió y cruzó la calle, junto con otros peatones, incluida la mujer con el niño en la sillita, que manejaba expertamente en los bordillos. Una de las cosas que más le gustaba de Nueva York era el maquinal anonimato que proporcionaba. Estaba perdido en un mar de personas: millones de vidas que no significaban nada en las aceras. ¿Era importante la persona que estaba a su lado? ¿Era alguien de talento? ¿Alguien especial? Podría ser cualquier cosa: médico, abogado, empresario o profesor. Incluso podía ser lo mismo que él: un verdugo.

Pero nadie lo sabría. Las aceras despojaban a la gente de todos los signos distintivos y todas las identidades.

Durante sus estudios sobre el asesinato, cuando había llegado a esta conclusión filosófica, había dedicado tiempo a admirar a Némesis, la diosa griega de la justicia retributiva. Creía que tenía alas, como ella. Y, desde luego, tenía su paciencia.

Y así, para emprender su camino, había tomado precauciones.

Se había perfeccionado en el manejo de un arma corta y adquirido más que competencia con un rifle de caza de gran alcance y una ballesta. Había aprendido técnicas de combate cuerpo a cuerpo y esculpido su cuerpo para que los años que iban pasando tuvieran un mínimo impacto en él. Había terminado triatlones Ironman y asistido repetidamente a cursos de conducción a alta velocidad en una escuela de carreras automovilísticas. Acudía diligentemente al médico a efectuarse revisiones anuales, se había convertido en un adicto al gimnasio y el *footing* en Central Park, controlaba su dieta, en la que destacaba la verdura fresca, las proteínas magras y el marisco, y no bebía. Hasta se vacunaba cada otoño contra la gripe. Había estudiado en bibliotecas y aprendido informática por su cuenta. Tenía las estanterías llenas de libros policíacos de ficción y de no ficción, que utilizaba para cosechar ideas y técnicas. Pensaba que tendría que haber sido profesor en la Facultad John Jay de Justicia Penal de Columbia.

«Me he doctorado en muerte.»

Siguió andando hacia el norte. Llevaba un traje azul oscuro de raya diplomática con chaleco a medida y unos caros zapatos de piel italianos. Un elegante pañuelo de seda blanco ceñido al cuello lo protegía de una posible brisa helada. El sol de la tarde se reflejaba en sus gafas de espejo Ray Ban. Era una buena hora del día, con la decreciente luz rasgando los altos de edificios de ladrillo y cemento, como si tomara impulso para efectuar su incursión final en las aguas oscuras del Hudson. Para cualquier transeúnte, tendría el aspecto de un profesional adinerado que volvía a casa tras una exitosa jornada. Que no tuviera trabajo, y que se hubiera pasado las dos horas anteriores simplemente paseando por las calles de Manhattan, no afectaba a la imagen que proyectaba al mundo.

El estudiante 5 tenía tres nombres, tres identidades, tres casas, empleos falsos, pasaportes, carnets de conducir y números de la Seguridad Social, conocidos, lugares favoritos, aficiones y estilos de vida falsos. Rebotaba de unos a otros. Hijo de una familia rica, dedicada profesionalmente a la medicina, sus antepasados médicos se remontaban a los campos de batalla de Gettysburg y Shiloh. Su difunto padre había sido un cirujano cardíaco de renombre, con consultas en Midtown y privilegios en algunos de los hospitales más importantes de la ciudad, que desaprobaba un poco su interés por la psiquiatría, argumentando que la auténtica medicina se practicaba con ropa esterilizada, bisturís y sangre. «Ver un corazón que late con fuerza; eso es salvar una vida», solía decir su padre. Pero estaba equivocado. «O si no lo estaba —pensaba él—, tenía un punto de vista limitado.»

Como consideraba que el nombre con que había nacido representaba una especie de esclavitud, lo dejó atrás, se deshizo de él junto con su pasado mientras trasladaba fondos fiduciarios y carteras de valores a cuentas anónimas en el extranjero. Era el nombre de su juventud, de su ambición, de su legado y de lo que consideraba su rotundo fracaso. Era el nombre que tenía cuando se había sumido sin remedio por primera vez en la psicosis bipolar; había sido expulsado de la Facultad de Medicina y se había encontrado rumbo a un hospital psiquiátrico privado con la camisa de fuerza puesta. Era el nombre que sus médicos habían utilizado cuando lo trataban, y el nombre que tenía cuando finalmente salió, supuestamente estabilizado, para comprobar lo yerma que se había vuelto su vida.

Despreciaba la palabra «estabilizado».

Pero al salir de la clínica donde había pasado casi un año, a pesar de lo joven que era, había sabido que tenía que convertirse en alguien nuevo. «Morí una vez. Y volví a vivir.»

Así que, desde el día que le dieron el alta, año tras año, había procurado tomar siempre las adecuadas medicaciones psicotrópicas diarias. Tenía programadas visitas regulares cada seis meses a un psicofarmacólogo para asegurarse de mantener a raya las alucinaciones inesperadas, la manía no deseada y el estrés innecesario. Ejercitaba fervientemente su cuerpo y era igual de riguroso a la hora de ejercitar su cordura.

Y lo había logrado. No tenía ataques recurrentes de locura. Era equilibrado y emocionalmente fuerte. Se había creado cuidadosamente nuevas identidades, tomándose su tiempo, convirtiendo cada personaje en algo real.

En el piso 7B del 121 de la calle 87 Oeste, era Bruce Phillips.

En Charlemont, Massachusetts, en la deteriorada doble caravana estática que tenía en la calle Zoar con una oxidada antena parabólica y las ventanillas rajadas que daban al tramo de pesca de truchas del río Deerfield, lo conocían como Blair Munroe. El nombre era un homenaje literario que solo él conocía. Le gustaban los evocadores relatos breves de Saki, de donde tomó *Munroe*, aunque había añadido a regañadientes una *e* al verdadero apellido del autor, y *Blair* era el nombre real de George Orwell.

Y en Cayo Hueso, en la pequeña casa de un cigarrero de los años veinte reacondicionada por todo lo alto que poseía en la calle Angela, era Stephen Lewis. *Stephen* era por Stephen King o Stephen Dedalus (de vez en cuando cambiaba de parecer sobre el antecedente literario), y *Lewis* era por Lewis Carroll, cuyo nombre real era Charles Dodgson.

Todos estos nombres eran tan ficticios como los personajes que había creado tras ellos. Especialista en inversiones privadas en Nueva York; asistente social en el Hospital de Veteranos en Massachusetts; y en Cayo Hueso, afortunado traficante de drogas que había cerrado con éxito una única operación de gran volumen y se había retirado en lugar de volverse codicioso hasta que la DEA lo atrapara y metiera en la cárcel.

Pero, curiosamente, ninguno de estos personajes le decía nada. Él pensaba en sí mismo exclusivamente como en el estudiante 5. Era quien había sido antes de que su vida cambiara. Era este cuando había reparado sistemáticamente las enormes injusticias que le habían hecho sufrir de forma tan desconsiderada y displicente en su juventud.

Andando todavía hacia el norte, dobló a la izquierda hacia Riverside Drive para echar un vistazo al parque, al otro lado del Hudson, hacia Nueva Jersey, antes de que el sol se pusiera. Se preguntó si tendría que ir a alguna tienda de comestibles de Broadway para comprar sushi ya envasado para cenar. Había una muerte que tenía que revisar minuciosamente, valorar y analizar a fondo. «Una reunión post mórtem conmigo mismo», pensó. Y tenía otra muerte más en la que pensar. «Una reunión pre mórtem conmigo mismo.» Quería que este último acto fuera especial, y quería que la persona a la que daba caza lo supiera. «Esta última tiene que saber lo que se le avecina. Nada de sorpresas. Un diálogo con la muerte. La conversación que a mí no se me permitió tener hace tantos años.» Este deseo implicaba un riesgo y un reto a la vez, lo que le proporcionaba una deliciosa expectativa. «Y los platos de la balanza se habrán nivelado por fin.»

«El asesinato como psicoterapia.» Sonrió.

El estudiante 5 vaciló en la esquina de la manzana y echó un vistazo al río. Como esperaba, una reluciente franja dorada debido al último esfuerzo del sol cubría la superficie del agua.

—Una más —dijo a nadie y a todo el mundo.

Como siempre, como era habitual en todos sus planes, tenía la intención de ser quirúrgicamente meticuloso. Pero ahora estaba sucumbiendo a la impaciencia. «Nada de dilaciones. Hemos reservado esta para el final. Hazlo y libera tu futuro.»

7

La conversación inicial

La agente comercial que mostraba a Jeremy Hogan la residencia de ancianos le ofrecía descripciones alegres y animadas de las muchas comodidades que ofrecía a los residentes: excelente comida (no se lo creyó ni por un segundo) servida en el apartamento de uno o en el bien equipado comedor; moderna piscina cubierta y sala de ejercicios; estreno semanal de películas; tertulias literarias; conferencias de exprofesionales destacados que residían allí. Luego le enumeró los servicios de salud que se ofrecían: cuidados médicos individualizados (¿necesitaba una inyección diaria de insulina?), personal sanitario especializado y altamente cualificado las veinticuatro horas del día, instalaciones de rehabilitación, y acceso fácil y rápido a hospitales cercanos en caso de urgencia.

Pero él solo podía pensar en una única pregunta que no formuló: «¿Puedo esconderme aquí de un asesino?»

En los pasillos enmoquetados, la gente que pasaba veloz en sillas motorizadas o despacio con andadores o bastones era siempre educada. Le dirigieron muchos saludos del tipo «¿Cómo está?» o «Bonito día, ¿no?», de los que solo se esperaba una afable sonrisa o un gesto de asentimiento con la cabeza.

Él habría respondido: «¿Cómo estoy? Pues asustado.» O: «Es un bonito día para acabar posiblemente asesinado.»

—Como puede ver —dijo la comercial—, somos un grupo muy animado.

El doctor Jeremy Hogan, de ochenta y dos años, viudo, jubilado desde hacía mucho tiempo, que en su día había jugado al baloncesto, se preguntaba si algún miembro del animado grupo estaría armado y sabría utilizar una pistola semiautomática o una escopeta de cañón recortado del calibre .12. Imaginó que debería preguntar: «¿Reside aquí algún ex Navy Seal o algún marine?» Apenas escuchó la parrafada final de la mujer, cuando le explicó a grandes rasgos las ventajas fiscales que conllevaba instalarse en un «lujoso» apartamento de una sola habitación en la segunda planta con vistas a un bosque lejano. Solo era «lujoso» si se consideraban lujosas las barras de aluminio pulido en la ducha y el intercomunicador de seguridad.

Sonrió, estrechó la mano de la comercial y le dijo que le contestaría algo en unos días. Luego se preguntó por el desmesurado miedo que lo había embargado tanto que había pedido hora urgentemente para visitar aquella residencia, y se dijo que la muerte no podía ser peor que ciertas clases de vida, daba igual la clase de muerte que le tocara a uno.

Suponía que la suya sería dolorosa.

«Quizá.»

Y que se acercaba rápidamente.

«Quizá.»

Lo que le preocupaba no era solo la amenaza final. Era el pilar sobre el que se apoyaba la amenaza:

—¿De quién es la culpa?

—¿A qué se refiere con culpa?

—Dígame, doctor, ¿de quién es la culpa?

—¿Quién es usted, por favor?

«Lo curioso es que pasaste gran parte de tu vida profesional rodeado de muertes violentas, y ahora que es muy probable que te enfrentes a ella, da la impresión de que no tienes ni idea de qué hacer», se dijo al alejarse despacio en el coche de la residencia.

La violencia siempre había sido una abstracción interesante para él: algo que le ocurría a otros; algo que tenía lugar en otra parte; algo para formar parte de estudios clínicos; algo sobre lo que escribiría artículos académicos, y principalmente algo de lo que hablaba en los juzgados y las aulas.

—Lo siento, letrado, pero no hay forma científica de predecir la peligrosidad futura. Solo puedo decirle lo que el acusado presenta psiquiátricamente en este momento. No se sabe cómo reaccionará al tratamiento y la medicación o a la reclusión.

Esta era la respuesta estándar de Jeremy Hogan en el estrado, la respuesta a una pregunta que siempre le formulaban cuando lo llamaban para testificar como perito en un juicio. Se imaginaba a decenas, mejor dicho, cientos de acusados sentados en el banquillo, observándolo ceñudos mientras él daba su opinión sobre su estado mental cuando habían hecho lo que los llevó al banquillo. Recordaba haber visto: ira, rabia, profundo resentimiento. A veces: tristeza, vergüenza, desesperación. Y algún esporádico: «No estoy aquí. Jamás estaré aquí. Siempre estaré en otra parte. No podéis tocarme porque siempre viviré en un lugar de mi interior cerrado para vosotros y del que solo yo tengo la llave.»

Sabía que sus valoraciones y su testimonio podían dejar huella: quizás alguien sentado delante de él lo odiara para siempre con una creciente rabia homicida; quizás alguien sentado delante de él ni siquiera se fijara en lo que dijese al ser repreguntado.

«Quizás» era una palabra que conocía muy bien.

Tenía una explicación menos formal que utilizaba en el aula con los estudiantes de Medicina que profundizaban en Psiquiatría forense: «Mirad, chicos y chicas, podemos creer que se dan todos los factores relevantes que mantendrán a un paciente en la senda de la violencia. O, al revés, en una senda en la que reaccione rápidamente a lo que le ofrezcamos, ya sea medicación o terapia, de modo que logremos aplacar esos peligrosos impulsos violentos. Pero no disponemos de una bola de cristal que nos permita ver el futuro. Hacemos, cuando menos, una suposición bien documentada. Lo que funciona en una persona puede no funcionar en otra. En la medicina forense siempre hay un elemento de incertidumbre. Podemos saber, pero no sabemos. Pero nunca se lo digáis a un familiar, un policía o un fiscal, y jamás bajo juramento en un tribunal a un juez y un jurado, ni siquiera aunque sea lo único, realmente lo único, que quieran oír.»

Los estudiantes detestaban esta realidad.

Al principio, todos querían dedicarse a la «adivinación del futuro psiquiátrico», como él solía bromear con ironía. Mientras no pasaran cierto tiempo en pabellones de alta seguridad escuchando una amplia gama de paranoias e impulsos violentamente desenmascarados no empezarían a comprender su sentido.

«Por supuesto, idiota arrogante, les enseñaste que había limitaciones pero jamás creíste que tú tuvieras ninguna.» Jeremy Hogan sonrió. Le gustaba burlarse interiormente de sí mismo, como si pudiera tomar el pelo y chinchar a su yo más joven que vivía en su recuerdo.

«En lo primero tenías mucha razón, mucha, pero estabas muy equivocado respecto a ti. La vida es así.»

Salió del camino de entrada y dejó la residencia atrás en el retrovisor. Jeremy era un conductor muy prudente. Una paciente mirada a izquierda y derecha al incorporarse a la calle. Nunca superaba el límite de velocidad. Siempre encendía el intermitente. Empezaba a frenar mucho antes de llegar a un STOP y jamás se saltaba un semáforo en ámbar, menos aún en rojo. Su elegante BMW negro podía superar fácilmente los doscientos kilómetros por hora, pero rara vez exigía a su cochazo que hiciera otra cosa que ir a un ritmo relajado y aburrido. A veces se preguntaba si, en el fondo de su alma automovilística, el coche estaría secretamente enfadado con él, o simplemente frustrado. Por lo demás, pocas veces usaba un coche que, tras diez años, seguía teniendo el brillo de un vehículo nuevo y un kilometraje irrisorio.

Normalmente, para sus esporádicas salidas a comprar los pocos comestibles que necesitaba, usaba una camioneta vieja y abollada que guardaba en el destartalado granero de su casa de labranza. La conducía con el mismo estilo de hombre mayor, lo que armonizaba perfectamente con un vehículo abollado aquí y allá, con la pintura roja descolorida, que traqueteaba y chirriaba y tenía una ventanilla que ni subía ni bajaba.

«El BMW es como yo era antes —pensaba—, y la camioneta es como soy ahora.»

Tardó una hora en regresar a su vieja casa de labranza, en la zona rural de Nueva Jersey. Que Nueva Jersey tuviera «zona rural» era sorprendente para algunas personas, que se imaginaban que era un aparcamiento asfaltado y un polígono industrial con actividad ininterrumpida anexo a la ciudad de Nueva York. Pero gran parte del estado estaba menos desarrollada, con hectáreas de ondulante superficie verde plagada de ciervos donde se cultivaban algunas de las mejores cosechas de maíz y tomate del mundo. Su propia casa, situada a solo veinte sombreados minutos de Princeton y su famosa universidad, ocupaba cinco hectáreas que lindaban con kilómetros de tierras calificadas como zona protegida y un siglo atrás había formado parte de una gran granja.

La había comprado hacía treinta años, cuando aún enseñaba en Filadelfia, a una hora en coche, y su mujer, que era artista, se sentaba en el patio de losas trasero con sus acuarelas y llenaba de hermosos paisajes su hogar y las casas de gente acaudalada. Entonces, la casa había sido tranquila: un refugio de su trabajo. Ahora no era una casa cómoda para un hombre mayor: se estropeaban demasiadas cosas con frecuencia; la escalera era demasiado estrecha y escarpada; el césped y los jardines necesitaban demasiados cuidados; los aparatos viejos y las instalaciones del baño rara vez funcionaban; el viejo sistema de calefacción generaba demasiado calor en invierno y demasiado frío en verano. Había rechazado rutinariamente ofertas de promotores inmobiliarios que querían comprarla para demolerla y construir media docena de mansiones impersonales.

Pero era un sitio que él había amado en su día, que su mujer había amado también, y donde había esparcido sus cenizas, y la simple idea de que pudiera haber, o no, un asesino psicótico acechándolo no parecía suficiente motivo como para abandonarlo, aunque no pudiera subir las escaleras sin sentir un penetrante dolor en las rodillas debido a la artritis.

«Cómprate un bastón —se dijo—. Y una pistola.»

Tomó el largo camino de grava que llevaba hasta la puerta principal. Suspiró. «A lo mejor hoy me toca morirme.» Jeremy se detuvo y se preguntó cuántas veces había conducido hasta su casa. «Es perfectamente razonable hacer aquí una última parada», pensó.

Escudriñó alrededor en busca de algún indicio que revelara la presencia de un asesino, una inspección totalmente ridícula. Un verdadero asesino no dejaría su coche aparcado delante, adornado con la matrícula «Asesino 1». Estaría esperando en la sombra, escondido, empuñando un cuchillo y preparado para abalanzarse sobre él. O bien oculto tras un muro, apuntándolo a la frente con un fusil mientras acariciaba el gatillo con el dedo.

Se preguntó si oiría el *¡pum!* antes de morir. Seguro que un soldado sabría la respuesta, pero él no tenía demasiado de soldado.

Jeremy Hogan inspiró hondo y bajó. Se quedó junto al coche, esperando. «Puede que aquí se acabe todo —pensó—. Y puede que no.»

Sabía que estaba atrapado en algo. ¿Periferia o centro? ¿Principio o final? No lo sabía. Le avergonzaba su debilidad: «¿Qué mosca te picó para querer buscar refugio en una residencia? ¿De qué te serviría? ¿Crees que aceptar lo viejo y débil que te has vuelto te salvaría? Por favor, señor asesino, no me dispare ni me apuñale, o lo que quiera que planee hacerme, porque soy demasiado viejo y lo más seguro es que estire igualmente la pata una día de estos, así que no hace falta que se moleste en matarme.» Se rio de sus ocurrencias absurdas. Qué gran argumento para convencer a un asesino. Además, ¿qué tiene de excepcional la vida para que necesitemos seguir viviéndola?

Tomó nota mental de llamar a la agente comercial de la residencia y rechazar educadamente la compra del apartamento, mejor dicho, de la celda, que le había enseñado.

Se preguntó de cuánto tiempo disponía realmente. Se había estado haciendo esta pregunta cada día, no, cada hora, desde hacía más de dos semanas, desde que había recibido una llamada anónima hacia las diez de la noche, poco antes de la hora en que solía acostarse:

—¿Doctor Hogan?

—Sí. ¿Quién le llama? —No había reconocido la identificación de llamada en el teléfono y como se imaginó que era un recaudador de fondos para alguna campaña política o alguna buena causa, se preparó para colgar antes de que le soltaran la perorata. Después, deseó haberlo hecho.

—¿De quién es la culpa?

—¿Perdón?

—¿De quién es la culpa?

—¿A qué se refiere con culpa?

—Dígame, doctor, ¿de quién es la culpa?

—¿Quién es, por favor?

—Responderé por usted, doctor Hogan: la culpa es suya. Pero no actuó solo. Se trata de una culpa compartida. Ya se han saldado algunas cuentas pendientes. Quizá debería repasar las necrológicas del *Herald* de Miami.

—Lo siento, no tengo idea de qué demonios me habla. —E iba a colgar sin más, pero oyó:

—La próxima necrológica será la suya. Volveremos a hablar.

Y se cortó la comunicación.

Después pensó que había sido el tono, las palabras «próxima necrológica» pronunciadas con una calma glacial, lo que le indicó que quien llamaba era un asesino. O que, por lo menos, él se figuraba que lo era. Una voz ronca, grave, seguramente disimulada con algún dispositivo electrónico. Ningún otro indicio. Ninguna otra indicación. Ningún otro detalle destacable. Desde el punto de vista de la ciencia forense, era una conclusión sin base alguna.

Sin embargo, durante sus años como psiquiatra forense había estado ante muchos asesinos, tanto hombres como mujeres.

Así que, tras reflexionarlo, estuvo seguro.

Su primera reacción fue mostrarse defensivamente despectivo, lo que sabía que era una especie de absurdo impulso de autoprotección: «Bueno, ¿de qué coño va todo esto? Vete a saber. Es hora de acostarse.»

Su segunda reacción fue de curiosidad: descolgó el auricular y pulsó la tecla de rellamada para acceder al número que lo había llamado. Quería hablar con esa persona.

«Le diré que no sé a qué se refiere, pero que estoy dispuesto a hablar de ello. ¿Alguien tiene la culpa de algo? ¿De qué exactamente? De todas formas, todos tenemos la culpa de algo. La vida es eso.» No se paró a pensar que seguramente ese hombre no estaba interesado en una charla filosófica. Una incorpórea voz electrónica le dijo al instante que el número ya no estaba operativo.

Colgó y habló en voz alta:

—Bueno, debería llamar a la policía.

«Me tomarán por un viejo excéntrico y ofuscado, y puede que lo sea», pensó. Pero toda su formación y experiencia le indicaba que hacer una llamada así obedecía a un solo propósito: crear una incertidumbre desbocada.

—Bueno, quienquiera que seas, lo has conseguido —dijo.

Su tercera reacción fue asustarse. De repente, la cama no le resultó una opción apropiada. Sabía que le sería imposible dormir. Notó que se mareaba al mirar fijamente el teléfono. Así que cruzó con paso vacilante la habitación y se sentó al ordenador. Inspiró bruscamente. Pese a la torpeza de sus dedos artríticos para teclear, no le llevó demasiado rato encontrar una pequeña entrada en la sección de necrológicas del *Herald* de Miami, con el titular: «Eminente psiquiatra se suicida.»

Fue la única necrológica que Jeremy pensó que pudiera estar relacionada remotamente con él, y solo porque compartían profesión.

El nombre le era desconocido. Su reacción inicial fue preguntarse quién sería. «¿Un exalumno? ¿Un antiguo residente? ¿Un interno? ¿Tercer curso de la Facultad de Medicina?» Calculó edades mentalmente. Si ese nombre pertenecía a uno de los suyos, tenía que ser de hacía más de treinta años. Sintió que lo invadía la desesperación: los rostros que habían asistido a sus clases, incluso los de quienes habían seguido con sumo interés sus seminarios más breves, se le habían borrado de la mente; hasta quienes habían obtenido renombre y éxito permanecían ocultos en lo más profundo de su memoria.

«No lo entiendo —pensó—. Otro psiquiatra se suicida a más de mil kilómetros, ¿y eso tiene algo que ver conmigo?»

8

Moth hizo más de cien abdominales en el suelo de su piso, seguidos de cien flexiones de brazos. Por lo menos esperaba que fueran cien. Había perdido la cuenta durante la rápida sucesión de subidas y bajadas. Iba medio desnudo: solo bóxers y zapatillas deportivas. Notaba que los músculos le tiraban, a punto de ceder. Cuando le pareció que no podía pedir ni una flexión más a sus brazos, se tumbó en el suelo, respirando pesadamente con la mejilla apoyada en la fría y lustrosa madera noble. Después se puso de pie y corrió sin moverse de sitio hasta que el sudor empezó a nublarle la visión y escocerle en los ojos. Escuchaba rock duro de los ochenta en un iPod: Twisted Sister, Molly Hatchet e Iggy Pop. La música tenía una extraña furia que correspondía a su estado de ánimo. Las potentes notas y unas implacables voces de lo más tópico chocaban con sus dudas. Creía que tenía que ser tan enérgico como aquel sonido.

Mientras levantaba las rodillas para ganar velocidad sin abandonar su posición y las zapatillas deportivas sonaban sordamente, tenía la mirada puesta en su móvil, porque Andy Candy tenía que recogerlo a media mañana para ir a la primera de las tres reuniones que había programado para aquel día.

No eran reuniones como aquella a que había asistido en Redentor Uno la tarde anterior. Estas eran entrevistas. «Entrevistas de trabajo —pensó—, solo que el trabajo que quiero es dar caza a un asesino y matarlo.»

Se detuvo. Se agachó jadeante, se ajustó los bóxers e inspiró el aire viciado de su piso. Estaba mareado y tembloroso, notó el sabor del sudor de su labio superior y no supo muy bien si era por estar eliminando el alcohol del organismo o por la apremiante necesidad de vengarse.

Se sentía débil, imposibilitado. Si una supermodelo de piernas largas y bien peinada de South Beach entrara en su casa luciendo un bikini con andares seductores mientras se desabrochaba el sujetador, a él seguramente le costaría horrores empalmarse. Casi se rio de su posible impotencia. «Beber te convierte en un anciano renqueante y débil. ¿No escribió eso Shakespeare?» Entonces sustituyó mentalmente a la supermodelo de South Beach por Andy Candy.

Una sucesión trepidante de recuerdos le cruzó la mente: el primer beso; la primera vez que le tocó los pechos; la primera caricia en el muslo. Recordó cuando él le acercó la mano al sexo por primera vez. Había sido fuera, en un patio con piscina, y estaban apretujados uno contra otro, entrelazados en una incómoda tumbona de plástico que se les clavaba en la espalda pero que en aquel momento les parecía un colchón de plumas. Él tenía quince años; ella, trece. A lo lejos sonaba música, no rap o rock, sino un suave cuarteto de cuerda. Había esperado que ella lo detuviera a cada milímetro que recorrían sus dedos. Su corazón latía más rápido cada milímetro que lograba avanzar. «Unas braguitas de seda húmedas. Una goma elástica.» Habría querido ser rápido, acorde con su excitación, pero sus caricias eran leves y pacientes. «Una contradicción entre exigencias y emociones.»

En la soledad de su piso, jadeó sonoramente. Se quitó con brusquedad los auriculares de las orejas y apagó el iPod. El silencio lo envolvió. Escuchó su respiración entrecortada y dejó que los jadeos sustituyeran los recuerdos de Andrea Martine. Se dijo que tendría que cuidarse del silencio. La ausencia de sonido era un vacío que había que llenar, y la forma más fácil y natural de hacerlo era la bebida, el veneno que lo mataría.

Asintió como si estuviera de acuerdo con algún argumento interior, se quitó las zapatillas de un puntapié y también los calzoncillos para quedarse totalmente desnudo, con el sudor reluciente cubriéndole la frente y el pecho.

—Ejercicio cumplido —soltó, como un soldado que se diera órdenes a sí mismo—. No hagas esperar a Andy Candy. Jamás la hagas esperar. Sé siempre el primero en llegar. Arréglate.

No sabía muy bien por qué ella estaba dispuesta a ayudarlo, pero de momento lo estaba, y como eso era lo único sólido que había en su vida, debía moderarse para que ella siguiera a bordo, por más locura que todo aquello pareciera. No debía dejarle espacio suficiente para que ella se planteara qué le estaba pidiendo él.

«A lo mejor lo que haremos hoy nos dará una o dos respuestas», se dijo, aunque seguramente resultaría infructuoso.

—Tengo que saberlo —aseguró en voz alta, en el mismo tono áspero, militar.

Sintió la urgencia de ponerse en marcha y avanzó rápidamente con los hombros erguidos hacia el cuarto de baño, donde sujetó el cepillo de dientes y el peine como si fueran armas.

Andy dobló a toda velocidad la esquina, camino del edificio donde vivía Moth. Lo vio en la acera, frente a la entrada, saludándola con la mano.

Era algo totalmente inocente: una muchacha que recogía a *su novio* (en Miami, dicho así, en castellano) con el coche para ir a la playa o a un centro comercial.

Al frenar, se preguntó si debería contar a Moth lo que había hecho la noche anterior en Redentor Uno. No sabía si había hecho bien o mal, si era importante o no:

—Adelante, ve. Yo te esperaré aquí.

—Será una hora. Puede que más, Andy. A veces la gente necesita desahogarse... —Vaciló—. A veces necesito desahogarme.

—No pasa nada. No me importa esperar. He traído un libro que estoy leyendo.

Moth echó un vistazo alrededor.

—Lo tengo en el maletero —mintió ella—. Es una novelucha de chicas y sexo. Ya sabes, pasión acalorada, amor no correspondido y orgasmos fantásticos. La escondo para que no la vea la mojigata de mi madre.

—Te estás corrompiendo —bromeó Moth con una sonrisa.

—Eso ya sucedió —sonrió ella.

Había sido quizá la primera vez que bromeaban y reían juntos desde que Moth la había llamado.

—Vale. Entraré. Nos vemos en un rato —dijo Moth—. ¿Seguro que no te importa esperar? Alguien podría llevarme a casa en coche después...

—Tarda lo que quieras —repuso ella con una sonrisa.

Vio a Moth salir del coche, agacharse para sonreírle a través de la ventanilla al cerrar la puerta y cruzar rápidamente el aparcamiento para reunirse con dos personas de más edad, un hombre y una mujer, y entró en la iglesia. Ella esperó otro minuto, y un segundo.

Andy Candy bajó del coche.

Una noche bochornosa caía rápidamente sobre los majestuosos flamboyanes que flanqueaban la entrada de la iglesia, y ella empezó a sudar. Contempló las hojas, que florecerían y adquirirían un fuerte tono rojo. Era el sur de Florida y la omnipresente vegetación no se limitaba a las bamboleantes palmeras y los retorcidos mangles. Había higueras de Bengala inmensas que parecían viejos nudosos que se negaban a morir, copales y tamarindos. Sus raíces se extendían por la porosa piedra coralina sobre la que estaba construida Miami y absorbían los nutrientes del agua que se filtraba, inadvertida, en la tierra. Pensó que los árboles podían vivir para siempre. En Miami crecía cualquier cosa que se plantara. Sol. Lluvia. Calor. Un mundo tropical que existía detrás de todas las construcciones, de todos los edificios y todas las urbanizaciones. A veces pensaba que si la gente apartara la vista del hormigón y el asfalto que la rodeaba y bajara la guardia solo unos segundos, la naturaleza reclamaría tanto la tierra como la misma ciudad, junto con todos sus habitantes; se lo tragaría todo y lo escupiría hacia el olvido.

Se acercó a la puerta, la abrió con cuidado y se coló en la iglesia, donde encontró aire fresco y silencio.

No tenía ningún plan, simplemente una compulsión. Quería ver. Quería oír. Quería intentar comprender.

Se movió con sigilo, aunque sabía que no era necesaria tanta cautela. Sabía que si se presentaba simplemente en la reunión, sería bien recibida por todo el mundo, excepto por Moth. Todos le darían la bienvenida, excepto Moth. Todo el mundo creería saber por qué estaba allí, excepto Moth.

Era un poco como mirar a hurtadillas por la ventana de una casa. Se había figurado que era una ladrona o una espía. Quería robar información. El Moth al que había amado sin titubear era diferente ahora. Tenía que ver cuánto y cómo.

El interior del templo estaba oscuro y vacío; como si Jesús se hubiera tomado la tarde libre. Había pasado junto a los bancos y el púlpito de madera, dejado atrás crucifijos de oro y estatuas de mármol, bajo la mirada de los santos inmortalizados en las vidrieras. Andy detestaba la iglesia. Su madre, que a veces suplía la ausencia de un organista, y su difunto padre habían ido habitualmente a misa los domingos, y la llevaban con ellos desde que tenía uso de razón, hasta que se había enamorado de Moth y de repente se negó a seguir yendo. Se detuvo y alzó los ojos hacia una de las imágenes de las vidrieras, san Jorge matando al dragón, y se dijo que, de todos modos, la odiarían porque ahora era una asesina. Esa idea le secó la garganta y apartó los ojos de las imágenes del cristal. Continuó adelante hasta oír un murmullo de voces al fondo de un pasillo. A cada lado había despachos vacíos, y una pequeña antesala al final. Temía hacer mucho ruido al andar, aunque era justo lo contrario. Andy Candy era ágil y atlética. Moth la había llamado una vez «mi chica ninja», por la forma en que salía a escondidas de su casa pasada la medianoche para reunirse con él sin despertar a sus padres ni a los perros. Ese recuerdo la hizo sonreír.

Entró en la antesala y vio una puerta doble al fondo. La puerta daba a una sala más grande con paneles de madera y techo bajo. Vislumbró sillas y sofás de piel dispuestos en círculo, y se pegó a una pared para escuchar justo cuando unos débiles aplausos despidieron a un orador.

Estiró el cuello para asomarse y reculó al ver que Moth se levantaba.

—Hola, me llamo Timothy y soy alcohólico.

—Hola, Timothy —fue la respuesta establecida, a pesar de que todos se conocían.

—Hace quince días que no bebo...

Otra ronda de aplausos y algunas voces de ánimo: «Muy bien», «Estupendo».

—Como muchos de vosotros sabéis, fue mi tío Ed quien me trajo aquí por primera vez. Él fue quien me mostró mi problema y me enseñó a superarlo.

Andy Candy oyó el silencio, como si los reunidos en Redentor Uno hubieran contenido colectivamente la respiración.

—Ya sabéis que mi tío murió. Y que la policía cree que fue un suicidio.

Moth hizo una pausa. Andy Candy se inclinó hacia delante para oírlo todo.

—Yo no me lo creo. Da igual lo que digan; no me lo creo. Todos vosotros conocíais a mi tío Ed. Estuvo aquí cientos de veces y os contó cómo había vencido su problema con la bebida. ¿Alguno de los presentes cree que se haya suicidado?

Silencio.

—¿Alguien?

Silencio.

—Por tanto, necesito vuestra ayuda. Ahora más que nunca.

Por primera vez, Andy Candy oyó que la voz de Moth temblaba de emoción.

—Tengo que mantenerme sobrio. Debo encontrar al hombre que mató a mi tío.

Estas últimas palabras fueron dichas en tono agudo.

—Ayudadme, por favor.

Andy Candy deseó poder ver el silencio de la sala, la reacción en las caras de los allí reunidos. Hubo una larga pausa antes de que oyera de nuevo a Moth.

—Me llamo Timothy y hace quince días que no bebo.

La gente empezó a aplaudir.

—¿Qué tal la noche? —preguntó Andy Candy.

—Bien, supongo. No duermo demasiado bien, pero era de esperar. ¿Y tú?

—Igual.

Moth iba a preguntar por qué, pero se abstuvo. Tenía muchas preguntas, y una de las que más le escocía era por qué estaba Andy Candy en casa cuando debería estar acabando sus estudios. A Moth le estaba costando lo suyo no pedirle que le contara su misterio. Suponía que en algún momento lo haría, o no. Se dijo que tenía que limitarse a estar contento, no loco de alegría, de que ella lo estuviera ayudando.

Se revolvió en el asiento del acompañante. Iba bien vestido, con pantalones caqui, una camisa de *sport* de rayas rojas y negras, y tenía una mochila en el regazo. Contenía blocs de notas, una grabadora, informes sobre la escena del crimen.

—¿Adónde vamos primero?

—Al piso de Ed. Diligencias debidas. —Sonrió y añadió—: Hay que volver una y otra vez sobre la misma cosa, como hacen los historiadores. Seguir los pasos de la policía. Y entonces... —Guardó silencio. «Entonces» era una noción que no estaba preparado para explorar. Por el momento.

9

Una segunda conversación

Jeremy Hogan sabía que habría una segunda llamada.

Esta convicción no se basaba tanto en la ciencia de la psicología como en un instinto perfeccionado a lo largo de los años: entender el porqué de los crímenes en lugar del quién, el qué, el dónde y el cuándo que rutinariamente aquejaban a los policías. «Si el asesino está verdaderamente obsesionado conmigo, no es probable que se conforme con una sola llamada, a no ser que lo tenga todo planeado y que mi siguiente aliento sea el último. O casi el último.»

Hurgó en su memoria, y se le aparecieron asesinos de toda clase. Una colección de cicatrices y tatuajes, un desfile de etnias —negra, blanca, hispana, asiática y hasta un samoano—, de hombres pálidos que oían voces y de hombres entrecanos tan fríos que el adjetivo «despiadado» se quedaba corto. Recordó a hombres que se retorcían en la silla y sollozaban cuando les contaban por qué habían asesinado, y a hombres que se habían reído a carcajadas de su crimen como si fuera lo más gracioso del mundo. Le resonaron en la cabeza asesinatos relatados en las celdas con toda naturalidad, como si equivalieran a tirar la basura o a cruzar temerariamente la calle. Vio las luces fuertes y crudas de la cárcel, los muebles de acero gris atornillados al suelo de cemento. Vio a hombres que sonreían al pensar en su propia ejecución y a otros que temblaban de rabia o se estremecían de miedo. Recordó a hombres que lo miraban fijamente con ganas de retorcerle el cuello, y a otros que querían un abrazo tranquilizador o una palmadita amistosa en la espalda. Caras como fantasmas llenaron su imaginación. Algunos nombres aparecieron fugazmente, pero la mayoría le eludieron.

«No eran importantes. Lo que dije o escribí sobre ellos, eso era lo importante.»

Respiró superficialmente de una forma similar a la inspiración sibilante y casi desvalida de un asmático para intentar llenarse los pulmones.

Se reprendió como si le estuviera hablando a otra persona:

«Una vez terminabas tu valoración y escribías tu informe, no creías que valiera la pena recordarlos.

»Te equivocabas.

»Uno de ellos ha vuelto. Sin esposas esta vez. Ni camisa de fuerza. Ni inyección de Lorazepam y Haloperidol para aplacar la psicosis. Ni musculoso guardia armado en el rincón toqueteando su porra, o mirando desde una habitación contigua por un monitor de televisión. Ni botón rojo de alarma escondido bajo tu lado de la mesa de acero. Nada que te separe de la muerte.

»De modo que pasará una de estas dos cosas: querrá matarte enseguida, porque hacer esa primera llamada fue el único detonante que necesitaba y ahora se contentará con cometer el asesinato. O querrá hablar, atormentarte y torturarte, prolongar la actuación, porque cada vez que oiga tu incertidumbre y tu miedo, eso lo acariciará, lo hará sentir más poderoso, más al mando, y tras haberte hecho superar los límites del miedo, te matará.

»Querrá hacerlo todo para que tu muerte tenga sentido.»

Había tardado varios días en llegar a esta observación sutil. Pero cuando lo hizo, después de haber disipado sus miedos iniciales, supo que solo le quedaba una verdadera opción.

«No puedes huir. No puedes esconderte. Esos son tópicos. No sabrías cómo desaparecer. Esas son cosas de la ficción barata.

»Pero tampoco puedes limitarte a esperar. No se te da nada bien.

»Ayúdale a disfrutar de tu asesinato. Alárgalo y hazlo salir de sí mismo. Gana tiempo.

»Es tu única oportunidad.»

Evidentemente, no había decidido qué podía hacer con el tiempo que ganara.

Así pues, había dado unos pasos para prepararse para la segunda llamada. Pasos modestos, pero que le daban la sensación de hacer algo en lugar de quedarse sentado mientras alguien planeaba su muerte. Hizo una rápida visita a una tienda cercana de equipo electrónico para hacerse con un dispositivo para grabar las conversaciones en su teléfono. Después fue a un *outlet* de suministros de oficina para adquirir varios blocs de papel rayado amarillo y una caja de lápices del número dos. Grabaría y tomaría notas.

El dispositivo de grabación consistía en una ventosa adhesiva que captaba las dos voces de una conversación telefónica. Llevaba incorporada una grabadora de microcasetes. La ventaja de este equipo era sencilla: no emitía el consabido pitido de las grabaciones legales.

No estaba seguro de qué le serviría grabar la conversación. Pero parecía una medida aconsejable y, dada la ausencia de otra forma de protección, parecía tener sentido.

«A lo mejor me hace alguna amenaza manifiesta y evidente, y puedo acudir a la policía...»

Dudaba que tuviera tanta suerte. Supuso que ese hombre sería demasiado inteligente para ello. De todos modos, ¿qué haría la policía para protegerlo? ¿Dejar un coche patrulla delante de su casa? ¿Durante cuánto tiempo? ¿Decirle que se comprara una pistola y un pit-bull?

Tenía una gran habilidad para obtener información de un sujeto. Siempre se le había dado bien. Pero también sabía que sus interrogatorios siempre eran *a posteriori*; el crimen se había cometido, la detención estaba hecha.

Él sabía indagar en los crímenes pasados. En cambio, ahora estaba ante la promesa de un crimen futuro.

¿Hacer predicciones? Imposible.

A pesar de ello, tenía una sensación de confianza cuando se sentó al pequeño escritorio de su despacho del piso superior para preparar algunas preguntas para aquella inevitable segunda llamada. La tarea era frustrante, lenta. Tenía que hacer algunas valoraciones psicológicas preliminares: determinar con sus preguntas si quien llamaba estaba orientado en cuanto al tiempo, el lugar y las circunstancias, para asegurarse de que no se trataba de un esquizofrénico que padecía alucinaciones en forma de órdenes homicidas. Ya sabía que la respuesta a esta pregunta era «no», pero el científico que había en él exigía que se asegurara de todos modos.

«Descarta todas las enfermedades mentales que puedas.»

Pero lo que dificultaría su preparación era el hecho de que se enfrentaba a un terreno psicológico desconocido.

Los instrumentos para evaluar el peligro estaban pensados para que los servicios sociales pudieran ayudar a las mujeres amenazadas a eludir a los maridos maltratadores. El contexto situacional era vital, pero solo podía abarcar la mitad de esta ecuación: la suya. Y lo que necesitaba conocer era la del otro.

Se sentó en la semipenumbra, rodeado de papeles, de estudios académicos, revistas y libros de texto que llevaba años sin abrir, y de impresiones informáticas de diversos sitios webs dedicados al estudio del riesgo.

Era de noche. Una lámpara de escritorio y la pantalla del ordenador eran la única iluminación en la habitación. Miró por la ventana para hacerse una idea de la extensión del tenebroso aislamiento que rodeaba su vieja casa de labranza. No recordaba si había dejado encendida alguna luz en la cocina o el salón, en el piso de abajo.

Pensó: «Me he hecho viejo. La constante niebla gris del envejecimiento se convierte en la oscuridad de una noche profunda.»

Estaba siendo más poético que de costumbre.

Siguió adelante con su tarea. En la parte superior de la hoja de un bloc anotó:

Aspecto
Actitud
Conducta
Estado de ánimo y afectación
Proceso mental

Contenido del pensamiento
Percepciones
Cognición
Perspicacia
Criterio

En circunstancias normales, estas eran las competencias emocionales que exploraría para obtener un perfil psicológico. «Del acusado —se dijo—. Pero ahora soy yo el acusado.»

Descartó rápidamente la mayoría de ítems. No habría forma de valorar el aspecto ni ninguna otra cosa que exigiera la observación directa de quien llamaba. De modo que se limitaría a lo que pudiera detectar a partir de su voz, las palabras que utilizara y la forma en que estructurara su mensaje.

«El lenguaje es fundamental. Cada palabra revela algo.

»El proceso mental viene después. ¿Cómo estructura su deseo de matarme? Busca señales que pongan de relieve lo que significa para él asesinar. Cuándo se ríe. Cuándo baja la voz. Cuándo acelera al hablar.»

Visualizó su valoración como un triángulo. Si el lenguaje y el pensamiento eran dos lados, tendría que encontrar el tercero. De esa manera tendría una oportunidad.

«Una vez que sepas qué es, podrás empezar a descifrar quién es.»

»Es un juego —se dijo Jeremy Hogan—. Más te vale ganarlo.»

Se recostó en la silla, dio vueltas a un lápiz en la mano, echó un vistazo a sus notas, se recordó que debía ser el científico y el artista que creía ser a la vez, y descubrió que no estaba lo que se dice asustado.

Curiosamente, se sentía retado.

Eso le hizo sonreír.

«Muy bien. ¿Has dado el primer paso, "señor De la Culpa"?: Una breve y enigmática llamada telefónica que me asustó como a cualquier pobre diablo amenazado de repente. Peón blanco a e4: apertura española. Seguramente la más fuerte que existe.

»Pero yo también sé jugar.

»Responde con Peón negro a c5: defensa siciliana.

»Y ya no estoy asustado.

»Aunque tengas la intención de acabar matándome.»

Cuando sonó el teléfono estaba sumido en la confusa niebla y los sueños tormentosos del sopor. Tardó unos segundos en pasar del agitado mundo onírico a la agitada realidad. La insistencia del teléfono parecía formar parte de una pesadilla en lugar de pertenecer al estado de vigilia.

Respiró hondo varias veces mientras giraba los pies hacia el lado de la cama. Hacía frío, aunque no debería hacerlo.

Se ordenó mentalmente «¡Calma!» aunque sabía que era difícil conseguirla. Alargó una mano hacia el teléfono y pulsó con la otra la tecla para grabar la conversación.

El identificador de llamadas rezaba NÚMERO DESCONOCIDO. Una mirada rápida al reloj que había junto a la cama le indicó que pasaban unos minutos de las cinco de la mañana.

«Inteligente —pensó—. Se habrá pasado horas preparándose, fortaleciéndose, sabiendo que iba a despertarme y pillarme desprevenido.»

Otra respiración profunda. «Aparenta estar deprimido, atontado. Pero estate alerta, preparado.»

Habló despacio, con la voz pastosa del sueño. Tosió una vez al contestar. Quería dar la impresión de que era viejo y estaba inseguro. Tenía que sonar tembloroso y asustado, incluso decrépito y débil. Pero quiso responder de la misma forma que hacía años atrás: un médico al que recurrían en plena noche por una urgencia.

—Sí, diga, soy el doctor Hogan. ¿Quién llama?

Un silencio.

—¿De quién es la culpa, doctor?

Jeremy se estremeció. Esperó unos segundos antes de contestar:

—Sé que cree que es culpa mía, lo que quiera que sea. Debería colgarle sin más. ¿Quién es usted?

Un resoplido. Como si esta pregunta fuera de algún modo despectiva.

—Ya sabe quién soy. ¿Qué le parece esta respuesta?

—Insatisfactoria. No le entiendo. No entiendo nada, en particular por qué quiere matarme. ¿Cuánto tiempo ha estado...?

—He estado pensando en usted muchos años, doctor —lo interrumpió.

—¿Cuántos años? —preguntó Jeremy, sobresaltado.

«Maldita sea —se reprendió a sí mismo—. No seas tan claro, coño.» Escuchó la voz al otro lado de la línea. Era ronca, como forjada en un recuerdo aterrador y afilada hasta cierto punto como un cuchillo romo oxidado. De repente, tuvo el convencimiento de que ese hombre utilizaba algún dispositivo electrónico que le disimulaba la voz. «Así que descarta el acento, la inflexión y el tono. No te servirán de nada.»

—¿Tengo que morir por algo que presuntamente hice? —Recuperó su propia voz para expresar algo entre irritación y sermón.

—«Presuntamente» es una palabra excelente. Tiene cierto aire jurídico...

Jeremy tomó una nota en su bloc: «Educado.» Y subrayó dos veces la palabra. Hizo una segunda anotación: «No se educó en la cárcel. Tampoco en la calle.»

—O sea que es un antiguo alumno o un antiguo paciente —se aventuró—. ¿Qué pasa, le suspendí? O quizá cree que la valoración que hice de usted en un juicio sirvió para encerrarlo...

«Vamos. Di algo que me ayude.»

No lo hizo.

—¿Qué? ¿Cree que esas son las dos únicas clases de persona que pueden guardarle rencor, doctor? —Y soltó una carcajada—. Debe de tener la impresión de que ha llevado una vida ejemplar. Una vida sin errores. Libre de culpa. De santo.

Jeremy no tuvo tiempo de contestar antes de que su interlocutor añadiera:

—Pues diría que no.

—¿Por qué yo? ¿Y por qué soy el último de no sé qué lista?

—Porque solo fue una parte de la ecuación que me arruinó la vida.

—No da la impresión de que esté arruinada.

—Porque he logrado recuperarla. De muerte en muerte.

—El hombre que murió en Miami se suicidó...

—Eso dijeron.

—Pero está sugiriendo que fue otra cosa.

—Evidentemente.

—Asesinato.

—Una deducción razonable.

—Tal vez no me lo crea. Suena paranoico, fantasioso. Puede que esa muerte sea algo que usted imagina que provocó. Creo que voy a colgar.

—Como quiera, doctor. No es una elección inteligente para alguien que se ha pasado la vida reuniendo información, pero aun así, si cree que lo ayudará...

Jeremy no colgó. Sintió que el otro lo había superado tácticamente. Echó un vistazo a la lista de competencias psicológicas. «No sirve para nada», pensó.

—¿Y mi asesinato hará que sea completa?

—Eso es una deducción suya, doctor.

Jeremy escribió: «No es paranoico. ¿Sociópata? Jamás he conocido a un sociópata así. Por lo menos, eso creo.»

—He llamado a la policía —dijo—. Está al corriente de todo...

—¿Por qué miente, doctor? ¿Por qué no se inventa algo mejor, como que la policía está allí ahora, escuchando, rastreando esta llamada, y que va a rodearme en cualquier momento...? ¿No sería mejor?

Jeremy se sintió idiota. Se preguntó cómo lo sabría. ¿Acaso lo estaba espiando? Lo recorrió una punzada de gélido miedo y miró frenéticamente alrededor, casi presa del pánico. El tono regular y burlón de su interlocutor lo devolvió a la conversación.

—Quizá debería acudir a la policía. Eso lo haría sentir seguro. Es una tontería, pero puede que lo haga sentir mejor. ¿Cuánto tiempo cree que durará esa sensación?

—Tiene usted paciencia.

—La gente que se apresura a cobrar sus deudas siempre se conforma con menos de lo que merece, ¿no cree, doctor?

Jeremy anotó: «No teme a las autoridades.» Le pareció que tendría que tirar de aquel hilo.

—La policía... suponga que lo atrapa...

—No creo, doctor —aseguró su interlocutor tras otra carcajada—. No me considera lo bastante listo. Hace mal.

Tras vacilar un poco, Jeremy anotó la palabra «engreído». Cerró los ojos un momento, concentrándose. Decidió aventurarse de nuevo, esta vez con un ligero tono burlón:

—Dígame, «señor De la Culpa», ¿cuánto tiempo me queda?

Una pausa.

—Me gusta ese apellido. Es adecuado.

—¿Cuánto tiempo?

—Días. Semanas. Meses. Quizá, quizá, quizá. ¿Cuánto tiempo le queda a nadie? —Un titubeo junto con la misma risa sin gracia—. ¿Qué le hace pensar que no estoy ahora mismo delante de su casa, doctor?

Y colgó.

10

Había un irritante hilo musical en el ascensor que los llevó a la undécima planta. Los dos estaban nerviosos, y el sonido de fondo estorbaba sus pensamientos. Era una interpretación orquestal de una conocida melodía pop de antaño, y ambos la tararearon un instante, sin ser capaces de ponerle título.

—¿Los Beatles? —preguntó Andy Candy de repente. Estaba inquieta, temiendo contagiarse de la obsesión de Moth. Cuando lo miraba de reojo, lo veía con la expresión de un escalador que cuelga peligrosamente de un barranco, desesperado por no caer y decidido a encontrar una forma de alcanzar un sitio seguro, por más desgastadas que estuvieran las cuerdas y más flojos los nudos que lo sostenían. Sentía que un fuerte viento la empujaba y no estaba segura de poder confiar en él.

—Sí. No. Parece. Puede —contestó Moth—. Mucho antes de nuestra época.

—Pero memorable. Los Stones. Los Beatles. Los Who. Buffalo Springfield. Jimi Hendrix. Todo lo que escuchaban mis padres. Solían bailar en la cocina... —Se le fue apagando la voz, con ganas de añadir que ahora su madre viuda tenía que bailar sola, pero no lo hizo. En lugar de ello, concluyó—: Y ahora solo son un hilo musical.

La música distrajo a Moth. No estaba seguro de cómo iba a reaccionar cuando viera a la pareja de su tío. Era como si hubiera defraudado a todo el mundo y ahora fueran a recordarle su ineptitud y sus fracasos. Pero tampoco sabía por dónde empezar la búsqueda.

El ascensor desaceleró con una especie de zumbido y se detuvo.

—Hemos llegado —anunció Moth. Andy había dicho que tenían que buscar donde la policía no lo hubiera hecho, pero los únicos lugares donde se le ocurría empezar eran los mismos que la policía ya había considerado. «O pisoteado», pensó.

—Estoy bastante segura de que eran los Beatles —refunfuñó Andy Candy al salir, como si estuviera enfadada, aunque no había motivo aparente—. *Lady Madonna*. Solo que estropeada con cuerdas, oboes y otros instrumentos sensibleros.

La puerta del piso del tío de Moth se abrió antes de que tuvieran ocasión de llamar. Un hombre menudo, rubio y con las sienes grisáceas, les sonrió. No era una auténtica sonrisa de bienvenida, sino más bien un rictus que reflejaba más dolor que alegría.

—Hola, Teddy —dijo Moth en voz baja.

—Hola, Moth. Me alegro de volver a verte. Te echamos de menos en el... —No terminó la frase.

—Te presento a Andrea.

—La famosa Andy Candy —dijo Teddy, tendiéndole la mano—. Moth me habló de ti. No mucho, pero lo suficiente, hace unos años. Eres más encantadora aún de lo que llegó a contarme. Moth, tendrías que aprender a ser más descriptivo. —Hizo una pequeña reverencia al estrechar la mano de la joven y añadió—: Adelante. Perdonad el desorden.

Era un piso muy luminoso que daba a la bahía Vizcaína. Moth vio un enorme y desgarbado crucero que se abría paso lentamente por Government Cut como un turista gordo por la exclusivísima Fisher's Island. El azul celeste de la bahía parecía fundirse con el horizonte. Las altas colinas de Miami Beach y la carretera elevada a Cayo Vizcaíno encuadraban aquel mundo acuático. Los pesqueros y los barcos de recreo surcaban la reluciente bahía, trazando estelas de espuma blanca que el ligero chapoteo de las olas disipaba. El brillante sol entraba a raudales por las puertas correderas del suelo al techo que daban a una terraza. Levantó la mano para protegerse los ojos casi como si le hubieran enfocado una linterna en la cara.

Teddy lo vio.

—Sí, es como una pesadilla. Te apetece mucho la vista, pero no te apetece que el sol te ciegue cada mañana al salir por el este. Tu tío probó con diversas clases de persiana, me refiero a que llamó a interioristas. Se cansó de tener que volver a tapizar los sofás porque perdían el color en cuestión de días. Y tenía una bonita litografía de Karel Apfel en la pared que el sol estropeó. Extraño, ¿no crees? Lo que nos trae aquí, a Miami, provoca problemas inesperados. Por lo menos, no tuvo que ir al dermatólogo por cánceres de piel en la cara y los antebrazos, porque durante años le gustó tomar el café en la terraza todas las mañanas antes de irse a trabajar.

Moth desvió la mirada de la vista y la dirigió hacia las cajas de embalaje medio llenas de cuadros, piezas de arte, utensilios de cocina y libros.

—De hecho, a los dos nos gustaba tomar fuera el café de la mañana —añadió Teddy con un ligero temblor en la voz—. No puedo quedarme aquí, Moth. Es demasiado duro. Hay demasiados recuerdos.

—Tío Ed... —empezó Moth.

—Ya sé lo que vas a decir, Moth. No crees que se suicidara. A mí también me cuesta creerlo. En cierto modo, estoy contigo, Moth. Era feliz. Qué coño, éramos felices. Especialmente los últimos años. Su consulta iba de maravilla, me refiero a que sus pacientes le resultaban enigmáticos, interesantes, y los estaba ayudando, que es lo único que quería. Y no le importaba que se supiera nuestra relación, lo que es muy importante desde el punto de vista psiquiátrico, si vamos a eso. Estaba muy contento de haber salido del armario, ¿sabes? Ambos hemos conocido a muchos hombres incapaces de conciliar quiénes son con la familia, los amigos, el trabajo..., hombres que se matan bebiendo, que es lo que Ed estuvo haciendo hace muchos años, o se drogan o se pegan un tiro, superados por la mentira en que se convierte su vida. Ed estaba en paz, me lo dijo cuando... —Se detuvo—. Cuando, cuando, cuando, Moth. ¡Qué mierda de palabra! —Titubeó antes de proseguir—: Pero Ed siempre estuvo envuelto de un aire de misterio, de hermetismo, como si en el fondo de su cabeza hubiera algo conectado directamente con su corazón. Siempre me encantó eso de él. Y quizá por eso era tan bueno en lo suyo.

—¿Misterio? —se sorprendió Andy.

—No es extraño en hombres como nosotros. Vivimos tanto tiempo infelices y ocultando nuestras verdades, que eso nos da cierta profundidad, creo. Nos flagelamos mucho. A veces es todavía peor. Una tortura, francamente. —Teddy pareció reflexionar un instante—. Eso era lo que teníamos en común y lo que nos empujó a beber. Tener que esconderte. No ser quien eres. Solo dejamos de beber cuando nos conocimos y nos convertimos en quienes éramos realmente. Es psicología de salón, pero fue así. —Otra pausa—. No fue tu caso, ¿verdad, Moth?

Andy Candy aguardó expectante la respuesta.

—No. Me enrabietaba y bebía. O me entristecía y bebía. Hacía algo bien y me recompensaba con un trago. O lo hacía mal y me castigaba con un trago. A veces no sabía quién me odiaba más, si yo mismo o los demás, y me emborrachaba para no tener que contestar esa pregunta.

—Ed decía que su hermano ponía excesiva... —empezó Teddy, pero se interrumpió.

—El problema de beber compulsivamente es que te basta la excusa más tonta —comentó Moth sacudiendo la cabeza—. No la más compleja. Y ese es el quid, psicológicamente hablando, claro. Es el mismo armario que acabas de mencionar.

Teddy se apartó un mechón de la frente.

—Fue hace más de diez años —explicó, volviéndose hacia Andy Candy—. Nos conocimos en una reunión. Se levantó y dijo que llevaba un día sin beber, luego me levanté yo y dije que llevaba veinticuatro, y después fuimos a tomar un café. Poco romántico, ¿verdad?

—Ya —respondió ella—. Pero puede que lo fuera.

—Sí —dijo Teddy con una risita—. Tienes razón. Puede que lo fuera. Al final de la tarde ya no éramos dos borrachos tomando café, sino que nos reíamos de nosotros mismos.

Andy Candy miró una pared. Lo único que quedaba en ella era una gran foto en blanco y negro de Ed y Teddy rodeándose despreocupadamente los hombros con un brazo. Había más clavos, pero las fotos que habían sostenido ya no estaban.

Moth estaba inquieto y movía los pies. Temía que se le quebrara la voz y no quería mirar alrededor y ver la vida de su tío empaquetada en cajas.

—¿Dónde busco, Teddy? —preguntó.

Teddy se giró. Se frotó los ojos con una mano.

—No lo sé —respondió—. Y tampoco quiero saberlo. Puede que quisiera al principio, pero ya no.

—¿No quieres...? —intervino Andy, sorprendida, pero Moth la interrumpió.

—Dime algo que no sepa sobre tío Ed —pidió con la voz crispada, exigente.

—¿Que no sepas?

—Cuéntame un secreto, algo que él me ocultara. Dime algo diferente a lo que preguntó la policía. Dime algo que no entiendas, que te haya parecido raro, fuera de lugar. No lo sé. Algo que se salga del mundo comprensible y corriente que quiere que la muerte de Ed sea un buen y bonito, aunque lamentable, suicidio.

Teddy dirigió la mirada hacia la terraza para contemplar la extensión azul del mar.

—Quieres respuestas...

—No, no busco respuestas —aseguró Moth en voz baja—. Si fuera algo tan simple como una sola respuesta, ya habría formulado la pregunta. Lo que quiero es un empujón en alguna dirección.

—¿Hacia dónde?

Moth titubeó, pero entonces intervino Andy Candy:

—Hacia algo de lo que Ed se arrepintiera.

—No comprendo —soltó Teddy, receloso.

—Ed hizo enfadar a alguien —explicó Moth—. Le hizo enfadar lo suficiente como para matarlo y luego disponer todo para simular un suicidio, lo que no me parece demasiado difícil. Y ese alguien ha de provenir de una vida que no conocemos. No de la vida que todos le conocíamos ahora. En el fondo, Ed tenía que saber o intuir que ahí fuera había alguien que iba a por él.

Teddy permaneció callado y Moth añadió:

—¿Y por qué tendría una pistola en el escritorio y usaría otra?

—Sabía que tenía esa pistola, la que no usó.

—¿Sí?

—Tenía que haberse deshecho de ella. No sé por qué no lo hizo. Dijo que lo haría; se la llevó un día hace años, y nunca volvimos a hablar de ella. Supuse que la habría tirado o vendido, o incluso que se la habría entregado a la policía o algo hasta que los inspectores que vinieron aquí me preguntaron por ella. Creo que tal vez la dejó en ese cajón y se olvidó de ella.

Moth fue a hacer otra pregunta pero se detuvo.

Teddy hizo una mueca con los labios, como si las palabras de Moth le quemaran. Era un hombre menudo con un aire delicado, y hablar sobre asesinatos no le resultaba fácil.

—Si quieres saber si alguien tenía algo contra Ed, deberás remontarte a antes de que yo lo conociera —aseguró.

Moth asintió.

—Quise ayudar, ¿sabes? Quise poder decir a la policía que investigara a ese o a aquel individuo, que encontraran al asesino de tu tío y me trajeran su maldita cabeza en una bandeja. Pero no se me ocurrió nadie.

—¿Crees que...? —empezó Moth, pero Teddy lo interrumpió.

—Hablábamos —contó—. Hablábamos todo el rato, todas las noches, mientras tomábamos falsos cócteles que nos preparábamos: zumo de limón y agua burbujeante con hielo en un vaso de whisky con sombrillita de papel y todo. Hablábamos durante la cena y en la cama. Me he devanado los sesos intentando recordar algún momento en que llegara a casa asustado, inquieto, incluso sintiéndose amenazado. Nada. Nunca tuve que decirle «Deberías ir con cuidado»... Si hubiera tenido miedo, me lo habría dicho. Lo sé. Nos lo contábamos todo. —Otro suspiro profundo y una larga pausa—. No teníamos secretos, Moth. Así que no puedo contarte ninguno.

—Mierda —refunfuñó Moth.

—Lo siento.

—¿De modo que antes de conocerte? —terció Andy.

—Sí. Unos diez años atrás.

—¿Crees, pues, que podemos descartar los diez años que estuvisteis juntos? —insistió Andy.

—Exacto —confirmó Teddy, asintiendo con la cabeza—. Pero será difícil. Tendréis que buscar las zonas en sombra de la vida de Ed, remontaros más y más en el tiempo.

—Soy historiador. Es lo que sé hacer.

Puede que se tratara de una bravuconada. Moth pensó en lo que hacía en realidad un historiador. Documentos. Relatos de primera mano. Declaraciones de testigos. Toda la información obtenida que puede estudiarse tranquilamente.

—¿Tenía blocs, cartas, algo sobre su vida?

—No. Y la policía se llevó los archivos de sus pacientes. Gilipollas. Dijeron que los devolverían, pero...

—Mierda.

—¿Has visto su testamento?

Moth sacudió la cabeza.

Teddy soltó una carcajada y su estado de ánimo cambió de repente. No mostró alegría, sino comprensión.

—Cabría esperar que tu padre, el hermano mayor de Ed, te hubiera puesto al corriente. Claro que seguramente estará cabreado.

—Es que no hablamos mucho.

—Ed tampoco hablaba demasiado con él. Se llevaban quince años de diferencia. Tu padre era el mejor, el machote superduro. Deportes de contacto y empresario de contacto. Ed era el *marica*. —Sonrió con ironía.

Moth oyó la rápida descripción de su padre, del que estaba tan distanciado, y pensó que era acertada.

—En cualquier caso, Ed fue un accidente —prosiguió Teddy—. La concepción, el nacimiento y todos los días a partir de entonces, tal como le gustaba decir. Orgulloso.

Al oír la palabra «accidente», Andy palideció. «Yo sí tuve un accidente, solo que no fue ningún accidente, sino un error torpe y estúpido. Dejé que un chico al que ni siquiera conocía me violara en una fiesta a la que no debería haber ido, pero después me deshice del fruto, lo maté.» Se volvió para recobrar la compostura perdida.

A Moth le vinieron a la cabeza muchas preguntas, pero solo hizo una.

—¿Qué vas a hacer ahora, Teddy?

—La respuesta es fácil, Moth. Intentar no recaer. Aunque no será fácil.

De un bolsillo de los pantalones sacó un pastillero de plástico, que sostuvo en alto como un sumiller que examina la etiqueta de una botella de vino.

—Antabus —dijo—. Un fármaco desagradable. Me pondrá enfermo, y me refiero a realmente enfermo, si me da por beber. Ed decía que tenemos la fortaleza interior para hacerlo nosotros mismos, sin necesidad de química. Tú lo sabes bien, Moth. Pero Ed ya no está, maldita sea.

Moth visualizó a su tío todavía vivo, sentado a su escritorio. Visualizó también una pistola delante de él y que Ed alargaba la mano hacia un cajón donde guardaba la segunda pistola. «No tiene sentido», pensó, e iba a decirlo, pero vio lágrimas en los ojos de Teddy y se contuvo. «Es la única prueba que tengo y le hará daño», decidió. Sin duda estaba cometiendo un error, aunque no alcanzó a discernir por qué.

—Lo siento, Moth —dijo Teddy con voz temblorosa, como un diapasón que resonara con la pérdida y la tristeza—. Lo siento. Nada de esto es fácil para mí.

Andy Candy pensó que se quedaba muy corto.

—Vete, Moth. No quiero hablar contigo.

—Por favor, Cynthia. Solo será un minuto. Un par de preguntas.

—¿Quién es esta?

—Mi amiga Andrea.

—¿También es alcohólica?

—No. Me está ayudando. Conduce ella.

—¿Te quitaron otra vez el carnet?

—Ajá.

—Patético. ¿Te gusta ser alcohólico, Moth?

—Por favor, Cynthia.

—¿Tienes idea de a cuánta gente has hecho daño, Moth?

—Claro. Por favor.

Un titubeo.

—Cinco minutos, Moth. Nada más. Pasad.

La hostilidad de la tía de Moth había desconcertado un poco a Andy Candy. Sus palabras sonaban punzantes e hirientes. Siguió algo rezagada a Moth, que se apresuraba para seguir el paso de su tía mientras esta desfilaba por el vestíbulo de la casa con determinación militar.

Era una casa estucada de tres plantas, bastante rara en Miami, al norte del condado de Dade, rodeada de majestuosas palmeras altas, un césped muy bien cuidado, dinero y un sendero adornado con buganvillas. Las sosas paredes interiores, blancas, estaban cubiertas con obras de arte haitiano, grandes y coloridas representaciones de mercados abarrotados, barcos pesqueros azotados por los elementos y dibujos florales, todos con un aire sencillo y rústico. Andy sabía que eran valiosos; arte popular que era explotado en los refinados círculos artísticos de Miami. Había esculturas modernas, la mayoría tallas abstractas de madera oscura, en todos los rincones. Los pasillos estaban llenos de contradicciones entre creatividad y rigidez. Todo estaba cuidadosamente en su sitio, dispuesto para ofrecer el aspecto hermoso de las fotografías de una revista, para demostrar elegancia. Cynthia iba vestida para no desentonar con aquel estilo elevado: pantalones amplios de seda color hueso y una blusa a juego; sus zapatos Manolo Blahnik repiqueteaban contra las baldosas grises de importación del suelo. Andy Candy pensó que las joyas que la mujer llevaba al cuello valían más de lo que su madre ganaba al año como profesora de piano.

—¿Cómo va el negocio del arte, Cynthia? —preguntó Moth educadamente.

Andy Candy pensó que la respuesta era obvia.

—Bastante bien, a pesar de la crisis general —respondió la tía sin volverse siquiera—. Pero no desperdicies tus cinco minutos preguntándome por mi negocio, Moth.

En el salón había un hombre sentado en un caro sofá blanco artesanal. Cuando entraron, se levantó. Era unos años más joven que la tía de Moth, pero igual de elegante. Vestía un traje ajustado de reluciente zapa gris y una camisa púrpura con cuatro botones desabrochados que dejaban al descubierto un pecho sin vello. Llevaba el largo cabello rubio peinado hacia atrás. Andy Candy vio que se había hecho reflejos blancos en el pelo, como un modelo de pasarela. La tía Cynthia se situó justo a su lado, deslizó un brazo debajo del suyo y miró a ambos jóvenes.

—Tal vez recuerdes a mi socio, Moth.

—No —contestó él, tendiendo la mano, aunque sí que lo recordaba. Lo había visto una vez, y enseguida había sabido que seguramente manejaba los libros de contabilidad y el apetito sexual de la tía Cynthia con el mismo grado de competencia y pasión fría. Se los imaginó juntos en la cama. ¿Cómo follaban sin despeinarse ni estropearse el esmerado maquillaje?

—Martin está aquí por si surgiera alguna cuestión legal en los próximos... —echó un vistazo a su Rolex de pulsera— cuatro minutos restantes.

—¿Legal? —se sorprendió Andy Candy.

Cynthia se volvió con frialdad hacia ella.

—Quizá Moth no se haya molestado en informarte, pero su tío y yo no nos separamos de forma precisamente amistosa. Ed era un mentiroso, un farsante y, a pesar de su profesión, un hombre duro y desconsiderado.

Andy fue a responder, pero se contuvo.

Cynthia, sin ofrecerles asiento, se dejó caer en un moderno sillón de piel que a Andy le pareció más incómodo que quedarse de pie. Martin se situó detrás de ella y le puso las manos en los hombros, ya fuera para que no se moviera o para acariciarla. Andy apostó por cualquiera de las dos cosas.

—Muy bien —dijo Moth—. Lamento que pienses eso. Iré directamente al grano...

—Adelante —lo apremió su tía con un gesto displicente de la mano.

—Durante los años que el tío Ed y tú estuvisteis juntos, ¿le oíste decir alguna vez que se sintiera amenazado o que alguien pudiera querer hacerle daño o vengarse de alguna forma...?

—Quieres decir aparte de mí —replicó Cynthia, y rio con frialdad.

—Sí. Aparte de ti.

—Me hizo daño a mí. Me engañó a mí. Me abandonó a mí. Si había alguien que tuviera motivos para dispararle... —Se encogió de hombros, como si aquello no significara nada—. La respuesta a tu pregunta es no.

—Durante todos esos años...

—Te lo repito: no.

—O sea que... —insistió Moth, pero ella volvió a interrumpirlo.

—Sospechaba que había gente a la que conocía en su vida secreta, la que intentaba ocultarme, que quizá, no sé, se odiaba a sí misma o a él, o a lo que fuera, y que podría haber sido capaz de pegarse un tiro en un arranque de autocompasión durante una borrachera. Y a veces, cuando bebía mucho y desaparecía un par de días, me temía que tal vez le había sucedido algo terrible. Pero no me parece probable que otro gay reprimido que hubiera conocido en algún bar decidiera acosarlo años después. Es posible, claro... —comentó, encogiéndose hombros para indicar que en realidad no lo era—. Pero la verdad es que lo dudo. Y nadie trató jamás de hacerle chantaje, porque esa clase de pago habría salido a la luz durante el juicio de divorcio. Y jamás se encontró con ningún asesino psicótico o que, como en *Buscando a Mr. Goodbar* (un libro del que quizá no has oído hablar pero que fue muy conocido en su momento), intentara engañar a alguien, que, en lugar de joderlo, decidiera matarlo. Eso me inquietó un poco. Pero no.

—Así que nadie...

—Eso acabo de decir

—¿No se te ocurre nadie...?

—No.

—Profesional o socialmente...

—No.

Hizo otro gesto displicente con la mano como desechando cualquier recuerdo incómodo.

—Es probable que malinterpretes algo, Moth —añadió—. No tengo nada en contra de los homosexuales. De hecho, muchos de mis colegas profesionales son gays. Lo que me enfureció fue que Ed me mintiera todos los años que estuvimos juntos. Me engañaba. Me hizo sentir despreciable.

Andy Candy se preguntó cómo era posible que alguien comprendiera algo tan bien y tan mal al mismo tiempo.

Moth guardó silencio y Cynthia se levantó del sillón.

—Bueno, Moth, por más interesante que sea esta pequeña retrospectiva de la vida de mi exmarido... —Andy Candy captó el sarcasmo— creo que ya he contestado todas tus preguntas, o por lo menos todas las que quiero contestar, de modo que va siendo hora de que te marches. Ya he sido más generosa de lo que debería.

Andy Candy movió los pies. No le gustaba la tía de Moth y, aunque era mejor no decir nada, fue incapaz de contenerse:

—¿Y antes?

—¿Antes de qué?

—Antes de casarse...

—Era residente en el hospital universitario. Yo me estaba sacando el doctorado en Historia del Arte. Unos amigos mutuos nos presentaron. Salimos. Me dijo que me amaba, aunque, por supuesto, no era cierto. Nos casamos. Se pasó años mintiéndome y engañándome. Nos divorciamos. No recuerdo que habláramos demasiado sobre nuestros respectivos pasados, aunque si hubiera sospechado que alguien podía matarlo en un futuro lejano, lo habría mencionado.

Andy supo que era una mentira pensada para cortar la conversación con la eficacia de un cuchillo de cocina.

—Bueno, ¿quién podría saber...?

Cynthia miró fijamente a Andy Candy.

—Si quieres jugar a detectives, averígualo tú.

Hubo otro silencio antes de que Andy Candy dejara caer:

—No parece que lo haya amado nunca.

—¡Qué frase tan idiota e infantil! —replicó Cynthia bruscamente—. ¿Acaso sabes tú algo del amor? —Y no esperó réplica, sino que señaló la puerta de la calle.

—Cynthia, por favor —intervino Moth—. ¿Dijo alguna vez algo, como que se sentía culpable de algo, o bien ocurrió algo que lo preocupara, o algo que te pareciera fuera de lo corriente o extraño? Por favor, Cynthia; tú lo conocías bien. Ayúdame un poco.

—Sí —respondió Cynthia tras titubear, brusca de repente—. Le preocupaban muchas cosas de su pasado, cualquiera de las cuales podría haberlo matado. —Movió la mano con desdén—. Uno, dos, tres, cuatro y cinco. Se te acabó el tiempo, Moth. Y a ti también, señorita como te llames. Martin os acompañará hasta la puerta. Por favor, no volváis a poneros en contacto conmigo.

Una vez en el coche, Andy siguió respirando entrecortadamente, como si hubiera corrido una carrera o nadado bajo el agua una gran distancia. Se sentía como si hubiera participado en una pelea, o al menos como imaginaba que se sentiría en una pelea. Casi se palpó los brazos para ver si tenía moretones y movió la mandíbula como si acabara de recibir un puñetazo. Echó un vistazo a la fachada de la casa y vio que Martin, el esclavo del amor y la contabilidad, aguardaba obedientemente en la puerta para asegurarse de que se marchaban. Resistió la tentación de hacerle un gesto obsceno.

—Todo el rato quería darle un tortazo —comentó—. Debería habérselo dado.

—¿Has dado alguna vez un tortazo a alguien?

—No. Pero habría sido una buena primera vez.

Moth asintió, pero era como si lo hubiera cubierto un paño mortuorio. Solo podía pensar en cuán difíciles y tristes habían sido esos años para su tío. Andy lo advirtió.

—Nos queda la última parada por hoy —dijo Moth, y chasqueó la lengua—. Ojalá hubiéramos averiguado algo.

Andy Candy dudó antes de responder.

—Quizá lo hemos hecho —comentó, uniendo todo lo negativo para convertirlo en positivo—. Tengo que pensarlo un poco más, pero me parece que nos dijo lo que necesitábamos saber.

Moth se puso tenso.

—Sujetalibros —soltó de repente—. Una persona que lo amaba. Una persona que lo odiaba. Y yo, la persona que lo idealizaba.

—Y ahora vamos a hablar con la persona que lo comprendía —repuso Andy Candy con una sonrisa irónica, y pensó en lo que Moth acababa de decir. Amor. Odio. Idealizar. Comprender. Unas cuantas palabras más completarían el retrato de Ed Warner que necesitaban.

Puso el coche en marcha.

«Hay personas que se sientan a una mesa y crean un muro impenetrable de autoridad —pensó Moth—, y hay otras para quienes la barrera de la mesa apenas existe y es casi invisible.»

El hombre que tenían delante parecía pertenecer a esta última categoría. Tenía complexión atlética y empezaba a escasearle el cabello castaño, que le caía sobre la frente y se le levantaba por detrás en un remolino que lo hacía aparentar menos de sus cincuenta y tantos años. Tenía la costumbre de ajustarse las gafas en la punta de la nariz. Como las llevaba sujetas al cuello con una cadenita, de vez en cuando se las dejaba caer hacia el pecho, decía algo importante y volvía a ponérselas, a menudo ligeramente torcidas.

—Lo siento, Timothy, pero no sé si puedo ayudaros en vuestras indagaciones. Por la confidencialidad entre médico y paciente, ya sabes.

—Que se extingue con la muerte del paciente —precisó Moth.

—Vaya, pareces un abogado, Timothy. Es verdad. Pero eso también significa que tendrías que haber traído una orden judicial, en lugar de presentarte por las buenas y empezar a hacer preguntas.

Moth decidió ser cuidadoso, aunque no tenía idea de lo que significaba ser cuidadoso. Así que empezó con la pregunta que ya había hecho dos veces aquel día:

—¿Sabe de alguien, le mencionó alguna vez mi tío a alguien que pudiera guardarle rencor o alguna clase de inquina desde hacía mucho tiempo y que finalmente, ya sabe dónde quiero ir a parar, doctor, estallara?

El psiquiatra reflexionó un momento antes de responder, en un gesto muy parecido al de Ed Warner.

—No. No se me ocurre nadie. Desde luego, nadie que Ed mencionara durante nuestros años de terapia.

—Lo recordaría si...

—Sí. Tomamos buena nota de cualquier elemento de una conversación que implique una amenaza, tanto por la seguridad del paciente como porque la forma en que las personas reaccionan ante los peligros, reales o percibidos, es un elemento fundamental de cualquier situación terapéutica. Además de que, llegado el caso, tenemos la obligación ética de informar a la policía. —Esbozó una sonrisa y añadió—: Perdón. Sueno como si estuviese dando clase. —Sacudió la cabeza—. Lo diré de forma más sencilla: No. ¿Imaginé alguna vez que Ed estuviera en peligro? No. Su arriesgada conducta inicial, la bebida y el sexo anónimo sin protección, que podría haber provocado algo, no sé qué, terminó hace años. Venía aquí solo para comprender por lo que había pasado, que era mucho, como sabes.

—¿Cree que se suicidó? —soltó Andy.

—Hacía años que no lo veía, pero cuando terminó su terapia no había indicios de que pudiera llegar a hacerlo —contestó el psiquiatra, sacudiendo la cabeza—. Claro que, como le dije al policía que vino a hablar conmigo, habría sido más que capaz de ocultar sus emociones, incluso a mí, aunque no me gustaría pensar que lo hizo.

Moth pensó que se estaba cubriendo las espaldas.

El psiquiatra añadió:

—Tú lo conocías bien, Timothy. ¿Qué opinas?

—Ni hablar —contestó Moth.

El psiquiatra sonrió.

—A la policía le gusta mirar los hechos y las pruebas que puedan presentarse bajo juramento en un juicio. Es donde normalmente encuentra sus respuestas. En esta consulta, y en la de tu tío, la investigación es muy diferente. ¿Y para un historiador, Timothy?

—Los hechos son los hechos —respondió Moth, con una sonrisa—. Pero se escurren, se deslizan y cambian con los años. La historia es un poco como la arcilla mojada.

—Muy acertado —dijo el médico con una sonrisa—. Yo también lo creo. Pero no es tanto que los hechos cambien, sino más bien la percepción que nosotros tenemos de ellos.

El médico tomó un lápiz, dio tres golpecitos en la mesa y empezó a garabatear en un bloc.

—Escribió «Culpa mía» en un papel... —le recordó Moth.

—Ya. Eso me preocupó. Es una elección de palabras significativas, especialmente para un psiquiatra. ¿Qué te parece a ti?

—Es casi como si con eso hubiera contestado una pregunta.

—Sí —coincidió el médico—. Pero ¿era una pregunta ya formulada o que se esperaba que lo fuera? —Apretó el lápiz sobre el bloc y dejó una marca negra—. En el estudio de la historia, Timothy, ¿cómo examinas un documento que podría decirte algo sobre lo que buscas?

—Bueno, el contexto es muy importante.

Pero lo que estaba pensando era: «Lugar. Circunstancias. Relación con el momento. Cuando Wellington murmuró "O Blücher o la noche..." fue porque sabía que la batalla pendía de un hilo. De modo que Ed escribió "Culpa mía" porque esas palabras poseían un contexto más amplio en aquel momento.»

—Tengo otra pregunta —anunció entonces.

El psiquiatra se inclinó ligeramente hacia delante.

—¿Por qué iba a tener Ed dos pistolas, o siquiera una?

El hombre entreabrió la boca y pareció sorprendido.

—¿Estás seguro? —preguntó.

—Sí.

Otro silencio.

—Resulta inquietante. Impropio de Ed —comentó el médico, que pareció reflexionar, como si las dos armas representaran una faceta de la personalidad que hubiera dejado de explorar—. Y la nota, ¿en qué parte de la mesa estaba exactamente?

—En el centro, un poco hacia la izquierda. Creo —respondió Moth con cautela, porque no había pensado en ello.

—¿No hacia la derecha?

—No.

El médico asintió. Tendió el brazo hacia un talonario de recetas y mantuvo la mano sobre él como si fuera a escribir algo. Entonces bajó la mirada y, asintiendo de nuevo, dijo, señalando el otro lado del escritorio:

—Pero estaba aquí... —Hizo una pausa y añadió—: Quizá signifique algo. O quizá no. Es curioso, sin embargo. —Miró a Andy y luego a Moth—. Creo que tendréis que ser más que curiosos.

Esta frase pareció indicar que la reunión había terminado, puesto que el anfitrión empujó la silla hacia atrás.

Andy Candy intervino por primera vez:

—Si no era exactamente de nadie, ¿de qué tenía miedo Ed?

—Ah, una pregunta inteligente —sonrió el médico—. A pesar de su educación y formación, como muchos adictos y alcohólicos, Ed temía su pasado.

Andy asintió.

«Para Shakespeare —pensó— existen nueve edades del hombre, desde la primera infancia y la niñez hasta la vejez y la vejez extrema. Ed jamás llegó a esta etapa y es probable que las primeras permanezcan escondidas, incluso para un historiador como Moth. Así que hay que mirar las etapas en que Ed se convirtió en adulto.»

—¿Sabe por qué vino a Miami? —preguntó.

—Bueno, puede que en parte. Pasó muchos años huyendo de quien era, intentando escapar de su familia, que pretendía que realizara sus estudios de Medicina rodeado del lustre que solo proporcionan las ocho principales universidades privadas del país y otras instituciones similares. Timothy, sospecho, está familiarizado con esta clase de presiones. Su matrimonio fue la misma historia: haz lo que los demás esperan de ti, no lo que tú quieres. Su caso no es raro en Miami. Es un buen sitio para refugiados de todo el mundo. Y también lo es para los refugiados emocionales.

Moth se inclinó hacia delante y Andy reconoció su mirada. «Ha visto algo», pensó. Por lo menos, era lo que esperaba ver reflejado en su rostro.

11

El estudiante 5 estaba en la terraza trasera haciendo sus ejercicios matinales de yoga cuando el oso entró por la parte posterior del jardín. Se quedó inmóvil para no sobresaltar al animal, manteniendo una postura llamada «mariposa cayendo». Los músculos del abdomen se le tensaron por el esfuerzo, pero no se echó sobre el desgastado suelo de madera. Cualquier ruido o movimiento alertaría al animal.

El oso, un torpe ejemplar de oso negro de ciento ochenta kilos dotado de la misma elegancia que un viejo Volkswagen Escarabajo, del tipo «acabo de despertarme de la hibernación y estoy famélico», andaba en busca de algún árbol caído que le proporcionara un desayuno de larvas y escarabajos, antes de volver a meterse entre los árboles y matorrales del frondoso bosque que bordeaba la modesta propiedad que el estudiante 5 poseía a orillas del río para encontrar una comida más consistente.

«Un blanco fácil —pensó. Dentro de la casa había un rifle de caza Winchester 30.06—. Pero tendría que ser un disparo mortífero. Al corazón o al cerebro. Es un animal grande, fuerte, sano. Más que capaz de huir corriendo y morir despacio en las profundidades del bosque, donde no podría rastrearlo y poner fin a su agonía.»

Recordó el mantra de los francotiradores del Cuerpo de Marines: «Un disparo. Una muerte.» Estuvo tentado de echarse al suelo y gatear por la terraza para ir en busca del arma. «Sería un buen entrenamiento.»

Observó cómo el oso inspeccionaba y desechaba algunas cosas medio putrefactas, exhibiendo una expresión que el estudiante 5 consideró una mezcla de frustración y determinación osuna. Después, con una visible sacudida en la que movió hasta el último centímetro de su lustroso pelaje oscuro, se alejó hacia los árboles. Unos arbustos se estremecieron cuando el animal desapareció entre ellos. Al estudiante 5 le pareció que la débil luz grisácea de primera hora de la mañana envolvía al oso en una especie de velo. El frondoso bosque que se elevaba detrás se extendía a lo largo de kilómetros, con colinas escarpadas y antiguas tierras de tala ahora vacías, catalogadas como reservas de animales. Su casa, en realidad una doble caravana estática que descansaba sobre bloques de hormigón y disponía de una terracita de madera anexa a la diminuta cocina, estaba a apenas cien metros de un recodo del río Deerfield, y las primeras horas del día atrapaban todo el frío de la húmeda noche, que se acumulaba sobre las aguas.

Escuchó atentamente unos momentos, esperando oír desvanecerse el ruido del oso, pero no oyó nada, así que se tumbó en el suelo. Soltó bruscamente el aire y pensó que había sido como estar bajo el agua. Buscó en el jardín trasero cualquier señal que hubiera dejado la incursión osuna, pero no había ninguna, salvo unas desdibujadas huellas en los charcos de rocío.

Sonrió.

«Yo soy la misma clase de depredador —pensó—. Hambriento tras hibernar, solo que mucho más delgado y centrado. Y mi rastro desaparece igual de rápido que el suyo. Soy la misma clase de depredador paciente.»

Tras él, en la cocina, sonó la alarma de un anticuado reloj de cuerda. «Se acabó el rato de ejercicio.» El estudiante 5 se levantó y se estiró un poco antes de entrar para vestirse. Incluso en un mundo que rayaba en la antigüedad, donde tenía un oso por vecino, el estudiante 5 se enorgullecía de su organización. Si reservaba cuarenta y cinco minutos a hacer ejercicio físico, eran cuarenta y cinco minutos. Ni uno menos. Ni uno más.

A media mañana estaba doblando ropa donada y colocando latas de comida en una combinación de tienda del Ejército de Salvación y banco de alimentos de las afueras de Greenfield, en un deplorable centro comercial que albergaba un Home Depot, un McDonald's y un local cerrado con tablas donde había habido una librería. Se había ofrecido como voluntario en la tienda al llegar a Western Massachusetts. Había bolsas de pobreza por toda la zona rural donde vivía, y la pequeña ciudad se había visto muy afectada por las recesiones y los malos momentos económicos.

A sus compañeros de la tienda les hacía creer que trabajaba a treinta kilómetros de distancia, en el Hospital de Veteranos, haciendo camas y vaciando cuñas y, gracias a su entusiasmo y dedicación, nadie le hacía demasiadas preguntas. Siempre estaba dispuesto a cargar muebles pesados o subirse a una escalera para alcanzar los estantes más altos.

De vez en cuando, el estudiante 5 dejaba lo que estuviera haciendo y observaba a la gente que acudía a la tienda. Había algún que otro universitario de los centros educativos locales que buscaba gangas entre la ropa de invierno, había otros jóvenes que consideraban chic las prendas de segunda mano, pero la mayoría eran personas que llevaban las palabras «tiempos difíciles», como tantas otras preocupaciones, escritas en la cara. Eran estas personas las que le interesaban.

Poco antes de su pausa para almorzar, vio a una mujer que entraba en el gran edificio con aspecto de almacén. No sabía exactamente qué le había llamado la atención, tal vez la niña de siete años que la acompañaba, o su expresión de ligera confusión. La observó mientras vacilaba ante las amplias puertas de cristal. Pensó que sujetaba la mano de su hija para sostenerse, como si la pequeña le sirviera de apoyo en lugar de ser al revés.

Él estaba en la sección de ropa de hombre, colgando trajes donados en percheros, comprobando que las chaquetas y los pantalones gastados y pasados de moda llevaran la etiqueta con el precio. Había muchas tallas distintas; en las tallas normales todo era anticuado, con solapas anchas y colores que tumbaban de espaldas. Las prendas modernas solían ser de tallas que solo servirían a los delgados cadavéricos o a los obesos rechonchos.

Vio cómo la mujer y su hija iban a la contigua sección infantil. Pensó que la madre era extrañamente bonita, con los pómulos de una modelo y una mirada de angustia, mientras que la pequeña era toda una monada, con esa manera que tienen los niños de mezclar la timidez con el entusiasmo. Cuando señaló a su madre un alegre suéter rosa con un elefante danzarín estampado en relieve, esta miró el precio y sacudió la cabeza.

El mero hecho de negarse pareció doler a la mujer.

«Nunca creíste que esto te pasaría a ti —pensó el estudiante 5—. Así que eres nueva en lo de ajustarte el cinturón y no poder pagar facturas. No es demasiado divertido, ¿verdad?» Él estaba a unos tres metros, por lo que apenas tuvo que alzar la voz.

—Podemos rebajar el precio —afirmó.

La mujer se volvió hacia él. Tenía los ojos de un azul intenso y un cabello rubio que le pareció tan indómito como los matorrales que había detrás de su casa prefabricada. La niña era el vivo retrato de su madre.

—No, no importa, es que... —La voz de la mujer se fue apagando bajo el implícito «por favor, no me pida que le explique las razones por las que estoy aquí».

El estudiante 5 sonrió y se acercó a ellas. Tendió la mano hacia la niña.

—¿Cómo te llamas?

—Suzy —respondió la pequeña, mientras le estrechaba tímidamente la mano.

—Hola, Suzy. ¡Qué nombre tan bonito para una niña tan bonita! ¿Te gusta el rosa?

Suzy asintió.

—¿Y los elefantes?

Asintió de nuevo.

—Bueno, pues eres la primera jovencita que nos visita a la que le gustan el rosa y los elefantes. Han venido jovencitas a las que encantaba el rosa, y un par a las que les gustaban los elefantes, pero nunca una a la que le gustaran las dos cosas.

El estudiante 5 tomó el suéter del perchero. La etiqueta amarilla marcaba seis dólares. Sacó su rotulador negro del bolsillo de la camisa, tachó la cantidad, la sustituyó por cincuenta centavos y entregó el suéter a la niña. Después sacó la cartera del bolsillo de los pantalones.

—Ten —dijo, dando a Suzy un dólar—. Ahora te lo puedes comprar tú misma, porque a mí también me gustan los elefantes y adoro este color.

—Gracias, pero no tiene que... —balbuceó la madre.

Él sacudió la cabeza para restarle importancia.

—¿Es la primera vez que viene? —le preguntó.

—Sí —respondió la mujer.

—Bueno, puede intimidar un poco al principio. —Con «intimidar» no se refería al tamaño de la tienda—. ¿Necesitará comestibles también?

—No debería, quiero decir, estamos bien... —Se interrumpió, sacudiendo la cabeza—. Bueno, los comestibles me irían bien.

—Me llamo Blair —se presentó el estudiante 5, señalándose la tarjeta de identificación que llevaba en la camisa con su alias de Western Massachusetts.

—Yo soy Shannon —dijo la mujer. Se estrecharon la mano.

El estudiante 5 pensó que su roce era delicado. «La pobreza siempre es suave, llena de dudas y miedos —pensó—. Cuando tienes trabajo, tu apretón se vuelve más firme.»

—Muy bien, Shannon y Suzy, dejad que os enseñe cómo funciona el banco de alimentos. Aquí todo es gratuito, pero si se puede hacer una contribución, eso les gusta, aunque no es imprescindible. A lo mejor, en el futuro, podéis volver y hacer una donación. Seguidme.

Se inclinó hacia la pequeña.

—¿Te gustan los espaguetis? —preguntó.

La niña asintió, medio escondida tras la pierna de su madre.

—El rosa. Los elefantes. Los espaguetis. Caramba, Suzy, has venido al lugar adecuado.

Las condujo hasta la sección de comestibles, les buscó un cesto para que pusieran las cosas y las guio por los pasillos. Se aseguró de que cogieran dos latas grandes de espaguetis con albóndigas.

—Gracias —dijo Shannon—. Has sido muy amable.

—Es mi trabajo —mintió alegremente el estudiante 5.

—Espero recuperarme pronto —prosiguió Shannon.

—Claro que sí.

—Es que las cosas han sido... —titubeó en busca de la palabra adecuada— un poco inestables.

—Lo imagino —aseguró el estudiante 5, y dejó que un breve silencio la incitara a seguir hablando. «Es sorprendente a lo que puede inducir un poco de silencio», pensó. «Habría sido un psiquiatra excelente.»

—Nos abandonó —añadió Shannon con una nota de amargura en la voz—. Vació la cuenta bancaria, se llevó el coche y...

—Él vio que se mordía el labio inferior—. Ha sido duro. Especialmente para Suzy, que no alcanza a entenderlo.

—En caja tienen una lista de servicios sociales locales y estatales que podrían ayudarte —la informó—. Tienen consejeros y asistentes. Son muy buenos. Ve a ver a alguno. Habla con ellos. Seguro que te ayudará.

—Ha sido... No sabría describirlo... —asintió Shannon.

—Pero yo sí —aseguró—. Estrés. Depresión. Rabia. Tristeza. Confusión. Miedo. Y eso solo para empezar. No intentes superarlo sola.

Cuando llegaron a caja, Suzy entregó, orgullosa, su billete de dólar y contó bien las dos monedas de veinticinco centavos del cambio. El estudiante 5 cogió de una caja detrás del mostrador una hoja impresa. Contenía una relación de teléfonos de ayuda social y nombres de terapeutas dispuestos a trabajar *pro bono*. Se la dio a la madre.

—Llama —le aconsejó—. Te sentirás mejor. —«Siempre te sientes mejor cuando abordas directamente la raíz de tus problemas», se dijo.

En la puerta, despidió con la mano a la madre y la hija, que se dirigían a la parada de autobús.

«Son la clase de personas que tiempo atrás yo estaba destinado a ayudar —pensó—. Hasta que todo eso me fue arrebatado.» Miró alrededor para comprobar que no había nadie lo suficientemente cerca para oírlo y susurró con los ojos clavados en el suéter rosa que se perdía de vista:

—Adiós, Suzy. Espero que jamás vuelvas a estar tan cerca de un asesino.

12

«He dado la impresión de ser un viejo idiota y asustado, pero era la única alternativa que tenía.»

Cuando la comunicación telefónica se cortó en plena noche, Jeremy Hogan supuso que el hombre que quería matarlo estaba delante de su casa y, por lo tanto, con el mismo caos organizativo de una persona que se despierta oyendo gritos de «¡Fuego!», corrió al salón, en la planta baja, y arrimó un sillón a la pared trasera para crear una endeble barricada. Luego estuvo pendiente de todos los accesos a la habitación, agazapado detrás del sillón para que no pudieran verlo por el gran ventanal, que sin duda permitiría al asesino espiar el interior de la casa y todos sus movimientos.

Cogió un atizador de hierro de la chimenea y se preparó para abalanzarse sobre el asesino, quien seguramente iba a irrumpir por la puerta en cualquier momento. Estuvo alerta, por si oía romperse una ventana o el chasquido de una cerradura al ser forzada, pasos o la dificultosa respiración típica de las películas de terror; cualquier cosa que le indicara que iba a enfrentarse con aquel hombre misterioso que quería matarlo. En su ofuscación, creía que el asesino sabría evitar el barato sistema de alarma de la casa y que una confrontación mortal no solo era inevitable sino inminente. Imaginaba que lograría asestarle unos cuantos golpes con el atizador antes de morir.

«Muere luchando», se repetía como un mantra.

Permaneció así, encogido, aterrado e inmóvil, hasta que la

luz de la mañana se coló por el ventanal y comprobó que seguía vivo e ileso.

Tenía la mano dolorida. Se miró los dedos que sujetaban el atizador. Estaban agarrotados y le costó abrirlos.

La herramienta cayó al suelo y el ruido lo sobresaltó. De inmediato se agachó para recogerlo. Lo empuñó como un húsar una espada en un duelo.

«¿Qué le hace pensar que no estoy ahora mismo delante de su casa, doctor?» Jeremy evocó las palabras del asesino. Se preguntó cuán cuidadosamente las habría elegido.

«¿Hasta qué punto será experto en terror?»

Jeremy nunca había experimentado aquella clase de pánico repentino. Lo invadieron imágenes catastróficas, secuelas de la tensión: un bombero que oía el crujido de techos hundiéndose sobre su cabeza; un marinero aferrado a los restos de su embarcación en medio de un mar gris tras naufragar en plena tormenta; un piloto de avioneta que sujetaba con fuerza los mandos mientras los motores tosían y fallaban.

Con un regusto de seco amargor en la boca, se preguntó: «¿Has sobrevivido a algo? ¿O solo has tenido un anticipo de lo que te espera?» Le pareció que formulaba en voz alta ese pensamiento, en tono ronco, entrecortado, atormentado. «Más bien el anticipo», se contestó.

Cuando el sol inundó la vieja casa de labranza, Jeremy se seguía estremeciendo, con las manos temblorosas y los músculos tensos. Quería agazaparse detrás de los sillones o del sofá, esconderse en todos los armarios o debajo de las camas. Se sentía como un niño que se despierta de una pesadilla, inseguro de que todos los horrores de su sueño hayan realmente desaparecido.

Cruzó con cautela la sala, con el paso de un anciano. Se acercó a un lado del ventanal y apartó un poco la cortina para echar un vistazo.

«Nada. Una típica mañana soleada.»

Se dirigió con sigilo a la cocina y miró por la ventana del fregadero el patio de losas donde su mujer solía pintar, el césped, la zona protegida sin urbanizar. Cada grupo de árboles o arbustos entrelazados podía esconder a un asesino. Todo lo que hasta entonces le había resultado familiar le parecía ahora peligroso.

Se preguntó cómo podría saber si alguien lo estaba observando.

No sabía la respuesta, aparte de la sensación sudorosa, cruda y agobiante que tenía, pero se dijo que sería mejor que se le ocurriera alguna, y pronto. Se acercó a los fogones y se preparó una cafetera, con la esperanza de templar los nervios puestos a prueba.

Luego regresó con paso vacilante a su despacho, con la taza humeante en una mano y el atizador en la otra. Se dejó caer en la silla y recogió los papeles y documentos. Empezó a garabatear notas, intentando recordar detalles, preguntándose por qué le eran tan esquivos. Estaba exhausto y se sentía extrañamente sucio, como si hubiera estado trabajando en el jardín. Sabía que estaba pálido y sudado. Se mesó el pelo alborotado, se frotó los ojos como un niño que se despierta de su siesta.

«¿Oíste lo suficiente para responder otra pregunta?»

Irguió la espalda.

«¿Qué pregunta es esa, doctor?»

El diálogo mental le resonaba en la cabeza.

«¿Vas a morir o vas a recibir otra llamada?»

Se quedó sentado, inmóvil. No fue consciente del rato que pasó así, reflexionando sobre ello. Era como si la indefinición de su situación, la incertidumbre en que estaba sumido, le fuera extraña, ajena. Como si estuviera en la esquina de una calle en otro país, oyendo una lengua que no entendía, mirando un mapa que no sabía interpretar. Tenía la sensación de que todo estaba perdido. Se imaginó al mismo bombero aterrado que le había acudido antes a la mente, solo que esta vez era su propia cara la que vio contra el suelo, ahogándose, rodeada de explosiones y llamaradas. «¿Cuál es la única solución cuando no hay escapatoria? Rendirse. O no rendirse.»

Se preguntó si podría encontrar la forma de seguir vivo, o si quería hacerlo.

«Soy viejo y estoy solo. Me ha ido bien en la vida. He hecho cosas bastante interesantes, visitado lugares inusuales, logrado muchas cosas. Ha habido amor en mi vida. He tenido momentos verdaderamente fascinantes. En conjunto, ha estado muy bien.

»Podría esperar y abrazar al asesino cuando llegue.

»Hola, ¿qué tal? Oye, ¿podrías ir rapidito?, porque no soporto perder el tiempo.

»Al fin y al cabo, ¿cuánto tiempo me estaría quitando? ¿Cinco años? ¿Diez? ¿Qué clase de años? ¿Años solitarios? ¿Años en que la edad te quita más y más cada día que pasa?

»¿Para qué molestarme?»

Escuchó este razonamiento como si estuviera sentado en un auditorio académico observando un debate sobre un tema esotérico. «Ganan los contras: tendrías que morir y ya está. No; ganan los pros: lucha por seguir vivo.»

Inspiró hondo, con dificultad. Casi se mareó.

«Pero estoy en mi casa y que me aspen si voy a dejar que un desconocido...»

Interrumpió este pensamiento a la mitad.

Se quedó mirando la taza de café y el atizador de la chimenea. Sujetó la herramienta de tal modo que derramó el café. Luego, se levantó y lo esgrimió violentamente en el aire delante de él, como rechazando a un agresor invisible.

Imaginó aquella arma improvisada clavándose en un cuerpo, golpeando un cráneo, rompiendo huesos, rasgando la piel...

«Bien. Pero no lo suficiente. No podrás acercarte tanto. Si lo haces, seguramente te matará antes de que puedas derribarlo.»

Sabía que necesitaba ayuda para tomar una decisión, pero no sabía cómo pedirla.

Dos hombres recorrían despacio la vitrina de cristal de un mostrador, examinando las hileras de armas expuestas. Supuso que todo el mundo que iba a aquella tienda sabía más que él. En la pared colgaban por lo menos cien rifles y escopetas asegurados con un cable de acero. Cada arma parecía más letal que la anterior.

No era una tienda grande; tenía unos cuantos pasillos abarrotados de ropa de caza, en su mayoría de camuflaje o de ese naranja eléctrico para que otro cazador no te confunda con un ciervo. También había expuestos arcos y flechas de alta tecnología junto con cabezas de venado de mirada vidriosa para colgar en la pared, todas con cornamentas impresionantes, pero Jeremy no sabía nada sobre cornamentas, apenas lo suficiente para que le resultara irónica la idea de que cuanto más destacaba un ciervo en su propio mundo, más vulnerable lo volvía en otro.

Casi soltó una carcajada. Aquella era una observación de psiquiatra.

Reprimiendo su broma mental, se acercó al mostrador. Un dependiente estaba apilando cajas de munición mientras atendía a uno de los otros dos clientes, que sopesaba admirativamente una pistola negra de aspecto temible. El dependiente era de mediana edad, con el pelo rapado y bastante obeso, y en un antebrazo lucía un destacado tatuaje de los marines del tamaño de un codillo de jamón. Llevaba una pistolera de hombro de la que asomaba la culata de una pistola, y una camiseta gris con un viejo lema de la Asociación Nacional del Rifle en rojo, medio desteñido: «Si prohíbes las armas, solo los bandidos tendrán armas.»

—¿Necesita ayuda? —le preguntó con amabilidad, alzando la vista hacia él.

—Sí —respondió Jeremy—. Creo que necesito proteger bien mi casa.

—Ya, todo el mundo necesita proteger bien su casa hoy en día. Tenemos que velar por nuestra propia seguridad y la de nuestra familia. ¿Qué idea tiene?

—No estoy seguro del todo... —empezó Jeremy.

—Bueno, ya tiene sistema de alarma en su casa, ¿verdad?

Jeremy asintió.

—Estupendo. ¿Perro?

—No.

—¿Cuánta gente vive con usted? Quiero decir, ¿lo visitan a

menudo sus hijos, sus nietos? ¿Tiene esposa? ¿Se reúne el grupo de lectura de su mujer en su casa? ¿Le hacen muchas entregas de mensajería? ¿Su casa es muy frecuentada?

—Vivo solo. Y ya no me visita nadie.

—¿Cómo es su casa? ¿Y su barrio? ¿Tiene alguna comisaría cerca?

Jeremy se sintió como en una sala de interrogatorios. Los otros dos clientes, que manipulaban armas descargadas, se quedaron quietos, escuchando.

—Vivo en el campo. Bastante aislado. Una vieja casa de labranza cerca de una reserva de animales. No hay vecinos propiamente dichos, por lo menos no en unos doscientos metros y ninguno con el que tenga verdadera amistad, por lo que nadie se deja caer por casa. Y estoy bastante apartado de la carretera. Hay muchos árboles y arbustos, todo muy pintoresco. Mi casa apenas se ve desde la calzada.

—¡Caray! —exclamó el dependiente sonriendo. Se volvió a medias hacia los otros dos clientes, que asintieron—. Eso no pinta bien. Nada bien —recalcó como un profesor de escuela primaria—. Si lo quieren joder, y perdone la expresión, estará solo, completamente solo. Bueno, ha hecho muy bien viniendo aquí.

El dependiente pareció valorar la casa de Jeremy como haría con un probable campo de batalla.

—Hablemos de las amenazas —dijo entonces—. ¿Qué cree concretamente que podría ocurrir?

—Un allanamiento de morada —respondió Jeremy sin titubear—. Soy un hombre mayor que vive solo. Un blanco bastante fácil para cualquiera, diría yo.

—¿Tiene en casa objetos de valor o una buena suma de dinero?

—Más bien no.

—Ajá. Pero supongo que su casa tiene muy buen aspecto. De clase alta. ¿Cómo se gana la vida?

—Soy médico. Psiquiatra.

—Aquí no vienen demasiados psiquiatras —comentó el dependiente con una mueca—. De hecho, nunca he vendido un arma a ningún psiquiatra. A ortopedistas, sí. Sin parar. Pero a ninguno de ustedes. ¿Es verdad que pueden oír hablar a alguien y saber lo que piensa realmente?

—Qué va. Eso sería leer la mente.

—Ah —sonrió el dependiente—. Apuesto a que puede hacerlo. A ver, ¿tiene un buen coche?

—Está fuera. Un BMW.

—Hombre, eso es como colgar fuera un cartel de neón anunciando SOY RICO —intervino uno de los clientes, un joven de cabello largo recogido en una coleta, y vestido con vaqueros y una chaqueta de cuero Harley Davidson que le tapaba en parte un tatuaje en el cuello.

El dependiente sonrió.

—Lo que me está diciendo entonces, doctor, es que vive en una casa bonita, en un lugar donde estará rodeado de un puñado de corredores de bolsa y de amas de casa que se ganan un dinero extra trabajando como agentes inmobiliarios, y que tiene toda la pinta de ser alguien que podría ser un objetivo fácil.

—De acuerdo, tiene razón —aceptó Jeremy—. ¿Qué me aconseja? ¿Una escopeta? ¿Un arma corta?

—Ambas cosas, doctor, pero el dinero es suyo. ¿Cuánto quiere gastarse para su tranquilidad?

El joven del tatuaje se inclinó hacia delante como si estuviera interesado. El otro cliente se volvió para examinar otras armas.

—Será mejor que haga caso de un profesional —dijo Jeremy, y se volvió hacia el dependiente—. Dada mi situación, ¿qué me aconsejaría?

—En cuanto a la escopeta —sonrió—, una Remington o una Mossberg. No demasiado pesada. De cañón recortado para usarla de cerca. Un mecanismo sencillo, eficiente. No se atasca. No se oxida. Resiste los maltratos de un combate.

—Yo tengo una Mossberg —comentó el joven del tatuaje—. También se le puede acoplar una linterna, lo que resulta muy útil. —No dijo útil para qué, aunque parecía obvio.

—Cierto —asintió el dependiente—. Un modelo de seis o nueve cartuchos. Y para ser realmente efectivo, debería completarla con un revólver Colt Python del calibre .357 Magnum.

Con munición *wad-cutter*. Pararía un elefante. Es el Cadillac de las armas cortas.

El joven del tatuaje empezó a hablar, y el dependiente lo hizo callar levantando una mano.

—Ya lo sé, ya lo sé —dijo—. La velocidad de disparo de una Glock Nine o de una 45 es superior... —Sonrió—. Pero para este caballero creo que será mejor un arma tradicional, más fácil de usar, de las de apuntar, disparar y no tener que pelearse con el cargador y preocuparse por poner una bala en la recámara.

Se volvió hacia Jeremy y prosiguió:

—Mucha gente ve a los policías de la tele o las películas, que siempre usan semiautomáticas, y pide eso. Pero una buena pistola, me refiero a una de buena calidad, puedes dejarla caer en el barro o usarla como martillo para hacer bricolaje y seguirá funcionando bien, coño. Es lo que supongo que le irá mejor a usted.

Siguió al dependiente por una escalera que bajaba al sótano, acompañado por los otros dos. Allí abajo había un par de galerías para prácticas de tiro. El dependiente preparó la primera para los otros dos y les entregó los protectores auditivos y la munición. En cuestión de segundos, uno de ellos estaba ligeramente agazapado, apuntando con pericia y disparando con una pistola semiautomática a un blanco situado a unos doce metros. Un sistema de poleas recorría el techo y un panel de yeso separaba las dos galerías. El fuego racheado de la semiautomática era ensordecedor, y Jeremy se colocó los protectores auditivos, que amortiguaron bastante los disparos.

El dependiente gritaba instrucciones, primero para la Mossberg del calibre .12, después para la pistola. Carga. Postura. Sujeción. Ayudó a Jeremy a adoptar la posición de tiro.

Jeremy se apoyó con firmeza la escopeta en el hombro. Por encima de los incesantes estallidos procedentes de la galería contigua, el dependiente le gritó que la posición era crucial.

—¡No querrá lesionarse el hombro, ¿verdad?! —oyó apenas Jeremy.

El dependiente tiró del sistema de poleas y envió una diana blanca y negra hacia la pared del fondo, delante de un montón de sacos de arena. Jeremy observó el blanco. De repente sintió que la escopeta era una prolongación de su cuerpo, como si la llevara adosada, perfectamente acoplada al hombro. En ese instante, cuando rodeó el dedo con el gatillo, se sintió más joven, como si su cuerpo hubiera perdido años. De golpe se sintió capaz. Apuntó, inspiró, sujetó el arma como le habían instruido y disparó.

El retroceso fue como el puñetazo de un boxeador. Pensó que lo dejaría sin aire, pero todas las sensaciones desagradables desaparecieron cuando vio que el blanco estaba perforado.

Amartilló el arma para expulsar el cartucho vacío y disparó de nuevo.

Ahora le resultó más familiar.

Repitió la operación sin titubeos, otro cartucho cayó a sus pies, y disparó por tercera vez.

El blanco estaba prácticamente hecho trizas. Giraba colgado de una pinza, a pesar de que no corría ninguna brisa en aquel sótano.

—No está mal —dijo—. Vale su precio. —Se sintió un poco como un niño al bajar de la montaña rusa. Como no estaba seguro de que el dependiente pudiera oírlo, sonrió triunfalmente—. Ahora déjeme probar el arma corta.

El hombre se la tendió.

En la galería contigua, el otro cliente se detuvo para recargar la semiautomática que no tenía ninguna intención de comprar. Echó un vistazo al blanco que la escopeta de al lado había convertido en confeti.

«Buen disparo, doctor —pensó el estudiante 5—. Pero no tendrá esa oportunidad. No es así como irán las cosas.»

Encajó con habilidad el cargador, como había hecho cientos de veces antes, y reprimió las ganas de soltar una sonora carcajada porque el hombre que estaba en la otra galería no lo había reconocido, ni siquiera cuando habían estado a pocos pasos de distancia. Era fascinante saber que había podido seguir a su objetivo hasta una armería y entrar justo detrás de él, y de que ahora estaba a poquísima distancia del último hombre de su lista, mientras este disparaba inútilmente un arma con munición real en la dirección equivocada.

«Podría girarse noventa grados y resolver aquí y ahora su dilema, doctor. —Alzó el arma y apuntó—. Claro que también podría hacerlo yo. Pero sería demasiado fácil.» Disparó y colocó cuatro tiros en el centro mismo de la diana.

13

Ambos sabían que el informe toxicológico era negativo. Las palabras impresas en un formulario no eran lo mismo que saberlo de primera mano. Moth la había guiado hasta la calle del elegante hotel y se habían parado delante del edificio.

—¿Estás seguro? —preguntó Andy Candy—. Puedo entrar yo a preguntar y tú me esperas en el coche. —De repente creía que parte de su tarea era proteger a Moth de sí mismo. Era algo de lo que acababa de ser consciente.

—No. Tengo que hacerlo yo —respondió él.

—Muy bien. Entonces iremos juntos.

No la contradijo.

Vio que Moth ya temblaba ligeramente cuando entraron en el bar del hotel. El interior, con poca iluminación, tenía texturas agradables y de fondo sonaba una suave música de jazz; la clase de sitio que combina el lujo con lo acogedor: lentos ventiladores de techo, espejos de cuerpo entero, cómodas sillas de piel y mesas bajas. La barra, reluciente, era de caoba, suave al tacto. Detrás había hileras de bebidas alcohólicas caras, como soldados en formación. Era un lugar sofisticado, donde los Martini se preparaban en cocteleras relucientes y se vertían en copas frías de cristal tallado con una floritura, no la clase de bar donde pedías una Bud Light. Era esa clase de local donde la gente rica iba a celebrar que había cerrado grandes negocios, o donde los deportistas famosos, acompañados de caras *escorts*, se sentaban detrás de cordones de seguridad y exhibían joyas y dinero, pero sin el bombo publicitario y la energía de una discoteca de South Beach. Andy Candy supo al instante que si pedía champán, sería Dom Pérignon.

Allí, según le había contado Moth, Ed casi se había matado bebiendo. En una ocasión había pasado despacio en coche para señalarle el bar a su sobrino y decirle: «¿Quién quiere morir en el arroyo con una botella de alcohol etílico? Mejor palmarla por todo lo alto, con una botella grande de Chateau Lafitte-Roth-child.»

De inmediato, Moth y Andy Candy se sintieron fuera de lugar.

Se acercaron a la barra, violentos. Atendían el bar dos jóvenes con pajarita, seguramente pocos años mayores que Moth, y una mujer con una escotada blusa entallada de algodón blanco. Un barman se acercó rápidamente a ellos.

—El local tiene protocolo de vestimenta —les advirtió, afable. Se inclinó hacia delante—. Y es caro. Carísimo. A dos manzanas hay un bar deportivo que está muy bien y es más para gente en edad universitaria.

Moth se quedó cortado, contemplando el surtido de bebidas.

—No tomaremos nada —dijo Andy—. Solo un par de preguntas rápidas y nos iremos. —Y sonrió, intentando resultar atractiva y seductora.

—¿Qué clase de preguntas? —preguntó el barman, un poco desconcertado—. No seréis del TMZ o alguna web de cotilleos, ¿verdad?

—Descuida —respondió Andy, sacudiendo la cabeza a la vez que hacía un gesto con la mano—. Nada de eso.

—¿Y bien?

—Nuestro tío... —Supuso que sería más fácil adoptar a Ed como familiar—. Bueno, ha desaparecido. Hace muchos años este era su lugar favorito. Queríamos saber si alguien lo había visto por aquí el último mes o así.

El barman asintió. Tenía experiencia en ello y sabía lo que significaba.

—¿Tenéis alguna foto? —preguntó.

Moth le pasó el móvil, donde tenía abierta una foto reciente de un sonriente Ed Warner junto a la piscina. El joven la miró un momento, sacudió la cabeza e hizo un gesto a sus dos compañeros, que estiraron el cuello para ver la fotografía.

Los tres se encogieron de hombros.

—No —dijo el barman.

—Habría estado borracho —comentó Andy. Notó que Moth se ponía tenso detrás de ella—. Un psiquiatra borracho. Y seguramente no sería un cliente modosito.

El barman sacudió otra vez la cabeza.

—Alguno de nosotros se acordaría —aseguró—. Aquí acabas conociendo caras, preferencias y clientes habituales. Forma parte del trabajo a la hora de servir bebidas. En cuanto el primer sorbo de un whisky de cincuenta años humedece los labios, todos dejan de ser desconocidos. Y cuando han bebido demasiado... bueno, digamos que somos muy discretos. Pero nos acordamos. —Les sonrió—. Bueno, respecto al protocolo de vestimenta... ejecutiva informal, lo llaman, y vosotros...

—Gracias —dijo Andy Candy y cogió a Moth por el codo.

Lo llevó afuera. Se sentía como una enfermera de rehabilitación ayudando a un soldado que ha perdido una pierna en la guerra a dar pasos vacilantes con una prótesis. Moth no había hablado dentro del bar.

—Creo que tengo que ir a Redentor Uno —fue lo único que dijo.

Tarareó un par de versos del conocido tema *Cocaine*: «*If you got bad news / you wanna kick them blues...*»

Susan Terry tenía la costumbre de llegar a Redentor Uno unos minutos después de que hubieran empezado las reuniones. Le resultaba curioso, porque era sumamente puntual en las reuniones de la fiscalía o las audiencias judiciales. Pero las reuniones de adictos en la iglesia le provocaban sentimientos tan complejos que siempre remoloneaba un poco antes de entrar.

Llegar tarde no era normalmente su estilo.

Ser impulsiva, sí.

Pensó que la parte más difícil de su adicción era encauzar el deseo y la compulsión lo justo para no sucumbir a la cocaína y al mismo tiempo conservar la fiereza necesaria para presentar sus argumentaciones en los tribunales y para analizar las escenas de crimen. A veces deseaba poder ser solo un poquito adicta. Le habría permitido sentirse feliz y menos sola.

Estaba junto a la puerta de su coche. A menudo, en Miami, el atardecer parecía adoptar un ligero tono de disculpa, como si no osara reemplazar el brillante cielo azul del día. Esperó unos minutos, observando cómo los demás habituales entraban en la iglesia. Estaba aparcada hacia el fondo, entre las sombras, prácticamente oculta. Las luces del estacionamiento de la iglesia acababan a unos siete metros de donde ella había aparcado. Era lo contrario de lo que hacían la mayoría de las mujeres, quienes instintivamente aparcaban donde había mucha iluminación en previsión de posibles amenazas anónimas, incluso en el estacionamiento de una iglesia. Era como si Susan disfrutara retando a un violador con pasamontañas a que saliera de entre los arbustos y la atacara.

«Desafío» y «riesgo» eran otras dos palabras que consideraba muy propias de ella.

El arquitecto. El ingeniero. El dentista. Vio a los demás dirigirse a la reunión. La mayoría iba rápido y subía presuroso los peldaños. Pensó que todos sentían la misma necesidad de liberar aquella voz insistente a duras penas reprimida en su interior. Dio un ligero puntapié a la gravilla del suelo y vio que un guijarro golpeaba a una lagartija que huía hacia un árbol cercano.

Por la mañana había perdido.

Por supuesto, «perdido» no describía realmente la cascada de emociones que acompañaban a ciertas derrotas en los juzgados. A lo largo del día había tenido la sensación de que había salido de una funesta representación teatral, donde, como en *Hamlet*, al final todo el mundo moría en escena. Había sido el desenlace de un caso horroroso. Un chico de trece años casi lampiño y que apenas empezaba a cambiar la voz había matado a su padre con la valiosa escopeta Purdy de este. Se suponía que el arma, valorada en veinticinco mil dólares y hecha de encargo en Inglaterra, solo tenía que utilizarse para, equipado con botas de agua y prendas de *tweed* a medida, cazar aves en ranchos fastuosos y granjas de recreo en Tejas o en la península superior de Michigan. No para asesinar.

En la mansión familiar de CocoPlum, la exclusiva parte privada de Coral Gables, se había entretenido con una esposa que sollozaba incontrolablemente y una aterrada hermana menor que no dejaba de chillar una y otra vez, como la aguja de un tocadiscos encallada en un surco. En medio del caos, Susan no se había dado cuenta de que dos inspectores habían llevado al adolescente a una habitación, donde lo interrogaban con agresividad. Con demasiada agresividad. Habían leído al parricida menor de edad sus derechos, pero deberían haber esperado a que estuviera presente algún adulto responsable. No lo habían hecho. Simplemente habían utilizado uno de los trucos más viejos de un policía: «¿Por qué lo hiciste, chaval? Puedes decírnoslo. Somos tus amigos y estamos aquí para ayudarte. Sabemos que tu padre era un mal bicho. Resolvamos esto ahora mismo y podremos irnos todos a casa...»

Era una línea legal fina pero infranqueable, y los inspectores no solo la habían cruzado, ignorándola.

Ellos habían visto a un asesino. El sistema judicial veía a un niño.

Esta era precisamente la distinción que ella se proponía proteger en la escena del crimen y el problema que pretendía evitar, pero había fallado. Estrepitosamente.

Así pues, aquella mañana un magistrado del tribunal superior había rechazado la fría confesión del crío, a pesar de que uno de los inspectores la había grabado diligentemente en vídeo. Y, sin esa confesión, demostrar lo sucedido aquella noche aciaga más allá de cualquier duda razonable iba a ser difícil, por no decir imposible.

La madre no testificaría contra su hijo.

La hermana no testificaría contra su hermano.

Había huellas de toda la familia en la escopeta Purdy.

Y sabía que el carísimo abogado penalista que la familia había contratado contaba con una serie de profesores, psicólogos y compañeros de estudios que describirían con suma compasión los detalles del terror despiadado que la víctima imponía en aquella casa.

Y después el abogado de la defensa diría al jurado que todo había sido un accidente. Trágico, lamentable, triste, terrible incluso, pero accidente al fin y al cabo.

«El padre estaba pegando a la madre como había hecho cientos de veces y el hijo lo amenazó con la escopeta para que parara. Defendía a su madre. Un gesto de lo más noble y valiente. Todos habríamos hecho lo mismo. El pobre chico ni siquiera sabía que el arma estaba cargada, y entonces se le disparó...»

Un argumento convincente para un jurado profundamente conmovido que no vería la frialdad en los ojos del hijo, ni percibiría el regocijo en su voz al describir cómo había perseguido a su padre por las muchas habitaciones de la casa, igual que el padre hacía cuando cazaba urogallos en el campo. Lo había emboscado en el despacho cuando la madre no estaba cerca.

Susan creía que el amor no se compraba con dinero, parafraseando otra canción.

«Especialmente cuando hay un maltratador en serie implicado. La víctima podía haber sido un destacado empresario fabulosamente rico con un gran Mercedes y una lancha motora amarrada en su muelle privado, ser miembro de todas las juntas locales, ceder su nombre a todas las buenas causas y obras benéficas del lugar, pero le gustaba usar los puños con su familia.

»Al infierno con él.

»Y ahora el chaval se irá de rositas después de haberlo matado.

»Al infierno con el chaval.

»Y tal vez también yo al infierno.»

Sabía que, como mínimo, le caería una buena bronca. En el peor de los casos, se pasaría un par de meses encargándose en los juzgados de casos de conducción bajo los efectos del alcohol.

Detestaba los crímenes complicados. Le gustaban los sencillos. Tipo malo y víctima inocente. Pum. La policía hace una detención. He aquí el arma. He aquí la confesión. Una lista de testigos fiables. Sólidas pruebas forenses. Ningún problema. Entonces podía levantarse en el tribunal y señalar con el dedo al acusado, igual que una puritana ultrajada hacía con una mujer acusada de brujería.

Pero detestaba más perder, aunque al perder hubiera cierto grado de justicia, como era el caso aquel día. Y cuando perdía, especialmente cuando era humillada, sentía siempre aquella ansia. La cocaína borraba al instante la derrota y la ayudaba a recuperar la compulsión necesaria para ser fiscal.

«*When your day is done and you wanna run...*», decía la letra de *Cocaine*.

De modo que aquella noche de fracaso había vuelto a la reunión de AA. Suspiró, pensó que ya se había demorado lo suficiente, empezó a tararear el estribillo, «*She don't lie, she don't lie, she don't lie...*», y salió de entre las sombras.

—¡Maldita sea! —exclamó, pensando todavía en aquella mañana en el tribunal—. Todo ha sido culpa mía.

Las palabras «culpa mía» hicieron que se detuviera, porque justo en ese momento vio a Moth acercarse presuroso a Redentor Uno.

Moth estaba empezando su intervención cuando Susan se sentó en una de las sillas al fondo de la sala, con la esperanza de que nadie se fijara en su tardanza. No tardó demasiado en darse cuenta de que Moth no estaba hablando sobre el alcohol ni sobre drogas.

—Hola, me llamo Timothy y llevo veintidós días sin beber...

Un tenue aplauso. Un murmullo de felicitaciones.

—... Y estoy más convencido que nunca de que mi tío no se suicidó. He repasado toda su vida y no he visto ninguna tendencia suicida.

La sala se quedó en silencio.

Moth miró alrededor para valorar en los ojos de los presentes cómo reaccionarían a sus palabras. Sabía que tendría que hablar con cuidado, con palabras y frases convincentes y precisas. Pero fue incapaz, y los sentimientos le salieron disparados como las perlas de un collar roto.

—Todos sabemos, hasta yo, que soy el más joven de los aquí

presentes, lo que tiene que suceder para que uno tome esta decisión final, la decisión de «ya no puedo seguir adelante». Todos sabemos el agujero en que tienes que caer, consciente de que no podrás salir. Todos conocemos los errores en que se ha de incurrir... —Hizo hincapié en «errores» para que su público comprendiera que todo estaba relacionado con esa palabra. La desesperación. El fracaso. Las drogas y el alcohol. La pérdida y la agonía.

Hizo otra pausa. Era probable que todos los que estaban en aquella sala hubieran barajado la posibilidad del suicidio alguna vez, aunque no hubieran pronunciado exactamente la palabra «suicidio» en voz alta.

—Y más que casi nadie, sabemos lo que supone esa elección —concluyó.

Moth tuvo la sensación de que su intervención había generado una especie de brisa en la sala, como una corriente de aire frío que te llega directamente a la cara. «¿Qué sé sobre mi tío? —se preguntó de pronto—. El Ed que yo conocía no soportaba los secretos. Ni las mentiras. Se habría desembarazado de ellos.» Miró alrededor. Si estaba en aquella sala en ese preciso instante era principalmente para desembarazarse del engaño y la falsedad.

—Y no hubo nada de eso en el caso de Ed —añadió—. Por lo menos, las últimas semanas. O los últimos meses o años. Por tanto, solo hay una conclusión lógica. La misma a la que llegué en cuanto recuperé la sobriedad después de su muerte. —Miró en derredor—. Y ahora necesito ayuda.

La sala pareció ponerse tensa. Todos estaban familiarizados con la clase de ayuda que esas reuniones solían ofrecer, pero Moth estaba pidiendo otra cosa.

Reinó el silencio. Susan Terry trató de valorar las reacciones de los demás adictos ante la declaración de Moth.

—Así que decidme dónde he de buscar a un asesino —pidió el joven con cautela.

De nuevo se hizo el silencio, pero lo rompió el ingeniero, inclinándose hacia delante.

—¿Cuándo empezó a beber? Me refiero a beber de verdad...

—Unos tres años antes de embarcarse en su desafortunado y estúpido matrimonio. Pensó que necesitaba una tapadera, o tal vez que no podía ser gay si estaba casado y le mentía a todo el mundo, incluido a sí mismo, sobre quién era. Estaba montando su consulta y todo tendría que haber ido sobre ruedas, pero no fue así...

—Así pues —dijo el ingeniero—, fue entonces cuando empezó a suicidarse. —Era una valoración dura pero exacta—. Y después dejó de intentar suicidarse y vino aquí.

—Exacto —corroboró Moth.

El profesor de Filosofía hizo amago de levantarse, pero volvió a sentarse y habló con voz resuelta, moviendo los brazos teatralmente para subrayar sus palabras:

—Si retrocedes en el tiempo hasta cuando Ed se convirtió en un alcohólico como yo, como tú o como la mayoría de los que estamos aquí, bueno, ¿por qué tendría nadie que asesinar a una persona que se estaba matando a sí misma de una forma tan eficiente?

Un murmullo de asentimiento.

—Entonces, hablar de homicidio solo tendría sentido si el móvil del mismo no guarda relación con el alcoholismo de Ed. Al estar sobrio, su vida actual, llena de logros y éxitos, debió de constituir una afrenta. Un desafío. No sé, pero para alguien tenía que ser mucho más que una injusticia —prosiguió el profesor—. No fue un robo. Eso lo sabemos. Tampoco un suicidio. Eso es lo que nos estás diciendo. No fue una disputa familiar ni nada sexual. No fueron los celos de un triángulo amoroso. Todas estas cosas han sido descartadas. Ni el dinero ni el amor han tenido nada que ver. ¿Qué queda, pues?

El dentista, que parecía excitado, levantó la mano para pedir la palabra.

Moth se volvió hacia él. Era un hombre delgado con un peinado emparrado para taparse la calva y, como muchos en su profesión, versado en suicidios. Asintió enérgicamente con la cabeza y soltó:

—Venganza.

—Ahí quería llegar —coincidió el profesor de Filosofía.

Susan Terry irguió la espalda en la silla. Todo lo que había oído le sonaba a disparate. Tuvo ganas de gritar, de decirles a todos que estaban siendo unos idiotas, que el caso estaba cerrado y que no deberían dejarse llevar por su imaginación, ni permitir que las fantasías de Moth les llenaran la cabeza.

Se le ocurrían muchos desmentidos, advertencias y objeciones que soltarles, en especial que eran unos tontos.

Estaba librando una lucha interior. Miró al dentista, que estaba sonriendo y sacudía la cabeza, pero no como alguien que no está de acuerdo con algo, sino más bien como quien capta una gran ironía.

—He leído muchas novelas de misterio —dijo, provocando algunas risitas breves.

—Y yo —dijo el profesor—. Pero no dejo que lo sepan los demás miembros de la facultad.

Se oyó otro murmullo mientras los reunidos en Redentor Uno comentaban la situación. Nunca nadie había pronunciado la palabra «venganza» en aquel lugar.

—Pero ¿de qué? —preguntó Moth.

Otro silencio. Por fin, una mujer preguntó en voz baja:

—¿A quién hizo daño tu tío?

Cada uno de los presentes había hecho daño a muchas personas, y todos lo sabían. El silencio reinó en la sala.

La mujer bajó aún más la voz, aunque todos pudieron oírla con claridad.

—O quizá... —dijo despacio, y añadió algo que a Moth le pareció una pregunta—. Le hizo algo peor.

14

Estar junto a su siguiente víctima había sido fascinante. Y arriesgado, pero la emoción había valido la pena. Había sido como cuando, al conducir un coche demasiado rápido por una carretera mojada, las ruedas derrapan y recuperan milagrosamente la adherencia al asfalto.

El estudiante 5 estaba de vuelta en Manhattan, sentado a su escritorio, menos de cinco horas después de haber visto a Jeremy Hogan salir armado del aparcamiento de la tienda.

«A veces el asesinato parece predestinado —pensó—. Fue una casualidad haber visto a mi objetivo salir de su casa, una suerte poder seguirlo sin ser descubierto, pura chiripa que decidiera ir a una armería, y un éxito total que me haya tenido a su lado y no me haya reconocido.»

Sonrió, asintiendo con la cabeza. «Su muerte será especial.»

Esta vez le atraía el peligro. «Relaciónate más con él —se dijo—. Aunque cada vez exista el riesgo de que te descubra.»

Tuvo que esforzarse para no tender la mano hacia el teléfono, encender el pequeño dispositivo que le alteraba electrónicamente la voz y marcar el número del doctor Hogan.

«Espera, no corras. Saboréalo.»

Se reclinó un momento en la silla. Luego se levantó y anduvo de un lado a otro por la casa, cerrando y abriendo las manos, sacudiendo las muñecas como para relajarse, mientras se decía que no debía dejarse llevar por el entusiasmo.

«Cíñete al plan. Todas las batallas se ganan antes de librarlas.»

El estudiante 5 tenía citas de *El arte de la guerra* de Sun Tzu en tarjetas que pegaba en un tablero junto a su escritorio.

«Finge inferioridad y fomenta la arrogancia de tu enemigo.»

«Si estás cerca de tu enemigo, hazle creer que estás lejos de él. Si estás lejos, hazle creer que estás cerca.»

«Atácalo cuando no esté preparado. Aparece cuando no te espere.»

Era importante no solo saber qué rutas recorría Jeremy Hogan, los horarios que seguía, las conductas que no cambiaría aunque quisiera hacerlo, sino también prever cómo intentaría reunir la fortaleza emocional necesaria para alterar sus hábitos y, de ese modo, lograr eludir a su perseguidor. No creía que Jeremy Hogan lo consiguiera. La gente rara vez lo hace. Se aferra a hábitos establecidos porque son psicológicamente tranquilizadores. Al enfrentarse a la muerte, la gente se queda pegada a lo que conoce, precisamente cuando lo desconocido se cierne sobre ella.

Todas estas eran observaciones que había hecho durante sus estudios. Se remontaban a la época en que creía que estaba destinado a ser psiquiatra.

«¿Quién habría pensado que la psicología de matar se aproximaría tanto a la psicología de ayudar?»

Había sentido la tentación de ayudar al anciano a ir hasta el coche con su recién adquirida colección de armas y municiones. Habría sido un ofrecimiento atento y cordial, pero el estudiante 5 sabía que ya se había arriesgado demasiado siguiendo al psiquiatra hasta la armería. No había disimulado su voz cuando preguntó sobre los pros y los contras de diversas armas, para comprobar, disimuladamente, si su tono despertaba algún recuerdo, y un posible reconocimiento, en su objetivo.

No había visto ninguno.

Tampoco es que hubiese esperado ninguno.

Eso le había dado todavía más seguridad en sí mismo.

«¡Qué buen camuflaje es la edad!: varias patas de gallo, unos carrillos más mofletudos, un toque de gris en las sienes y unas gafas para aparentar una merma de visión, y ya está: la memoria no se pone a funcionar.»

El contexto también era importante. Aquel psiquiatra que lo había traicionado en su juventud era incapaz de reconocer que el amable adulto que treinta años después le sujetaba la puerta de una armería para que saliera cargado con sus compras era el hombre que iba a matarlo.

«Porque nunca se imaginó que su verdugo estaría allí en ese momento.»

A veces la mejor máscara es no llevar ninguna.

Una repentina curiosidad lo asaltó en ese momento. Empezó a hurgar en los cajones de su escritorio hasta encontrar un pequeño álbum de fotografías de piel roja. Lo abrió de golpe. Allí estaba, acabando la secundaria, y en otra instantánea parecida, cogido del brazo de sus padres al acabar los estudios en el colegio universitario. Sonrisas de satisfacción y togas académicas negras. Inocencia y optimismo. También había un par de fotografías en las que aparecía desnudo de cintura para arriba en la playa, unas instantáneas del estudiante 5 con chicas cuyo nombre no recordaba o con amigos que habían desaparecido de su vida.

Sintió una punzada de rabia.

«Todo el mundo se alegra cuando eres normal.

»Todo el mundo te detesta cuando no lo eres.

»Por lo menos, eso es lo que parece.

»En realidad te temen, cuando eres tú quien teme todo. La gente no lo entiende: cuando pierdes el juicio, también puedes perder la esperanza.»

Inspiró hondo. Los recuerdos se mezclaron con la tristeza, que se convirtió en rabia. Se aferró al borde de la mesa para calmarse. Sabía que cuando dejaba que el pasado se inmiscuyera en sus planes, aunque fuera el pasado lo que le había provocado la necesidad de esos planes, lo enturbiaba todo.

«Nadie vino a verme al hospital. Fue como si fuera contagioso.

»Ni un amigo.

»Ni un familiar.

»Nadie.

»Consideraban que mi locura era cosa únicamente mía.»

No había fotografías de los meses de hospital, y ninguna tomada después de recibir el alta. Pasó las páginas hasta la última fotografía del álbum, que era, sin embargo, la más importante. Estaba tomada en el patio del Departamento de Psiquiatría de la Facultad de Medicina. Cinco rostros sonrientes. Todos con el mismo uniforme: bata blanca y vaqueros o pantalones negros. Se rodeaban unos a otros con los brazos.

Él estaba en el centro de la foto.

«¿Estaban planeando ya arruinar mi carrera?

»¿Sabían lo que le estaban haciendo a mi futuro?

»¿Sentían comprensión? ¿Compasión?»

Llevaba el pelo largo alborotado y lucía una mirada furtiva tras la sonrisa. Se apreciaba lo poco que había dormido, las muchas comidas que se había saltado. Se apreciaba cómo el estrés lo arrastraba por brasas ardientes y lo hundía en aguas gélidas. Tenía los hombros encorvados y el pecho hundido. Se veía menudo, débil, casi como si le hubieran dado una paliza o hubiese perdido una pelea. La locura puede hacer eso con la misma eficacia que un cáncer o una enfermedad cardíaca.

«¿Por qué sonreía?»

Se quedó mirando la expresión de su cara. Vio dolor e incertidumbre en sus ojos. Aquel dolor era verdadero.

Sus abrazos, sus expresiones amistosas, sus sonrisas amplias y felices y su compañerismo eran todos falsos.

El estudiante 5 sacó la foto de la hoja transparente que la sujetaba. Tomó un rotulador rojo de la mesa, lo empuñó como si fuera un cuchillo y trazó rápidamente una «X» sobre cada cara, incluida la suya.

Contempló la instantánea pintarrajeada y se la llevó a la cocina de su piso. Encontró una caja de cerillas en un cajón y se acercó al fregadero para encender una. Dejó que el fuego ondulara el borde de la fotografía mientras la sujetaba de lado, luego la inclinó para que la llama envolviera la imagen antes de dejarla caer en el fregadero de acero inoxidable. Contempló cómo la foto se arrugaba, se ennegrecía y se fundía.

«Todas las personas de esa fotografía están muertas», pensó.

Agitó entonces las manos sobre el fregadero.

No quería que el humo disparara ninguna alarma.

15

Sueños perturbadores y sudores nocturnos poblaban la noche de Andy Candy.

Sus horas de vigilia, las que pasaba separada de Moth, estaban repletas de dudas. De repente se hallaba inmersa en cosas que podrían estar muy mal o muy bien. ¿Cómo saberlo? Para complicarla aún más, estaban los restos de furia que la embargaban en ciertos momentos, cuando menos se lo esperaba, y se encontraba imaginándose lo que le había sucedido, intentando determinar el instante exacto en que podría haberlo cambiado todo.

En ocasiones pensaba: «Morí en aquel momento.»

La música estaba muy fuerte. Tremendamente fuerte.

Canciones irreconocibles. Letras de rap incomprensibles que iban de chulos, putas y armas. Un bajo fuerte, enérgico, vibrante. Ensordecedor. Tan fuerte que tenía que gritar para que la oyeran incluso a pocos centímetros, lo que le había irritado la garganta. El local de la asociación estudiantil estaba abarrotado. Hasta moverse unos pasos resultaba difícil. El calor era insoportable. Sudor, palabras arrastradas, cuerpos que bailaban desenfrenadamente, luces centelleantes, brillantes lámparas rojas. Vasos de plástico de cerveza o vino que pasaban por encima de las cabezas. El ambiente estaba cargado de humo de cigarrillo y de marihuana mezclado con los olores corporales. Gritos aislados, sonoras carcajadas que iban y venían como las olas en el mar, incluso gritos que podían haber sido de alegría tanto como de pánico y que se perdían entre la música incesante. Bebidas fuertes de botellas compartidas por todas partes e ingeridas a tragos como si fueran agua.

Como no sabía dónde estaba su cita, se había abierto paso hasta una habitación lateral, con la esperanza de encontrar algo de paz en medio de tantos cuerpos apiñados, sin dejar de decirse: «Lárgate ya. La policía llegará de un momento a otro.» Pero no escuchó su buen consejo. La habitación lateral también estaba abarrotada, aunque los estudiantes estaban apretujados contra las paredes, dejando un reducido espacio vacío en el centro, como un ruedo de gladiadores. Había estirado el cuello para ver qué miraba todo el mundo, y entonces oyó un gemido visceral, que fue ahogado por un estruendo de vítores, como si fuera una lucha deportiva.

Un chico musculoso estaba sentado en el centro, completamente desnudo, en una silla plegable de metal. Tenía las piernas separadas. Llevaba un tatuaje en un brazo, el típico brazalete tribal de los muchachos cortos de imaginación, o demasiado colgados o borrachos para plantearse algo original cuando entraban tambaleantes en el salón de tatuajes. Se quedó mirando un momento el tatuaje antes de fijarse en el miembro erecto del chico. Era impresionante, y lo sujetaba como una espada.

Delante de él había una chica desnuda bailando, contoneando el cuerpo provocativamente a centímetros del chico, que era quien había gemido.

Andy Candy no la había reconocido.

Del mismo modo que el chico era musculoso, la chica, de unos veinte años, era escultural. Vientre liso, grandes senos, piernas largas y una estupenda melena morena que agitaba de vez en cuando siguiendo un ritmo interior. Esgrimió una botella de whisky que tenía en la mano, se vertió algo de bebida por el pecho, se la lamió de los dedos y después adelantó las caderas como si pidiera a todos que le contemplaran y admiraran su sexo. Llevaba el pubis rasurado, y los presentes la aclamaron cuando se llenó la boca de licor y se dejó caer de rodillas ante el chico, con garbo atlético, pensó entonces Andy Candy. Bajó la boca, dejando que le saliera un hilillo de whisky de los labios para apartarse enseguida, provocativamente. El muchacho, empalmado, gimió de nuevo. La chica, dirigiéndose a los demás, señaló primero la erección y después sus labios, como si hiciera una pregunta. Se produjo una sonora aclamación, con gritos de «¡Sí, tía!» y «¡Hazlo!». Un tercer miembro de la asociación estudiantil rodeó a la pareja cámara de vídeo en mano para obtener un primer plano, y ella, tras saludar a los presentes como un político a una multitud que lo aclama, se lanzó hacia delante y pareció tragarse al chico entero. Esto duró unos momentos, en los que movía la cabeza rítmicamente arriba y abajo mientras acometía la felación. Después, se levantó de repente, miró al público, formado mayormente por chicos, pero también había varias muchachas animándola, e hizo una reverencia. Como si hubiera acabado una actuación, con una floritura, poniéndose las manos en la nuca para hacer gala de su coordinación y su fuerza, se volvió y descendió despacio hacia él.

Esbozó una sonrisa y emitió un largo «ooooohhhh».

La muchacha se giró hacia el chico de la cámara y formó un beso con los labios. Estaba haciendo el amor más con los presentes y la cámara que con el chico empalmado.

Cada impulso, cada giro, suscitaba sonoros vítores. El público empezó a batir palmadas al ritmo de sus movimientos ascendentes y descendentes.

Andy Candy se fue antes del final del espectáculo. No era ninguna mojigata, había estado en fiestas salvajes y visto espectáculos sexuales en sus años universitarios, pero algo en el baile desenfrenado y sudoroso de aquella noche la había intranquilizado. Tal vez fuera la idea de que algo íntimo y privado se exhibiese de un modo tan teatral. Se preguntó si el empalmado y la del pubis rasurado sabrían cómo se llamaba el otro.

Cuando se marchaba, vio al chico que la había invitado a la fiesta. El muchacho se abrió paso hasta ella, miró más allá de su hombro y vio lo que ocurría en la habitación lateral.

—¡Vaya! —exclamó, y con una sonrisa de oreja a oreja añadió—: ¡Qué apasionados!

Era un chico bastante majo, educado y atento. Sensible incluso. Le había pasado sus apuntes sobre Dickens después de que faltara a la clase sobre *Grandes esperanzas* por una ligera gripe intestinal. Procedía de una cara zona residencial. Su padre, un acartonado abogado societario, estaba divorciado de su madre, un espíritu libre que vivía entonces con su nueva familia en una granja de aguacates en California. Una vez la había llevado a cenar, no a una pizzería, sino a un restaurante chino donde habían tomado cerdo *mu shu* y hablado sobre un curso de escritura creativa que planeaban hacer el último semestre de sus estudios. Él le había dicho que le gustaba la poesía, le había dado un beso al dejarla en casa y la había invitado a ir a una fiesta aquel fin de semana. Pocos detalles, todos en apariencia positivos, aunque ninguno de ellos decía realmente nada sobre quién era él.

—Quiero irme —dijo ella.

—Ningún problema. Ahora mismo nos marcharemos. Las cosas podrían desmadrarse. Pero tienes pinta de necesitar un lingotazo antes.

Ella asintió.

«¿Fue entonces cuando me equivoqué? No. Fue al ir a la fiesta.»

—Ten, toma el mío. Iré a buscar otro. Cuesta mucho llegar a la barra.

«El mío. Eso es lo que había dicho. Pero no era suyo. Siempre había sido solamente para mí.»

Le había dado un gran vaso de plástico lleno de cubitos y *ginger ale* mezclado con abundante whisky barato, seguramente de la misma marca que estaba bebiendo la chica desnuda.

«No soporto el sabor del whisky. ¿Por qué lo bebí? Por confianza.»

Se había saltado la primera regla de las fiestas universitarias: «Nunca bebas nada que no hayas visto abrir y servir.»

No relacionó el sabor algo terroso con nada sospechoso, y mucho menos con el abundante GHB que contenía la bebida.

Se la tomó de un trago.

«Tenía sed. No tendría que haber tenido tanta. Ojalá solo hubiera dado un sorbito y se la hubiera devuelto.»

El chico sonrió.

«Violador. ¿Qué aspecto tiene un violador? ¿Por qué no llevan una camisa especial o tienen una marca especial? Una «V» escarlata, por ejemplo. Quizá deberían tener una cicatriz o lucir un tatuaje, algo para adivinar lo que iba a pasarme después de perder el conocimiento.»

—Muy bien —le dijo él—. Así recuperarás fuerzas. Estás algo pálida. Ven, dejé la chaqueta arriba, en mi habitación. Vamos a buscarla y larguémonos de aquí. Podríamos ir a tomar un café a alguna parte.

«No hubo café. Nunca iba a haber café.»

Tardaron unos minutos en abrirse paso entre el gentío y para cuando llegaron a la escalera, ya estaba mareada. La música parecía haber aumentado de volumen, y las guitarras, los chillidos y la percusión retumbaban con violencia.

—Oye, ¿estás bien? —le preguntó el simpático chico a mitad de la escalera.

«Atento pero no sorprendido. Eso tendría que haberme indicado algo.»

—Un poco mareada. Me siento algo rara. Seguramente por culpa del calor. —Arrastró las palabras, pero no estaba borracha. Había recordado ese detalle después.

Se sujetó a la barandilla para no caerse.

—Necesitas tomar aire fresco —le sugirió él—. Ven, deja que te ayude.

Amable. Educado. Caballeroso. Considerado. «Me había dicho que le gustaba la poesía.» La tomó del brazo para ayudarla, solo que fueron hacia arriba, no hacia fuera.

Sabía que necesitaba el aire.

No lo tuvo. No durante un rato.

—*Tendría que haberlo denunciado. Tendría que haber llamado a la seguridad del campus. Presentado una denuncia. Ido a la policía. Contratado un abogado.*

—*¿Por qué no lo hiciste?*

—*No lo sé. Estaba perdida. Confundida. No sabía qué me había pasado.*

—*Así que dejaste que se escapara.*

—*Sí. Supongo que sí.*

También recordaba esto: unas náuseas terribles por la mañana. Náuseas violentas, debilitantes y desgarradoras. El mismo malestar se repitió poco más de un mes después.

Y otro recuerdo: la enfermera de la clínica no dejaba de llamarla «cariño» mientras la ayudaba a subirse a la camilla de reconocimiento. El instrumental era de acero inoxidable y brillaba tanto que pensó que tendría que protegerse los ojos. La anestesiaron y le dijeron que no le dolería nada.

«Se referían al dolor físico, claro. El otro era constante.»

El sentimiento de culpa la hacía llorar. Menos a medida que pasaban los días, pero todavía se le llenaban los ojos de lágrimas a veces. Lo bueno y lo malo se fundían en su interior para crear una tensión insoportable que, aunque se disipaba, la abandonaba despacio. Se dijo que tenía que haber una forma más rápida de salir de la telaraña de emociones en que estaba atrapada.

«Tal vez debería volver a la facultad y matar a ese chico. A lo mejor Moth me ayuda después de que matemos a quienquiera que sea que quiere matar. Así habría justicia para todos.»

Moth la estaba esperando fuera de su casa. Parecía titubeante, como indeciso sobre algo, sin saber muy bien qué decisión tomar.

Aparcó el coche cerca del bordillo, pero él no subió inmediatamente, sino que se agachó. Ella bajó la ventanilla. Una ráfaga de aire caliente se introdujo en el vehículo.

—Hola —dijo en voz baja—. ¿Adónde vamos hoy?

—No lo sé. —Moth sacudió la cabeza y añadió—: No estoy seguro de que llegue a saberlo nunca.

Pasearon. Uno junto a otro. Cualquiera que los viera habría pensado que era una pareja enfrascada en una conversación sobre algo importante, como alquilar juntos un piso, o si era el momento adecuado para que uno de ellos conociera a los padres del otro. Pero un observador ocasional no se habría fijado en que, por más juntos que se viesen, no se tocaban.

Andy pensó que Moth parecía derrotado. Estaba apagado, lleno de un repentino pesimismo. La energía que había caracterizado sus primeros días juntos parecía haberse desvanecido de golpe.

—Dime —pidió en voz baja, en el tono delicado que usaría una novia actual, no una ex—. ¿Qué pasa?

El sol les daba de lleno, pero la expresión de Moth era sombría. Se dirigían a un pequeño parque para cobijarse a la sombra de los árboles. Los niños montaban en columpios y jugaban en estructuras de barras en una zona de recreo cercana. Chillaban, de la forma frenética en que los niños se divierten, y que provocaba que la voz desanimada de Moth sonara peor de lo que ya era.

—Estoy atascado —afirmó despacio.

Andy Candy comprendió que iba a añadir algo y guardó silencio mientras paseaban. Moth dio un puntapié a la fronda de una palmera caída que obstaculizaba la acera. Después se sentaron en un banco.

Cuando habló, fue como oír la disertación atormentada de un nuevo profesor que da su primera clase sobre un tema del que no está del todo seguro.

—Cuando un historiador estudia un asesinato, valora cuestiones políticas, como cuando aquel anarquista disparó al archiduque en Sarajevo y desencadenó la Primera Guerra Mundial, o cuestiones sociales, como cuando Robert Ford abatió a Jesse James disparándole por la espalda mientras el bandido estaba colgando un cuadro en su casa. Hay una forma fría y clarividente de deconstruir todos los factores para llegar a una conclusión sobre un asesinato. *A* al cuadrado más *B* al cuadrado igual a *C* al cuadrado. Álgebra de la muerte. Aunque haya once mil documentos que analizar. Pero en el asesinato del tío Ed, todo va hacia atrás, aunque puede que esta no sea la palabra adecuada. Veo la respuesta, está muerto, pero no la ecuación que permite llegar a esa conclusión. Y no sé dónde buscar.

—Sí que lo sabemos —dijo Andy Candy despacio. Pensó que tendría que apretar la mano de Moth, pero no lo hizo—. En el pasado.

—Sí. Es fácil decirlo. Pero ¿dónde?

—¿Qué tiene sentido?

—Nada tiene sentido. Todo tiene sentido.

—Vamos, Moth.

—No sé dónde buscar, ni cómo buscar.

—Sí que lo sabes —insistió Andy Candy—. Estamos buscando odio. Un odio desmedido e irreprimible. La clase de odio que dura años. —«¿Odiaré yo así?», se preguntó de repente.

—Irreprimible, no —la rectificó Moth—. O más o menos irreprimible. Irreprimible a lo largo de años de planificación, si es que esto tiene sentido. —Se detuvo y soltó una risita—. Tengo que dejar de utilizar esa palabra.

—¿Qué palabra?

—Sentido.

Ella le sonrió. Vio que alzaba los ojos para contemplar los niños que jugaban en el parque.

—He estado pensando en cuándo y por qué bebo. Es siempre en momentos como este, cuando no sé muy bien qué hacer. Si tenía un trabajo, un examen, una presentación, lo que fuera, por más tensión o estrés que tuviera, siempre estaba bien. Es cuando, no sé, no estoy seguro de algo. Entonces me tomo una copa. O diez. O más, porque pronto dejas de contar, ¿sabes?

Moth se rio, aunque no porque le hiciera gracia.

—Primero me lleno de dudas y después de alcohol. Es sencillo, si lo piensas bien, Andy. El tío Ed solía decirme que hay muchas cosas que la gente puede sobrellevar en la vida, pero que la incertidumbre es la peor.

Se volvió hacia la muchacha.

—¿Y tú, Andy? —dijo despacio—. ¿Estás segura de lo que estás haciendo?

No estaba segura de nada, pero asintió.

—¿Te refieres a ayudarte? —preguntó.

—Sí.

Andy Candy se dio cuenta de que mentiría tanto si respondía que sí como si respondía que no.

—Ahora mismo no hay nada seguro en mi vida, Moth, salvo que tal vez los perros de mi madre me siguen queriendo. Y seguramente ella me sigue queriendo, aunque ahora mismo me está dejando muy sola. Y mi padre me seguiría queriendo, pero está muerto. Y aquí estoy. Sigo aquí.

—¿Dónde vamos a continuación? —preguntó Moth tras asentir.

—¿Dónde puede alguien empezar a odiar a otro? —Andy Candy pensó entonces en el chico de la fiesta. «¿Cómo no vi lo que se ocultaba realmente tras su sonrisa?»—. En el colegio universitario o en la Facultad de Medicina —aventuró—. Ya que no había nadie en la vida actual de Ed que quisiera matarlo, excepto, tal vez, su exmujer, aunque está demasiado absorta en Gucci como para tomarse la molestia.

—Cierto —rio Moth. Hizo una pausa antes de decir—: Adam House. La residencia Adam House, en Harvard, allí se sacó la licenciatura. Tenía dos compañeros de habitación. Deberíamos llamarlos. Y después el segundo ciclo en la Facultad de Medicina... —Se le iba apagando la voz, pero la recuperó—: Tendré que pensar en ello —aseguró.

Andy Candy lo miró de reojo. Había erguido la espalda en el banco y se frotaba el puño derecho con la otra mano.

16

Susan Terry estaba sentada a su mesa dando golpecitos con un lápiz a un montón de expedientes abiertos. Un empleado de una gasolinera muerto de un disparo, un par de atracos a mano armada, un homicidio doméstico y tres violaciones, más que suficiente para tenerla ocupada varias semanas seguidas. Pasado un momento, tiró el lápiz, que rebotó en la mesa y cayó al suelo. Se puso de pie, se acercó a la ventana y miró fuera. La brisa agitaba ligeramente las frondas de las palmeras y un jumbo descendía hacia el Aeropuerto Internacional de Miami. Dirigió la vista entonces hacia un aparcamiento cercano, donde siguió hipnóticamente a un Porsche negro que salía a la calle. Cuando el coche deportivo desapareció, se aferró al alféizar y empezó a soltar tacos en voz baja: una brusca avalancha de «joder, cabrones y mierda, mierda, mierda» inconexos hasta quedarse prácticamente sin aliento.

—No tiene ningún derecho de pensar lo que piensa ni motivo para ello —dijo en voz alta. Recordar lo que había dicho Moth en Redentor Uno la enojaba cada vez más—. ¿No lo entiende? Es un caso cerrado. Un suicidio. Todos lo lamentamos. Mala suerte, chaval. Lleva unas flores a la maldita tumba de tu tío y sigue adelante con tu vida alejado del alcohol.

«Hay algo peligroso en lo que está haciendo», insistió interiormente, pero no alcanzaba a ver qué era exactamente. Su experiencia con los asesinatos se decantaba hacia lo truculento: una operación de drogas fallida, un miembro de una pareja que de repente se sentía harto de que lo fastidiaran sin cesar y casualmente tenía un arma a mano.

El expediente del tío fallecido estaba encima de unos archivadores en un rincón del despacho. Lo había colocado en un carrito que una de las secretarias transportaba todos los días con expedientes para archivar, pero por alguna razón lo había recuperado y dejado encima de los homicidios, atracos y otros crímenes que llenaban sus horas. Normalmente, las copias impresas del papeleo de los casos cerrados se destruían y las copias informáticas se conservaban en un ordenador.

Por un momento pensó en enviar a un inspector de Homicidios a hablar con Moth. Una conversación unilateral con aires de superioridad, tirando a rapapolvo: «Mira, chaval, deja de hacer la puñeta con cosas que no comprendes. Investigamos a fondo este caso. Y ahora está cerrado. No quiero tener que volver a repetírtelo. ¿Te queda claro?»

Podría hacer eso sin ningún problema. Pero sabía que esa clase de suave mano dura no gustaría demasiado en Redentor Uno. Y era tristemente consciente de que aquel sitio era lo que ella más necesitaba en el mundo, porque no tenía nada más aparte de su trabajo, aunque apenas hablara en las reuniones y tratara de pasar desapercibida en las filas del fondo. Se sorprendió a sí misma al admitir lo mucho que necesitaba simplemente escuchar.

—Muy bien —dijo a nadie en un tono cercano al sermón—. Nada de policía. Haz lo que tengas que hacer, aunque sea una gilipollada y una pérdida de tiempo. Asegúrate al cien por cien.

Se acercó a los archivadores, tomó el expediente y volvió a la silla del escritorio.

La autopsia. El informe toxicológico. El análisis de la escena del crimen.

Todos decían lo mismo.

Releyó todos los informes sobre los interrogatorios de los inspectores. La exmujer. La pareja con que convivía últimamente. El psicoterapeuta. Los inspectores habían contactado también con todos los pacientes actuales de Ed Warner. Habían sido lo bastante concienzudos como para remontarse unos años y hablar incluso con algunos expacientes. Ella misma había repasado los archivos informáticos y las notas sobre las visitas a la consulta de Ed Warner en busca de algún indicio sobre que lo evidente no lo era tanto. Ni siquiera había una finalización brusca, como la de algún paciente desquiciado o que no pagara cuando era debido, y había cotejado a todas las personas a las que visitaba o había visitado Ed Warner con su diagnóstico, cuidadosamente anotado: una neurosis de clase alta tras otra. Montones de angustia. Depresiones galopantes. Algunos abusos de drogas y alcohol. Pero ningún indicio de rabia incontrolable.

Y menos de que fuera un asesinato.

Se encorvó sobre la mesa, repasando la documentación, y luego la repasó por segunda vez. Al llegar a la última página, se recostó, exhausta de repente.

—Nada —soltó—. *Zilch. Rien de tout.* Nada de nada.

«Una hora que podrías haber pasado haciendo algo que mereciera la pena», se reprendió a sí misma.

Tenía los papeles esparcidos por toda la mesa, de modo que empezó a recogerlos y meterlos de nuevo en el archivo de acordeón con la carátula ED WARNER - SUICIDIO junto con su fecha en tinta negra. Lo último que iba a introducir en el expediente era el informe de la autopsia. Lo estaba deslizando hacia dentro junto con lo demás cuando, de repente, tuvo una idea.

—Me pregunto... —se dijo en voz alta—. ¿Comprobarían...? Apuesto lo que sea a que no, Dios mío...

Extrajo el informe de la autopsia y lo hojeó por enésima vez. El documento era una combinación de entradas: los vacíos de un formulario estandarizado rellenados y unas sucintas explicaciones: «El sujeto corresponde a un varón de cincuenta y nueve años, en buen estado físico...»

—¡Mierda! —exclamó. Lo que estaba buscando no estaba—. ¡Mierda, mierda, mierda! —Otro torrente de improperios enturbió la habitación.

Un análisis sencillísimo.

El de los residuos de pólvora.

Un frotis de la mano del cadáver. Una rápida reacción química. Una conclusión: Sí, sus manos mostraban indicios de haber disparado recientemente un arma.

Solo que no se había hecho.

Susan discutió interiormente consigo misma: «Claro que no. ¿Para qué molestarse? El arma yacía en el suelo justo al lado de sus dedos extendidos. Estaba claro. No era necesario trabajar más de la cuenta en algo tan evidente.»

Se levantó y dio un par de vueltas por su despacho antes de volver a sentarse.

«Mira —se dijo—, esto no significa nada. O sea que omitieron un análisis que tampoco es tan importante. Ya ves tú. Pasa muchas veces, coño. Todas las pruebas llevan a una conclusión ineludible.»

De repente le costó convencerse de ello.

Trató de obligarse a devolver el expediente al montón donde aguardaría a que la secretaria se lo llevara por la mañana, destruyera el papel y archivara informáticamente los informes en algún espacio de almacenaje seguro, donde se llenaría del equivalente electrónico del moho, y a otra cosa, mariposa.

«¡La madre que me parió!», se dijo. Volvió a dejar el expediente en su mesa.

—¿Alguien que odiara tanto a Ed en el colegio universitario como para guardarle un rencor homicida durante décadas? Imposible. ¿Tú qué opinas, Larry?

—Ridículo.

Moth y Andy Candy habían organizado una teleconferencia con los dos compañeros de habitación de Ed Warner en Harvard. Frederick era ejecutivo de un banco de negocios de Nueva York y Larry era profesor de Ciencias Políticas en el Amherst College. Ambos afirmaban estar muy ocupados, pero habían accedido a hablar por respeto a su malogrado compañero de estudios.

—Pero ¿no tuvo ningún conflicto, una discusión grave, no sé...? —insistió Moth.

—El único problema de Ed procedía de sus propios conflictos interiores por ser como era —explicó el politólogo. Aquello era un eufemismo de homosexualidad—. Todos sus amigos lo sabíamos o sospechábamos y, sinceramente, aunque en aquella época las cosas eran distintas, no nos importaba demasiado.

—Estoy de acuerdo —intervino el banquero—. Aunque si había cierta rabia, algo que pudiera llevar a un asesinato, habría sido debido a la tensa relación de Ed con su familia, ¿sabéis? No le gustaban sus parientes, ni él a ellos. Le presionaban mucho para que triunfara y se forjara un nombre, esa clase de exigencias distantes pero firmes, a menudo agobiantes. En Harvard era algo habitual. Lo vi muchísimo. Y, a nuestra edad, te conducía a un tipo bastante corriente de rebeldía o te sumía en una depresión.

Los dos hombres guardaron silencio un momento. Finalmente, lo rompió el banquero:

—Tendríais que haber visto los pelos que llevábamos. Y la música que escuchábamos. Y las sustancias extrañas que ingeríamos.

Las voces telefónicas eran débiles, pero estaban cargadas de recuerdos.

—Ed no era diferente de los demás —añadió el profesor—. Había estudiantes que lo pasaban realmente mal con las presiones en Harvard. Algunos abandonaban los estudios, otros salían adelante y otros lo dejaban de la forma más triste. Los suicidios y los intentos de suicidio no eran extraños. Pero los problemas de Ed no eran muy distintos a los de los demás, y no hizo nada que provocara la clase de rabia rencorosa que estáis buscando.

Se produjo otro silencio mientras Moth intentaba pensar otra pregunta. No se le ocurrió ninguna. Andy Candy, al ver que su amigo se había quedado en blanco, dio las gracias a los dos interlocutores y colgó.

«¿Puedes llevar el desánimo como si fuera un atuendo?», se preguntó, porque podía verlo escrito en la cara de Moth. Otro callejón sin salida. Y de repente, pensó: «No dejes que se dé por vencido. Eso lo mataría.» Así que le dijo:

—Muy bien, probemos con la facultad. De todos modos, me parece más lógico.

Moth urdió una mentira eficaz.

«Mi tío ha fallecido y estoy intentando encontrar a sus compañeros de clase de la Facultad de Medicina para comunicarles su deceso y para que, si quieren, contribuyan a un fondo para la educación universitaria que él deseaba crear. Figura en su testamento.»

Andy Candy repitió esta historia en el hospital de Miami donde Ed Warner había hecho su residencia en Psiquiatría.

Las dos llamadas arrojaron como resultado una útil lista de ciento veintisiete nombres, junto con direcciones de correo electrónico y algunos sitios webs de consultas médicas, que les proporcionó una secretaria de la asociación de exalumnos. Posteriormente, Ed se había incorporado a un grupo de residentes de Psiquiatría de primero en Miami.

Estaban sentados en un área de estudio de la biblioteca principal de la Facultad de Medicina. Cada uno tenía un portátil con acceso a Internet.

—Son muchos nombres —susurró Andy. Había otros estudiantes trabajando cerca y todo se decía en voz muy baja. Tomó un pedacito de papel y anotó: «cirujanos, medicina interna, radiólogos; ¿asesinos?».

Moth tachó con su bolígrafo todas las especialidades y escribió: «solo psiquiatras». Era consciente de que, en realidad, aquello no tenía sentido desde el punto de vista de un historiador. Una valoración adecuada de cualquier época no excluye ningún factor, e imaginaba que un ortopedista podía ser un asesino con la misma facilidad que un dermatólogo. Pero parecía más lógico concentrarse en la profesión de Ed.

«Un buen historiador empieza cerca y va ampliando su campo de estudio», pensó. Y escribió: «fecha del emparejamiento».

Andy Candy asintió. La Facultad de Medicina les había proporcionado una lista que emparejaba a cada titulado con la residencia que había hecho. El nombre de Ed aparecía casi al final, seguido de la palabra «psiquiatría». Fue hacia atrás y encontró trece nombres más señalados del mismo modo junto con el hospital al que fueron enviados a formarse. Ed era el único recién titulado que había sido enviado a Miami.

Ella se encargó de seis. Moth, de siete. Empezaron a buscar cada nombre en Google. Obtuvieron algunas informaciones sueltas: consultas, premios, becas de investigación, una detención por conducir borracho, un divorcio en los tribunales.

Pero estos detalles no les interesaban.

Lo que encontraron hizo que Andy Candy quisiera gritar a pleno pulmón; un chillido que habría sobresaltado a todo el mundo en la biblioteca. Se volvió hacia Moth y vio que estaba rígido y erguido. Había palidecido y los dedos le temblaban sobre el teclado del portátil.

—¿Qué probabilidades hay de que, de catorce nombres, cuatro ya estén muertos? —susurró tan bajo que apenas pudo oírlo mientras giraba el ordenador hacia ella y señalaba la pantalla.

«Pocas —pensó Andy Candy—. Muy pocas. Sorprendente, increíble e inusitadamente pocas.» Contuvo sus ansias de gritar y se preguntó si más bien serían letalmente pocas.

17

La tercera conversación

Jeremy Hogan dispuso un buen arsenal en la mesa del comedor: escopeta, arma corta, cajas de munición, el atizador de la chimenea, cuchillos de trinchar, una linterna de acero negro de seis pilas que, a su entender, podría usarse como porra, y una réplica ceremonial de una espada de caballería de la guerra de Secesión, que le habían regalado quince años atrás tras dictar una conferencia en una academia militar de Vermont. Aquel lejano día había disertado sobre el trastorno por estrés postraumático en las víctimas de un crimen. Ojalá pudiese recordar lo que había dicho. No estaba seguro de que la espada estuviera lo bastante afilada como para penetrar en la piel, aunque podría intimidar a un agresor si la esgrimía.

Practicó cómo cargar y descargar el revólver y la escopeta. No era rápido, a veces se le escurrían las balas, y temía dispararse en un pie o una pierna. Cuando expulsó un cartucho de la recámara del calibre .12, este cayó al suelo y rodó bajo un aparador antiguo. No podía sacarlo de allí, y finalmente tuvo que usar la espada ceremonial, metida en su vaina adornada con borlas, para llegar hasta el fondo. El cartucho y la espada salieron cubiertos de polvo.

A media mañana se preparó un blanco improvisado rellenando una vieja camisa con trapos, toallas raídas y periódicos arrugados. Le añadió algo de leña menuda de la chimenea para darle peso y bajó una silla rota del desván para que lo aguantara. Llevó todo al jardín que conducía a los campos de la antigua explotación agrícola y al frondoso bosque plagado de ciervos que se extendía detrás de su casa. No se le escapó que estaba situando la silla en medio del paisaje que a su difunta esposa le encantaba pintar a la acuarela con colores vibrantes.

Tras preparar las armas, se alejó unos diez metros y se preparó. Primero el arma corta. Levantó el revólver y reparó en que había olvidado los tapones para los oídos dentro, sobre la mesa. Dejó el revólver en la hierba esperando que la humedad no lo dañara, entró rápidamente en casa, se puso los protectores y, una vez que volvió afuera, adoptó la posición de tiro que le había enseñado el propietario de la armería. Le pareció que le salía bien. El arma sujeta con ambas manos y los pies ligeramente separados. Las rodillas ligeramente flexionadas. El peso descansado en la parte anterior de la planta de los pies. Se movió un poco para encontrar la posición adecuada, de modo que estuviera cómodo. El armero había recalcado este detalle.

Respiración profunda. Idea curiosa: «¿Cómo puedo estar cómodo si me estoy enfrentando a alguien que quiere matarme?»

Hizo tres disparos.

Los falló todos.

«Puede que esté demasiado lejos —reflexionó. Se acercó unos metros—. Es más probable que esté a poca distancia. O tal vez no. ¿Qué clase de tiroteo del Lejano Oeste crees que va a haber?»

Frunció los labios, contuvo el aliento, apuntó con más cuidado y disparó las tres balas restantes. El revólver dio una sacudida hacia arriba en sus manos, como si recibiera una corriente eléctrica, pero esta vez logró controlarlo mejor.

Un disparo dio en el cuello de la camisa, otro falló y el tercero acertó en el centro, tirando el blanco al suelo.

«Eso bastará», se dijo, consciente de que no bastaría.

Dejó el Magnum, se acercó al blanco para ponerlo bien y se situó de nuevo a diez metros. Imitando otra vez la posición que le habían enseñado el día antes, se apoyó la escopeta en el hombro y disparó.

La detonación lo hizo tambalear ligeramente, pero vio que el blanco se llevaba la peor parte: la camisa se hizo trizas, parte de la leña y el papel voló por los aires y el conjunto cayó hacia atrás.

Bajó el arma.

—No está mal —dijo—. Creo que me estoy volviendo peligroso.

«La escopeta es mejor. No hay que ser, ni con mucho, un tirador de élite.»

Se quitó los tapones de los oídos y sintió un cosquilleo en el hombro. Tuvo la impresión de oír el eco del disparo de la escopeta, y entonces se percató de que, dentro de la casa, estaba sonando el teléfono, amortiguado pero insistente. Tomó las armas y corrió hacia la cocina.

Como antes, se trataba de un número desconocido.

«Sé quién es.»

No descolgó y se quedó mirando el aparato, que dejó de sonar.

«Sé quién es.»

El teléfono sonó de nuevo.

Tendió la mano hacia el auricular, pero se detuvo.

Un timbre. Dos timbres. Tres.

«La mayoría de los interlocutores corrientes lo dejarían correr. Dejarían un mensaje. Los teleoperadores no dejan que suene más de cuatro o cinco veces antes de decidir intentarlo más tarde.»

Seis timbres. Siete. Ocho.

«Cuando era pequeño, cuando la gente tenía el teléfono en la pared, como yo ahora en la cocina, o en la mesa, como yo ahora arriba, había modales telefónicos. Antes de los contestadores automáticos y los móviles con su opción *ignorar* y las videoconferencias, la tecnología de almacenamiento en la nube y todas las cosas modernas que damos por sentadas, se consideraba de buena educación dejar sonar el teléfono diez veces antes de colgar. No más. Ahora la gente se desanima antes de la cuarta.»

Nueve, diez, once, doce.

El teléfono siguió sonando.

Jeremy sonrió.

«Acabo de averiguar algo: es muy paciente.»

Pero entonces se le ocurrió una segunda cosa, y era escalofriante.

«¿Sabe que estoy aquí? ¿Cómo? No puede ser. Imposible... No, no es imposible.»

Contestó al decimotercer timbre. ¿Traería mala suerte?

—¿De quién es la culpa?

Esperaba aquella pregunta. Inspiró hondo y, gracias a sus años de experiencia, respondió sin vacilar:

—Es culpa mía, por supuesto. Sea lo que sea. Estar en desacuerdo con usted en este aspecto no tiene sentido. Ya no. Así que... ¿hay alguna probabilidad de que admitiéndolo, deshaciéndome en disculpas, entonando alguna forma de *mea culpa* en algún foro público, tal vez donando una suma a su obra benéfica favorita, pueda evitar ser asesinado?

Su pregunta, un poco apresurada, dicha con tono de conferenciante académico, era casi frívola, incluso un poco absurda. Había pensado mucho en el tono adecuado. Con cada decisión que tomaba se la jugaba. ¿Haría que su asesino actuara precipitadamente si sonaba impávido? ¿Dispondría de más tiempo, podría encontrar una forma de protegerse si sonaba acobardado, aterrado? Lo invadía un sinfín de contradicciones. ¿Qué alargaría el proceso del asesinato? ¿Qué le permitiría ganar tiempo? ¿Y qué pensaba hacer con el tiempo que ganara?

Si era eso lo que quería.

No lo sabía.

Aferrando el auricular, repasó rápidamente las opciones. Cada palabra que pronunciaba era una decisión.

En el escenario, un actor se convierte en una persona u otra, manifiesta exteriormente sus emociones al recitar su texto. «Método de actuación. Conviértete en lo que tienes que mostrar.»

Inspiró con fuerza.

«¿Qué dicen los jugadores de póquer?: Lo apuesto todo.»

Hubo una leve vacilación al otro lado de la línea y, después, una risa igualmente leve.

—Si le dijera que sí que hay alguna probabilidad, ¿cómo reaccionaría, doctor?

Jeremy temblaba. El miedo que sentía era profundo. Era como si pudiera notar la presencia de su verdugo en la habitación. La voz tenebrosa de aquel hombre borraba el sol de media mañana que entraba por las ventanas y el benévolo cielo azul. Hablar con el hombre resuelto a matarlo era un poco como sumirse en una penumbra que lo envolvía.

«No permitas que el terror se te note en la voz. Provócalo. A lo mejor comete un error.»

—Bueno —improvisó con cautela—, supongo que entonces podríamos mantener una conversación razonable sobre lo que querría que hiciera. A qué obras benéficas podría hacer las donaciones. Qué cosas podría hacer para enmendar la injusticia que se imagina que le he hecho. —Hizo una pausa y añadió—: Claro que esta conversación solo sería «razonable» si usted no es un obseso delirante casi psicótico, y si todas sus historias y amenazas no son simplemente fruto de su imaginación exaltada. Si es ese el caso, puedo recetarle ciertos medicamentos muy eficaces, y recomendarle un buen psicoterapeuta que lo ayude a superar estos problemas. —Lo dijo con la voz escueta, nada divertida, de un médico. «Veamos cómo reaccionas», pensó.

Otra pausa. Una breve carcajada. Una pregunta desconcertante:

—¿Cree que soy un psicótico, doctor?

—Podría serlo. Seguramente al límite, aunque logre ocultarlo en su voz. Me gustaría ayudarlo. —Jeremy sabía que esto lo sorprendería.

—¿Sabe qué, doctor? Me recuerda un poco a esos delincuentes de guante blanco que salen en las noticias, arrepentidos delante del juez y dispuestos a servir sopa a los indigentes para evitar ir a la cárcel por los millones que robaron y las vidas que destrozaron.

Jeremy se humedeció los labios. Se preguntó por qué los tendría tan secos.

—Yo no soy como ellos —contestó. «Flojo, flojo», se reprendió.

—¿De verdad? Interesante, doctor. Dígame, ¿cuál es el castigo adecuado para alguien que arruinó la vida de otra persona?

¿Qué se hace con una persona que robó todas las esperanzas y sueños, todas las ambiciones y oportunidades de otra persona? ¿Cuál es el castigo adecuado?

—Hay grados de culpabilidad. Hasta la ley lo reconoce.

—«Has sonado impotente, demasiado comedido.»

—Pero no estamos en ningún juicio, ¿verdad, doctor?

—¿Estuvo en prisión por culpa de una valoración mía? —preguntó al ver, de repente, una oportunidad—. ¿Testifiqué en su contra en un juicio? ¿Cree que lo diagnostiqué mal? —Lamentó haber sido tan directo. Normalmente intentaría obtener las respuestas con más sutileza, pero era un interlocutor difícil.

—No. Sería demasiado sencillo. De todos modos, hasta un psicótico admitiría que usted estaba haciendo simplemente su trabajo.

—No lo haría —replicó Jeremy, muy concentrado, tratando de asimilar cada palabra del interlocutor para formarse una idea global. «No fue un juicio. ¿Qué otra cosa de tu profesión pudo ser?» Vio una respuesta: «La enseñanza.» Pero antes de poder seguir esta pista, su interlocutor soltó otra carcajada y dijo:

—Bueno, doctor, supongo que ahí tenemos la respuesta a su pregunta sobre si soy un psicótico.

«Te ha superado tácticamente. ¡Vamos, piensa!»

—Es interesante hablar con usted, doctor —añadió el hombre tras otra pausa—. Son curiosas, ¿verdad? Me refiero a las relaciones: padre e hijo, madre e hija, amantes, colegas, viejos amigos. Nuevos amigos. Cada una tiene sus cualidades especiales. Pero en nuestro caso estamos en un terreno muy delicado, ¿no cree? La relación entre un asesino y su víctima. Concede suma importancia a cada palabra.

«Hablando se parece a mí —pensó Jeremy—. Tira de este hilo.»

—Con sus demás víctimas, si es que las hay, ¿estableció una relación con ellas?

—¡Muy astuto, doctor! Intenta hacerme admitir que he matado antes. Eso podría ayudarlo a averiguar quién soy. No tendrá tanta suerte. Lo siento. Pero le diré algo: creo que en cada asesinato confluyen por lo menos dos aspectos: lo que motivó la necesidad de matar y el momento de la muerte. Diría que son ámbitos que usted ha explorado a lo largo de su carrera.

Jeremy no pudo evitar asentir.

—¿Habló con sus demás víctimas antes de matarlas? —preguntó.

—Con unas sí. Con otras no.

«Muy bien. Algo es algo —pensó Jeremy—. En ciertas situaciones el señor De la Culpa necesita una confrontación directa. En otras, vete a saber.»

—¿Qué situación le proporcionó más satisfacción? —siguió indagando.

Un resoplido.

—Todas fueron igual de satisfactorias. Solo que de distinta forma. Debería saberlo, doctor.

—¿Nos mata a todos del mismo modo?

—Buena pregunta, doctor. La policía, los fiscales, los profesores de Derecho penal, a todos les gustan las pautas. Les gusta ver relaciones obvias, ser capaces de reunir detalles. Prefieren los crímenes que se parecen un poco a esos dibujos con números para colorear que se dan a los niños. Colorea de azul el número diez. De rojo, el trece. De amarillo y verde, el dos y el doce. Y, de repente, lo que estás coloreando se ve claro. Creía que habría deducido que soy más listo que eso.

«Más listo que la mayoría de los asesinos que he conocido. ¿Qué me revela eso?»

—Siga intentándolo, doctor —añadió su interlocutor tras otra pausa—. Me gustan los retos. Hay que pensar con claridad si se quiere ser impreciso y preciso a la vez.

Jeremy imaginó una sonrisa en el rostro de aquel hombre.

—¿O sea que todo el mundo ha muerto de distinta forma?

—Ajá.

Se dio cuenta de que sujetaba el auricular con tanta fuerza que los nudillos le blanqueaban sobre el plástico negro. Supuso que aquella conversación era como conducir un coche descontrolado por una carretera helada colina abajo. Iba ganando velocidad, derrapando, intentando dominar el vehículo para que los neumáticos se agarraran de nuevo a la resbaladiza calzada mientras su cerebro procesaba cientos, tal vez miles de datos nuevos. La razón combatía con el pánico en su interior.

—¿Tenemos todos la misma culpa?

Fue evidente que su interlocutor había esperado esta pregunta porque respondió sin dudar:

—Sí. —Y pasado un instante añadió con tono casi amistoso—: Permita que le haga una pregunta, doctor. Supongamos que acepta ayudar a perpetrar un robo en una tienda de conveniencia o en una bodega con dos amigos suyos. Será un trabajo fácil. Ya sabe, esgrimir una pistola, vaciar la caja y largarse. Nada del otro mundo. Sucede todas las noches en algún lugar de Estados Unidos. Usted está fuera, al volante, con el motor en marcha, imaginando lo que hará con su parte del botín, cuando oye disparos y sus dos amigos salen corriendo. Enseguida se entera de que se asustaron y mataron al tendero. Su fácil atraco acaba de convertirse en asesinato. Conduce rápido, porque esa es su tarea, pero no lo suficiente, porque alza la vista y ve que los sigue la policía... —De nuevo, una breve carcajada—. Dígame, doctor, ¿es usted tan culpable como sus dos amigos?

Jeremy notó que se le secaba la garganta, pero se esforzó en procesar lo que oía.

—No —contestó.

—¿Está seguro? En la mayoría de estados, la ley no hace distinción entre usted, que esperaba en el coche, y su compinche que apretó el gatillo.

—Así es —admitió Jeremy—. Pero... —Se interrumpió al entender lo que el otro quería decir.

Eso lo sofocó y se quedó paralizado, como si todos sus conocimientos y años de experiencia estuvieran en estantes fuera de su alcance. De repente se sintió viejo. Echó un vistazo a sus armas.

«¿A quién quiero engañar?»

«No —se dijo—, lucha. Da igual lo viejo que te sientas. —Inspiró hondo—. ¿A qué viene ahora esta historia sobre un crimen normal y corriente?»

Sintió un impulso en su interior. «Eso ha sido un error. Puede que sea su primer error.» Inspiró hondo y trató de aprovecharlo.

—O sea, lo que me está diciendo es que, sin ser consciente

de ello, conduje un coche al lugar de un crimen cometido por otras personas, y que esto me va a costar ahora la vida. No habría utilizado este ejemplo si no enmascarara de algún modo sus propios sentimientos. Interesante.

Esta vez captó la vacilación al otro lado de la línea. «Le ha tocado la fibra», pensó Jeremy. Insistió:

—Veo que lo que me está diciendo, señor De la Culpa, es que tendría que pensar en cosas a las que contribuí, no en algo que podría haber hecho exactamente. Es un reto algo difícil para mí. Verá, después de todo, estamos hablando de más de cinco décadas de experiencias. Si realmente quiere que comprenda lo que he hecho, tendrá que ayudarme un poco.

—Más ayuda de mi parte simplemente acelerará el proceso —aseguró el hombre tras un breve silencio.

Jeremy sonrió. Sintió una pizca de confianza.

—Eso es decisión suya. Pero, a mi entender, esta relación entre usted y yo solo le resultará satisfactoria si conozco el porqué que se oculta tras su anhelo.

«Touché», pensó.

Una fría respuesta:

—Creo que tiene razón, doctor. Pero a veces el conocimiento conlleva la muerte.

Jeremy se ahorró una respuesta de circunstancia.

El otro prosiguió. Su voz era grave, disimulada electrónicamente, pero cargada de tanto veneno que Jeremy casi se miró las manos en busca de las heridas que revelaran la mordedura de una serpiente de cascabel.

—La ética de la violencia es interesante, ¿no le parece, doctor? Casi tan interesante como la psicología del asesinato.

—Así es. —Aparte de estar de acuerdo, no supo qué decir.

—Esas son sus especialidades, ¿verdad?

—Sí. —De repente no encontraba las palabras.

—¿A que es aterrador que le digan a uno que va a ser asesinado?

«Sí. No mientas.»

—Pues sí. —Se le ocurrió una pregunta y la soltó—: ¿Reaccionaron todos los demás como yo?

—De nuevo, buena pregunta, doctor. Se lo diré de este modo: mi relación con cada muerte fue única.

Jeremy se estrujaba la cabeza para desentrañar la trama de la conversación. Como en un tapiz, un hilo no significaba nada por separado, pero todo en conjunto...

—¿Nos ha dicho a todos que iba a matarnos?

—No necesariamente.

—O sea que está hablando conmigo pero no habló con todos los demás antes de... hacer lo que hizo.

—Exacto. Pero al final todos acabaron igual. Teniendo una muerte de lo más personal.

—Ya, pero ¿no es así para todo el mundo? —replicó Jeremy, procurando mantener una voz monótona e impasible. El mismo tono que había usado en cientos de entrevistas con cientos de asesinos, pero que ahora parecía inútil—. Todos tenemos que morir algún día. —«Menuda obviedad.»

—Es cierto, doctor, aunque un poco tópico. Nos gusta la incertidumbre de la esperanza, ¿verdad? No sabemos cuándo vamos a morir. ¿Hoy? ¿Mañana? ¿En cinco años? ¿En diez? Vete a saber. Tememos el momento en que se fije una fecha, tanto si es en el corredor de la muerte como en la consulta del oncólogo, cuando examina los resultados de los últimos análisis que nos han hecho y frunce el ceño, porque tanto si estamos presos como si estamos enfermos, de repente se ha fijado una fecha. Nos encanta la certeza sobre muchas cosas, pero en lo tocante a nosotros mismos, y al momento en que vamos a morir, bueno, preferimos la incertidumbre. Verá, no estoy diciendo que no sea posible asumir la fecha de la propia muerte. Algunos pacientes y presos lo consiguen. La religión ayuda a algunas personas. Rodearse de amigos y familiares. Puede que hasta elaborar una lista de cosas que hacer antes de morir. Pero todas estas cosas simplemente ocultan la sensación que carcome por dentro, ¿no cree?

Jeremy sabía que tenía que responder, pero no pudo. «Bueno, de ahí procede mi miedo. En eso tiene razón.»

De repente se volvió y cogió el revólver de la mesa, como si pudiera consolarlo. Le pareció pesado y no estuvo seguro de tener suficiente fuerza para levantarlo y apuntar. Entonces se percató de que había olvidado recargarlo. Buscó alrededor la caja de municiones y vio que estaba al otro lado de la habitación, en una mesa a la que no podía llegar.

«Idiota.»

Pero no tuvo tiempo para reprenderse más.

—Cree que puede protegerse, doctor. Pero no puede. Contrate a un guardaespaldas. Vaya a la policía. Cuéntele sobre las amenazas. Estoy seguro de que se mostrará muy interesada... por un tiempo. Pero al final volverá a estar solo. Así que puede levantar una fortaleza o huir a algún lugar remoto. Intente así darse algo de esperanza. Aunque será una pérdida de tiempo, yo siempre estaré a su lado.

Jeremy se volvió de golpe. «¡Puede verme! —Sacudió la cabeza—. Imposible... O tal vez no.»

Nada era normal. Nada era como debería ser. Su propia respiración empezaba a ser superficial, agónica. «Me estoy muriendo —pensó—. Me está matando de miedo.»

El hombre interrumpió sus pensamientos.

—Me ha gustado hablar con usted, doctor. Es mucho más inteligente de lo que recordaba, y he dicho cosas que seguramente no tendría que haber dicho. Pero todo lo bueno tiene su final. Debería prepararse porque no le queda mucho tiempo. Un par de horas. O uno o dos días. Una semana, quizá. —Titubeó—. Tal vez un mes. Un año. Una década. Lo único que tiene que saber es que estoy en ello.

—Dígame qué coño cree que hice —soltó Jeremy con una voz aguda, casi afeminada.

Otro breve silencio antes de que su interlocutor respondiera:

—Tictac. Tictac. Tictac.

—¿Cuándo? —exclamó Jeremy, pero su pregunta se perdió en el tono de llamada. Había colgado.

Fue casi como si aquel hombre fuera un fantasma o como si Jeremy hubiera sido el espectador lerdo e ingenuo de un truco de magia en Las Vegas. Puf. Desapareció.

—¿Oiga? —preguntó instintivamente—. ¿Oiga?

«Por qué» había desaparecido del vocabulario de Jeremy. «Se acabó —pensó—. No habrá más llamadas.»

Escuchó el tono de llamada. Aunque sabía que su asesino ya no estaba allí, repitió la que se había convertido en la única pregunta relevante:

—¿Cuándo? —Y una tercera vez, en voz muy baja, más para sí mismo que para el hombre que iba a matarlo—: ¿Cuándo?

18

Uno, dos, tres, cuatro tonos...

—No contesta.

—Insiste.

—De acuerdo.

Cinco, seis, siete...

—No contesta. No estará en casa.

—Es raro que no salte el contestador automático. Sigue insistiendo.

Ocho, nueve, diez, once, doce...

—¿Dónde...? —empezó Moth.

—No creí que volviera a llamarme —dijo una voz crispada.

—¿Doctor Hogan?

Una pausa.

—Sí, yo mismo. ¿Quién llama?

Tono seco y cortante. Moth balbuceó su respuesta, desconcertado por la intensidad de la voz incorpórea.

—Me llamo Timothy Warner. Siento molestarlo en su casa pero es el número que he obtenido. Estoy buscando información sobre mi difunto tío, Ed Warner. Fue alumno suyo hace muchos años. Asistió al curso sobre Psiquiatría forense que usted impartía.

Otra pausa. El silencio inundó la línea, pero era la clase de silencio cargado de un ruido encubierto, explosivo. Moth esperó. Pensó que tendría que decir algo, pero el doctor Hogan habló despacio:

—Y ahora está muerto.

—Sí —soltó Moth. Solo un monosílabo, pero que expresaba tanta sorpresa que Andy Candy, que lo estaba mirando, supuso que había oído algo espeluznante. Pareció paralizársele la expresión.

—No es culpa mía —dijo despacio Jeremy Hogan—. Nada de ello fue culpa mía. Por lo menos eso creo. Pero, al parecer, lo fue. Fuera lo que fuese.

«Culpa mía» hizo que Moth se pusiera tenso. Se le secó la garganta y movió la mano como alguien que quiere tocar algo fuera de su alcance. Miró a Andy Candy y asintió, indicándole algo, y ella se inclinó hacia delante con el pulso acelerado.

—¿Recuerda a mi tío?

—No —respondió Jeremy Hogan—. Quizá debería, pero no lo recuerdo. Demasiadas clases, demasiados alumnos, demasiados cursos, recomendaciones, exámenes y conferencias. Después de tantos años, todas las caras se mezclan. Lo siento.

—Se convirtió en un terapeuta muy bueno.

—No es mi especialidad. Mire, joven, ¿qué hizo? ¿De qué era culpable?

Era una pregunta apremiante.

—No lo sé —contestó Moth—. Eso es lo que estoy intentando averiguar.

—Y su muerte —preguntó el viejo psiquiatra—. ¿Qué puede decirme de su muerte?

—Se suicidó, o, por lo menos, eso cree la policía —explicó Moth, hablando deprisa.

—Sí, lo sé. En Miami. Leí el periódico.

—¿Y eso, doctor?

—Alguien me dijo que leyera su necrológica.

—Disculpe. Alguien se lo dijo. ¿Quién?

Hogan vaciló. En una situación ya de por sí extraña, la llamada del sobrino de un psiquiatra recientemente muerto parecía encajar a la perfección.

—No lo sé exactamente —dijo despacio.

A Moth le quemó el auricular.

—Mi tío... —empezó, pero fue al grano—: Creo que no fue un suicidio. Creo que lo mataron.

—¿Que lo mataron?

—Que lo asesinaron.

—Pero el periódico ponía que...

—El periódico se equivocaba.

—¿Cómo lo sabe?

—Conocía a mi tío. —Moth lo dijo con una convicción que excluía cualquier duda.

—Pero la policía cree...

—También cree que fue un suicidio. Todo el mundo lo cree. Es el veredicto oficial. Pero yo digo que fue simulado.

Otra pausa.

—Ya —dijo Jeremy Hogan con cautela. Estaba estableciendo conexiones mentales. El suicidio no tenía mucho sentido. El asesinato lo tenía todo—. Eso aclararía significativamente las cosas. Creo que tiene razón.

Moth no supo qué decir a continuación. Las preguntas lo asfixiaban como unas manos que lo estrangulasen. Necesitaba hacer preguntas, pero no lograba pronunciar las palabras. Varias personas le habían sugerido que seguía la pista correcta, pero ninguna que tuviera pruebas ni autoridad. Pero esta persona era diferente. Tenía un peso considerable.

—Tal vez tendríamos que hablar en persona —añadió Jeremy Hogan. Su voz había cambiado, de repente reflexiva, suave y casi pesarosa—. No sé qué compartimos su tío y yo, pero había algo que nos relacionaba. ¿Podría venir a verme? Tendrá que darse prisa, porque yo también estoy esperando a que me asesinen.

Apenas dijo nada a su madre, pero dedicó tiempo a acariciar unas orejas perrunas y rascar cariñosamente unos pescuezos perrunos. Después se fue a su cuarto y metió ropa interior limpia y diversos artículos de tocador en una maleta pequeña. No sabía cuánto tiempo estaría fuera. Sacó del armario unos vaqueros, unos suéteres y un abrigo. No era como hacer el equipaje para ir a la facultad, ni para unas vacaciones. No tenía ni idea de qué debería llevar para una entrevista sobre asesinatos.

—¿Vas a alguna parte?

—Sí. Con Moth. No estaremos mucho tiempo fuera.

—¿Andy, estás segura...?

—Sí —la cortó.

Sabía que tendría que decirle mucho más, pero todos los aspectos de su repentino viaje al norte suponían una conversación más larga y difícil de la que estaba dispuesta a mantener. Así que adoptó el tono seco y lacónico de la adolescencia que llevaba años sin usar y que excluía a su madre de sus asuntos. Por un instante se preguntó quién era la verdadera Andy Candy. «¿Quién eres?» era la pregunta más habitual en las personas de su edad. La respuesta, sin embargo, era complicada. Contenta, triste, obsesionada; repasó todos los cambios que había experimentado con tanta rapidez las últimas semanas. La Andy Candy extrovertida, simpática, de risa fácil y deseosa de participar en todo tipo de actividades estaba ahora recluida. La nueva Andy Candy era terriblemente reservada y no estaba nada dispuesta a dar detalles.

—Bueno, dime al menos adónde vas —pidió su madre, exasperada.

—A Nueva Jersey.

—¿Nueva Jersey? —repitió su madre tras un leve titubeo—. ¿Para qué?

—Vamos a ver a un psiquiatra. —«Una mentira envuelta en una verdad», pensó.

—¿Por qué tienes que ir tan lejos a ver a un psiquiatra? —soltó su madre tras una nueva vacilación. Había muchos psiquiatras en Miami.

—Porque es la única persona que puede ayudarnos.

Su madre no formuló ni Andy ofreció una respuesta a la pregunta obvia: «¿Ayudaros en qué?»

19

Una cuarta conversación. Muy breve

La clave de todos sus crímenes era aparentemente sencilla: carecían de una firma reconocible.

La muerte de Ed Warner había sido un rompecabezas planeado con gran inteligencia. Había tenido claro que necesitaba encontrar una forma de sentarse frente a él para charlar, y eso requería una estrategia prudente. Había acudido a una sesión de terapia corriente. La única diferencia había sido que había sustituido el apretón de manos final por un disparo a corta distancia, una idea que había tomado de una película de hacía cuarenta años, *Los tres días del cóndor,* protagonizada por Robert Redford, Faye Dunaway y Max von Sydow. Imaginaba que ningún policía actual, ni siquiera uno al que le gustaran los filmes de intriga ligeramente anticuados, la habría visto. Pero Jeremy Hogan planteaba otros problemas.

«Le dije demasiado y no es idiota. Pero no estará seguro del siguiente paso que tendría que dar. Actúa antes de que pueda hacerlo él.»

Un Winchester modelo 70, calibre .30-06. Unos tres kilos y medio de peso.

Cinco balas de 1,80 gramos de munición.

Mira telescópica Leupold 12X.

Alcance máximo: 900 metros.

Este sería un extraordinario disparo de un francotirador militar, en el que tendría que compensar el viento, las condiciones ambientales, la humedad y la trayectoria parabólica de la bala sobre el terreno.

Alcance excepcional: 180 a 360 metros.

Este sería digno de un cazador de caza mayor muy hábil y experto. Un disparo del que alardear.

Alcance normal: 20 a 45 metros.

Este sería el de un dominguero belicoso que se ufana de sus imaginarias proezas cazadoras y se considera un descendiente de Davy Crockett, armado con un equipo caro que utiliza acaso un par de veces al año y pasa el resto del tiempo encerrado en un armario.

El viejo psiquiatra era el último nombre de su lista, su punto final. No sabía si de verdad sería su punto final. Tenía miedo de haber llegado tan lejos después de tantos años para quedarse emocionalmente corto.

«Este es el mayor peligro —se dijo—. No una detención, un juicio y una condena a muerte. Sería mucho peor fracasar después de haber llegado tan lejos.»

—Es extraño que un asesino piense así —dijo en voz alta, dando vueltas a esta idea.

La única respuesta estaba en el último acto.

Volvió a la ingente tarea de prepararlo todo. Talego. Ropa de camuflaje, incluido un traje de camuflaje cuidadosamente preparado que rivalizaría con el de las Fuerzas Especiales. Botas con suela de gofre una talla más pequeña, pero les había hecho un corte en la puntera para que los dedos tuvieran más espacio. Mochila con linterna, una pala plegable, una botella de agua y una barrita energética. Había transportado todos estos objetos de su caravana estática en Western Massachusetts, donde no llamaban tanto la atención como en la ciudad de Nueva York.

El estudiante 5 cogió un plano dibujado a mano del interior de la casa de Jeremy Hogan junto con una lista detallada de los hábitos diarios del psiquiatra. «¿Sabe que va al baño a la misma hora todas las mañanas? —se preguntó—. ¿Es consciente de que se sienta en la misma silla del salón a leer o a ver los pocos programas de televisión que le gustan? Comedias dramáticas británicas emitidas por la televisión pública, naturalmente. También adopta la misma postura al sentarse ante su escritorio, y el mismo lugar en la mesa del comedor cuando toma la comida calentada en el microondas. ¿Se percata de ello? ¿Tiene alguna idea de lo regulares que son sus hábitos? Si la tuviera, podría salvarse. Pero no la tiene.»

Cada hábito era una posible ocasión para matarlo. El estudiante 5 los había examinado todos desde este punto de vista.

Cuchillo de caza. Móvil desechable. Comprobó de nuevo el boletín meteorológico, examinó la localización GPS que había establecido, repasó por tercera vez la hora en que el sol se ponía y calculó los escasos minutos de luz de que dispondría entre la muerte y la total oscuridad.

«Como cualquier buen cazador», pensó.

Usó un viejo truco para cazar venado fuera de temporada: una piedra de sal colocada una semana antes en un pequeño claro del bosque. Se había adentrado en una zona boscosa, a poco más de kilómetro y medio de la casa de Jeremy Hogan, por un terreno accidentado pero accesible. Era primera hora de la tarde, pero el frío húmedo le atravesaba la ropa, aunque una vez que empezara a moverse entraría enseguida en calor. Permaneció inmóvil, en la dirección del viento desde la piedra de sal, camuflado, con el rifle apoyado en la mejilla y el cañón sobre un árbol caído para estabilizar su disparo. De vez en cuando, jugueteaba con los tornillos de ajuste de la mira telescópica para asegurarse de que la imagen fuera clara y de que el retículo en cruz estuviera perfectamente alineado.

Aquel día tuvo suerte. Había pasado una hora y media cuando vio el primer movimiento entre las frondosas ramas.

Cambió ligeramente el peso de lado y se preparó.

Una cierva solitaria.

Sonrió. «Perfecto.»

El animal avanzó cautelosamente hacia el claro, levantando la cabeza para captar olores o sonidos, alerta ante posibles amenazas pero ajeno a que el estudiante 5 lo estaba apuntando.

Los recuerdos de uno de sus crímenes lo distrajeron y se obligó a concentrarse en la cierva, que se dirigía vacilante hacia la piedra de sal.

—Quiero ayudarte —había dicho Ed Warner.

—Perdiste tu oportunidad. Necesitaba ayuda cuando éramos jóvenes. No ahora.

—No —había insistido el psiquiatra con voz tensa—, nunca es demasiado tarde.

—Dime, Ed —había replicado el estudiante 5—, ¿cómo explicarás esto? ¿Cómo afectará a tus pacientes que se sepa que fuiste incapaz de impedir que un viejo amigo se matara ante tus narices? —Una magnífica mentira que se había inventado.

Entonces se había levantado, con la pistola en su propia sien, como si fuera a dispararse. Había sido una actuación convincente. Sabía que Ed Warner interpretaría su lenguaje corporal, oiría la tensión ronca en su voz, y la imagen mental que se formaría sería la de que su excompañero de clase quería matarse delante de él en aquel instante, tal como había dicho. Un drama shakespeariano. O quizá de Tennessee Williams. El estudiante 5 había rodeado el escritorio para acercarse a su objetivo. Había ensayado mil veces los movimientos necesarios: dedo en el gatillo ligeramente y, de repente, antes de que el psiquiatra pudiera percatarse de lo que estaba ocurriendo realmente, poner el arma directamente en la sien de Warner.

Un disparo en la cabeza.

Apretar el gatillo.

Y disparar.

Fijó el retículo en cruz en el pecho del animal. Imaginó que podía ver cómo se movía arriba y abajo con cada respiración titubeante. El animal recelaba. Estaba asustado. Y tenía razón para estarlo.

Un disparo al corazón.

Apretar el gatillo.

Y disparar.

El cuerpo del ciervo todavía estaba caliente, y un hilo de sangre le resbaló por la chaqueta. «Cerca de treinta kilos —calculó—. Difícil. No imposible. Te entrenaste para este momento.»

Antes de cargarse al hombro el cuerpo, el estudiante 5 utilizó una pequeña pala plegable para tapar los restos de la piedra de sal. Después se dirigió hacia la casa de Jeremy Hogan por el bosque, siguiendo una senda que había recorrido varias veces cargado con una mochila pesada para simular un ciervo muerto, para practicar. La luz empezaba a palidecer y menguar, pero creía que le quedaba la suficiente. Sería justo, pero posible.

Se recordó que matar era así. Jamás era exactamente tan prolijo como uno esperaba ni tan burdo como uno temía.

El rifle en bandolera le rebotaba incómodamente en el trasero mientras avanzaba con dificultad entre matorrales y ramas caídas. Deseó haberse comprado un machete para apartar los arbustos enmarañados, pero tampoco quería dejar marcado un sendero en el bosque que un criminalista experto pudiera identificar. Sabía que estaba dejando huellas, pero las botas de otra talla, por más apretadas que le quedaran y dolorosas que fueran, dejaban pisadas que parecían desordenadas y erráticas. Esto era muy importante.

Unos nubarrones grises que amenazaban con descargar conferían al cielo una tonalidad plomiza. Eso le iba como anillo al dedo. La lluvia acabaría de cubrir cualquier indicio de su presencia.

Una rama espinosa le tiró de una pernera.

Resoplaba. Esfuerzo. Peso. Excitación. Expectativa. Se dijo que debía ir más despacio, con cuidado. Se estaba acercando.

Cuando el estudiante 5 vio el lugar que había elegido, se obligó a dar pasos vacilantes. No debía hacer ningún movimiento brusco que llamara la atención.

Avanzó sigilosamente hasta el linde mismo del bosque.

No apartaba los ojos de la casa de Jeremy Hogan, a unos cuarenta metros de un césped mal cuidado desde el borde del bosque.

«Está allí. Allí dentro, esperando, pero no sabe lo cerca que estoy.»

El estudiante 5 se descargó el cadáver de la cierva de los hombros en el lugar donde crecía el último árbol antes de que la civilización y el césped se apoderaran del terreno.

El animal hizo un ruido sordo al caer contra la tierra blanda.

Se agazapó para asegurarse de que el cuerpo estuviera tal como cuando él le había disparado. «Una cierva que cayó muerta. No una cierva dispuesta cuidadosamente.»

Sin incorporarse, retrocedió como un cangrejo para alejarse del animal, sin perder la línea de visión, y dejando que los matorrales y el follaje lo ocultaran. Reculó así unos veinte metros en el bosque hasta un viejo roble. A la altura de su hombro había una muesca donde se había roto una rama. La posición de disparo perfecta.

El bosque que tenía delante formaba una especie de ventana que daba directamente a la casa. No había ramas aisladas que pudieran desviar el disparo ligerísimamente y hacerlo fallar. La cierva en el suelo estaba en la trayectoria directa que seguiría su bala.

Levantó el rifle y acercó el ojo a la mira telescópica.

Vaciló al preguntarse qué vería la policía.

Una respuesta sencilla: «Un asesinato que no lo es.»

Tomó el móvil desechable.

Estaba tan concentrado que no oyó el coche que llegaba a la parte delantera de la casa, y desde donde estaba situado no podía verlo.

Jeremy Hogan estaba sentado a su escritorio, tomando febrilmente notas en un bloc. Cada fragmento de conversación, cada impresión, cualquier cosa que pudiera ayudarle a averiguar quién podría ser el señor De la Culpa. Garabateaba frases desorganizadas y apresuradas, carentes de toda la precisión científica que había desarrollado a lo largo de los años. Como no tenía idea de qué podría ayudarlo, vertía en las páginas cualquier idea y observación al azar.

Solo alzó la vista cuando oyó acercarse el coche por el camino de entrada.

—Son ellos. Tienen que serlo —se dijo en voz alta.

Miró por la ventana y vio a una pareja joven salir de un anodino automóvil de alquiler.

—¡Qué guapa es! —susurró sonriente. Había pasado mucho tiempo desde la última vez que había recibido en su casa a una muchacha tan atractiva como la que ahora recorría el camino de entrada. Tuvo la extraña sensación de que aquella joven era demasiado bonita para hablar de asesinatos.

Con el bloc en la mano, se levantó y fue a la puerta principal.

Ni Andy Candy ni Moth sabían qué esperar cuando la puerta se abrió. Vieron a un hombre alto, larguirucho, de pelo canoso, que parecía contento y nervioso a la vez cuando se saludaron.

—Timothy, Andrea, encantado de conoceros, aunque me temo que las circunstancias son problemáticas —dijo rápidamente Jeremy Hogan. Hizo un gesto con la mano para que entraran.

—Tiene una casa muy bonita —comentó Andy Candy con educación tras un momento algo embarazoso.

—Pero lamentablemente solitaria y aislada. Ahora vivo solo. —Miró a Moth, que se movió intranquilo—. Supongo que será mejor que vayamos al grano —prosiguió. Levantó el bloc lleno de notas—. He intentado organizarme para que tuviéramos por dónde empezar. Disculpad si resulta demasiado confuso. Vayamos al salón. —En ese momento sonó el teléfono.

Jeremy se detuvo con una ligera mueca.

—Me ha llamado —explicó—. Varias veces. Pero no creo que vuelva a hacerlo. En nuestra última conversación... —Se le apagó la voz mientras el teléfono seguía sonando. El anciano se volvió hacia los dos jóvenes—. Es curioso. ¿No os parece irónico? Cuando suena el teléfono, o es un asesino o es alguien que recauda fondos para una buena causa más.

Entregó sus notas a Andy Candy.

—Esperad un momento —pidió y los dejó en la entrada.

Vieron que entraba en la cocina y miraba el identificador de llamadas del teléfono, que rezaba: NÚMERO DESCONOCIDO. Aunque su primera reacción fue no contestar, al final lo hizo.

El estudiante 5 apuntó.

Oyó la voz de Jeremy: «¿Sí?»

Ya no había necesidad de seguir disimulando la voz con un dispositivo electrónico. Quería que su víctima la oyera como era realmente.

—Escuche atentamente, doctor —dijo despacio.

Jeremy soltó un grito ahogado. Sorprendido, se quedó paralizado.

En el retículo en cruz de la mira telescópica, el estudiante 5 veía la espalda de Jeremy. Hizo unos ligeros ajustes con el móvil pegado a la oreja y el dedo acariciando el gatillo.

—Una lección de historia. Solo para usted. —Jeremy no contestó, algo con lo que había contado—. Hace un par de décadas, cuatro alumnos fueron a verlo para que los ayudara a que el quinto miembro de su grupo de estudio fuera expulsado de la Facultad de Medicina porque creían que estaba peligrosamente loco y que ponía en peligro sus carreras. Querían que lo sacrificara para poder seguir adelante. Usted hizo lo que le pedían. Fue quien lo hizo posible. Quien lo facilitó. Yo fui la persona que sufrió. Me costó todo lo que tenía. ¿Qué cree que debería costarle a usted?

Jeremy balbuceó sonidos atropellados, ininteligibles. La única palabra que alcanzó a pronunciar con cierto sentido fue: «Pero...»

—¿Qué debería costarle, doctor? —El estudiante 5 sabía que Jeremy no respondería. Había pensado mucho en lo que diría. La pregunta final tenía un objetivo concreto: mantendría al psiquiatra en su sitio, confundido, vacilante.

—Lleva una bonita camisa azul, doctor.

—¿Qué? —preguntó Jeremy, confundido.

«Menuda palabra tonta para ser la última que pronuncia», pensó el estudiante 5. Dejó caer el móvil al suelo, a sus pies, colocó bien la mano izquierda en el rifle. Inspiró una vez, contuvo el aliento y apretó suavemente el gatillo.

Un retroceso familiar.

Una neblina roja.

La idea que le vino inmediatamente a la cabeza fue: «Después de tantos años, por fin soy libre.»

Lo único que le sorprendió fue el repentino grito desgarrador que siguió al disparo, cuando tendría que haberse producido un profundo silencio empañado únicamente por el eco de la detonación difuminándose. Este ruido inesperado le preocupó, pero conservó la disciplina interna, por lo que recogió el móvil, echó un vistazo rápido en derredor para comprobar que no dejaba ningún rastro de su presencia e inició el camino de vuelta por el bosque cada vez más oscuro. Una convicción acompañó sus primeros pasos: «Se acabó. Se acabó.» Los siguientes estuvieron marcados por la letra de una canción de Bob Dylan que susurró con brío: «*It's all over now, baby blue.*»

Y dos últimas palabras estimularon su paso rápido: «Por fin.»

SEGUNDA PARTE

¿QUIÉN ES EL GATO?
¿QUIÉN ES EL RATÓN?

20

Moth mintió.

Más o menos. Lo que hizo fue encontrar una forma de contestar las preguntas dando una impresión de verdad que enmascaraba la falsedad, más amplia. Le sorprendió lo fácil que le resultaba. Era tan importante ser legal para mantenerse alejado del alcohol que lo asustó un poco la facilidad con que le salían las falsedades de sus labios.

La casa del psiquiatra se llenó de repente de policías y sanitarios de los servicios de emergencias. Se habían llevado a Moth a una habitación y a Andy Candy a otra para hablar con ellos por separado. Desde donde estaba ya no podía ver el cadáver del médico.

—¿Y por qué dice que estaba aquí? —preguntó el inspector.

—Mi tío falleció hace poco; se suicidó en Miami. Estábamos muy unidos. El doctor Hogan fue uno de los profesores más importantes para él en la Facultad de Medicina. Estoy intentando entender los motivos que llevaron a mi tío a quitarse la vida, y el otro día me puse en contacto con el doctor Hogan. Me invitó a venir a hablar con él. Supongo que se sentiría demasiado mayor para viajar y que no le parecería oportuno decirme por teléfono lo que fuera a contarme.

—¿Dijo algo sobre que hubiese recibido amenazas? —insistió el inspector.

—Íbamos a hablar sobre mi pérdida, y creo que él quería ayudarme a aceptarla. Después de todo, era un psiquiatra prominente. Puede que simplemente fuera amable conmigo. O que se sintiera solo porque vivía aquí aislado y quisiera tener visitas. No lo sé.

Moth miró al inspector. No había nada en su postura, en su forma de hablar y de preguntarle que le llevara a pensar que era el momento de contárselo todo a aquella persona.

—Es un largo viaje para tener una simple conversación.

—Mi tío era muy importante para mí. Y encontré una tarifa barata.

Andy Candy también mintió.

Le dejó un regusto extraño en la boca, como si sus embustes fueran alimentos agrios, pero también la excitó, porque sentía que se adentraba en una aventura.

—¿Y dónde estaba exactamente cuando oyó el disparo? —La inspectora, una joven apenas seis años mayor que Andy, adoptó un tono de poli dura, empuñando el bloc y el bolígrafo con la misma autoridad con que empuñaría el arma que llevaba a la cintura.

Andy titubeó, señalando y acercándose al lugar que ocupaba cuando el doctor Hogan fue abatido.

—Justo aquí. Y después vine aquí al oír el... —No terminó la frase, y dijo—: Después entré en la cocina. —Inspiró hondo y pensó que era un poco como rebobinar una cinta de vídeo, porque reproducía mentalmente lo que había visto y oído.

Un disparo.

Distante. Apagado. A duras penas asimilado: «¿Qué ha sido eso?»

Una fracción de segundo.

«Mira.»

Cristales rotos.

Entonces, una imagen que fue tan potente como cualquier ruido: la parte posterior de la cabeza del doctor Hogan explotando en medio de una cascada roja de cerebro y sangre.

Un escalofriante sonido sordo cuando el anciano cayó hacia delante y se golpeó contra la pared, impulsado por la fuerza del impacto. El auricular que sostenía dio contra el suelo. Su cuerpo no hizo ningún ruido al deslizarse hacia abajo, o por lo menos ninguno que ella oyera, porque en aquel momento gritó. Fue un gemido agudo, que aunó conmoción y pánico inmediatos para convertirlos en un alarido visceral, desesperado, que se mezcló con el grito de sorpresa de Moth creando una armonía aterradora.

Fue todo tan rápido que Andy Candy tardó en entender lo que había sucedido y en reunir todas las piezas separadas y procesarlas. Fue un poco como despertarte de una pesadilla en la que sientes un calor abrasador pensando que has tenido un sueño muy desagradable y darte cuenta de que tu casa está realmente en llamas.

El inspector que tomaba declaración a Moth era un hombre robusto de mediana edad con un traje que le caía fatal.

—¿Y qué hiciste exactamente después de darte cuenta de que el médico había recibido un disparo?

Moth procuró recordar sus actos para decidir qué incluía, lo heroico, y qué omitía, su pánico. Lo que había hecho era echarse atrás, como una persona que se encuentra una serpiente en la hierba, antes de rodear a Andy con sus brazos para alejarla de la entrada. Cuando el médico se desplomó al suelo, se agachó sobre su amiga como si la protegiera de la caída de cascotes.

Luego, algo distinto se apoderó de él y la soltó para ir corriendo a la cocina. Vio todos los elementos de una muerte violenta, y actuó con un instinto que no creía poseer. No se le ocurrió que se estuviera exponiendo a un segundo disparo. Se agachó junto a la víctima como un médico en el campo de batalla, pero retiró las manos bruscamente al percatarse de que no podía hacer nada. Ni un torniquete. Ni presionar una arteria, ni reanimación cardiopulmonar ni boca a boca. La sangre ya estaba formando en el suelo un charco rojo, salpicado con trocitos de hueso y masa encefálica gris y viscosa. Tuvo una visión horripilante de cabello canoso enmarañado con el cráneo destrozado.

Con el rabillo del ojo atisbó el arsenal dispuesto en la mesa, y con un grito de desafío se abalanzó sobre él y cogió la escopeta sin comprobar si estaba cargada, lo que, de todos modos, no habría sabido hacer, y se encontró a sí mismo saliendo por la puerta trasera tras perder unos segundos peleándose con el cerrojo. Levantó la escopeta y la movió a derecha e izquierda con el dedo en el gatillo, pero no vio nada sospechoso. La idea de que debía proteger a Andy Candy y a sí mismo era más fuerte que su miedo. Contuvo el aliento.

Se quedó inmóvil unos segundos, que se le hicieron tan largos que le parecieron una eternidad. La noche caía sobre él y lo envolvía en penumbra. Quería disparar a algo o a alguien, pero alrededor solo había sombras procedentes del bosque cercano que se extendían por el jardín trasero de Hogan. Burlándose de él.

De modo que volvió a entrar.

—Ya está —dijo a Andy, aunque no sabía cómo había llegado a semejante conclusión, lo mismo que ocurría con lo que añadió—: Quienquiera que sea se ha ido.

Andy Candy estaba al borde del llanto. Tenía los ojos llenos de lágrimas y una rigidez paralizante le recorría el cuerpo. Estaba en la puerta de la cocina, con los ojos clavados en el cadáver, tapándose la mano con la boca, como si decir algo fuera a aumentar el miedo que reverberaba en su interior. Imaginó que sus sentimientos eran tan desvaídos como, sin duda, su rostro en aquel momento.

—¿Hemos...? —balbuceó—. ¿Quién, quiero decir...? —Se detuvo. Creía saber lo de «quién». Lo de «hemos» parecía ridículo. Las palabras eran tan secas que le raspaban la garganta.

Moth se mostraba frío, como un robot.

—Sabemos quién fue —dijo, dando voz al pensamiento que había cruzado la cabeza de Andy.

Andy se notó las axilas sudadas, a pesar de que temblaba como si tuviera frío. No sabía si estaba acalorada o helada.

—Vámonos, Moth —dijo—. Larguémonos ya.

«Huyamos. Escapemos... Pero ¿de qué? ¿Adónde?»

—No creo que podamos —respondió Moth.

De golpe, Andy Candy no tenía ni idea de lo que estaba bien y lo que estaba mal, y dudaba que Moth la tuviera. Solo había logrado pensar que iba a explotar otra ventana y la bala de un francotirador acabaría con ella o con Moth. Creía que se hallaban en un peligro terrible, y que cada segundo que siguieran ahí podía dar tiempo al asesino para recargar, apuntar y matarlos.

Se tambaleó hacia atrás, a punto de caerse. Tendió una mano y se apoyó en la pared. Estaba mareada y tenía la impresión de que iba a desmayarse.

—Ayuda —susurró, aunque qué clase de ayuda podían recibir. Se le ocurrió algo extraño: «La gente cree que la muerte es el final. Es solo el principio.»

Moth quería estrecharla entre sus brazos y acariciarle el pelo para consolarla. Tenía una noción hollywoodiense de lo que tendría que hacer un héroe en un momento así, pero al avanzar hacia ella tropezó y se detuvo a unos pasos de distancia.

Ella vio que Andy sacaba el móvil. «Hay que llamar a Emergencias, claro», pensó. No obstante, dijo:

—Espera un momento.

El Moth que quería consolarla había desaparecido, sustituido por un Moth que pensaba como un asesino. Se había vuelto hacia la mesa llena de armas. Había vuelto a dejar la escopeta allí y había cogido el .357 Magnum y las cajas de su munición.

—Vamos a necesitar esto. Y eso también. —Señaló el bloc con las notas garabateadas por el doctor Hogan. Andy Candy lo había dejado caer al suelo en la entrada.

—¿No querrá la policía...? —repuso ella, pero entonces entendió lo que Moth estaba diciendo. Recogió el bloc y se lo dio, sin saber el inmenso peligro que conllevaba ese paso, aunque sí era vagamente consciente de que los dos estaban cruzando líneas rojas que ninguna persona racional cruzaría.

—Muy bien —soltó Moth, metiéndose el bloc bajo el abrigo—. Ya podemos llamar.

—¿Qué digo? —preguntó Andy con el móvil en la mano.

—Diles que ha muerto alguien. De un disparo.

—Y cuando lleguen, ¿qué diremos entonces? —Se removió con movimientos tensos.

Si se dejaran guiar por la sensatez, contarían en el acto todo lo que sabían, que no era mucho, y todo lo que imaginaban, que era muchísimo, a la policía, que era el órgano competente en materia de crímenes. En aquel instante, ambos habían decidido no hacerlo. Las palabras «depende de nosotros» los habían dominado. La idea de depositar su confianza en la policía no solo parecía absurda, sino también peligrosa. Tenían tal barullo de muertes en su cabeza que les era imposible plantearse racionalmente las cosas. Moth estaba dispuesto a todo: solo podía pensar en la venganza.

—Que fue un accidente —propuso con frialdad.

Puesto que todo lo que la rodeaba era una vorágine de muerte y locura, lo único que pudo hacer Andy Candy fue aferrarse a algo que parecía lógico cuando en realidad no lo era.

—De acuerdo —coincidió con él—. Un accidente o algo, o quizá que simplemente no lo sabemos.

Todo aquello les resultaba difícil, pero por motivos diferentes. Moth creía que aquella guerra era suya, mientras que Andy Candy pensaba: «Sea lo que sea lo que hayas empezado, tienes que acabarlo.» Ninguno de los dos alcanzaba a ver lo absurdas, románticas e ingenuas que eran estas ideas.

—Cuéntales lo que hemos oído y visto, y ya está —dijo Moth, como un pretencioso director de teatro dando instrucciones a una actriz—. Andy... no hables con aparente tranquilidad.

«Qué petición más extraña», pensó ella con lágrimas en los ojos mientras miraba el cadáver del psiquiatra. Pero ya no pudo procesar nada más de lo que ocurría a su alrededor.

—Eso es fácil —aseguró. La rodeaba tanta histeria que reflejarla en una llamada a la policía parecía sencillo.

Pero, contradictoriamente, oír su propia voz le sirvió para recuperar cierto control sobre sus emociones desbocadas. «De modo que ver asesinar a alguien es así», pensó.

Marcó el número sin dejar de pensar que estaba atrapada en una rara experiencia extracorpórea. Moth había ido afuera, al coche de alquiler. Cuando le respondió una voz escueta de la centralita policial, se oyó a sí misma dando una dirección, aunque le pareció que era otra persona, alguien responsable e inmutable, quien llamaba a la policía.

—¿Viste algo o a alguien cuando saliste afuera?

Moth titubeó antes de sacudir la cabeza. Llegó a la conclusión de que la única respuesta era «nada». O, por lo menos, «nada fuera de lo normal». Salvo que una bala de 1,80 gramos había estallado en la cabeza de aquel psiquiatra unos momentos antes. Aquello no era normal, pero en su vida ya no había nada normal. Esperaba que Andy Candy también fuera consciente de ello.

—No. Nada.

El inspector anotaba las respuestas de Moth.

Les hicieron más preguntas. Preguntas rutinarias, como «¿Qué vuelos tomasteis?» o «¿Dijo algo el doctor Hogan antes de que le dispararan?». Tomaron fotos, y acudieron los de la policía científica, igual que cuando habían matado a su tío. Hubo cierto revuelo cuando un inspector que seguía la trayectoria de la bala se encontró con el venado muerto y alguien aseguró que se trataba de un «siniestro de caza», aunque no resultaba del todo convincente, pero Moth y Andy Candy lo oyeron varias veces. Les preguntaron cómo podían ponerse en contacto con ellos, y anotaron los correos electrónicos y los números de móvil. Los jóvenes no lograron saber exactamente qué pensaban los policías sobre la muerte del psiquiatra, ni siquiera cuando les hicieron la pregunta obvia:

—¿Saben de alguien que quisiera matar al doctor Hogan?

Y ambos respondieron:

—No.

No tuvieron que ponerse previamente de acuerdo sobre esta mentira. Les salió espontáneamente.

21

Aquel grito le molestaba mucho.

Estaba fuera de lugar y era inesperado.

Muy pocas cosas habían salido mal en sus asesinatos. Entonces, a medida que evocaba aquel grito, se transformó en una acuciante preocupación. Y la preocupación se convirtió en algo nuevo que iba más allá de la mera curiosidad, en algo semejante a la alarma; una sensación que le era completamente extraña. Y esta alarma aumentaba sin cesar. Le producía extrañeza e incomodidad, casi aturdimiento, con el pulso acelerado y un hormigueo en la piel, como si recibiera una pequeña descarga eléctrica. Nunca había tenido estas sensaciones al perpetrar un asesinato, y ninguna le gustaba.

«Tendría que haber habido silencio.

»Silencio y muerte. Es así como lo había planeado.

»Tal vez un eco momentáneo de mi disparo alejándose. Nada más.

»¿Quién gritó?

»¿Quién había en esa casa?

»No tenía que haber nadie.

»¿La señora de la limpieza? No. ¿Un vecino? No. ¿Un antenista de televisión? No.

»Debo regresar a comprobarlo.»

El estudiante 5 canceló su vuelo del día siguiente a Cayo Hueso, donde tenía intención de tomarse unas vacaciones para beber relajadamente un cubalibre en una mesa del Louie's Backyard mientras organizaba la nueva etapa, no letal, de su vida. Últimamente se dejaba llevar por fantasías agradables: quizás encontrar empleo en el ámbito terapéutico para sacar provecho de toda su pericia psicológica. A lo mejor podría trabajar en un centro de reinserción social, o atender algún teléfono de la esperanza. No necesitaba ganar dinero. Necesitaba llenar lo que le quedaba de vida con las profundas satisfacciones que soñaba cuando asistía a la Facultad de Medicina hacía tantos años.

Hasta se había planteado restablecer las relaciones con los parientes que le quedaban, primos dispersos que lo consideraban muerto. Menuda impresión y sorpresa se llevarían cuando se corriera la voz en la familia: ¡Está vivo! Sería como uno de aquellos soldados japoneses que fueron encontrados treinta o cuarenta años después en islas abandonadas del Pacífico y que creían que la guerra proseguía, y que fueron recibidos como héroes con desfiles y medallas cuando los enviaron de vuelta, confundidos, a su país. Las posibilidades eran infinitas. Podría recuperar su nombre, su identidad y, aún más importante, su potencial, y nadie sabría nunca cómo lo había conseguido.

«Sería como volver a ser joven.»

Y resulta que ahora veía amenazada la nueva historia que creía que iba a iniciar mágicamente al liberarse de la vieja.

Lo invadió al instante la rabia.

«¡Qué putada! ¡Qué gran putada! Un puñetero grito.»

Ya había pasado varias horas reuniendo los elementos utilizados en el asesinato de Jeremy Hogan para deshacerse de todo: los discos duros de ordenador y las notas manuscritas; fotos, mapas, horarios, rutas; armas y munición; dispositivos para enmascarar electrónicamente la voz y móviles desechables. Así como toda la información detallada, la historia personal y los hábitos cotidianos que había recabado para preparar y ejecutar la muerte del psiquiatra. Creía que cuando destruyera toda relación con aquel asesinato, podría empezar por fin una nueva vida.

«Y resulta que había sido una pérdida de tiempo. ¡Maldita sea!»

Se dijo que tenía que ser racional e investigar aquel grito, pero aun así le costaba respirar.

Por la noche, en su piso de Nueva York, el estudiante 5 se

obligó a encender el ordenador. Le llevó unos minutos instalar un disco duro nuevo, tiempo que pasó soltando palabrotas.

Su primera visita fue al sitio web del *Times* de Trenton, el periódico local más importante de la ciudad más cercana. Solo incluía un breve artículo: «Médico jubilado muere en un probable siniestro de caza.»

Leyó los seis párrafos pensando que estaban muy bien, pero el artículo no contenía detalles suficientes para reducir su nerviosismo. De hecho, incluía una relación de los logros profesionales de Jeremy Hogan tras la declaración de un teniente de la policía: «Existen indicios de que el doctor Hogan pudo haber sido víctima de un siniestro de caza fuera de temporada.»

—Un siniestro —soltó en voz alta, mirando fijamente la pantalla del ordenador y quiso darle un puñetazo—. Ya te diré yo qué clase de siniestro fue.

Alzó los ojos y contempló el resplandor de la noche de Manhattan por la ventana. Podía oír el tráfico en las calles, la combinación habitual de vehículos de todo tipo, cláxones y sirenas esporádicas. Todo era como tenía que ser, pero aun así había algo que chirriaba. Los sonidos normales no lo tranquilizaban como tendrían que haber hecho.

Como un científico que revisara los datos de su último experimento, el estudiante 5 repasó todos los aspectos del crimen. Este le había parecido, incluso más que los anteriores, sencillamente perfecto, hasta la conversación final y la vacilación antes de apretar el gatillo. Recordó la presión en el hombro y la pequeña imagen que había visto por la mira telescópica. Estaba seguro de que Jeremy Hogan había experimentado el momento absolutamente necesario de miedo y reconocimiento, y que al final había sabido que iba a morir y quién iba a matarlo, aunque no recordara su nombre. Solo unos segundos de terror para que Hogan tuviera unos recuerdos terribles y completamente merecidos, sintiera pánico y supiera que estaba perdido a pesar de las precauciones que había tomado. Y entonces, deliciosamente, mientras todas estas cosas lo abrumaban, le explotó el cerebro.

«Un asesinato ideal.

»Un asesinato que envidiar. Un asesinato que saborear.

»Excepto por aquel grito.»

Repasó mentalmente el sonido.

«Femenino. Agudo. ¿Hubo también un sonido secundario?

»Mierda, mierda, mierda. El plan había sido muy sencillo:

»Marcar.

»Pronunciar las frases ensayadas.

»Apuntar.

»Disparar.

»Comprobar rápidamente que no quedaran pistas por descuido.

»Marcharse.»

Y lo había cumplido al milímetro. Como tenía que ser. Como había hecho las demás veces.

Salvo que esta vez tendría que haber esperado.

Soltó una palabrota, se cogió al borde de la mesa para levantarse bruscamente y anduvo arriba y abajo. Se golpeó con un puño la palma de la otra mano, se tendió sobre el suelo de madera noble y se puso a hacer abdominales. Al llegar a los cincuenta, con el sudor perlándole la frente, paró.

Diciéndose que debía mantenerse tranquilo y concentrado, volvió al ordenador. Decidió probar el sitio web del *Packet* de Princeton, el periódico quincenal local que cubría la zona. Aparecieron numerosos artículos sobre reuniones de la junta de planificación, normativas sobre la sujeción de los perros, campañas de reciclaje, pruebas de la liga infantil de béisbol y proyectos educativos. Con un poco de insistencia, localizó un titular: «Destacado catedrático pierde la vida en un probable siniestro de caza.»

El artículo era parecido al anterior, solo que contenía más detalles, incluido el venado muerto y la frase: «Unos invitados encontraron el cadáver del psiquiatra.»

Nadie visitaba al doctor Hogan. No desde hacía años.

¿Quiénes eran, pues?

El estudiante 5 apenas durmió. Pasó gran parte del resto de la noche releyendo aquel artículo, como si esperara que se formaran otras palabras en la pantalla.

Diez de la mañana.

«Usa un móvil desechable y cíñete a la historia.» Había preparado una historia razonable. El teléfono sonaba.

—*Packet* de Princeton. Le habla Connie Smith.

—Buenos días, señorita Smith. Lamento molestarla en el trabajo. Mi nombre es Philip Hogan y llamo desde California con motivo de la muerte reciente de mi primo el doctor Hogan. Un primo lejano, tanto por distancia física como por parentesco. Su fallecimiento nos ha sorprendido mucho y estamos intentando averiguar qué pasó exactamente. La policía local no nos da una respuesta concreta respecto a qué clase de siniestro fue. Y esperaba que tal vez usted pudiera darnos algunos detalles.

—La policía suele ser muy hermética hasta que concluye la investigación —comentó la periodista.

—Su artículo mencionaba un siniestro de caza. Pero mi primo no era cazador, por lo menos que nosotros supiéramos, de modo que... —Dejó la pregunta en el aire.

—Ya. Bueno, lamento tener que decírselo, pero al parecer una bala perdida de algún idiota que cazaba fuera de temporada con un rifle de largo alcance mató a su familiar en lugar de un ciervo. O además de un ciervo. La policía está buscando al cazador, que puede que se enfrente a una acusación de homicidio imprudente y a diversas infracciones medioambientales, pero hasta ahora ha sido en vano.

—Comprendo. Qué terrible. No conocía a mi primo, pero era un excelente psiquiatra. ¿Y estaba en casa cuando eso ocurrió?

—Sí. Contestando al teléfono, al parecer. O sea que fue mala suerte, la verdad. No obstante, al final la policía emitirá una conclusión fidedigna, que será más exacta y precisa que los rumores que le comento.

—¡Oh, qué terrible! —exclamó el estudiante 5, imprimiendo a su voz la mayor pesadumbre.

—Reciba mis condolencias. Fue una verdadera desgracia.

—Eso parece. Qué tragedia, pero al menos ya había vivido su vida. Creo que estaba solo desde que enviudó. Debía de sentirse triste y solitario.

—Ya.

—¿Sabe qué funeraria se ocupa?

—El periódico publicará una necrológica cuando el forense entregue el cadáver. Vuelva a mirarlo mañana o pasado.

—Así lo haré. Oh, otra pregunta, y muchas gracias por su ayuda...

—Faltaría más.

—¿Cómo lo encontraron? Quiero decir, no sufrió, ¿verdad?

—No. Al parecer, murió en el acto.

El estudiante 5 ya conocía este dato. «El sufrimiento fue antes.» Pero quería hacer preguntas acordes con la imagen que estaba intentando dar. «Distante. Moderadamente preocupado. Básicamente curioso.»

—Pero ¿cómo...?

—Al parecer, una pareja joven había ido a visitarlo. Una coincidencia, por lo visto, según me contó un policía. No eran de la familia. Debían de tener algún motivo para estar en su casa, pero no figura en el informe preliminar de la policía. Seguramente un estudiante de Psiquiatría buscando un profesor emérito, supongo.

—¿Habló usted con ellos?

—No. Cuando llegué a la casa, ya se habían ido. Estarían muy asustados. Van de visita y... —La periodista se detuvo, seguramente temiendo ser insensible.

El estudiante 5 fue prudente. «No te muestres ansioso», se recordó.

—Oh, tal vez tendría que intentar hablar con ellos, entonces. ¿Tiene sus nombres, números de teléfono o algo que pueda ayudarme a contactar con ellos?

—Tengo sus nombres, pero no sus teléfonos. Supongo que la policía no quería que los llamara antes de que terminen su investigación. Típico. Puede que tampoco quiera que usted los llame, pero qué coño. No tendría que ser difícil localizarlos.

—Pero usted no lo ha hecho...

—No. No le veo interés periodístico, salvo que la policía averigüe el nombre del imbécil del cazador. Entonces habrá una detención y un artículo de seguimiento.

«Eso no pasará», pensó el estudiante 5.

Escuchó y pidió dos veces a la periodista que deletreara los nombres de los invitados. Luego miró fijamente las palabras que tenía delante. Parecían reverberar, como el calor sobre una carretera un día abrasador. Un chico. Una chica.

La chica no le decía nada: Andrea Martine.

«¿Quién eres?»

Pero el nombre del chico le decía mucho: Timothy Warner.

«Sé quién eres.»

Tendría que estar enojado consigo mismo porque se le había escapado una conexión, pero dejó que esa furia interna se diluyera en la perspectiva de investigar un poco más, convencido de que eso lo tranquilizaría y tal vez haría que aquella desagradable sensación de...

Se detuvo como si pudiera parar sus pensamientos del mismo modo que se refrena un caballo desbocado y analizó lo que sentía. «¿Una sensación de qué? ¿De amenaza? ¿De fracaso? ¿De peligro?»

—Espero haberlo ayudado —dijo la periodista.

—Sí, gracias. Me ha ayudado mucho —respondió el estudiante 5.

Una parte de él quería reír. «Inexperta periodista local, estás hablando con la mejor noticia que pasará jamás por tu mesa. Solo que no lo ves.»

22

En el vuelo de vuelta a Miami, Andy Candy se quedó dormida, agotada debido a una clase de tensión desconocida, y apoyó la cabeza en el hombro de Moth. Para él, aquel era probablemente el momento más erótico que había vivido en años. Le recordó la primera vez que la había tocado íntimamente. Lo que en realidad había sido un toqueteo burdo se había convertido en su recuerdo en un contacto sedoso y suave. Se moría de ganas de acariciarle la mejilla, pero se contuvo.

Se deleitó con la fragancia de su cabello y trató de concentrarse en lo que les había sucedido. Alguna que otra sacudida debida a una turbulencia se confabulaba para interrumpir unas emociones de lo más contradictorias: asesinato y deseo.

Los motores del avión zumbaban. Una azafata recorrió el pasillo y sonrió a Moth al pasar.

«El doctor Hogan se alegró de vernos. Estaba aliviado. Tenía ganas de ayudarnos.»

Una imagen espantosa le vino a la cabeza: el psiquiatra con la mano extendida, dándoles la bienvenida a su casa. «¿Cuánto tiempo le quedaba? ¿Un minuto? ¿Dos?

»Y entonces sonó el teléfono.»

Inspiró con fuerza. «Había sangre por todas partes. Andy gritó.»

Recordó a Hogan contestando el teléfono.

«Se había iniciado la cuenta atrás: Cinco, cuatro, tres...

»Le dijeron algo.

»Dos, uno... diana.»

Moth recordó que el doctor Hogan se había limitado a escuchar, paralizado. No había dicho nada para indicar con quién hablaba.

«¿Cuán cerca estuvimos nosotros de morir? ¿Y si lo hubiéramos seguido a la cocina y nos hubiéramos puesto a su lado?

»Pero nos quedamos a tres metros de la muerte.»

Moth se puso tenso y procuró no moverse ni un centímetro, pues no quería que Andy Candy apartara la cabeza de su hombro. Empezó a mirar con nerviosismo alrededor, imaginando que el asesino de su tío los había seguido a bordo. Tardó unos segundos en apaciguar su pulso acelerado.

«Tranquilízate. No está aquí. Por lo menos, todavía», se dijo.

Cerró los ojos y escuchó los motores.

«Antes de hoy, el asesinato era algo abstracto —pensó—. Incluso cuando vi el cadáver del tío Ed, era un asesinato ya cometido, no uno que se estaba cometiendo.»

Tiempos verbales que ponían de relieve la muerte.

«Estamos aprendiendo muy rápido... ¿Lo suficientemente rápido?»

No estaba seguro de ello.

Lo que habían visto, lo que habían oído, lo que habían sentido, la forma en que habían reaccionado, todo se amalgamaba en una muerte violenta. El incipiente intelectual que había en él se preguntó si esas sensaciones mezcladas eran lo que los soldados experimentaban en el campo de batalla.

«Y después tienen pesadillas —pensó—. A pesar de su formación, sufren sudores nocturnos y ansiedad paranoide. ¿Qué nos protege a nosotros?»

Se miró de soslayo la mano derecha, pensando que tendría que temblarle un poco a causa del alcoholismo. Observó entonces a Andy Candy y contó cada una de sus respiraciones regulares intentando discernir si su semblante relajado revelaba indicios de alguna pesadilla.

«¿Qué haremos ahora?»

Se le ocurrió algo remoto, algo situado en la periferia de lo que estaba tratando de procesar: «¿Arruinaré su vida por haberle pedido que me ayude?» Pero desechó esta idea con la misma rapidez con que le había acudido a la cabeza, pues egoístamente sabía lo mucho que la necesitaba.

Andy Candy despertó durante la aproximación final a Miami y fue consciente de que de repente se hallaba rodeada por una telaraña de asesinatos, del que cualquiera en su sano juicio huiría antes de acabar envuelto en la misma tela. Ya lo había pensado antes, pero solo como razonamiento intelectual, como algo evidente para cualquier buen estudiante de un curso avanzado de Literatura inglesa. Ya no. La razón se debatía con algo más fuerte que la lealtad. Notaba la presencia de Moth en el asiento contiguo y, sin necesidad de mirarlo, sabía que estaría perdido sin ella.

«Ciego —pensó—. Así estaría.»

Revivió mentalmente la muerte del doctor Hogan, y supo que los dos eran ingenuos y seguramente insensatos al pensar que podrían enfrentarse a la clase de amenaza que representaba aquel rifle.

Pensó algo curioso: «Se aclama a los escaladores que ponen en peligro su vida por alcanzar la cima del Everest. Se critica a los escaladores que cometen un leve error de cálculo o planificación y mueren en el intento. Pero nadie recuerda a los escaladores que fueron conscientes de sus limitaciones y se dieron la vuelta a pocos metros de la cima. Puede que estén vivos, pero olvidados.»

Su vuelo aterrizó sin problemas. Fueron a recoger el equipaje. Moth había facturado su pequeña maleta y recorría arriba y abajo, nervioso, la cinta transportadora a la espera de verlo. A Andy la desconcertó un poco su inquietud, hasta que cayó en la cuenta de que él había metido el revólver de Hogan en la maleta. Seguramente temía que alguna máquina de rayos X lo hubiera detectado.

Cinco psiquiatras muertos.

Cuatro alumnos. Un profesor.

¿Qué tenían en común?, se preguntó Andy Candy.

¿Una clase compartida?

Psiquiatría forense. Eso era lo que Jeremy Hogan enseñaba. Pero ninguno de los cuatro alumnos muertos se había especializado en este campo. Los ámbitos profesionales de tres de ellos eran la investigación psiquiátrica, la psicoterapia, la psiquiatría infantil. Ed había seguido la psiquiatría geriátrica.

Se había hecho un espacio para trabajar en la estrecha y larga cocina de Moth, donde estaba sentada en un taburete con el portátil delante, rodeada de tazas de café y de notas, incluidas las que había garabateado el doctor Hogan en su bloc. Sabía que deberían haber dado estas últimas a la policía de Nueva Jersey, pero sin duda las habrían ignorado. Moth estaba sentado a un escritorio, también frente al ordenador. Aunque era mediodía y un sol brillante se colaba por las ventanas, la muchacha pensó que estaban trabajando como si se acercara la medianoche.

Moth se quedó mirando los nombres que aparecían en la pantalla. Habían sido cinco muertes aparentemente sin relación. No había nada que indicara cómo habían muerto, lo que le revelaría el porqué. Vivían en diferentes partes del país. Tenían diferentes ámbitos profesionales, diferentes tipos de familias. Sus historias eran totalmente distintas.

Lo que tenían en común era un programa de tercer curso años atrás, cuando todos habían decidido dedicarse a la psiquiatría, lo que sugería lo siguiente: el asesino de su tío era alguien al que todos trataron cuando estudiaban, alguien que les enseñaba o alguien que estaba en su misma clase.

Se preguntó por qué mataría un profesor a sus exalumnos. Tachó esta categoría.

Treinta años después de terminar sus estudios en la Facultad de Medicina, su tío había muerto de un disparo a quemarropa en la sien, hecho con la mano equivocada. Y el mismo año, él y Andy Candy habían presenciado una muerte causada por un rifle de largo alcance. De las cinco muertes que estaba analizando, estas eran las únicas en que habían intervenido armas de fuego.

Un alumno y un profesor.

—Muy bien —dijo a Andy—. Sabemos lo que ocurrió en dos casos. Tenemos que investigar los otros.

Ella asintió.

Otro exalumno. Una llamada telefónica a una viuda rica: ¿Cómo murió? Veinte años después de terminar sus estudios:

—Fue una nimiedad, la verdad. Una nimiedad que mató a mi marido y derivó en un pleito judicial tremendo. Una enfermera joven e inexperta que sustituía a alguien que estaba de baja aquel día. Al parecer nunca había trabajado en una UCI y leyó mal las instrucciones postoperatorias del cirujano cardíaco, por lo que la inyección que le puso...

Moth escuchó una historia sobre una anotación garabateada en una historia clínica y de una medicación que tenía que haber sido de 0,50 miligramos y que por desgracia fue de 50 miligramos. Era un error habitual en las UCI, y seguramente pasaba más de lo que ningún hospital quería admitir. La viuda parecía resignada con esta historia.

—El cirujano estaba cansado y tenía prisa, y aunque negó haber cometido un error en la anotación, bueno... —Titubeó y añadió—: Bueno, ya sabe la letra que tienen los médicos. —Soltó un suspiro resignado—. Trazó una marquita casi indescifrable; los abogados me la enseñaron. Como si se le hubiera acabado la tinta al bolígrafo o se hubiera borrado de algún modo, porque le hubiera caído algún líquido, y eso emborronó la coma. Por lo menos, eso pensaban declarar en el juicio, aunque no llegamos tan lejos. Discusiones por aquí, discusiones por allá, pero eso no iba a devolverle la vida a mi marido. Los abogados del hospital querían llegar a un acuerdo y darle carpetazo al asunto.

Otro suspiro.

—Bien mirado, te mueres por una marquita que debería haber estado en un papel. Una maldita coma. De eso hace diez años. He pasado página, la verdad.

Moth dio las gracias a la viuda, se disculpó por haberla molestado y pensó que en su tono no había nada que confirmara la afirmación «He pasado página». Pero mientras hablaba, pensó que un estudiante de Medicina conocería las dosis y los errores de una UCI. Sabría la importancia de una coma. Se preguntó por la palabra «borrado» que había utilizado la viuda.

Otra exalumna. Una llamada a un policía estatal encargado de la reconstrucción de accidentes automovilísticos:

¿Cómo murió? Dieciocho años después de terminar sus estudios:

—Solía sacar a pasear a su perro por la tarde —le informó una voz ronca, profesional—, hacia el anochecer, por una carretera de dos carriles muy estrecha. Sin aceras ni arcén. No era buena idea. E iba por el otro lado. Tendría que haber andado de cara al tráfico, pero no lo hizo. Como su marido y ella se habían separado y él tenía a sus hijos aquel fin de semana, no había nadie en casa para llamar a la policía cuando no regresó. Cuando medimos las huellas del patinazo y comprobamos las condiciones meteorológicas y de luz, concluimos que un coche la golpeó por detrás en una curva ciega poco después del anochecer y la arrastró unos metros antes de que cayera por una zanja, donde quedó fuera de la vista de cualquier conductor que pasara. El vehículo sospechoso iba a más de ochenta kilómetros por hora al producirse el impacto. No encontramos huella de frenado hasta metros después del punto de la colisión. Hasta la mañana siguiente nadie la vio. Fueron unos niños que se dirigían a una parada de autobús y que no supieron qué hacer, por lo que todavía pasó más rato antes de que nosotros llegáramos.

El policía hizo una pausa.

—Una muerte horrorosa. El impacto no la mató del todo. Fue una combinación de hemorragia, conmoción e hipotermia. Hizo un frío de mil demonios aquella noche, por debajo de cero grados. Puede que tardara un par de minutos o un par de horas en morir. No lo sabemos con certeza. El cabrón del conductor que se dio a la fuga mató también al perro. Un golden retriever. Un encanto de perro. De vez en cuando, la doctora lo llevaba al pabellón de Psiquiatría donde trabajaba. La gente decía que aquel perro era mejor que cualquier terapia para los pacientes.

—¿Y su investigación?

—No nos llevó a ninguna parte —admitió el policía—. Fue muy frustrante.

Moth pudo oír cómo se encogía de hombros al otro lado del teléfono.

—Una vez que identificamos el coche a partir de un rastro de pintura en la correa del perro, intentamos localizarlo. Notificamos a los talleres de tres condados para que estuvieran alertas a ese modelo de vehículo con desperfectos en la parte delantera izquierda. Revisamos registros de alquiler, venta y matriculación de automóviles, todo, en busca del coche. Pero no apareció en seis meses, y entonces... —Se le fue apagando un poco la voz pero se recuperó—: Al final apareció carbonizado. Incendiado. En el interior de un bosque. La científica obtuvo su número de bastidor, y averiguamos que coincidía con el de un vehículo robado del aparcamiento de un centro comercial en el estado colindante cuatro días antes del atropello. —El policía titubeó otra vez—. Hubo un detalle que se me quedó grabado. Lo he visto otras veces, pero me sigue resultando muy cruel.

—¿Cuál? —preguntó Moth. Parecía un reportero de aquellos que cuanto más truculentos son los datos que recaba, con más firmeza habla.

—Había indicios en la hojarasca y demás detritos junto al cadáver de que el conductor que se dio a la fuga se paró, bajó del coche y se acercó a ella para comprobar lo que había hecho antes de largarse, ¿sabe?

—Dicho de otro modo...

—Quiso asegurarse de que estaba agonizando y después la abandonó.

—¿Y?

—Y ya está. Un callejón sin salida. Un cabrón quedó impune de una muerte por atropello, a no ser que usted pueda decirme algo que yo no sepa.

Moth reflexionó. Podía decirle muchas cosas.

—No —contestó—. Solo estaba intentando contactar con ella para informarle del suicidio de mi tío. Fueron compañeros de estudios y se va a crear un fondo en su memoria. Cuando me enteré de que había muerto, quise informarme sobre las circunstancias. Perdone si le he hecho perder el tiempo.

—Descuide —dijo el policía. Moth captó el recelo en su voz. No lo culpó.

Tuvo ganas de dar un puñetazo en la mesa. «¿Qué relación guardan un atropello con fuga y unos estudios de Psiquiatría?» Nada obvio a primera vista, salvo dos palabras reveladoras: «quiso asegurarse...».

Otro exalumno. Dos llamadas.

¿Cómo murió? Catorce años después de terminar sus estudios:

La primera, a un hijo en edad universitaria.

—Mi padre estaba solo en la casa de veraneo del lago. Le gustaba ir al principio de la temporada, antes de que hubiera nadie, abrir la casa, hacer un poco de todo, campar a sus anchas... Me resulta muy difícil hablar de ello, ¿sabes? Lo siento.

La segunda, a la funeraria Taylor-Fredericks de Lewiston, en Maine.

—Tendré que comprobar mis registros —dijo el director—. Ha pasado mucho tiempo.

—Gracias —respondió Moth, y esperó pacientemente.

El hombre volvió a ponerse al teléfono. Tenía una voz nasal, quejumbrosa, prácticamente una caricatura de la de un director de funeraria.

—Ya me acuerdo...

—¿Un accidente náutico? —preguntó Moth.

—Sí. El finado tenía un pequeño velero que sacaba cada día en verano. Pero aquello fue a principios de abril, ¿sabe? Acababa de derretirse el hielo y se iniciaba la temporada. No había nadie en los alrededores. Debió de zarpar para dar un paseo. El tiempo no era lo bastante benigno y no tendría que haber navegado por el lago. La gente no quiere oírlo, pero en esta zona el invierno todavía no se ha acabado del todo en abril. No tendría que haberlo hecho.

—Pero ¿qué lo mató exactamente?

—Una ráfaga repentina, al parecer. Por lo menos, eso dedujo el forense del condado. Parece que la botavara le dio en la cabeza y lo arrojó al lago, seguramente ya inconsciente. La temperatura del agua sería de unos siete grados, puede que menos. No se dura mucho en esas condiciones. Diez minutos, según dicen. Eso es todo. En fin, pasaron cuarenta y ocho horas antes de que los submarinistas encontraran el cadáver, y eso gracias a que alguien vio la embarcación volcada en el lago y llamó a la policía. El forense observó lesiones en la parte posterior de la cabeza, pero como el cadáver había estado en el agua, fue difícil saber exactamente qué pasó. Y como el velero volcó, todo lo que había dentro se perdió, por lo menos eso se dedujo. Una historia muy triste. La familia lo incineró y esparció sus cenizas en el lago. Imagino que era un sitio especial para él.

«Muy especial —pensó Moth—. Es el sitio donde lo asesinaron.»

Pero, aunque sabía que lo habían matado, no alcanzaba a ver cómo. Y no había ninguna relación entre lo que parecía un accidente fortuito y haber estudiado en la Facultad de Medicina treinta años antes.

—Maldita sea —susurró tras colgar.

Suicidio. Siniestro de caza. Atropello con fuga. Error hospitalario. Accidente náutico. Cada muerte ocurrida con años de diferencia o en apenas unas semanas. Nada de ello era probable, y todo tenía sentido únicamente si se veía desde el punto de vista que solo Moth había adoptado.

Miró a Andy Candy. Esperaba que no lo hubiera adoptado solamente él.

—Culpa mía —dijo.

Andy levantó la cabeza.

—Eso es lo que dijo el doctor Hogan. Lo mismo que tu tío. Más o menos.

—Han muerto cinco personas. Fue por alguna razón. Averigüemos qué tenían en común.

—Tenemos esto —asintió Andy señalando las notas de Hogan—. No parece mucho, pero sí que lo es.

—¿Por qué lo dices?

—Era el único profesor. Los demás eran todos alumnos. Así que...

—Así que sabemos cuándo ocurrió aquello de lo que tenían la culpa. Solo tenemos que averiguar qué fue.

Andy Candy usó su voz más convincente, mezclando la inocencia de una jovencita llena de vida y energía con la insistencia de una veterana reportera de investigación. Ninguno de los empleados del actual decanato de la Facultad de Medicina trabajaba allí hacia treinta años, y eran reacios a dar información de contacto de los ya jubilados.

Pero que fueran reacios no significaba que no lo hicieran. Obtuvo el número de teléfono de un médico que había dejado la universidad hacía tiempo.

Una mujer contestó al cuarto tono.

Andy contó rápidamente la historia tapadera: el suicidio de Ed, el fondo en su memoria. La mujer la interrumpió a la mitad.

—Lo siento. No creo que podamos hacer ninguna contribución.

—¿Puedo hablar con el doctor? —insistió Andy Candy.

—No.

La respuesta fue tan brusca que la dejó desconcertada.

—Solo será un momento.

—Lo siento. Está en una residencia para enfermos terminales. —La voz de la mujer, que reprimió un sollozo, parecía proceder de muy lejos.

—Oh, lo lamento...

—Me han dicho que solo le quedan unos días.

—No era mi intención...

—No pasa nada. Lleva mucho tiempo enfermo.

Andy Candy quería dar una disculpa rápida y colgar. Captaba el dolor de su interlocutora casi como si la tuviera al lado. Pero mientras buscaba las palabras, notó que se ponía tensa y que una repentina resolución la dominaba.

—¿Habló alguna vez el doctor sobre algo, creo que habría

ocurrido en 1983, algo inusual, algo fuera de lo corriente con los alumnos?

—¿Disculpe?

—Fue el año en que estuvo mi tío —mintió Andy—. Y pasó algo...

—¿De qué va todo esto? —preguntó la mujer tras un titubeo.

Andy inspiró hondo y siguió mintiendo.

—Antes de morir, mi tío mencionó un hecho que tuvo lugar cuando estudiaba en la facultad. Estamos intentando averiguar a qué se refería. —Parecía una explicación razonable.

—No puedo ayudarla. Mi marido tampoco. Se está muriendo.

—Lo siento, pero...

—Llame a una de las personas que siguieron el programa de Psiquiatría. Esta disciplina es siempre la más problemática. Los problemas que genera no compensan a la administración. Cada año se admiten quince alumnos. Puede que uno de ellos se volviera loco. A lo mejor pueden ayudarla.

Y una vez dicho esto, colgó.

Andy Candy repasó la lista. La mujer afligida no había dicho nada que no supiera ya.

Quince admitidos.

Contó los titulados.

Catorce.

Cuatro fallecidos.

Faltaba uno.

Alguien había empezado pero no terminado.

Ya lo tenía, y era tan simple que la asustó.

De repente, se estremeció. Moth debió de notarle algo en la cara porque se inclinó hacia ella. A Andy le resultaba difícil expresar lo que acababa de descubrir, de golpe volvía a sentirse tan cerca de la muerte como cuando había visto explotar la cabeza de Jeremy Hogan y había gritado. Se preguntó si estaría condenada a pasar el resto de la vida gritando. O, más bien, deseando gritar.

23

Esa noche Susan Terry se sentó al lado de Moth en Redentor Uno. Cuando le tocó el turno, declinó hablar. Hizo un gesto a Moth, que también sacudió la cabeza, lo que pareció sorprender a todo el mundo, y quien tomó la palabra fue el ingeniero, que resumió su última lucha contra la oxicodona.

Cuando la sesión terminó, Susan puso una mano en el brazo de Moth para retenerlo un momento en el asiento.

—Hay alguien esperándome —dijo él.

—Solo será un minuto —respondió Susan.

Observó cómo los demás salían de la sala o se arremolinaban alrededor de la mesa del café y los refrescos.

—Has faltado a algunas reuniones —comentó la ayudante del fiscal.

—He estado ocupado.

—Yo también, pero he asistido. ¿Estabas demasiado ocupado para presentarte aquí y hablar sobre tu adicción? —Fue directa y al grano, como era su estilo.

—Estaba fuera.

—¿Dónde?

—Fui al norte.

—El norte es muy grande. ¿Hay bares en el norte?

Esperaba que un poco de sarcasmo lo incitara a abrirse un poco. El sarcasmo hace enfadar a la gente, y a la gente enfadada se le suele soltar la lengua. Lo había aprendido el primer día como fiscal y esperaba que funcionara con Moth.

—Supongo. No fui a ninguno.

—Ya —asintió Susan, haciendo que una sola sílaba sonara como un puñado de ellas. Cualquier interrogatorio, incluso el más improvisado, se basaba en hurgar en las debilidades. Y ella era muy versada en la mayor debilidad de Moth porque la compartía—. ¿Y qué hiciste exactamente en el amplio y ancho norte?

—Fui a ver a un hombre que conocía a mi tío cuando era joven.

—¿De quién se trataba?

—Un psiquiatra jubilado que fue profesor de mi tío.

—¿Por qué él?

Moth no respondió.

—Comprendo —dijo Susan—. Así que sigues convencido de que hay un misterioso genio criminal suelto. —Insistió con el sarcasmo para pinchar a Moth y hacerlo decir algo concreto. Se debatía entre dudas y certezas sobre la muerte del tío: las dudas eran suyas, recientes, y quería hacerlas desaparecer lo más rápidamente posible, y las certezas se hacían eco de la insistencia tenaz e irritante de Moth.

—Sí —soltó el joven con una risita fingida—. Pero no sabría describirlo. ¿Crees que hay alguien, una especie de profesor Moriarty, que rivaliza con Sherlock Holmes? ¿Crees que es eso lo que estoy haciendo? Menuda tontería. De todos modos, en este caso, lo de genio criminal parece algo aventurado.

Moth pensó que aquello era mentir diciendo verdades. Y le gustaba usar la palabra «aventurado».

—Timothy —insistió Susan, procurando suavizar su tono, lo que solía ser otra técnica efectiva, aunque estaba empezando a creer que Moth era inmune a la mayoría de los planteamientos rutinarios—. Estoy intentando ayudarte. Ya lo sabes. Te advertí que era peligroso iniciar a la ligera una búsqueda inútil. Dime, en tu viaje al norte, cuando visitaste a ese viejo conocido de tu tío, ¿descubriste algo?

Moth flaqueó y no pudo contenerse.

—Sí —susurró.

Estuvieron callados un instante. Susan sacudió la cabeza, nada convencida.

—¿Qué exactamente? —quiso saber con la insistencia nada sutil de una fiscal profesional.

—Que tengo razón —respondió Moth.

Después se levantó y se dirigió a la salida mientras Susan se quedaba mirándolo desde el sofá con una mezcla de enojo y curiosidad, un cóctel peligroso en su interior.

En el coche, mientras esperaba a que Moth saliera de Redentor Uno, Andy hizo más llamadas telefónicas.

Justo cuando pensaba que la reunión estaría finalizando, marcó el número de un psiquiatra en San Francisco. Era el tercer nombre de su lista de alumnos supervivientes que terminaron sus estudios en la Facultad de Medicina y que practicaban el psicoanálisis y la psicoterapia en una consulta privada en aquella ciudad. En las puntuaciones de particulares de la Angie's List tenía una mezcla de respuestas: una mitad lo canonizaba y la otra creía que habría que condenarlo, encarcelarlo o, ya puestos, hacerlo arder en el fondo del infierno. Andy imaginó que seguramente esta variedad era un halago para la mayoría de los psiquiatras.

Le sorprendió que el médico contestara en persona al teléfono. Balbuceó brevemente la parte ya memorizada sobre el tío Ed y el fondo en su memoria.

—¿Un fondo en su memoria? —preguntó el psiquiatra.

—Sí —respondió Andy.

—Bueno —titubeó—, supongo que podría aportar una pequeña cantidad.

—Eso sería fantástico —aseguró Andy.

El médico titubeó de nuevo y su voz cambió:

—Es imposible que llame realmente para esto —dijo con decisión.

—Pues no. No exactamente —admitió Andy Candy mientras buscaba algún tipo de excusa o explicación.

—¿Cuál es entonces el motivo de su llamada?

—No creemos... Bueno, no creo que Ed se suicidara. Pensamos que hay algún incidente en su pasado que... —No sabía cómo continuar.

—¿Un incidente? ¿Qué clase de incidente?

—Algo que relacione su pasado con su presente —contestó Andy.

—Esa es una descripción de la psiquiatría lo más simple y exacta que puede hacerse —aseguró el médico con una breve risita. Prosiguió—: ¿Y qué pinto yo en ello?

—El tercer curso en la Facultad de Medicina —dijo Andy tras un instante.

El psiquiatra fue quien se quedó callado entonces unos segundos.

—El peor curso —comentó—. ¿Cómo se dice? Lo que no te mata, te fortalece. Está claro que el autor de semejante sandez jamás se pasó trescientos sesenta y cinco días como estudiante de tercer curso de Medicina y, desde luego, no sabía nada sobre enfermedades mentales.

—¿Recuerda a Ed?

—Sí. Puede. Un poco. Era un buen chico, listo e incisivo. Coincidíamos en una o dos clases, creo. No, seguro. Estábamos en la misma especialidad, de modo que íbamos básicamente en la misma dirección. Pero no se trata de eso, ¿verdad?

—No.

—No suelo hablar por teléfono sobre asuntos delicados —aclaró.

—Necesitamos ayuda —dijo Andy.

—¿Usted y quién más? —preguntó el psiquiatra, receloso.

—El sobrino de Ed. Es amigo mío.

—Bueno, no sé si puedo ayudarlos mucho.

Andy se quedó callada, imaginando que él seguiría hablando. Acertó.

—¿Qué saben del tercer curso de la Facultad de Medicina en la especialización de Psiquiatría? —dijo con brusquedad el psiquiatra.

—No mucho. Es decir, es cuando hay que decidir...

—Permita que la interrumpa— Es... —Se detuvo, pensando qué iba a decir—. Hay una película: *El año que vivimos peligrosamente*. Una bonita descripción. Así fue para todos nosotros.

—¿Podría ayudarme a entenderlo? —pidió Andy Candy,

que creyó que esta sería una buena forma de lograr que un psiquiatra siguiera hablando.

—Dos cosas —dijo pasado un segundo—. La primera, el contexto. El tercer curso. Después, lo que pasó, aunque no estoy seguro de saber muy bien qué fue. Recuerdo que hubo rumores. Pero ninguno de nosotros tenía tiempo para prestar atención a los rumores. Estábamos muy ocupados con los estudios.

—Entiendo. —Estaba intentando animarlo a seguir.

—El tercer curso es muy estresante para cualquier estudiante de Medicina. Pero la psiquiatría proporciona otro tipo de estrés, porque de todas las disciplinas médicas, la nuestra es la más esquiva. No hay erupciones cutáneas, problemas de micción, respiraciones dificultosas o toses perrunas que nos echen una mano. Todo depende de la interpretación de conductas inusuales. En el tercer curso, todos estábamos exhaustos, medio psicóticos. Éramos vulnerables a muchas de las enfermedades que estábamos estudiando. Depresiones incapacitantes. Inseguridad. Falta de sueño y alucinaciones. Es una etapa muy difícil. Las exigencias son brutales y el miedo a fracasar, muy real.

—Así que...

—Aquel curso me pareció odioso y también me encantó. Visto ahora, es un curso que saca lo mejor y lo peor de ti. Un año definitorio.

—¿Asistió a las clases del profesor Jeremy Hogan?

El psiquiatra vaciló una vez más.

—Sí. A sus clases de Psiquiatría forense. Las llamábamos «interpretación de asesinos». Era fascinante, aunque no se incluyera en mis intereses profesionales.

—Ed Warner también asistió a estas clases, y algo relacionaba al doctor Hogan con Ed y varios alumnos más... —Leyó rápidamente los nombres de los psiquiatras muertos.

—Si no recuerdo mal —comentó el médico pasado un instante—, porque nos estamos remontando unas décadas, seguramente eran los miembros del grupo de estudio Alfa. No estoy seguro, ¿sabe? Ocurrió hace muchos años. En el tercer curso de Psiquiatría había tres grupos de estudio, Alfa, Beta y Zeta. Bromeábamos porque en latín significan primero, segundo y último. Cinco de nosotros fuimos asignados al azar a cada grupo. Surgieron rivalidades comprensibles: cada grupo quería el mejor promedio de notas, el mejor destino para su residencia. Pero hubo un problema en el grupo Alfa.

—¿Un problema?

—Al parecer un alumno sufría un brote psicótico. Por lo menos, esa fue la historia que circuló. Naturalmente, con el estrés, las decisiones, el trabajo inacabable del curso y el miedo a haber cometido un error de diagnóstico, en todos los grupos había miembros que estaban al límite. Las crisis nerviosas no eran extrañas.

El psiquiatra hizo una pausa.

—La suya lo fue.

Una conversación breve pero peligrosa que realmente tuvo lugar:

—Doctor Hogan, perdone que le moleste...

—¿Qué desea, señor, esto... Warner, verdad?

—Sí, señor. Vengo de parte de mis compañeros del grupo de estudio...

—¿Sí? Tengo una clase de aquí a poco rato. ¿Podría ir directamente al grano?

Ed Warner: Respirando hondo. Organizando rápidamente las ideas. Moviendo inquieto los pies. Teniendo sensación de duda.

—Cuatro miembros del grupo de estudio Alfa están preocupados por los hábitos de conducta del quinto miembro. Creemos que supone una auténtica amenaza, tanto para él como para nosotros.

Jeremy Hogan: Esperando un instante. Moviéndose en una silla. Dándose golpecitos con un lápiz en los labios. Aplazando mentalmente la clase prevista.

—¿Qué clase de amenaza?

—Violencia física.

—Es una acusación muy grave, señor Warner. Espero que pueda respaldarla.

—Sí, señor. Y todos consideramos que este era nuestro último recurso.

—¿Son conscientes de que una acusación como esta puede repercutir en las carreras de todos?

—Sí, lo hemos tenido en cuenta.

—¿Y por qué han acudido a mí?

—Por su experiencia en personalidades explosivas.

—Creen que su compañero de grupo está al límite y que ello podría traducirse en... ¿qué exactamente, señor Warner?

—Estas últimas semanas, la conducta de este alumno se ha vuelto cada vez más errática y...

—Se acercan los exámenes. Muchos alumnos tienen los nervios de punta.

Ed Warner: Inspirando hondo de nuevo. Echando un vistazo a los papeles de los demás miembros del grupo en que resumían sus impresiones.

—La semana pasada estranguló a una rata de laboratorio delante de todos nosotros. Sin motivo. Simplemente la cogió y la mató. Lo hizo sin emoción alguna, como si quisiera demostrar que podía matar sin cargo de conciencia alguno. Pasa casi todo el tiempo hablando solo, divagando de modo inconexo e incomprensible, pero a menudo airado, especialmente en lo que se refiere a las presiones familiares y a nosotros. Es solitario pero amenazador. Afirma tener armas de fuego. Ha rechazado todos nuestros intentos de integrarlo. Nosotros buscábamos distender la situación y lograr que pida ayuda. A veces sus expresiones faciales son lábiles y no guardan relación con ningún contexto reconocible; puede echarse a reír sin venir a cuento, y acto seguido llorar con desconsuelo. La semana pasada, cogió un bisturí de un quirófano y se hizo cortes hasta formar la palabra «matar» en su antebrazo delante de todos nosotros, mientras estábamos empollando a última hora para un examen. No estoy seguro de que sintiera el menor dolor, ni que fuera consciente de lo que estaba haciendo. Cuando alguien del grupo de estudio intenta corregirlo, expresarle una opinión distinta a la suya o incluso sugerirle otro tipo de respuesta a una cuestión académica, suele gritarle a la cara o quedarse mirándolo con odio. A veces anota nuestros nombres, la fecha y el motivo de la disputa en una libreta. Es como si no tomara apuntes de clase, sino de nosotros. Creo que está recabando información para justificar internamente un acto violento...

Jeremy Hogan: Asintiendo con la cabeza y con auténtica expresión de preocupación.

—Tiene que llevar este asunto inmediatamente al decano e informarle de todo lo que me ha contado. Hágalo sin demora. Tiene toda la razón. Da la impresión de que su compañero tiene problemas graves. Puede que haya que hospitalizarlo.

Y, después, el breve diálogo que lo originó todo:

—¿Puede usted ofrecer alguna ayuda?

—¿A él?

Ed Warner: Vacilando antes de ser sincero.

—No. A nosotros.

—Llamaré ahora mismo al decano y le diré que va de camino hacia allá. Querrá todos los detalles. Tiene razón, señor Warner. La sintomatología que usted describe presenta todos los elementos de una crisis peligrosa en ciernes. Es crucial actuar con rapidez.

—¿Deberíamos alertar a la seguridad del campus?

—Todavía no. De eso debería encargarse el decano.

Jeremy Hogan tendió la mano hacia el teléfono de su escritorio en un gesto muy parecido al que haría treinta años después en los preciados segundos anteriores a su muerte.

Andy Candy esperó a que el psiquiatra de California prosiguiera. Este lo hizo tras tomar aliento.

—En nuestro departamento había un médico; un investigador que estudiaba trastornos de desapego en la primera infancia y utilizaba monos rhesus para gran parte de su trabajo. Recuerdo que tenía una beca del Instituto Nacional de Salud, aunque eso no viene al caso.

—¿Monos?

—Sí. Son un sujeto estupendo para estudios psicológicos. Tienen una conducta social muy próxima a la humana, aunque la gente devota no quiera admitirlo.

—Pero ¿qué...?

—Fueron solo rumores. Insinuaciones. La universidad ocultó rápidamente lo que pasó, quizá porque no quería que afectara a su clasificación en el ránking *U.S. News and World Report*. Pero es la clase de historia que no se olvida, aunque no he pensado en ella en muchos años, la verdad. Nadie me ha preguntado jamás por esto. Y, por más terrible que resultó entonces, ninguno de nosotros tuvo tiempo para asimilarlo y valorarlo. Todos estábamos sumidos en la tensión de aquel tercer curso.

—Comprendo —respondió ella, aunque no era cierto.

—Una mañana el investigador llegó al laboratorio y encontró la puerta forzada. Cinco de sus preciados monos estaban dispuestos en un círculo en el suelo. Degollados.

Andy Candy soltó un gritito ahogado.

—Pero ¿qué...?

—Los habían asesinado. —El psiquiatra vaciló—. No obstante, ¿tuvo eso alguna relación con el grupo de estudio Alfa? Nunca se demostró, por lo menos que yo sepa. Y tampoco era que el investigador no tuviera enemigos. Era sabido lo despótico que era con sus ayudantes, y que tenía tendencia a gritarles, a despedirlos y a fastidiar su futuro. No es difícil imaginar que uno de ellos buscara vengarse un poco.

—¿Cree que fue eso?

—Nunca supe qué creer. De todos modos, tampoco tuve tiempo de pensar en ello —prosiguió el psiquiatra—. Eso no era lo que me inquietaba.

—¿Y qué era? —preguntó Andy con cierta aprensión.

—La cantidad. Cinco. Se encontraron cinco monos muertos. Y doce que permanecían ilesos. A veces, cuando se examinan actos, particularmente los violentos, hay que atar cabos. ¿Por qué no mataron a todos los monos? ¿O quizá solo a uno o dos?

Andy Candy balbuceó de nuevo, de modo que en lugar de una pregunta emitió una especie de gruñido. La única palabra que se le entendió fue: «Y...»

—Siempre pensé que el incidente del laboratorio había tenido algo que ver con aquel alumno psicótico. Por el momento en que se produjo, supongo. Tras una vista urgente, lo enviaron en ambulancia a un hospital psiquiátrico privado. Fue un visto y no visto. Y no volví a saber de él. Pero no había ninguna relación directa con el asunto de los monos, ese alumno no estudiaba con aquel profesor. Aunque, como todos nosotros, conocía la instalación y sabía cómo entrar y salir. Por lo que puede que el freudiano que hay en mí quiera ver una conexión donde un detective no vería ninguna.

—¿Por qué no?

—Cuatro personas declararon en aquella vista en el decanato. Los miembros del grupo Alfa. Y lo curioso es que fueron cinco los monos asesinados. Cinco y no cuatro... lo que no cuadraba.

—¿Qué me dice del doctor Hogan?

—No estuvo en la vista. Solo hizo lo que haría cualquier profesor: ponerse en contacto con el decanato. Lo demás fue cosa de los miembros del grupo Alfa. De modo que no veo qué relación pueda tener Hogan con todo esto.

—Entiendo —dijo Andy Candy, no muy convencida.

—Claro que podrían ser solo conjeturas. Recuerda demasiado a una película de Hollywood, si vamos a eso. Y como puede que fueran las suposiciones exageradas y acaloradas de una imaginación tensa y estresada, yo no le daría demasiado crédito. Hasta en la Facultad de Medicina los rumores se exageraban, se inflaban y se hacían circular como los cotilleos sobre citas en la secundaria. Pero los macacos muertos... eso sí fue muy real.

—¿Recuerda el nombre de aquel estudiante? —preguntó Andy Candy con la boca totalmente seca.

El psiquiatra titubeó.

—Es interesante —dijo pasado un instante—. Cabría pensar que si recuerdo un detalle como el asesinato sangriento de los macacos tendría que acordarme automáticamente también del nombre. Pues no. Lo tengo totalmente olvidado. Curioso, ¿verdad? A lo mejor si lo pienso un rato, me saldrá. Pero ahora mismo, no.

Andy Candy pensó que tendría que hacer mil preguntas más, pero no se le ocurrió ninguna. Miró por la ventanilla del coche y vio que empezaba a salir gente de Redentor Uno. De repente se dio cuenta de que tenía sudadísima la mano con la que sujetaba el móvil.

—Lo siento. No sé si le he ayudado o no —prosiguió el psiquiatra—. Eso es todo lo que recuerdo. O, posiblemente, todo lo que quiero recordar. Ya me dirá dónde tengo que enviar mi aportación al fondo en memoria de Ed Warner.

El psiquiatra colgó.

24

«Me encanta Facebook.»

El estudiante 5 empezaba a conocer a Andrea Martine a distancia. Estaba contemplando una serie de fotos colgadas en su «muro» y leyendo los pies y comentarios: muchas frases tontas, intrascendentes, que sin embargo revelaban elementos importantes: padre veterinario fallecido; madre profesora de música; feliz época universitaria que parecía haber terminado bruscamente. «No ha hecho entradas desde hace semanas. Me pregunto por qué.» Repasó el cúmulo de información para descartar la típica cháchara de adolescente universitaria y seleccionar los detalles escondidos que le permitieran elaborar un plan. Tuvo una idea curiosa: «¿Imaginó alguna vez Mark Zuckerberg que su red social serviría para que alguien decidiera si matar o no a alguien? —Sonrió—. Es un poco como preparar una cita a ciegas, ¿no?»

Se imaginó sentado a la mesa de un restaurante, intercambiando cumplidos con Andrea Martine:

—Te gusta adoptar animales, ¿verdad? —le diría con voz amable y simpática—. Y leer poemas de Emily Dickinson y novelas de Jane Austen tanto para tus estudios como en tu tiempo libre. ¡Qué interesante! Tu vida parece fascinante, Andrea. Llena de posibilidades. Lamentaría tener que acabar con ella.

Este diálogo imaginario le hizo soltar una sonora carcajada. Pero aquella risa no logró enmascarar los problemas que, en el fondo, le acechaban.

Lo leyó todo, y después lo releyó, volvió a mirar las fotos y los materiales archivados. Examinó atentamente una fotografía de una Andrea sonriente tomada del brazo de un muchacho moreno y delgado. Sin nombre. El pie indicaba simplemente: «ex».

El estudiante 5 observó el uso frecuente de un apodo: «Andy Candy.»

«Interesante —pensó—. Suena a nombre artístico de estrella porno.»

Se dijo que Andy Candy era bonita y se fijó en su sonrisa encantadora y su figura larguirucha y elegante. Supuso que estaría dedicada a sus estudios y sería una buena alumna. La imaginó extrovertida, simpática, no exageradamente sociable pero tampoco tímida. Había colgado fotos en las que aparecía bebiendo cerveza con sus amigos, montando un tándem y descendiendo del cielo en bikini, equipada con un paracaídas remolcado por una lancha motora, durante unas vacaciones. Había otras en que se la veía en un campo de fútbol y jugando a baloncesto en su adolescencia. Y también de cuando era niña, con la previsible pregunta debajo: «¿A que era una ricura?» No era la clase de persona a la que él habría matado... hasta entonces.

Un anciano. Cuatro psiquiatras de mediana edad: el grupo Alfa.

Pero Andy Candy entraba en otra categoría. «Esta ejecución sería por elección propia. Sería una ejecución para proteger tu futuro y esconder lo que has hecho.» La incertidumbre lo intranquilizó un poco. «¿De qué es culpable ella?»

El estudiante 5 observó una fotografía de una jovencita Andy Candy. Estaba acurrucada en un sofá mullido con un chucho; el perro y ella miraban a la cámara, con las caras pegadas, ambos con expresión divertida y una gorra ligeramente ladeada de la Universidad de Florida, aunque el perro parecía algo incómodo. La joven había calificado la imagen de «monada», y la leyenda humorística de debajo rezaba: «Mi nuevo novio, Bruno, y yo preparándonos para la orientación universitaria. Otoño de 2010.»

«Inocente», pensó él.

Se inclinó hacia la pantalla del ordenador.

—¿Qué estabas haciendo en casa del doctor Hogan, jovencita? —preguntó como un maestro severo haciendo un gesto admonitorio con el dedo a un graciosillo en clase—. ¿Qué viste? ¿Qué oíste? ¿Qué piensas hacer ahora?

Casi esperaba que una de las fotografías le respondiera.

—¿No sabes qué significa esto? —Un silencio—. Puede que tenga que matarte.

Cerró la página de Facebook y se concentró en Timothy Warner. Él no estaba en las redes sociales, pero había otras fuentes de información, incluidos los registros policiales.

Timothy Warner aparecía dos veces por conducir bajo los efectos del alcohol. Había el fallo de un tribunal de distrito: seis meses de condicional sin necesidad de presentarse y retirada del carnet de conducir.

Encontró algunas entradas más sobre Timothy Warner: *magna cum laude* en la Universidad de Miami, licenciatura en Historia de Estados Unidos y distinguido con un prestigioso premio. Este comunicado de prensa de la universidad incluía una fotografía y la información de que Timothy Warner seguía estudiando en la universidad para obtener un doctorado en Estudios Jeffersonianos.

—Hola, Timothy —dijo con los ojos clavados en la imagen—. Creo que vamos a conocernos bien.

El *Herald* de Miami incluía a Timothy Warner en la lista de familiares de la necrológica del suicidio de su tío. Tras unos segundos y unas cuantas pulsaciones más en el teclado, tenía la dirección y el número de teléfono de Andy Candy y el de Timothy, el sobrino de Ed.

Se movió en la silla como un suplente entusiasta que espera saltar al terreno de juego.

Conocía sus caras, sabía dónde buscarlos y creía que podría responder sin problema los interrogantes necesarios para decidir si tenía que matarlos a ambos.

Dividió la pantalla y colocó la fotografía cuyo pie era «ex» junto al comunicado de prensa de la universidad sobre Timothy Warner. Aquello le interesó. «¿Los volvió a unir el amor?»

Sacudió la cabeza.

«Más bien la muerte.»

25

Andy Candy pensó que los dos habían entrado en un extraño universo paralelo. Allí el sol matutino brillaba insistentemente y corría un aire cálido. Una brisa suave mecía plácidamente las frondas de las palmeras.

Y lo que los relacionaba era el asesinato.

«Y también el miedo», pensó. Pero no era capaz de englobar aquella ansiedad de forma clara para describírsela a Moth del mismo modo que le había relatado la noche anterior su conversación con el psiquiatra de la Costa Oeste. Cuando le contó todo lo que el médico había dicho, se imaginó como una especie de secretaria de dirección del Crimen. Las coincidencias la asaltaron después, y trató de revisarlo todo en su interior. «Vas a una fiesta de estudiantes en la universidad y aparece la muerte. Recibes una llamada de un exnovio de la secundaria y aparece la muerte. Vas en avión a hablar con un viejo psiquiatra y aparece la muerte... ¿Y ahora qué?»

Tenía demasiadas cosas mezcladas en la cabeza. Quería aferrarse a algo sólido, pero ya nada le parecía del todo real.

Unos monos degollados en un laboratorio de Psiquiatría treinta años antes.

¿Qué sería lo siguiente?

Los nombres de unas personas fallecidas en una hoja que tenía delante. Accidente, accidente, suicidio.

¿Eran reales?

El bebé que había abortado.

¿Era real?

«No —pensó de repente mirando a Moth—. No es un universo paralelo. Es el teatro del absurdo y los dos estamos esperando impacientes a Godot.»

—¿Tienes hambre, Andy? —preguntó Moth desde la barra, donde estaba recogiendo dos cafés cubanos.

Se hallaban en la terracita de un restaurante de la calle Ocho, la principal arteria de Little Havana, siguiendo una tradición de Miami: mantenerse despierto a base de cafeína. La clientela, desde ejecutivos con traje oscuro hasta mecánicos con monos manchados de grasa, bebía tacitas de un espumoso café fuerte y dulce y comía pastelitos. Andy Candy y Moth iban por la segunda taza, y sabían que ya habían tomado cafeína suficiente para tirar horas.

—No, gracias —respondió, y esperó a que se reuniera con ella en un pequeño banco de cemento.

Moth no tenía la impresión de estar dando la talla como detective. Sus conocimientos sobre el trabajo policial se limitaban a lo visto en cine y televisión, que abarcaba desde lo increíble hasta lo descarnado en medio de mucha rutina. Su planteamiento era el típico de un estudiante: se planteó leer novelas actuales policiacas, y se preguntó si tendría que dedicar tiempo a repasar crónicas de asesinatos célebres. Buscó en Internet artículos académicos sobre pruebas de ADN y sitios forenses que describían diversos tipos de asesinos, desde madres desquiciadas que habían asfixiado a sus hijos hasta despiadados asesinos en serie.

Nada de lo que averiguó le fue útil.

Era como si todo lo hubiera hecho al revés. «La policía empieza con detalles que generan preguntas, y obtienen respuestas que dibujan una imagen clara de un crimen. Yo empecé con una certeza que sustituí por una pesquisa maleable. Su método consiste en eliminar la confusión. El mío la ha creado.»

Andy Candy vio la preocupación reflejada en su rostro.

—Moth —le dijo al ocurrírsele una idea—. Tendríamos que ver una película.

—¿Qué?

—Bueno, puede que no precisamente una película. ¿Recuerdas cuál fue el trabajo de francés que nos puso el señor Collins en el instituto?

—¿Qué?

—La lectura principal del primer semestre de su clase. Sé que te tocó lo mismo aunque ibas más adelantado, porque nunca cambiaba nada de un año para otro.

—¿Qué estás...?

—Hablo en serio, Moth.

—Muy bien, pero ¿qué tiene que ver...?

Andy lo interrumpió con un gesto de la mano.

—Vamos, Moth. ¿Qué libro era?

El joven se acercó la tacita, olió su aroma y sonrió.

—*El conde de Montecristo*, de Alexandre Dumas.

—Exacto —respondió Andy, con una sonrisita—. ¿Y de qué iba?

—Pues de muchas cosas, pero sobre todo de una venganza cobrada años más tarde.

—¿Y la muerte de tu tío qué fue?

—Pues… una venganza cobrada años más tarde.

—Eso parece.

—Sí, tienes razón.

—Por lo tanto, el siguiente paso es obtener un nombre de la facultad de aquel entonces. El quinto alumno de aquel grupo de estudio. Después, localizamos a esa persona.

—Edmond Dantès —dijo Moth.

—Más o menos —comentó Andy Candy con una sonrisa al oír la referencia literaria—. No tendría que ser tan complicado. Las facultades guardan los expedientes. Lo encontraremos. Caray, Moth, podríamos suscribirnos a uno de esos sitios webs que te permiten buscar a tus compañeros de clase perdidos. Sería lo más fácil.

—Siempre he pensado que estos sitios existen para que la gente pueda volver a ponerse en contacto con algún amor de la secundaria y practicar sexo adulto —soltó Moth—. Pero tienes razón. Consigamos ese nombre. Es el siguiente paso lógico. Y entonces... —Se detuvo.

Andy Candy asintió, pero dijo:

—Y entonces tendremos que tomar una decisión.

—¿Cuál?

—Si hemos terminado o si estamos solo empezando. —Fue una pregunta formulada como afirmación.

Moth bebió un sorbo de café antes de responder.

—Tengo la impresión de que este no es el tipo de caso que un policía de Miami tenga ganas de investigar —dijo—. Pero qué sé yo. A lo mejor sí. Lo reuniré todo y se lo llevaré a Susan Terry. Lo pondré en una bandeja y se lo serviré como en una barbacoa. Ella sabrá qué hacer... Sigo teniendo la sensación de que se reirá de mí si intento explicárselo. —Entonces soltó una carcajada forzada.

Andy Candy también rio, igual de forzada.

En ese momento ambos fueron conscientes de que aquello no era nada gracioso. Era más bien que una intensa ironía se había apoderado de ellos tan rápida, eficiente y completamente como la cafeína.

Había hablado en plural pero en realidad se refería a ella. Andy Candy había perfeccionado su estilo telefónico con las secretarías y las asociaciones de exalumnos. Moth escuchó cómo obtenía los teléfonos, preguntando, suplicando y, finalmente, camelando. Observó cómo su cara iba cambiando: una sonrisa inicial, el ceño fruncido, una expresión suplicante y, de nuevo, una sonrisa de satisfacción. Pensó que era una actriz haciendo una actuación en un escenario, capaz de transitar emociones con rapidez y precisión.

Cuando consiguió el nombre, primero adoptó un aire de suficiencia que indicaba «ha sido pan comido». Pero después, cuando anotaba los detalles, Moth vio que le cambiaba la cara. Lo que reflejaron sus ojos no fue precisamente miedo, ni ansiedad lo que hizo que empezara a temblarle la voz. Era otra cosa, algo que zarandeó los sentimientos de Andy.

Él deseó cogerle la mano, pero no lo hizo.

Andy Candy colgó el teléfono y se quedó mirando un instante su bloc de notas.

—Tengo su nombre —anunció con voz débil—. El Grupo de Estudio Alfa. El estudiante número cinco. Le pidieron que dejara la facultad a mitad del tercer curso. Jamás regresó. No se tituló.

—Sí. Es él. ¿Su nombre? —Moth sabía que parecía ansioso y que su entusiasmo estaba, de algún modo, fuera de lugar.

—Robert Callahan, hijo.

—Bueno —soltó Moth, inspirando hondo—. Ya lo tenemos. Ahora empezaremos donde...

Se detuvo al ver que Andy sacudía la cabeza.

—Está muerto —le informó.

26

Antes de dirigirse al sur, el estudiante 5 fue en metro hasta el Lower East Side de Manhattan y dio un largo paseo. Terminó en el límite de Chinatown, cerca de donde la calle Mott limita con Little Italy y crea una confusa mezcolanza de culturas en calles abarrotadas de furgonetas de reparto, mercados al aire libre y mareas de personas. Hacía una mañana preciosa, soleada y suave; el cuello levantado del traje y un pañuelo de seda blanco le bastaban para no tener frío. Destacaba un poco; con su traje caro y la corbata parecía un gestor de fondos de inversión. Estaba rodeado de gente que iba en vaqueros, botas de trabajo y sudaderas con capucha con escudos de equipos deportivos, pero le gustaba distinguirse. «He llegado muy lejos.» Fue un paseo nostálgico para el estudiante 5. Allí era donde se había trasladado hacía años cuando le dieron el alta del hospital y donde, en lugar de intentar regresar a la facultad, había hecho el truco de manos de las identidades de que disfrutaba ahora.

Sonó un claxon. Unas agudas voces asiáticas discutieron por el precio de los peces que nadaban en unos sucios acuarios. Una pareja de *yuppies* con dos niños en una sillita pasó a su lado.

«¡Cuánta vitalidad! —pensó. Se respiraba vida por todas partes—. Y sin embargo he venido aquí a morir.»

Esta clase de sentimentalismo era rara en el estudiante 5, pero no inaudita. A veces, cuando miraba una trillada comedia romántica le entraban ganas de llorar. Algunas novelas lo lanzaban a las garras de la depresión, especialmente cuando mataban a sus personajes favoritos. La poesía solía dejarlo meditabundo de una forma incómoda, aunque seguía leyéndola y se había suscrito a la revista literaria *Poets and Writers* en su casa de Cayo Hueso. Había ideado técnicas para librarse de las emociones no deseadas cuando se presentaban, como cambiar *Love Actually* o *Caballero sin espada* en su cola de Netflicks por *300* o *Grupo salvaje*. Sustituía los ojos empañados por *gore*. En el caso de las novelas y la poesía, cuando notaba que empezaban a desbordarlo las emociones, dejaba el libro a un lado y hacía ejercicio frenéticamente. Cuando el sudor le caía sobre los ojos y los bíceps le dolían del esfuerzo, era menos probable que pensara en los problemas de Elizabeth Bennet con el señor Darcy en el siglo XIX y que se concentrara en sus designios mortales.

Se paró delante de un insípido edificio de ladrillo rojo de la calle Spring, uno de los, al parecer, miles de edificios similares que había en la ciudad. Una parte de él quería acercarse, tocar el timbre del número 307 y preguntar a quien viviera allí entonces qué había hecho con sus muebles, su ropa y todos los cachivaches, utensilios de cocina y recuerdos artísticos que había puesto en ese piso y que, después, había dejado atrás de golpe. Dudaba que los inquilinos fueran los mismos décadas después, pero la curiosidad amenazaba con consumirlo.

Dejar sus obras de arte lo había afligido un poco, pero había sido crucial. De niño era muy habilidoso con el lápiz o el pincel, y lo había recuperado en el hospital, donde le pedían que se expresara porque eso formaba parte de su mejoría.

También permitía ver quién era. Cada pincelada y cada línea trazada a lápiz afirma algo. Dibuja una flor y pueden pensar que estás mejorando. Dibuja un cuchillo goteando sangre y probablemente te encierren seis meses más. O hasta que seas lo bastante listo para empezar a dibujar flores.

Como era consciente de estas cosas, se aseguró de que en el hospital todo el mundo —los médicos, los psicoterapeutas, las enfermeras y el personal de seguridad del pabellón, así como todos sus familiares— supieran cuán importantes eran para él sus dibujos y cuadros. Así, cuando se marchara de repente, indicarían algo crucial a quienes fueran a buscarlo, ya fueran familiares, policías o, incluso, algún detective privado soso y tenaz: «Jamás dejaría atrás sus obras de arte.»

«Sí que lo haría.»

Recordó el día que había desaparecido para encarnar sus nuevas existencias. Lo había dejado todo, junto con un mapa dibujado meticulosamente mostrando las calles que recorrería e indicando tres sitios ideales para lanzarse a las aguas del East River. El puente. El muelle. El parque. En la parte superior del mapa había garabateado: «Ya no puedo más.» Le gustaba aquella frase. Podía significar prácticamente cualquier cosa, pero sería interpretada de una única manera.

«La gente quiere creer en lo obvio, incluso cuando es un misterio. Quiere explicaciones racionales para conductas aberrantes, incluso cuando son inaprensibles y difíciles de definir.»

De modo que había sido sencillo. Había que dejar un par de pistas que señalaran en la misma dirección y así, incluso sin cadáver, todos llegarían a la misma conclusión: «Dos más dos, cuatro. Se ha suicidado.»

Especialmente cuando no es verdad. Y estaba orgulloso de su autocontrol: ni una sola vez desde que dejara el piso había tomado el pincel y las pinturas para dejarse llevar por su sentido artístico.

La puerta lo llamaba. Se dirigió hacia ella y se obligó a detenerse. Tuvo una idea curiosa: «Es como mirar el sitio donde nací y donde fallecí.»

La calle no había cambiado demasiado con el paso de los años. Había un nuevo Starbucks en la esquina, y la antigua charcutería era ahora una tienda exclusiva de ropa de mujer. Pero la tintorería que estaba a mitad de la calle seguía allí, lo mismo que el restaurante italiano tres puertas más abajo.

El estudiante 5 se metió despacio la mano en el bolsillo de la chaqueta y sacó las fotografías de Andy Candy y Timothy Warner. «Eran unos niños cuando yo vivía aquí —pensó—. Siempre he conocido a la gente que asesino. La verdad es que no es justo matar sin que haya familiaridad. Eso me convertiría en poco más que un vil sociópata.» Enumeró mentalmente algunos rasgos de una personalidad antisocial: inadaptación a las normas sociales; impulsividad; temeridad; irresponsabilidad; ausencia de remordimientos.

«No es mi caso», se tranquilizó, aunque tenía sus dudas acerca de la última categoría, lo que le hizo esbozar una sonrisa.

27

Andy Candy estaba recogiendo unos papeles en su espacio de trabajo improvisado en el piso de Moth. Los colocó en un montón delante de ella y empezó a teclear en el portátil. En la pantalla apareció un artículo de cuatro párrafos del *New York Post*, fechado casi dos años después de que un miembro del Grupo de Estudio Alfa tuviera que abandonar la facultad: «La policía busca en el río a un estudiante de Medicina desaparecido.»

Otro par de clics la llevó a otro artículo, las necrológicas de la hemeroteca del *New York Times*: «Un cirujano y su esposa mueren en accidente de aviación.»

Realzó una frase cerca del final que detallaba que un avión privado, pilotado por el cirujano, se había estrellado al aterrizar en una pista rural cerca de la casa de veraneo de la familia en Manchester, Vermont. La frase realzada rezaba: «El doctor Callahan y su esposa no tenían familiares directos. Su único hijo desapareció hace cinco años en un supuesto suicidio.»

Andy siguió buscando entradas en diversos sitios, incluido el certificado de defunción de un tal Robert Callahan, hijo, del Tribunal Superior del Estado de Nueva York. Era una resolución adoptada cinco años después de su desaparición y que precedía seis semanas al accidente de aviación. Por lo que se desprendía del papeleo, sus padres habían solicitado que se declarara a su hijo legalmente muerto. Sospechó que tendría algo que ver con la planificación de su patrimonio. Se imaginó que el accidente de aviación también había sido un asesinato, pero no alcanzaba a ver cómo. Había encontrado un informe de la Administración Federal de Aviación sobre el accidente que lo atribuía a la inexperiencia y al error humano del piloto. Robert Callahan, padre, acababa de obtener su licencia de piloto unas cuatro semanas antes y le había faltado tiempo para comprarse un Piper Cub monomotor. La necrológica no destacaba la ironía de tanta premura.

Repasó con la mirada todas las ventanas abiertas en la pantalla del ordenador y pensó: «Muerte, muerte y más muerte. Todo está relacionado con la muerte.» Preguntó:

—¿Qué sabemos hasta ahora?

Moth se inclinó para leer lo que aparecía en la pantalla.

—Sabemos quién —dijo luego—. Sabemos por qué. Sabemos un poco cómo, aunque no exactamente. Sabemos cuándo. Tenemos toda clase de respuestas —añadió en un tono casi desafiante.

—¿Y qué significa eso? —soltó Andy Candy.

Sabía la respuesta a esta pregunta: «Todo y nada al mismo tiempo.»

Moth reflexionó un momento antes de contestar, casi como si pudiera leerle el pensamiento:

—No creo que tengamos que hacer todavía esta pregunta.

—Bueno —dijo ella, señalando las palabras que mostraba la pantalla—, lo que sí sabemos es que, según dicen, la persona que hemos identificado como el probable asesino de tu tío murió hace unos veinticinco años, más o menos cuando tú y yo nacimos, aunque jamás se encontró su cadáver. Así que, como no sea un fantasma o un zombi, no es alguien al que podamos encontrar en Internet. Olvídate del sitio web para encontrar a compañeros de clase. Porque, para conseguir esa declaración de las autoridades, alguien tuvo que investigar sin obtener ningún resultado. Hubo que firmar documentos, autenticarlos y hacerlo todo oficial.

Miró a Moth. Quería hacer algo sensible como tocarle el brazo, algo tranquilizador. Pero, en cambio, se movió en su asiento y añadió:

—Está muerto, muerto, muerto. Solo que no lo está, ¿verdad?

Moth asintió.

—¿Cuánto cuesta desaparecer en este país, Andy? —se limitó a comentar, y se respondió—: No mucho.

La joven dio golpecitos en la pantalla con el dedo índice. «¿Qué estamos haciendo?», pensó. Y tuvo otra idea aterradora: «¿A cuánta gente necesita matar Edmond Dantès para alcanzar su venganza?» Y otra, todavía peor: «Nunca se acabará.» La última frase le retumbó en la cabeza, como un sonoro eco, «nunca se acabará, nunca se acabará», así que dijo en voz baja:

—Aquí se acaba todo, Moth. No sé qué más podemos hacer.

«Nos enfrentamos a un asesino fantasma», pensó. Por un instante tuvo la misma sensación que se había adueñado de ella en casa de Jeremy Hogan. «¡Corre! ¡Lárgate!» Recordó el cadáver del psiquiatra en el suelo, la sangre encharcada, la cabeza destrozada. Creía que había desterrado las imágenes más terribles a algún lugar lejano, como si no las hubiera visto, y todo aquello hubiera tenido lugar en un mundo que no era real ni onírico.

Intranquila, insegura, quiso aportar certeza:

—Se acabó, Moth. Lo siento. Se acabó. Estamos en un callejón sin salida.

Las palabras que eligió no eran demasiado diferentes de las que él había utilizado y lamentado, años antes, cuando rompieron.

El típico desengaño juvenil: él estaba ilusionado con su marcha a la universidad y a ella le faltaban dos años para seguirlo. Largas conversaciones telefónicas. Disculpas. Lágrimas. Crispación emocional y retortijones. Frustración y rabia. «¡No quiero volver a verte nunca!» Por supuesto, no era cierto. Al recordar el final de su historia de amor, le pareció tan común y corriente y tan prosaico que casi la asustó.

—Un callejón sin salida —repitió.

Moth, que apenas oía nada de lo que ella estaba diciendo, se sentía atrapado. Los hechos, los detalles, las relaciones, aquello que apuntalaba todo lo que lo había conducido hasta ese punto se desplegaba ante él, en el ordenador de Andy, en notas, en artículos, en sus propios recuerdos. El incipiente historiador que había en él sabía que había llegado el momento de reunirlo todo de forma coherente para entregarlo a las autoridades.

Era exactamente lo que haría una persona responsable y formal que no fuera alcohólica ni drogadicta: mirar todo lo que habían hecho, enorgullecerse un poco de lo que habían sacado a la luz, darse una palmadita en la espalda y desentenderse del asunto para dejarlo en manos de profesionales. Entonces podrían esperar con impaciencia el día que llegara a juicio, o quizás el día en que los entrevistaran en algún programa de televisión sobre crímenes nunca resueltos. La presentadora Nancy Grace le sacaría el máximo partido. Dejaría de tratarse del asesinato de su tío. Pasaría a formar parte de la cultura popular: una noticia. «¡Unos audaces estudiantes sacan a la luz treinta años de asesinatos motivados por una venganza! Lo veremos a las once; no se lo pierdan.»

Esta idea fue como una puñalada. Alzó los ojos y vio que Andy se había vuelto otra vez hacia la pantalla.

Se dio cuenta de que iba a perderlo todo. A Andy. Al tío Ed. La abstinencia del alcohol. Todo parecía estrechamente ligado entre sí.

Pero al hablar contradijo todo lo que sentía:

—Tienes razón, Andy —coincidió, y después sacó más palabras de algún lugar oscuro de su interior—: Creo que tendríamos que reunir todo lo que hemos descubierto y llevárselo a la fiscal Terry. Detestaré hacerlo, porque me metí en todo esto porque me correspondía a mí averiguar la verdad sobre el asesinato del tío Ed... —Se le apagó la voz, pero la recuperó—: Habría sido lo correcto.

—Has hecho mucho —aseguró Andy.

—No lo suficiente.

—Y sabes la verdad —insistió ella.

—¿Crees que con eso basta? —preguntó Moth en tono profesoral.

—Tendrá que bastar.

Ninguno de los dos lo creía.

—Muy bien —prosiguió Moth—. Susan Terry sabrá cuál es el siguiente paso.

No confiaba en Susan Terry. Ni siquiera le caía bien. Pero no veía otra alternativa, porque era consciente de que si hubiera dicho otra cosa a Andy Candy en ese momento, podría haberse producido lo que había temido desde el comienzo. Una cosa era decir «lo mataré» cuando no sabía de quién estaba hablando, y otra muy distinta, decirlo ahora.

«Se lo dije al empezar: que en cuanto creyese que estoy loco, tendría que largarse.»

Quería tenerla cerca un poco más y la palabra «matar» amenazaba con impedírselo.

Los dos trabajaron mucho el resto del día preparando lo que recordaba un poco un trabajo trimestral en grupo para la secundaria. Elaboraron una lista de todo lo que habían hecho, de todas las personas con quienes habían hablado. Incluyeron números de teléfono, direcciones, descripciones y todos los detalles que recordaban de cada conversación. Establecieron una cronología e imprimieron artículos de periódico. Fueron lo más organizados que podían ser un par de buenos estudiantes. Se esforzaron por darle un enfoque que se basara únicamente en los hechos, ya que, como no dejaba de decir Moth, de otro modo Susan Terry no les haría caso.

Al final de la tarde, Andy Candy estiró los brazos.

—Tendríamos que tomarnos un descanso —indicó—. No he trabajado tanto desde el colegio.

—Ya casi estamos —respondió Moth.

—Bueno, despejémonos un poco y acabaremos con más ímpetu.

—¿Es lo que harías en la universidad?

—Sí —sonrió.

—Yo también —dijo Moth con otra sonrisa—. ¿Damos un paseo, entonces?

—Nos irá bien un poco de aire fresco.

Los dos se separaron de sus ordenadores y papeles. Andy bajó la vista al levantarse. Señaló el bloc garabateado de Jeremy Hogan.

—No lo hemos revisado a fondo —comentó.

—Se lo daremos a Susan a ver si ella encuentra algo —dijo Moth sacudiendo la cabeza. Acto seguido, se encogió de hombros y añadió señalando el .357 Magnum y una caja de balas de punta hueca que había dejado en la encimera de la cocina—: Y tampoco hemos usado esto. Tendría que librarme de ello.

Andy Candy asintió. Las armas, la depresión, la soledad y el alcoholismo formaban una mezcla potente. Dejar que Moth tuviera el arma la asustaba.

—Tírala. En un contenedor o en uno de los canales cuando nadie te vea.

—Buena idea. Seguro que la mitad de los canales de Miami está abarrotada de armas desechadas por mafiosos. —Flexionó un par de veces las rodillas y sonrió—. No he hecho demasiado ejercicio. Estoy tieso como un palo.

Salieron del piso, vacilando como cuando se sumerge un pie en el agua fría.

Fuera, seguía haciendo calor y se había levantado brisa. Al oeste, sobre los Everglades, se estaban formando unos nubarrones grises, pero la amenaza de lluvia parecía a horas de distancia.

Caminaron deprisa para estirar las piernas. No hablaron demasiado, aunque Andy Candy preguntó:

—¿Iremos a Redentor Uno hoy?

—Sí.

—Si ves a Susan Terry...

—Le diré que quiero hablar con ella en su oficina. Supongo que le parecerá bien.

A lo lejos se oía cómo iba aumentando el tráfico de la hora punta de la tarde. Cruzaron una calle concurrida y se internaron en una sombreada zona residencial. La acera era irregular; las raíces de los árboles habían removido algunas baldosas. Siguieron su camino con cautela para no tropezar. La calle estaba cubierta de sombras. Era como andar entre distintas variaciones del negro.

—¿Crees que se ha acabado todo? —soltó Andy de repente.

—Casi —respondió Moth con una tristeza incomprensible.

La lógica habría sugerido que hablaran entonces sobre ellos, pero no lo hicieron. A ninguno de los dos le parecía un tema que pudieran abordar sin problemas.

Tampoco fueron conscientes de la persona que unos cincuenta metros por detrás seguía sus pasos.

«Increíble —pensó el estudiante 5 mientras seguía fácilmente su ritmo—. Se aprende muchísimo sobre la gente simplemente observándola de cerca.»

Sabía que ese era un principio básico de la profesión que se le había impedido llegar a ejercer, pero se sentía muy ufano de no haber perdido las aptitudes que había mostrado años atrás. Se percató, feliz, de que en realidad las había afinado y agudizado hasta límites insospechados.

28

Observó cómo Andy Candy se quedaba esperando en el coche mientras Moth entraba en Redentor Uno.

El estudiante 5 pensó: «Vaya casualidad. Parece como si una deidad chulesca y decididamente psicópata asesina quisiera que los matara sí o sí.»

Los había seguido desde que habían salido del piso de Moth aquella misma tarde, solo unos minutos después de que él hubiera llegado allí, es decir, al poco de que su avión aterrizara en Miami y antes de haberse registrado siquiera en el hotel de cuatro estrellas en el que había hecho una reserva. Estaba seguro de que seguían sin percatarse de su presencia.

Se hundió en el asiento de su coche alquilado y se dispuso a vigilar. Sin apartar los ojos de Andy Candy, una vez que Moth entró en la iglesia, dejó la mente lo más en blanco posible. Se dijo que debía deshacerse de prejuicios, ideas y opiniones preconcebidas. «Una chica que abandona misteriosamente los estudios universitarios y un muchacho enredado en un problema de alcoholismo. —Esto era lo que sabía de los jóvenes, desde luego no demasiado—. La gente siempre habla de lo importantes y acertadas que son las primeras impresiones. Sandeces.» Se agazapó un poco más, algo incómodo por la forma en que tenía que esconderse. Estaba a unos veinte metros de Andy Candy, no demasiado lejos de la entrada de la iglesia. Si alguien le preguntaba algo, pensaba decir que había ido a la reunión, pero que no acababa de decidirse a entrar, lo que bastaría para satisfacer a cualquier curioso. Pero no esperaba necesitar dar esta explicación. «Los drogadictos y los alcohólicos son inestables e inseguros por naturaleza. Y no es algo difícil de imitar», pensó.

Desde donde estaba aparcado, veía que Andy Candy revisaba unos papeles. La curiosidad lo consumía. Quería acercarse más. Siguió observándola, haciendo acopio de paciencia, pero consciente de que, fuera cual fuese la decisión que tomara, tenía que tomarla deprisa.

Dentro de la sala de reuniones de Redentor Uno, Moth buscó con la mirada a Susan Terry, pero no la vio. «Bueno, supongo que no dedica tanto esfuerzo a mantenerse *limpia* como dijo», pensó cínicamente. Ocupó su asiento habitual en un sofá, saludando con la cabeza a los demás habituales. La reunión empezó con la bienvenida pausada de costumbre. Luego, el moderador señaló a la primera persona que tenía a su derecha en la especie de círculo que formaban. Era la abogada de mediana edad. Se alisó la falda de diseño al levantarse.

—Hola, me llamo Sandy y soy alcohólica. Llevo ciento ochenta y dos días sin beber.

Moth se unió a los demás para saludarla.

—Hola, Sandy —dijeron todos al unísono, como las respuestas corales de un oficio religioso. Todos los presentes conocían a Sandy y sus problemas y sintieron alivio al oír que seguía por el buen camino.

—He logrado ciertos progresos con mi ex y mis hijos —afirmó—. Van a llevarme a cenar a un restaurante esta semana. Es como una prueba, creo. Van a ponerme una botella de vino tinto delante para ver qué hago: ignorarla o soplármela.

Lo dijo con una sonrisa irónica. Hubo algunos aplausos.

—Podría pasar cualquier cosa —prosiguió Sandy. Vaciló y miró a Moth—. Pero creo que lo que todos queremos realmente es oír a Timothy.

Dirigió una mirada alentadora a Moth al volver a sentarse. Hubo un largo silencio en la sala. Varias personas se movieron nerviosas. El ingeniero se levantó.

—Me llamo Fred y llevo doscientos setenta y dos días *limpio*. Estoy de acuerdo con Sandy. Timothy, te toca.

El moderador, un ayudante del pastor que era exalcohólico y vestía camisetas oscuras de cuello alto a pesar del calor que hacía en Miami, intervino:

—Eso lo decidirá Timothy. No hay que obligar a nadie a...

—No importa —aseguró Moth y se levantó, aunque sí que importaba. Echó un vistazo alrededor e inspiró hondo para presentarse despacio—: Me llamo Timothy y llevo treinta y un días sin beber, aunque hace treinta y cuatro que mataron a mi tío.

Se detuvo y volvió a mirar en derredor. Los asistentes se inclinaban hacia él. Notaba su interés.

—Allá donde voy, muere alguien —añadió.

Susan Terry estaba arrodillada en la alfombra junto a la mesa de centro del salón de su piso. Tenía tablero de cristal y, justo en el centro, al lado de una botella medio vacía de Johnny Walker etiqueta roja, había dos finas líneas de polvo blanco. Se aferraba a los bordes de la mesa con ambas manos, como si un terremoto estuviera sacudiendo el edificio y ella se esforzara por no caerse.

«Hazlo. No lo hagas.

»Fue la sangre. Había muchísima sangre.»

El sudor se le acumulaba en las axilas y las sienes. Se preguntó si el aire acondicionado del edificio había dejado de funcionar de repente, pero fue consciente de que el sudor era la manifestación física de una decisión terrible.

En un alarde de fortaleza, apartó la mano derecha del borde de la mesa y la metió en la cartera. Sin apartar los ojos de las rayas de cocaína, hurgó en ella hasta que encontró por fin la automática del calibre .25 que habitualmente llevaba cuando acudía a la escena de un crimen o cuando tenía que quedarse en su despacho hasta después del anochecer. El arma sería importante para cumplir lo que se repetía a sí misma: «No seré una víctima más como las personas que veo en los juicios.»

Respirando con fuerza, como alguien que ha estado bajo el

agua unos segundos de más, puso una bala en la recámara de la pistola. Después, la dejó delante de ella, junto a la cocaína.

«Sería mejor que te mataras más deprisa», se dijo. Todavía medio inmóvil, contempló las dos alternativas.

«Dispara a los perros.» Estas palabras le acudieron a la cabeza y las repitió en voz alta.

—Dispara a los perros, maldita sea. Dispara a los perros. Dispárales ahora mismo. A los dos. Ve cómo mueren. —Se balanceó, insegura, y susurró una y otra vez—: Dispara a los perros, dispara a los perros, dispara a los perros.

La última escena del crimen a la que había tenido que acudir, a primera hora de la mañana, justo antes del alba, después de que la sacara de la cama la voz monótona de un inspector de Homicidios que no había podido disimular su rabia apesadumbrada, había tenido como consecuencia dos cosas: una papelina de cocaína y la seguridad de tener pesadillas. Era una escena del crimen que le había hecho perder la compostura y su imagen de fiscal dura cuidadosamente equilibrada.

—¿Señorita Terry?

—Sí. Dios mío, ¿qué hora es?

—Falta poco para las cinco. Soy el inspector González, del Departamento de Homicidios de Miami. Nos conocimos en...

—Lo recuerdo, inspector —le interrumpió Susan—. ¿Qué sucede?

—Tenemos un asesinato poco corriente. Creo que debería venir. Estamos en Liberty City...

—¿Drogas?

—No exactamente.

—¿Qué, pues?

Lo preguntó mientras sacaba los pies de la cama y buscaba unos vaqueros y una chaqueta pensando en un café.

—Ataque mortal de unos perros —respondió el inspector.

Los últimos zarcillos negruzcos de la noche seguían envolviendo la ciudad cuando partió hacia Liberty City. Subió por la interestatal, pasado su desvío habitual hacia la fiscalía del condado, y bajó por el carril de salida hacia una de las partes más pobres del condado de Dade, una zona que había alcanzado la fama unas décadas atrás debido a una serie de disturbios. Lo curioso de Liberty City, como la mayoría de los residentes sabía, era que sus tierras eran las más firmes en kilómetros. Solo era cuestión de tiempo y del ascenso del nivel del mar que los promotores inmobiliarios descubrieran que era el lugar más seguro donde construir. Y aquello reorganizaría la zona. Puede que en cien años fuera muy probable que, si Miami quería perdurar, se expulsara de allí a los pobres para que se instalaran los ricos.

La noche impedía ver lo peor de la pobreza. En Miami, el final de la noche produce una sensación envolvente; entre el calor, la humedad y la riqueza de los tonos negros del cielo, es un poco como el recubrimiento holgado de una mortaja.

Susan condujo por calles tranquilas con casas modestas de ladrillo y edificios baratos. Había escombros en las calles, coches apoyados sobre bloques de cemento, electrodomésticos estropeados esparcidos aquí y allá, barrotes en las ventanas y alambradas por todas partes. Era como si toda esa parte de la ciudad estuviera oxidada.

Ni siquiera con la pistola en la cartera a su lado habría conducido sola por esas calles por voluntad propia. «Nos gusta imaginar que no nos importa el color —pensó—, pero si venimos aquí solos, lo primero que nos acude a la cabeza es la raza.»

Vio el brillo de las luces estroboscópicas a dos manzanas.

Cuando se acercó, reconoció el vehículo del forense, seis coches patrulla y varios camuflados, pero inconfundibles, de inspectores delante de dos casas de ladrillo contiguas, separadas solo por una de las omnipresentes alambradas. Un grupo de curiosos se agolpaba en las sombras. También había una furgoneta amarilla del servicio veterinario aparcada dentro del perímetro policial, y observó que había dos empleados de Medio Ambiente vestidos de verde hablando con algunos policías de uniforme.

Nadie la paró cuando estacionó y se acercó. «¿Una joven blanca que no es policía? Tiene que ser de la fiscalía.» Localizó al inspector González y caminó con decisión hacia él.

—Hola, Ricky, ¿qué ha pasado?

—Señorita Terry. Siento haberla despertado a mitad de...

—No hace falta que se disculpe. También es mi trabajo. ¿Qué tenemos?

El inspector sacudió la cabeza.

—Creía que lo había visto todo —dijo con hastío, y señaló la parte trasera de la furgoneta del servicio veterinario. Hizo un gesto con la mano y uno de los empleados de verde abrió las puertas de atrás para dejar al descubierto las dos jaulas metálicas reforzadas que había en su interior. Las jaulas estaban diseñadas para contener panteras rebeldes y caimanes agresivos.

O pit bulls. Dos. Muy musculosos, con la cara llena de cicatrices y el pecho profundo que, echando espuma por la boca, gruñendo más que feroces, se lanzaron al instante contra los barrotes de la jaula aullando como locos, zarandeando la furgoneta con su ímpetu, desesperados por liberarse.

—Dios mío. —Susan retrocedió un paso y exclamó—: ¡Qué coño...!

Y entonces el inspector González le contó una historia. Era una historia con un toque de Poe o Ambrose Bierce y típica del sur de Florida.

Un solitario hombre mayor con una pierna deforme, debido a un accidente laboral que lo había dejado cojo unos años antes, y cuya principal fuente de ingresos era adiestrar ocasionalmente perros para peleas clandestinas, vivía por desgracia al lado de una familia cuyos dos hijos pequeños se burlaban de él despiadadamente. Harto, el hombre había ideado un dispositivo de apertura rápida en la zona enjaulada en la que mantenía a los perros y dejó de encadenarlos como era debido. Nudos corredizos y eslabones endebles. Los chiquillos se plantaron delante de su casa la noche anterior, decididos a lanzar piedras a los perros, que creían bien encerrados, y tiraron también piedras a las ventanas del hombre. Lo despertaron. Lo insultaron. Era solo un ejemplo de la maldad local en una noche demasiado calurosa, demasiado húmeda y destinada a presenciar algo terrible.

El hombre supuso que la alambrada delantera contendría a los perros y accionó el dispositivo de apertura para liberar a dos de los animales. Imaginó que ver a los dos perros de treinta kilos cruzando el patio como una exhalación enseñando los dientes asustaría convenientemente a sus torturadores. La alambrada detendría a los perros, los críos se llevarían un susto de muerte y él tendría cierta satisfacción sin tener que molestarse en abordar la situación del modo habitual en el condado de Dade, es decir, blandiendo un revólver.

Se había equivocado en todas sus suposiciones.

Los dos perros se abalanzaron sobre la alambrada, que se curvó y cedió, y se abrieron paso por el hueco.

Los dos perros atraparon fácilmente a los aterrados niños.

Los dos perros segaron rápidamente la vida de los chiquillos antes de que el hombre pudiera controlarlos.

Fin de la historia. Susan sintió un escalofrío. «Terrible. No trágico. Solo morboso.»

—No le aconsejo que vea los cuerpos —añadió González.

—Tengo que hacerlo... —empezó ella, atragantándose al pensar en los niños destrozados.

—Los perros, ¿son como armas que tengamos que incautar? ¿Qué clase de homicidio es este? ¿Estamos hablando de una especie de defensa propia legal? Después de todo, los críos estaban tirando piedras a una vivienda particular. Pero estos perros, no sé, ¿son pruebas? Hay varios aspectos jurídicos a tener en cuenta, letrada. Si por mí fuera, les dispararía aquí mismo. Pero quería consultárselo antes.

Susan asintió. Sabía lo que quería decir al inspector: «Tiene toda la razón. Dispare a los perros. Será un poco de justicia callejera instantánea.» Pero no lo dijo.

—Incaute los perros. Que el servicio veterinario lleve un registro constante, como si fueran un arma de fuego o un arma blanca de la escena del crimen, para que dispongamos de la cadena adecuada de pruebas en el juicio. Asegúrese de tomar una declaración jurada a los técnicos sobre lo peligrosos que son esos perros y de grabar en vídeo un poco de eso. —Señaló la parte trasera de la furgoneta, donde todavía se oía a los perros zarandeando las jaulas—. Detenga al propietario, léale sus derechos y acúselo de asesinato en primer grado. Pida a la policía científica que conserve intacto el dispositivo de apertura para que podamos presentarlo en el juicio. Saque fotografías de la alambrada por donde escaparon los perros... —Inspiró hondo. La fiscal metódica que había en ella estaba muy alterada—. Dios mío —añadió.

—He visto cosas horribles —aseguró González—, pero esta se lleva la palma. Los perros fueron directamente a la yugular. Son asesinos entrenados, peor y más eficientes que un sicario profesional, joder. Esos críos no tuvieron la menor posibilidad. La gente piensa que no es demasiado difícil ahuyentar un perro. No tiene ni idea.

La tomó del brazo y la condujo hasta el lugar de los hechos. Un cuerpo estaba en el patio lateral. El otro estaba justo delante de la puerta principal. Susan inspiró hondo otra vez. «Ese de ahí casi lo logró», pensó. Se detuvo cuando vio a un ayudante del forense. Incluso bajo las luces centelleantes, le pareció que estaba pálido. Estaba agachado junto a un cuerpo menudo. Miró la camiseta azul fuerte del niño, no su garganta. Después se obligó a alzar los ojos.

Así había sido la mañana de Susan.

Niños atacados, medio devorados; le había tocado una fibra sensible y había tropezado. Dado un traspié. Caído. Recaído. «El mal es constante y rutinario», pensó.

Cualquier adicto sabe dos números a los que llamar cuando ve algo, hace algo o se entera de algo que le hace tambalear al borde del precipicio que creía lejos, pero que realmente está siempre a sus pies. Cuando ocurre algo que de repente derriba la fachada de normalidad y restablece todo el dolor que permanece agazapado en su interior. Uno de los números es el de un tutor que le persuada de no hacer lo que tiene ganas de hacer. El otro es el del traficante que le proporcionará la alternativa.

«No lo habría llamado si no hubiera sido por los perros y los cadáveres de esos críos. Pensaba que lo tenía superado, que volvía a ser la fiscal dura con una superficie granítica y acerada, que las cosas me resbalaban. Eso creía. Ya no lo deseaba. Salvo por lo de hoy, por toda la sangre de esos niños.»

Susan creía que si fuera realmente lista, podría repasar su vida y decirse a sí misma: «Mira, no me amaron lo suficiente de niña y por esta razón soy drogadicta.» O: «Me pegaron y me abandonaron y por esa razón...» O: «Fui débil cuando tendría que haber sido fuerte, estaba perdida cuando tendría que haber sabido dónde estaba, lastimada cuando tendría que haber estado sana, y por esta razón...»

Si era consciente de sus circunstancias, estaría armada para defenderse de sí misma.

No funcionaba así.

En lugar de eso, estaba en casa horas después, bebiendo mucho y contemplando las opciones que tenía ante ella en la mesilla de cristal. Arma y cocaína. Cocaína y arma. «Dispara a los perros. Dispárate a ti misma.»

Una muerte o la otra.

Cuando el teléfono sonó detrás de ella, se sobresaltó.

Primero hubo un silencio.

Moth miró a los demás presentes en Redentor Uno y dudó que jamás hubieran oído una historia como aquella. No era una historia sobre las clases de compulsión con que estaban familiarizados.

No pasó demasiado rato antes de que el grupo soltara una ráfaga caótica de preguntas, comentarios, temores y sugerencias. Era como si lo zarandeara un fuerte viento. El habitual decoro y orden con que se compartían las ideas en Redentor Uno había saltado por los aires. Se alzaban voces. Las opiniones electrizaban el ambiente. Argumentos, valoraciones sarcásticas e incluso dudas temblorosas retumbaban en la sala.

—Llama a la policía.

—¿Quieres decir a Emergencias? Menuda tontería. Se presentará algún policía que no sabrá qué hacer.

—¿Y qué tal los policías que investigaron el suicidio de Ed?

—Sí. Llámalos y diles lo idiotas que fueron. Ya verás qué bien.

—Bueno, ¿y si contratas a un detective privado?

—Mejor aún, consíguete un abogado que contrate a un detective privado.

—Eso tiene más sentido, solo que ¿cuántos abogados conocéis que puedan encargarse de un asesino vengativo? ¿Cómo buscas esta especialidad en el listín telefónico? ¿Dónde? ¿Entre los abogados especializados en accidentes de tráfico, divorcios y herencias?

—Tienes que hablar con la familia y la pareja de Ed. Tienen que saber lo que has descubierto.

—Ya. ¿Y cómo van ellos a ayudarlo?

—¿Por qué no llamas al *Herald* de Miami? Habla con algún reportero de investigación y ponlo sobre la pista de esta historia. O a un programa como *60 Minutes*. O a alguien que pueda investigarlo independientemente.

—No digas sandeces. La prensa solo la cagaría. ¿Has leído el *Herald* últimamente? Te aseguro que no es lo que era hace veinte años. A duras penas recogen como es debido los detalles de las reuniones de la junta municipal. Yo aconsejo que vuelva a Nueva Jersey y entregue todo a la policía de ese estado.

—¿Y qué hará la policía de allí? No tiene jurisdicción aquí. Además, Timothy carece de pruebas, solo tiene conexiones. Suposiciones. Deducciones y posibilidades. Tiene un móvil para el asesinato, pero suena bastante descabellado. Y tiene varias coincidencias. ¿Qué más?

—Tiene más que eso.

—¿Seguro? ¿Cosas que tendrían validez en un juicio? No lo creo.

—Timothy tendría que escribir un libro.

—Eso le llevará uno o dos años. Lo importante es qué tendría que hacer ahora.

—Ojalá estuviera aquí Susan, la fiscal. Ella se dedica a estas cosas y sabría qué hacer.

Moth respondió este último comentario.

—Puedo llamarla. Me dio su tarjeta, con el número de su casa. —Sacó de la cartera la tarjeta de visita.

Eso hizo que la sala volviera a quedar en silencio. Todos asintieron expresando conformidad.

Sandy, la abogada, sacó un móvil del bolso.

—Ten —dijo—. Llámala ahora mismo, con todos nosotros

aquí. —Hizo esta sugerencia con insistencia maternal. También reflejaba la idea generalizada en Redentor Uno de que la promesa de llamar a alguien no era lo mismo que llamarlo realmente.

Moth empezó a marcar el número, pero se detuvo cuando el profesor de Filosofía de la Universidad de Miami, que hasta ese momento había estado extrañamente poco comunicativo, se inclinó por fin hacia delante con la mano levantada como uno de sus alumnos.

—Timothy —dijo—, se me ocurre algo en lo que, al parecer, los demás no se han fijado. Creo que te han hecho buenas sugerencias y que tendrías que seguirlas, la verdad —aconsejó en el mismo tono que utilizaría en una reunión del cuerpo docente—. Pero mi temor es otro.

—¿Cuál, profesor? —preguntó Moth.

—Si esta persona, este exestudiante de Medicina que has identificado y que, al parecer, es un asesino tan competente... (se le da tan bien matar que ha cometido, ¿cuántos?, cinco asesinatos sin que lo pillaran). —Hizo una pausa de modo pedante—. ¿Qué te lleva a pensar que no sabe nada de ti?

Silencio.

Los habituales de Redentor Uno se quedaron petrificados.

—Ya, pero ¿cómo...? —balbuceó Moth.

Iba a formular una pregunta que ni él ni nadie más podría responder satisfactoriamente.

Otro silencio.

—Marca ese número —dijo la abogada con voz áspera y fría.

Moth echó un vistazo a la sala. Los asistentes estaban inclinados hacia delante en sus asientos, expectantes y briosos.

«Hoy no es la típica reunión de siempre, desde luego», pensó Moth con ironía.

Siguió marcando mientras el profesor añadía:

—Y si sabe de ti, Moth, ¿qué hará al respecto?

29

—Ponla por el altavoz —pidió alguien.

—Susan, nos están oyendo todos —dijo Moth en voz alta.

—¿Por qué no has venido hoy? —preguntó el profesor de Filosofía sin rodeos.

La fiscal no contestó esta pregunta. Con el teléfono en una mano, se llevó la otra a la frente para frotarse la sien, como si aquel movimiento pudiera eliminar los miedos expuestos en la mesilla de cristal. Por un momento, imaginó, nerviosa, que todos los que estaban en Redentor Uno veían lo que tenía delante con una expresión de desaprobación. Se había dejado caer al suelo, con la espalda apoyada en un sofá barato e incómodo. Llevaba una camiseta sin mangas blanca manchada de sudor y unos pantalones de chándal grises. «Ropa de esnifar —pensó—. Ropa con la que huir.» Tenía el cabello oscuro enmarañado, pegado al cuello. Sabía que se le había corrido el maquillaje alrededor de los ojos, lo que le confería el aspecto de un mapache. Iba descalza y movió los dedos de los pies, como una persona que teme haberse lastimado la columna vertebral, para asegurarse de que todavía podría levantarse.

—He tenido trabajo a primera hora de la mañana —explicó. Eso era verdad—. Estaba agotada y me quedé dormida. —Eso era mentira.

Sujetando el móvil como una reliquia religiosa para que todo el mundo pudiera oír a Susan, Moth miró alrededor. No sabía muy bien cuántos creían a Susan en aquel momento. Cada reunión mezclaba capas de incredulidad con una aceptación ciega, una combinación que, por lógica, no tendría que funcionar, pero que de algún modo lo hacía.

Susan notó que le sudaba el canalillo. Lo tenía empapado. Pero adoptó el tono de fiscal profesional y compuesta. Se preguntó dónde habría ido a parar esa persona. No sabía si podría soportar la sensación de que la juzgaran, porque no daría la talla.

—¿Por qué me llamas? —preguntó con brusquedad.

Moth iba a contestar, pero se le adelantó Sandy, la abogada.

—Te llama porque nosotros insistimos para que lo hiciera. Todos nosotros —aseguró en voz bastante alta y clara, como una madre que ordena a sus hijos que se sienten a la mesa. Hizo un gesto con la mano para animar a los demás, y hubo un murmullo general de asentimiento.

—Nos ha estado explicando todo lo que le lleva a creer que su tío fue asesinado —terció Fred, el ingeniero—. Creemos que sus argumentos son convincentes. Muy circunstanciales, lo admitimos, pero aun así convincentes. Fascinantes, en realidad. Tú eres la única persona a la que todos estuvimos de acuerdo que había que recurrir.

Las voces que le llegaban por el teléfono eran débiles, casi alucinatorias. Susan se recostó en el sofá, dubitativa. «Caso cerrado. Quizá. Dudas. Caso abierto. Quizá. Dudas.»

—El suicidio de su tío fue investigado a fondo y el caso está cerrado. Timothy y yo lo hemos comentado ampliamente... —empezó.

—Él no ha sido el único —la interrumpió Moth bruscamente. Observó a los presentes en la sala y pensó que a veces el silencio se puede reflejar en los ojos de las personas.

Susan se movió un poco en el suelo, apoyó la cabeza en el sofá, como si estuviera exhausta, mientras notaba que se le espesaba la lengua. Lo que quería era inclinarse sobre la mesa, esnifar las rayas de cocaína y abandonarse a todo lo que aquello significaba, o bien empuñar la automática y acabar de una vez con todo. «Me estoy muriendo —pensó—. Estoy sola y siempre estaré sola.» Cerró los ojos, pero oyó una voz que sonaba extrañamente como la suya hablando con firmeza, casi como si hubiera otra Susan en la habitación.

—Crees que ha habido otros suicidios...

—No. Suicidios no. Asesinatos —aclaró Moth—. Asesinatos planificados para que parecieran otra cosa. Como accidentes y errores.

Redentor Uno guardaba silencio. Nadie se había movido de su asiento, pero Moth tenía la sensación de que todos se agolpaban para empujarlo hacia delante, casi como si pudiera notar las manos en su espalda. Por primera vez en muchos días, de repente deseó que Andy Candy estuviera allí para presentársela a todos los presentes. Sabía que era una locura y la descartó sin más. Era un lugar para adictos, y ella no era lo que se dice una adicta.

—Muy bien —dijo Susan despacio—. Volvámonos a ver, Timothy. Podemos repasarlo todo otra vez y tú contarme lo que has averiguado. ¿Podrías venir mañana a mi oficina? —«Es decir, si llego a mañana», pensó.

Moth miró a los demás. Sandy, Fred, el profesor de Filosofía y los otros negaban con la cabeza.

—Hoy —susurró Sandy.

Todos empezaron a asentir.

—Nada de demoras —dijo Fred—. Todos sabemos qué pasa cuando pospones algo importante. —No estaba hablando de otra cosa que no fuera la adicción.

—Hoy —soltó Moth.

—De acuerdo —aceptó Susan, y pensó: «Supongo que viviré un poco más.» Cuánto, no lo sabía.

Tras colgar, se obligó a ponerse de pie, ya que tenía que asearse un poco para reunirse con Moth. Miró las dos rayas restantes de cocaína. «No bastarán», pensó. Tenía el móvil en la mano, así que hizo avanzar los contactos por la pantalla hasta encontrar el nombre de su traficante. «Verme con Moth. Verme con el traficante.» Siguió mirando la pequeña cantidad que le quedaba. De repente no supo si tenía que dejar la cocaína en la mesa o dejar el arma. O tal vez llevarse las dos cosas. Para una mujer que se enorgullecía de su capacidad de tomar buenas decisiones oportunamente, esta duda era tan violenta como cualquier ansia.

Tenía en el regazo las notas manuscritas de Jeremy Hogan.

Como buen científico, el psiquiatra había intentado organizarlas de una forma fácilmente comprensible, pero Andy Candy no era médico y le resultaban difíciles a la vez que fascinantes. Cada conversación que el anciano psiquiatra había tenido con su asesino iba seguida de encabezados, y en las páginas había también palabras clave garabateadas, junto con análisis abreviados e inacabados. Algunas frases estaban subrayadas, otras marcadas con un asterisco y unas cuantas rodeadas con un círculo. No tenían una estructura determinada, lo que le recordó a cuando leyó los cantos de la *Divina comedia* de Dante en un curso de Literatura renacentista. De repente, los estudios le parecieron muy lejanos. Se le ocurrió algo curioso: «Estas notas son como poemas dedicados a la muerte.»

Vio que su conversación inicial con su verdugo había sido breve. En la parte superior de una página había escrito «conversación inicial». Y debajo: «Culpa. Última cuenta pendiente.»

Sus anotaciones seguían debajo de estas entradas:

¿Otros? Significa que formo parte de un grupo.

Comprobar: asesinos contra los que testifiqué. Actos individuales.

A no ser que el «grupo» incluya fiscales, policías intervinientes, jueces, jurados, especialistas forenses, cualquiera relacionado con el proceso penal.

Muy posible. ¿Cómo comprobarlo?

Comprobar: excolegas.

¿Algún odio o desaire académico de hace tiempo que pudiera incitar al asesinato?

Poco probable. Pero posible.

Comprobar: ¿Alumnos? ¿Suspendiste a alguien?

Ligera posibilidad. ¿Repasar expedientes académicos?

Probabilidad de encontrar así a esta persona: escasa.

Después, había anotado:

Fundamental: valorar qué clase de asesino es.

Esta era la última entrada de la primera página.

En la segunda, la letra del doctor Hogan parecía apresurada, y Andy Candy supuso que escribía mientras hablaba, sujetando el teléfono entre el hombro y la oreja, bolígrafo en mano.

Leyó:

Instruido. No se educó en la cárcel ni en la calle. No es autodidacta.

De una de las ocho mejores universidades del país, ¿como el célebre Unabomber?

Obsesión controlada. Domina sus compulsiones. Las utiliza a su favor. Interesante.

No está desorientado. Sin influencia del estado de ánimo en sus patrones del habla. Sin coloquialismos. Sin acento.

No es paranoico. Es alguien organizado.

Se detuvo y consideró una anotación subrayada y rodeada con un círculo:

Sociópata. Pero no es como ninguno que haya conocido.

La palabra «ninguno» estaba subrayada tres veces.

En la parte inferior de la página, Hogan había escrito en letras mayúsculas:

QUERRÁ MIRARME A LOS OJOS ANTES DE MATARME. TENGO QUE PREPARARME PARA ESE MOMENTO. SERÁ MI MEJOR OPORTUNIDAD.

Andy Candy inspiró hondo. Recordó la imagen del cuerpo del doctor Hogan ya muerto golpeando contra la pared.

—En eso se equivocó, doctor —susurró—. Lo siento, pero se equivocó. —Vaciló. Una idea le vino a la cabeza—. ¿Se equivocó?

«A lo mejor ya había...»

Se detuvo. De repente hacía calor en el coche, mejor dicho, un calor sofocante, y le dio al contacto para bajar las ventanillas. Respiró el aire húmedo que se coló dentro, apenas diferente del aire viciado del interior. Era como si las distinciones de la noche se hubieran disipado a su alrededor. Tenía el mismo desasosiego incontrolable que cuando leía una inquietante novela de suspense o veía una película de terror. Estaba segura de que si alzaba los ojos y contemplaba la noche, incluso en la seguridad de aquel aparcamiento, empezaría a ver formas amenazadoras que se transformarían en asesinos fantasmagóricos. Así que, en lugar de mirar fuera, bajó la vista hacia las notas de Hogan.

Se saltó páginas hasta la última.

Leyó una y otra vez la última entrada de Hogan, absorta:

Ya ha ganado. Ya estoy muerto.

—Timothy, cuéntale a Susan lo que nos has explicado. Cuéntaselo igual. Te creerá.

—O, por lo menos, creerá lo suficiente para dar el siguiente paso, sea cual sea. Es funcionaria pública. Querrá cubrirse las espaldas, coño.

—Pero ten cuidado, Timothy. No sabes a lo que te enfrentas.

Con las recomendaciones zumbándole en los oídos, Moth bajó con agilidad los peldaños de entrada de Redentor Uno y recorrió presuroso las sombras del aparcamiento. Vio que Andy Candy levantaba la cabeza al verlo acercarse al coche. Tenía una expresión extraña, pero pareció aliviada de verlo.

—Hoy tenemos otra reunión —comentó al sentarse en el asiento del copiloto.

Andy asintió, arrancó el coche y salió marcha atrás. A su alrededor otros coches, desde el pequeño híbrido del profesor de Filosofía hasta el gran Mercedes de la abogada, también se iban. No prestó atención al coche que siguió la misma dirección que ellos.

—No —indicó Susan Terry a la camarera—. Agua con hielo para todos. —También pidió *sushi* aunque tenía la certeza de que el pescado crudo le revolvería las tripas.

La camarera se marchó, seguramente calculando la propina

sin incluir las bebidas, y Susan se volvió hacia Moth y Andy Candy.

—Muy bien —dijo—. Explicádmelo. —Les dirigió la mirada más dura que pudo para añadir—: Nada de sandeces. Esto no es un juego ni un trabajo universitario. No me hagáis perder el tiempo.

Moth sabía que aquello era pura pose, pero no dijo nada. Andy miró el fajo de notas manuscritas de Jeremy Hogan que llevaba en la mano. Moth se movió en su asiento. Los dos veían que Susan tenía un aspecto horrible. El cambio de fiscal estirada y compuesta, al mando y organizada, que habían visto en su despacho, a persona pálida y ligeramente temblorosa, con vaqueros y el pelo revuelto, que tenían delante era sorprendente. Que Susan pudiera seguir interpretando su papel con una voz regular y exigente simplemente realzaba todavía más el contraste. Moth supo de inmediato lo que implicaba aquel cambio. Andy tuvo una idea terrible: «Tiene el aspecto que debía de tener yo al salir de la clínica donde aborté.»

Hubo un breve silencio mientras Moth intentaba organizar sus palabras. Finalmente dijo algo que causaría el máximo impacto:

—Hace cuatro días, en la zona rural de Nueva Jersey, Andy y yo presenciamos un asesinato.

Como el estudiante 5 detestaba el *sushi*, después de ver que el trío se sentaba a una mesa, se dirigió a un restaurante de comida rápida cercano y pidió un sándwich para llevar. Era raro que un fanático de la comida saludable como él tomara algo preparado o frito en un mostrador, pero las cosas le parecían extrañamente distintas aquella noche, como si de golpe tuviera que hacer muchos cambios, y eso lo angustiaba.

Se sentó en un banco que había al final de la calle del restaurante de *sushi*, desde donde podría verlos perfectamente al salir del local. Hacía un calor húmedo y notó que le faltaba el aliento. Desde allí no alcanzaba a ver a Andy Candy y Moth ni a la mujer con quien estaban, pero tenía una idea bastante clara de lo que estaban hablando. Todavía no sabía a quién se lo estaban contando, pero su instinto le aconsejaba seguir a aquella mujer. Necesitaba saber quién era mientras se decidía. «Quienquiera que sea seguramente es peligrosa», pensó.

La comida le supo rara en la boca, como si cada loncha de embutido, cada tomate y cada trozo de lechuga se hubieran estropeado, el pan estuviera rancio y el refresco *light* estuviera aguado y sin gas. Tiró el sándwich después de un par de mordiscos.

30

El estudiante 5 estaba tendido en el suelo de una *suite* ejecutiva del hotel Biltmore de Coral Gables. Faltaba muy poco para la medianoche, no podía pegar ojo y estaba desnudo, haciendo flexiones con un brazo en la moqueta. «Diez con el derecho. Diez con el izquierdo. Diez con el derecho. Diez con el izquierdo.» El sudor le escocía los ojos. El hotel albergaba una convención de nuevas empresas de tecnología, y en una terraza un grupo de rock interpretaba versiones de los sesenta para amenizar a los jóvenes directivos. La música le parecía fuera de lugar. Lo que tendría que haber sido rap o hip-hop moderno se había convertido en reliquias de Jefferson Airplane, Steppenwolf y los Rolling Stones. El aire transportaba chirridos de guitarra y voces potentes a su habitación, que daba a la amplia piscina del hotel y al contiguo campo de golf.

Entre jadeos, escuchó y habló en voz alta, siguiendo el ritmo de la música con los movimientos esforzados de las flexiones:

—Los Rolling tienen toda la razón. Está clarísimo que no puedo tener ninguna satisfacción. —«Una disyuntiva», pensó. «Esta es una buena palabra para describir mi situación.»

La palabra le provocó ganas de escupir.

Siempre le había gustado considerarse un asesino intelectual, alguien que conocía todos los pormenores psicológicos del asesinato, que veía las profundas simas emocionales que se exploraban al matar a otra persona. «Matar es como hacer espeleología —pensó mientras seguía haciendo flexiones—. Cuevas oscuras, misterios, y cada paso te adentra más en lo desconocido.»

Matar por venganza no solo lo había liberado, sino que lo había hecho psicológicamente superior. Se imaginaba medio budista, un maestro zen de la muerte, medio James Bond, el espía literario, no el protagonista cinematográfico, que facilitaba las decisiones con una Walther PPK. Matar era, para él, un proceso importante, no algo improvisado o apresurado. «A mí no me van los disparos desde un coche en marcha, ni matar al dependiente de un 24 horas, una gasolinera o una bodega durante un atraco.» Era algo artístico, como esculpir una forma a partir de piedra o llenar de color un lienzo. Las muertes que él había creado tenían su razón de ser, no obedecían a algo tan prosaico como el dinero, el poder, la locura o la crueldad. Por ello se repetía que sus asesinatos no podían catalogarse fácilmente y, en realidad, no eran auténticos asesinatos. Pensaba que todo lo que había hecho se incluía en una definición especial que era única y de lo más apropiada.

«Otros harían lo mismo. Si pudieran, claro. ¿Cuántas veces ha dicho alguien "mataría a aquel tipo..." y era algo completamente razonable, y después no ha hecho nada al respecto? ¡Qué estupidez! Te puedes pasar la vida incapacitado por lo que los demás te hacen. O asumir el mando.»

Arriba, abajo. Arriba, abajo. «Treinta y una, treinta y dos, treinta y tres. No pares.»

Al llegar a las cincuenta, se dejó caer al suelo respirando con dificultad.

Solo tardó unos minutos en levantarse, con una sensación de ardor en los músculos, para sentarse ante el portátil. *Google Earth* le ofreció una imagen a vista de pájaro de tres direcciones: la del sobrino, la de la novia, la de la fiscal.

Esta última información había sido fruto de una inteligente búsqueda informática después de haber observado que la mujer, que ahora sabía que se llamaba Susan Terry, entraba en su bloque de pisos. La había seguido en la penumbra nocturna, algo sorprendido por la evidente compra de droga que había hecho antes de regresar a casa. Había anotado la dirección, la había comparado con los datos del registro de la propiedad y había obtenido un nombre. Después había averiguado que Susan Terry aparecía mencionada más de una vez en el *Herald* de Miami.

«Vaya, parece que tienes una mala racha en los juzgados, jovencita —se había dicho tras leer varios artículos—. Tienes que hacerlo mejor para los contribuyentes porque somos nosotros quienes te pagamos el sueldo. ¿Crees que un subidón de coca te va a ayudar a ganar los casos?»

Delitos graves. Este era el departamento en que ella trabajaba, y supuso que, aunque fuera incompetente y drogodependiente, no podía ser idiota del todo. Él nunca tendría esa suerte, y prefería no fiarse. Tampoco era de aquellos asesinos soberbios que dan por sentado que todos los inspectores de policía son cortos e incompetentes hasta el momento en que tienen a uno sentado al otro lado de la mesa con un bloc, una grabadora y la arrogancia de saber que dispone de pruebas concluyentes en su contra.

Se dirigió a la ventana y contempló la noche. Las luces de Coral Gables y South Miami brillaban tenuemente a lo lejos, más allá de la extensión tenebrosa que constituía, como él sabía, el campo de golf, pero que en medio de aquella negrura semejaba un océano. Abajo, la música dejó por fin de sonar. «*Don't you want somebody to love...? Don't you need somebody to love?*», fueron los últimos versos que distinguió, y observó cómo se dispersaba la fiesta.

—No —dijo, respondiendo la pregunta de la canción—. No necesito a nadie a quien amar.

«Te iría bien dormir un poco —pensó, aunque sabía que no era cierto. Nada de dormir hasta haber tomado algunas decisiones. Así que se aconsejó—: Asume el mando. Resuélvelo. Analiza minuciosamente lo que sabes.»

—*Si matas al sobrino, aunque parezca un accidente, ¿qué pasará?*

—*Una investigación policial a fondo. Sin demoras. Sus sospechas sobre la muerte de su tío cobrarán al instante total credibilidad. Inevitable: titulares de prensa y televisión.*

—*Si matas a la novia, ¿qué pasará?*

—*Lo mismo. Además, el joven Timothy se obsesionará más conmigo.*

—Si matas a la fiscal, ¿qué pasará?

—Todo el peso de los servicios de investigación de Miami caerá sobre ese crimen. El FBI se involucrará en el caso. Y la novia y el sobrino les dirán dónde empezar a investigar exactamente. Esos policías y esos agentes jamás descansarán hasta encontrarme.

—¿Y si simplemente desapareces?

—Eso tengo que hacerlo de todos modos. —Siguió con la mirada unas gotitas de sudor que le resbalaban por el pecho—. Jamás tendría la certeza total de haberme librado. Tendría que estar constantemente pendiente de lo que hacen esos tres, maldita sea.

Tras pensar mucho, empezó a perfilarse una idea en su cabeza: «Muerte por muerte.»

—Haré que se acerquen. Lo suficiente para provocar su muerte.

—¿Y cómo lo harás?

—Miedo y debilidad. La gente cree que el miedo hace que una persona huya y se esconda, pero en realidad ocurre lo contrario.

Se situó ante el espejo del baño, se miró a los ojos y asintió para expresar su conformidad.

Veía peligros por todas partes, y se preguntó si tendría tiempo suficiente para planearlo todo debidamente. Idear una muerte repentina era algo que le gustaba y enorgullecía. Una idea deliciosa le vino a la cabeza. Lo relajó, y creyó que ya casi era la hora de acostarse por fin. El día prácticamente se había acabado.

Andy Candy tenía la sensación de llegar tarde, a pesar de que no habían quedado en ninguna hora concreta, de modo que circulaba lo más rápido que podía en medio del tráfico de la hora punta, cambiando cada dos por tres de carril en la carretera South Dixie. Imaginó que si la paraba un coche patrulla, Susan

Terry podría quitarle la multa que le pusieran. Esta sensación repentina de impunidad automovilística la hizo sonreír, por lo que casi se carcajeaba cuando le sonó el móvil.

Como tenía manos libres, pulsó la tecla, suponiendo que sería Moth para hablarle de la siguiente reunión programada con Susan Terry:

—Hola, voy de camino —informó con alegría—. Enseguida estaré ahí.

—Puede que pienses que vas de camino, Andrea —soltó con frialdad una voz desconocida—, pero no llegarás al destino que quieres.

Casi se salió de la carretera.

—¿Quién llama? —preguntó, alzando la voz.

—¿Tú qué crees?

—No lo sé.

—Sí que lo sabes. Estuvimos muy cerca hace solo unos días, en casa de nuestro amigo común Jeremy Hogan.

El frío la invadió al mismo tiempo que el calor se disparaba a su alrededor. El corazón se le aceleró de golpe. Por un instante, pensó que el coche hacía trompos sin control, pero se percató de que la carretera estaba seca y que lo que daba vueltas era su cabeza.

—¿De dónde ha sacado...? —balbuceó.

—No fue difícil.

De repente, a Andy se le secó la garganta. Se le formaban palabras en la boca, pero se le disolvían en la lengua.

—Tengo que hacerte un par de preguntas, Andrea —prosiguió la voz—. ¿O debería llamarte «Andy Candy» como tus amigos íntimos?

Ella soltó una especie de gruñido. «Mi apodo. Sabe mi apodo.» Miró frenéticamente los coches que atestaban la carretera, como si alguien pudiera ayudarla. Se sintió inmovilizada, clavada en su asiento. Aplastada.

—Primera pregunta, muy sencilla y fácil de responder. ¿Habías hablado antes con un asesino?

A Andy le costaba respirar. Se sentía como si una serpiente constrictora se le enroscara al pecho y empezara a aplastárselo.

—No —soltó con dificultad, y la palabra le arrasó la garganta. «¿Es esta mi voz? Ha sido como si hablara otra persona.»

—Ya me lo imaginaba. De modo que todo esto es nuevo para ti. Muy bien, segunda pregunta, bastante más difícil: ¿Estás dispuesta a morir por tu antiguo novio?

La muchacha casi se atragantó. Los coches de delante reducían la velocidad y tuvo que obligarse a pisar el freno en el último momento para evitar por unos centímetros embestir al automóvil de delante con un chirrido de neumáticos. Se sentía mareada, acalorada y afiebrada. Cuando el coche se paró dando un bandazo, tuvo la sensación de que se seguía moviendo y que, de hecho, ganaba velocidad y corría como un loco por la carretera. No supo qué contestar. «Sí. No. No lo sé.»

—¿Por qué? —empezó, pero se dio cuenta de que su interlocutor había colgado—. ¡Espere! —dijo al tono de marcar. Tras ella, los coches empezaron a tocar el claxon. No sabía si reanudar la marcha o quedarse allí parada.

Tuvo el impulso de gritar y se le abrió la boca. Por un instante pensó que tal vez ya había gritado y no había sido capaz de oírse, sorda de repente. Se sentía totalmente insegura.

31

Nueve de la mañana. Fiscalía del Estado en Dade.

Susan Terry, sentada ante su mesa, intentaba dilucidar qué le depararía aquel día. Llamaron a la puerta.

—Adelante —dijo.

—Hola, Susan.

De pie en un periquete. Un apretón de manos firme. No pasaba a menudo que el jefe de Delitos graves acudiera a su despacho.

—Hola, Larry. Perdona el desorden. Estaba trabajando y no esperaba que nadie...

Una mano levantada a modo de señal de *stop*.

—No estoy aquí por eso.

Un silencio. El *stop* se convirtió en un gesto para indicar que volviera a sentarse, y el jefe de Delitos graves se acercó una silla para hacer lo propio. Dudó un segundo, mirándola a los ojos, antes de continuar.

«La forma en que me está mirando tendría que decirme algo. O todo», pensó ella.

—Susan, ¿te has mirado en el espejo?

Lo había hecho, y supuso al instante lo que él había visto, pero no respondió nada.

—Ambos sabemos lo que está pasando, ¿verdad?

—Yo no... —balbuceó Susan.

—Ya se te advirtió la vez anterior. Esta fiscalía no puede, en ninguna circunstancia, permitir que sus funcionarios mantengan una actividad ilícita vinculada a las drogas. Lo sabes muy bien. ¡Por el amor de Dios, Susan, somos quienes perseguimos los delitos relacionados con las drogas y metemos a los malos en la cárcel! Comprenderás que me veo obligado a suspenderte del cargo. Lo siento.

—Por favor...

—Nada de súplicas. Nada de excusas. Nada de discusiones. Estás suspendida. Y tienes suerte de que no esté diciendo «despedida». Ayer por la noche los de Narcóticos recibieron un extraño chivatazo anónimo y detuvieron a un hombre al que creo que conoces, y muy bien por cierto, porque esas fueron las primeras palabras que salieron de su puñetera boca cuando los inspectores llegaron a su casa y lo pillaron cortando cocaína. ¿Acaso miente? No me contestes. No quiero oír tonterías. Y dijo que hacía poco te había vendido una papelina de diez dólares. Fue muy preciso al respecto. Y otra más ayer por la noche, lo que me indica que ya consumiste la primera. Eso es correcto, ¿verdad? Tampoco me contestes ahora. Eso fue lo que el muy cabrón dijo a los policías, que tuvieron la amabilidad de llamarme en plena noche antes de redactar un informe oficial en el que apareciera tu nombre en lugar destacado. Puedes agradecérselo.

—Eso es... —empezó Susan pero se detuvo. Sabía lo ridícula que sonaría cualquier cosa que dijera. Se preguntó quién habría llamado, pero cayó en la cuenta de que era irrelevante.

—¿Quieres conservar tu cargo?

—Sí.

—Muy bien. Pues o bien ingresas en un centro de rehabilitación, empiezas a asistir regularmente a reuniones y a ver a un psiquiatra especializado en adicciones, o encuentras un programa específico para tu adicción... Me importa un pimiento mientras sea un plan que puedas seguir y funcione. Tómate un tiempo de permiso. Un mes. O dos. Ya veremos. Después, podrás volver a trabajar bajo supervisión y con análisis de orina rutinarios por sorpresa. Es lo mejor que puedo ofrecerte. O renuncias ahora mismo y tratas de ejercer por tu cuenta a ver cómo te va. Quiero decir, a lo mejor hay alguien que quiera contratar a una abogada que se pasa el tiempo libre esnifando rayas de cocaína. No lo sé. O puede que acabes siendo una yonqui. A saber.

Su sarcasmo le atravesó la piel.

—Mis casos...

—Están reasignados. Tus colegas tendrán algo más de trabajo pero podrán con ello.

Susan asintió.

—No mantendrás contacto con nadie relacionado con esta fiscalía. Tendremos que ofrecer un trato muy ventajoso a ese traficante para que tenga la boca cerrada sobre ti, y no me gusta nada tener que hacerlo. Si la prensa llegara a enterarse... joder, sería un desastre; ya veo los titulares: «La Fiscalía del Estado encubre a una fiscal adicta.» Dios mío. Pero bueno, tú lo que tienes que hacer es desengancharte y entonces veremos dónde estamos.

—¿Quieres que...?

—Te quiero fuera de aquí en una hora. Ya me inventaré algo para comunicárselo a todos. Como que te he encargado una tarea especial. Todo el mundo sabrá la verdad, pero será una mentira piadosa. Para cubrirnos las espaldas y salvar las apariencias.

Susan quiso decir algo, pero esta vez tampoco lo hizo.

—Eso es todo. Y Susan...

—¿Sí?

—Espero de todo corazón que logres superarlo. ¿Quieres los datos de algunos especialistas en rehabilitación? Te los puedo conseguir. Y quiero que te pongas en contacto conmigo cada semana. Con nadie más. Llámame a mi línea privada. Quiero tener noticias de tu plan de rehabilitación a finales de esta semana. A finales de la siguiente, quiero saber cómo te va. Y así sucesivamente. Y quiero el nombre de los médicos o tutores, lo que sea, para poder llamarlos y hablar con ellos personalmente. ¿Te queda claro?

—Sí.

—Susan, todos estamos contigo.

No añadió «no vuelvas a fallarnos, coño», pero Susan supo que estaba implícito. Deseó que su jefe hubiera parecido más enojado, indignado incluso, pero no fue así. Más bien pareció cansado y resignado durante toda la conversación.

Le llevó una hora guardar sus casos actuales en su escritorio de la forma más ordenada que pudo y dejar algunas notas para que su sustituto no anduviera perdido al principio. Después, tomó la placa y la pistola y las metió en su cartera. El único expediente que no dejó en su mesa fue el rotulado ED WARNER - SUICIDIO.

Al borde de la histeria, prácticamente presa del pánico, entre lágrimas, sudada y con la voz y las manos temblorosas, así estaba Andy. Moth vio el miedo en sus ojos, su rostro y su cuerpo, y le recordó el *delirium tremens* después de una borrachera, o el aspecto pálido y cadavérico de un cocainómano después de dos días de consumo compulsivo de *crack*. Estaba familiarizado con el aspecto que provocaban las sustancias adictivas, pero menos acostumbrado al aspecto que provocaba el terror.

—¿Qué hacemos ahora? Sabe quiénes somos. —La voz de Andy sonó lastimera, amedrentada. Hizo una pausa—. ¿Qué crees que hará?

Lo que quería decir era: «Mátalo, Moth. Mátalo por mí.» Pero no lo dijo y no sabía por qué, ya que parecía razonable hacerlo.

Moth quería pasearse por su piso enérgicamente, como un general planeando un sitio, a la vez que quería sentarse al lado de Andy Candy, rodearla con un brazo y hacer que apoyara la cabeza en su hombro.

Andy ocultó la cara entre sus manos, deseando consuelo, aunque dudaba que Moth pudiera decir algo que la consolara. De hecho, estaba algo sorprendida de haber podido conducir las manzanas que la separaban de su casa con la voz del asesino zumbándole en los oídos. Se movía entre los sollozos de una crisis nerviosa y una resistencia fría y decidida. Su propia capacidad de resistencia la asombraba y le resultaba nueva. No sabía muy bien qué pensar, pero esperaba que no fuera pasajera.

Miró de golpe a Moth. «Tiene miedo por mí.» Se le veía consternado, como imaginaba que se vería ella el día que diagnosticaron el cáncer irreversible a su padre. «Nada de palabras valientes, de todas esas tonterías de vamos a mantener el tipo, no perdamos de vista lo principal y lo superaremos —pensó—. Tenemos a un asesino en la puerta, dispuesto a entrar por la fuerza.»

El cáncer, el aborto y el asesinato se fusionaron en su mente como si no fueran distintos momentos de sus veintidós años, sino que formaran de algún modo una sola cosa.

—Muy bien —dijo Moth con voz serena—. Hablemos con Susan Terry a ver qué dice. —Sonrió lánguidamente para animar a Andy Candy—. Llamemos a la caballería. Que vengan los marines. Lo que sea que nos mantenga a salvo. Susan sabrá qué conviene hacer.

Pero no lo sabía.

—Dios mío —soltó Susan.

Los tres estaban en el aparcamiento contiguo a la fiscalía en Dade. Era última hora de la mañana, casi mediodía, el calor estaba aumentando y el rumor del tráfico cercano salpicaba su conversación. Moth vio que a Susan empezaba a sudarle la frente. Le pareció pálida, como si estuviera enferma o no hubiera dormido. Quien tendría que estar pálida era Andy, incluso él. El peligro que corrían era real. Pero Susan temblaba, más aún que en el restaurante de *sushi*, como si algo anduviera terriblemente mal. Le pareció saber lo que ocurría, pero no dijo nada, aunque la palabra «esnifar» le acudió a la cabeza. No sabía si Andy veía los mismos elementos que formaban un único todo: la cocaína.

—Cuéntamelo de nuevo —pidió Susan, porque no se le ocurría otra cosa que decir.

—Me preguntó si había hablado antes con un asesino. Pues claro que no. Me dio un susto de muerte. —Andy Candy procuró reducir al máximo la desesperación de su voz. Quería aparentar dominio de sí misma aunque no lo sintiera en absoluto—. Todavía sigo asustada. ¿Qué hacemos, Susan?

Moth todavía no había dicho nada. Había disimulado su sorpresa cuando Susan le dijo de quedar fuera de la fiscalía.

—Mira, Susan —soltó por fin, imprimiendo exigencia en su voz—, necesitamos protección. Guardaespaldas las veinticuatro horas del día, por ejemplo. Necesitamos que la policía se haga cargo de esto, que se abra una investigación para encontrar a este individuo antes de que... —Se detuvo porque no quería sugerir lo que sería capaz de hacer aquel asesino anónimo.

—No sé si os puedo ayudar —comentó Susan tras asentir.

Hubo un breve silencio.

—¿Qué quieres decir?—se sorprendió Andy Candy.

Susan miró a ambos. «¿Les digo la verdad? ¿Me busco una buena mentira?» Tragó saliva con fuerza. «Timothy se dará cuenta. No puedes engañar a otro adicto.»

—Me han suspendido —explicó—. Se supone que debo...

—... desengancharte —completó Moth.

—Exacto.

—Joder, lo sabía —refunfuñó Moth, volviendo la cabeza para que Andy no viera la frustración que sentía.

—Pero podrías llamar a alguien, ¿no? —sugirió Andy—. Alguien que pueda ayudarnos.

Esta sencilla petición no cuadraba a Susan. «¿Llamo a mi jefe y le digo... qué, exactamente? Lamento que me hayas suspendido pero hay un asesino, o puede que no porque es un caso que ya descarté como suicidio. De modo que la cagué más de una vez. La cagué al cuadrado.

»O quizá debería llamar a algún inspector de Homicidios que pensará que lo último que le apetece en este mundo es que una fiscal suspendida por cocainómana lo llame para pedirle un gran favor y que se me quitará de encima en un pispás. Soy radiactiva.»

—No —dijo despacio—. Lo único que podemos hacer es encargarnos nosotros mismos del asunto. Por lo menos hasta que yo... —Se detuvo. «¿Hasta que yo qué?» Sabía que esta forma de abordarlo era una estupidez. Pero no veía ninguna alternativa.

—¿Cuál es nuestro siguiente paso, entonces? —preguntó Moth bruscamente, y vaciló antes de añadir—: Tendría que ser un paso que nos permita seguir con vida. —Se devanó los sesos intentando visualizar alguno.

—Claro —coincidió Susan, y se preguntó cuál podría ser ese paso.

A Andy las ideas se le agolpaban en la cabeza: «El doctor Hogan no estaba a salvo. El tío Ed no estaba a salvo. Ninguno de los demás estaba a salvo.»

—Tendríamos que hacer lo que él ha hecho —soltó de golpe.

—¿Qué quieres decir? —preguntó Moth—. No podemos dejar de ser quienes somos, como hizo él.

—No me refería a eso —aclaró Andy, mirándolo. Alargó el brazo y le tomó la mano como para abrazarlo. Quiso pronunciar con cuidado sus palabras, pero le salieron de carrerilla—. Lo que sabemos es que hace treinta años alguien fue a la Facultad de Medicina, sufrió un brote psicótico, lo echaron, lo hospitalizaron, le dieron el alta, supuestamente se suicidó en el East River, en Manhattan, solo que no lo hizo, y se dedicó desde entonces hasta ahora a provocar muertes que no parecían asesinatos. Lleva cinco víctimas. Así pues, este asesino tuvo que convertirse en alguien. Debe de haber un rastro, y tenemos que encontrarlo. Entonces podremos protegernos. En alguna parte ha cometido un error, tiene que haberlo cometido. Porque no hay ningún crimen perfecto ni ningún criminal que sea siempre imbatible. ¿Verdad, Susan?

La fiscal asintió, aunque tuvo la sensación de que hasta aquel pequeño gesto tranquilizador era falso.

Moth pensó que la idea de Andy resultaría difícil, puede que imposible de llevar a cabo, pero que era la acertada.

A dos manzanas de distancia, el estudiante 5 pensaba de modo muy parecido, solo que desde otro punto de vista. «Crea un rastro que puedan seguir y llévalos hasta tu puerta. Una tira atrapamoscas. Cuelga seductoramente del techo y parece el lugar ideal para que las moscas aterricen. Si no fuera porque las mata.»

32

Al acabar la jornada, el estudiante 5 estaba muy cansado, acalorado y un poco aburrido de seguir al sobrino, la novia y la fiscal por todas partes. Como el cielo vespertino estaba despejado, el sol caía a plomo sin la menor tregua. Además, no creía que estuvieran haciendo nada relevante. Se pasaron un buen rato en el piso de Moth. Hubo una salida a una tienda de material de oficina y otra a una farmacia. Más tarde, Andy Candy había salido y vuelto con dos bolsas de provisiones. Comida para llevar. Todo era de lo más previsible.

No obstante, se recordó que era necesario ser como un perro de caza, implacable cuando ha captado el olor de un zorro. De modo que cuando los tres objetivos, que era como estaba empezando a pensar en ellos, llegaron a Redentor Uno para la reunión de la tarde, aparcó el coche entre las sombras, lejos de donde sabía que lo haría la novia.

Esperó a que el último adicto o alcohólico entrara, echó un vistazo a la novia, que estaba hundida en su asiento como si se estuviera escondiendo, y salió del coche. Cruzó rápidamente el aparcamiento en penumbra, rasgando la noche como un cuchillo caliente la mantequilla, y para satisfacer su curiosidad siguió un camino semejante, aunque él no lo sabía, al de Andy Candy.

El estudiante 5 ignoró la religiosidad sombría de la iglesia, hizo un pequeño gesto con la mano hacia la figura de Jesucristo que encabezaba los bancos, como para decirle cínicamente «mira quién ha venido» y «no puedes detenerme», y se dirigió hacia la parte trasera, donde la reunión ya estaba empezando.

Como Andy Candy, dudó en la entrada, se asomó y trató de memorizar las caras.

Se volvió de golpe al oír pasos detrás de él.

Era el ingeniero. Llegaba tarde y venía con un poco de prisa. Se detuvo y sonrió al estudiante 5.

—La puerta está abierta para cualquiera que tenga un problema —dijo—. ¿Quieres entrar?

El estudiante 5 sonrió. «Compórtate como un adicto.»

—Creo que me quedaré aquí a escuchar —comentó.

—Podemos ayudarte —insistió el ingeniero—. El primer paso es el que más cuesta. Todos lo sabemos.

—Gracias —dijo el estudiante 5—. Deja que me lo piense. Adelante, no me esperes.

—Muy bien, de acuerdo. Pero si quieres ayuda, tienes que cruzar la puerta —advirtió el ingeniero. Animado. Esperanzado. Optimista. Cordial.

—Ya lo sé.

Cuando el ingeniero pasó por su lado, el estudiante 5 retrocedió un poco hacia una sombra cercana. «Lo sé muy bien —pensó—. Sí, ese primer paso es el que más cuesta. Para matar.» Le pareció una ironía deliciosa.

Decidió que no tenía que oír o ver nada más. Con sigilo, volvió sobre sus pasos.

Para cuando llegó a su coche, las ideas se le arremolinaban en la cabeza. En el cuento, Hansel y Gretel dejan un rastro de migas de pan por el bosque para poder encontrar el camino de vuelta a casa. Pero el rastro desaparece cuando los pájaros que lo siguen se las comen. «Esta es la clase de rastro que tengo que dejar: tiene que ser lo bastante evidente como para que lo vean, pero tiene que esfumarse.»

Miró alrededor como si pudiera ver más allá de los árboles y arbustos, más allá de las calles, los edificios y las personas, la totalidad de la ciudad. «No puedo actuar aquí. Es donde los conocen, donde tienen la fortaleza que les queda. Familiares. Amigos. Policías. La gente de esa reunión, coño. Todos estos elementos suponen recursos.

»¿Dónde carecen de recursos?

»En mis mundos. Pero ¿en cuál?»

Fue consciente de que aquello seguramente conllevaría tener que renunciar a una de las vidas que se había creado con tanto esmero, y eso no le gustó.

Estaba claro que tenía que descartar Nueva York, a pesar del delicioso anonimato cotidiano que la ciudad proporcionaba. «Matar allí es un gran error.» Invitar a una escena del crimen realmente única a un inspector verdaderamente sofisticado, como alguno de apellido italiano o irlandés, con toda la sofisticación forense de la que disponía aquel cuerpo de policía, era muy mala idea. «Los policías de Nueva York saben lo que se hacen. Han visto muchas cosas. Han hecho muchas cosas. Hay pocas cosas que los desconcierten. Son decididos, expertos, y es muy difícil engañarlos.» Y le encantaba la ciudad. «Ruido. Energía. Seguridad. Éxito. Esto es lo que ofrece Nueva York. No puedo renunciar a eso.»

El problema era que sus demás hogares también le encantaban. Acababa de remodelar a lo grande la cocina de Cayo Hueso y de instalar unos ecológicos paneles solares en el tejado. Cuando todo acabara, quería tomarse allí unas vacaciones.

Así pues, solo le quedaba la opción de los osos y la destartalada caravana estática.

A pesar de lo mucho que le gustaba vivir allí, Charlemont era un buen sitio para matar a alguien. La policía local solo tenía experiencia en casos de borracheras adolescentes, conducciones temerarias y robos de motonieves. Para cuando llegaran investigadores profesionales de la Policía Estatal de Massachusetts ya haría mucho que él se habría ido.

Lamentaba un poco tener que elegir, pues le parecía de lo más injusto, de modo que cargó las culpas al sobrino, la novia y la fiscal. Sabía que eso le permitiría odiarlos. «Matar es así más fácil.»

—Los tres me habéis jodido la vida —soltó con amargura—. Pero ahora voy a joderos a vosotros.

Dirigió la vista hacia donde estaba aparcada la novia. Apenas distinguía su perfil.

—Muy bien. Tiremos la segunda miga. Gracias, Hansel y Gretel.

Tomó uno de los muchos móviles desechables que había comprado y marcó un número. «No te llamo a ti esta vez. Esa fue la primera miga, aunque no fueras consciente de ello en aquel momento. Migas interesantes en el camino.»

—Hola —dijo en tono afable cuando le respondieron—. ¿Tendría alguna hora libre mañana?

Mientras hablaba, echó un vistazo a la novia y de repente sintió una gran agitación. «¡Está saliendo del coche! ¿Por qué hace eso?»

Pero mantuvo la voz lo más regular, firme y alegre que pudo mientras terminaba su conversación telefónica y observaba cómo Andy Candy se acercaba a él en medio de la penumbra.

Dentro de Redentor Uno, la reunión se había convertido en una serie de debates para terminar en alboroto.

—¡Hostia! —había casi gritado Fred, el ingeniero—, ¿te das cuenta del peligro que corréis?

—O podrían correr —lo corrigió alguien a viva voz—. Eso no lo sabes.

—Ninguno de nosotros lo sabe, por el amor de Dios.

—Pero tienen que tomar precauciones, joder.

—¿Como cuáles?

—Por favor —pidió el ayudante del pastor, que moderaba las reuniones con el ceño fruncido y las manos levantadas a modo de súplica—, procurad recordar dónde estáis.

Se refería a la iglesia y a que seguramente lo incomodaban las palabrotas y que se mentara el nombre de Dios de aquella forma, pero su ruego pasó desapercibido.

Susan seguía de pie delante de su asiento. Moth estaba a su lado. Había empezado la sesión ella con el habitual:

—Hola, me llamo Susan y soy drogadicta. Llevo un día *limpia*... bueno, a duras penas veinticuatro horas...

—Así que cuando te llamamos la otra tarde —la interrumpió el profesor de Filosofía, lo que estaba mal visto en estas reuniones, pero que dadas las circunstancias parecía lo indicado.

—Estaba colocada —asintió Susan, avergonzada—. O me estaba colocando. Pero eso no importa ahora. Lo que importa es que es muy probable que Timothy tenga razón sobre la muerte de su tío...

Esta afirmación provocó un murmullo, que se convirtió en un atento silencio en cuanto Susan prosiguió.

—De modo que sí, es muy posible que haya un asesino en serie suelto. —Hizo una larga pausa, pensando que era un asesino en serie muy peculiar en todos los sentidos, tanto que ella nunca había visto nada parecido, y continuó como una actriz que, en el escenario, procura imprimir el máximo efecto a sus palabras—: Y yo no puedo hacer nada al respecto.

Esta conclusión fue lo que provocó el alboroto. En una sala dedicada a compartir amablemente los problemas, expresados con paciencia por turnos, todo el mundo quería hablar a la vez.

—Eso no es verdad.

—Claro que puedes.

—¿No puedes avisar a la policía?

—Eso no tiene sentido.

—No puedes quedarte de brazos cruzados y dejar que un asesino mate de nuevo.

—¿Por qué crees que no puedes hacer nada?

Esta última pregunta fue la que Susan decidió responder.

—Porque recaí y me han suspendido en el trabajo. No se me permite tener ningún contacto con nadie de las fuerzas del orden. Hasta que me desenganche.

Otro silencio.

—¿Tal vez alguien de aquí quiere hacer esa llamada? —preguntó tras mirar alrededor.

Más silencio. Duró unos segundos que arrastraron a Susan a una especie de oscuridad, como si las luces que la rodeaban se fueran atenuando lentamente.

—¿No tienes ningún amigo en Homicidios con el que puedas hablar extraoficialmente? —dijo, por fin, el profesor de Filosofía.

Susan sacudió la cabeza.

—Ahora mismo, los únicos amigos que tengo están aquí —contestó, aunque ni siquiera estaba segura de eso.

El profesor, rubio, con unas anticuadas gafas de montura metálica, alto y larguirucho pero con aspecto de no saber coger una pelota de baloncesto si alguien se la lanzaba, asintió como si estuviera de acuerdo con un alumno universitario de repente brillante.

—O sea, que estáis solos.

—Estamos solos.

Con el rabillo del ojo, Susan vio que Moth asentía.

El profesor se inclinó hacia delante y habló con Susan, aunque en realidad se dirigió a todos los presentes:

—Bueno —dijo con una sonrisa irónica—. Esto es un grupo de apoyo. Así que ¿cómo podemos apoyaros? Yo tengo un par de ideas. —Bajó la voz sin apartar los ojos de Susan, observándola atentamente—. Hay dos conceptos importantes a tener en cuenta —sentenció.

Susan miró alrededor y vio que los demás la miraban con la misma intensidad. Fue consciente de que no podía esconderles su adicción.

Moth se había levantado y estaba de pie a su lado.

—¿Cuáles son esos conceptos? —quiso saber con brusquedad.

—El primero es mantenerse limpio. No dejar que las drogas o el alcohol le hagan el trabajo a un asesino en serie —explicó el profesor. Puede que fuera un tópico, pero en Redentor Uno solía repetirse con absoluta convicción.

Moth asintió y oyó el murmullo de aprobación que recorrió la sala. No se atrevió a volverse para ver la reacción de Susan.

—Y el otro concepto —continuó el profesor. La sala se quedó en silencio—. Estar dispuestos a matar antes de que os maten —soltó con crudeza.

Fue como si la cascada de respuestas inmediatas se le viniera encima, pero en todas ellas, por más confusas que fueran, Moth advirtió con ironía: «Justicia al estilo del Salvaje Oeste de un filósofo académico.» Suponía que Susan también lo captó, aunque no confiaba que fuera capaz de actuar. Por lo menos, de la misma forma que él.

«Hace un calor agobiante», pensó Andy Candy. Fue la excusa que le sirvió para escapar de la jaula en que se había convertido su coche.

Unos tenues conos de luz procedentes de unas farolas dispuestas desordenadamente iluminaban el aparcamiento de la iglesia. Lo rodeaban arbustos y árboles que proyectaban un foso de sombras. Era un lugar que habría resultado inquietante y peligroso, pero la puerta de la iglesia estaba muy iluminada, lo que sugería seguridad.

Avanzó con decisión, como resuelta a llegar deprisa a un destino concreto. De pronto se paró, titubeó, se giró hacia la derecha y luego hacia la izquierda, como si de repente se sintiera perdida y hubiese avanzado en la dirección equivocada.

«Deja de pensar», se ordenó. Quería ponerse unos auriculares y oír rock duro a todo volumen para amodorrarse el cerebro. Una parte de ella quería correr arriba y abajo por el estacionamiento, regateando una farola tras otra, hasta que el esfuerzo la dejara exhausta. Se planteó contener el aliento como un submarinista. Un minuto. Dos minutos. Tres... Una cantidad imposible de tiempo que se apoderara de todos sus sentidos, sentimientos y aptitudes y anulara todos los miedos que retumbaban en su interior.

Otra parte de ella deseaba asistir a la reunión que se celebraba dentro de la iglesia. «Allí están seguros», pensó, aunque sabía que, por el mero hecho de ir, cada uno de ellos reconocía el gran peligro que corría.

«Pero es otra clase de peligro. Ellos se temen a sí mismos. Yo temo a otra persona.»

Casi se cayó de rodillas, débil de repente. Para no perder el equilibrio, se apoyó con una mano en el maletero de un coche. Todo lo que había en su vida exigía entereza.

Sabía que la tenía en alguna parte. No sabía si lograría hallarla. E ignoraba si podría usarla eficazmente si la encontraba. Quería valor y decisión. Pero querer y tener eran cosas distintas.

De golpe, miró alrededor. Le fallaron otra vez las piernas, que casi le cedieron. Tuvo la sensación de estar perdida.

Inspiró hondo. Notó que el pulso se le aceleraba como si se enfrentara a una amenaza. Pero en la oscuridad que la rodeaba no parecía haber nadie. O sí. No estaba segura.

En aquel segundo comprendió que ya no tenía alternativa.

Eso la inquietó, pero soltó una repentina y estrepitosa carcajada, pese a que no había nada gracioso. Fue una simple liberación. Cuando alzó los ojos vio que Moth salía de Redentor Uno y sintió una oleada de alivio.

El estudiante 5 también vio a Moth salir de la iglesia.

«¿Ya has expiado todos tus pecados?» Adoptó un aire despectivo.

Estaba a unos pasos de Andy Candy. Por el retrovisor veía la mano que ella tenía apoyada en su coche. Se quedó inmóvil en el asiento, conteniendo las ansias abrumadoras de extender un brazo para tocarla. «Solo hay una cosa más íntima que el amor —pensó—. La muerte.» Que ella no lo hubiera visto parecía milagroso. «Un milagro del dios del asesinato», pensó. Sin apenas respirar, observó cómo Andy se separaba de su coche alquilado y se dirigía hacia Moth. «Como enamorados que corren a abrazarse después de una larga separación.» A cada paso de Andy Candy, él soltaba un poco más de aire, hasta que el corazón volvió a latirle con normalidad. Cuando pudo, olió el aire de la noche. La humedad del sereno ambiente le llenó la nariz de fragancias de flores y de vegetación almizclada. Pensó que el aroma inconfundible del asesinato pasaría desapercibido entre tantos olores diferentes.

33

Gire las muñecas.

Flexione los dedos.

Espalda erguida. Sentado derecho.

Los dos pulgares tienen que tocar ligeramente el do central: primero toque la escala de do con la mano derecha y después haga lo mismo con la izquierda.

El estudiante 5 escuchó diligentemente las instrucciones y siguió cada indicación con el mayor cuidado, al mismo tiempo que valoraba, observaba y asimilaba todo lo que podía sin ignorar las amables recomendaciones de la madre de Andy Candy.

—¿Y dice que es la primera vez que toca el piano? —le preguntó la mujer.

—Pues sí —mintió. Habían pasado años desde las lecciones de la infancia, pero que hiciera tiempo no significaba que no hubiese tocado nunca.

—Estoy impresionada. Lo está haciendo muy bien.

Probó una simple escala, y le asombró un poco que aquello sonara a música. Era como la sencilla banda sonora del plan de un asesinato. No una numerosa orquesta como la de John Williams, sino sonidos únicos, mortíferos. Tonalidades genéricas para matar. Las verdaderas notas no eran las interpretadas al piano, estaban en las fotografías de la pared, la distribución de la casa, una cuidadosa valoración de los orígenes de Andy Candy y de quién parecía ser. También había sostenidos y bemoles que indicaban dónde esperaba llegar, pero el estudiante 5 sabía que esos serían discordantes.

—¿Vive sola? —soltó de golpe.

Esta pregunta estaba pensada para que resultara totalmente inapropiada. Inquietante. Oyó cómo la madre de Andy Candy inspiraba con fuerza.

—Concéntrese en las notas. Intente que sus manos se muevan con fluidez.

—Supongo que cuando eres profesora de piano, tienes que abrirle la puerta como quien dice a cualquiera —comentó con una ligera risita en un tono sutilmente desagradable mientras se inclinaba hacia la partitura de una sola hoja que tenía delante—. Aunque sea Ted Bundy o Hannibal Lecter quien quiera recibir clases.

No tuvo que mirar a la mujer para imaginar el impacto que tenían aquellos nombres. Le bastó con notar la forma en que se movía incómoda en la banqueta del piano.

—A mí no me gustaría estar solo con desconocidos tanto rato —aseguró el estudiante 5—. Me refiero a que es imposible saber quién puede entrar por esa puerta. No sería extraño que ciertos asesinos quieran aprender música.

Le gustaba parecer amable y se inclinó hacia el teclado.

—Porque ¿qué la protege? No mucho, supongo. —Señaló con la cabeza el crucifijo de la pared—. Diría que ni siquiera la fe.

No esperaba respuesta a una pregunta tan provocadora. Dudaba que hubiera algo que pudiera añadir para poner más nerviosa a la madre de Andy Candy, excepto esta última pregunta mientras recorría las teclas con los dedos:

—¿Tiene algún arma en casa?

La oyó toser. De nuevo no hubo respuesta. No le sorprendió, aunque imaginaba que las ideas se le arremolinaban en la cabeza: «Sí, tengo todo el rato un revólver del .44 Magnum a mi lado», «No, pero mi vecino es policía y está pendiente de mí», o «Mis perros son muy fieros y están adiestrados para atacar cuando se lo ordene».

Era divertido.

La clase duró treinta minutos. Al acabar, el estudiante 5 estrechó la mano de la madre de Andy Candy, que le entregó un libro titulado *Aprende a tocar el piano* y varios ejercicios manuscritos para su siguiente clase, pero le comentó, titubeante:

—No suelo dar clases a adultos, ¿sabe? Mis alumnos son principalmente niños y adolescentes. Si quiere puedo recomendarle a alguien que sí que podría tomarlo como alumno. —Le indicaba y prácticamente lo empujaba hacia la puerta.

—¿Seguro que no puede? Me lo he pasado muy bien este rato. Creo que hemos conectado. Me gustaría volver a verla.

—Ya —contestó la mujer—. Lo siento. Creo que mi siguiente alumno ya está aquí.

—Pero en Internet, en su página pone «Niños y adultos»... —insistió él cínicamente.

—Creo que usted necesita a alguien con más experiencia que yo —aseguró la madre de Andy Candy, procurando mostrarse tajante. Cuanto más severo era su tono, más nerviosa estaba. Esta era precisamente la sensación que él había querido provocar. «Migas.»

—Muy bien —dijo despacio—. Pero creo que empezábamos a conocernos. —Hizo hincapié en «conocernos» y pensó: «No se puede ser más horripilante.»

Se rebuscó bruscamente la cartera, un movimiento rápido que hizo que la madre de Andy Candy retrocediera un paso, como si él fuera a sacar un cuchillo o una pistola y a torturarla, violarla y matarla allí mismo. Pero todo formaba parte de su prestidigitación. «Houdini sonreiría», pensó.

Al sacar tres billetes de veinte dólares, el estudiante 5 dejó caer su carnet de conducir de Massachusetts, a los pies de la mujer. Como cualquier persona educada, aunque estuviera asustada, ella se agachó y lo recogió. Lo que fuera con tal que se marchara rápido de su casa. Pero él se quedó hurgando un poco más en la cartera con la cabeza agachada, sin prestar atención al carnet que ella le tendía, para darle tiempo de mirar el documento. El tiempo suficiente para que viera su nombre y se fijara en la ciudad de Charlemont.

—Massachusetts está muy lejos, señor Munroe —comentó la madre de Andy Candy con los ojos clavados en el documento—. Creía que me había dicho que se llamaba... —Se detuvo de golpe antes de añadir—: Creía que me había dicho que era de aquí...

Él le arrebató el carnet de la mano como si quemara. De nuevo, la mujer dio medio paso hacia atrás.

«Qué actorazo estoy hecho. En Broadway habría triunfado.»

Al acabar la jornada, el estudiante 5 aparcó a media manzana de su destino. Era un barrio modesto de casas de ladrillo con la azotea embaldosada roja y la misma cantidad de vallas que de palmeras.

Esperó.

Lo primero era asegurarse de que no hubiera policías cerca. No quería que nadie captara su voz con un micro colocado en una lámpara de techo o un teléfono intervenido, ni que ninguna cámara de infrarrojos empezara a disparar al detectar su calor corporal. Quería unos momentos en privado.

Esperó pacientemente con los ojos puestos en una sola casa.

«Si yo traficara con drogas, ¿qué haría para garantizar mi seguridad? Especialmente después de que me detuvieran y me dejaran en libertad como si nada.

»Tendría cámaras de vídeo para controlar la puerta principal y la trasera, y un sistema de alarma de alta tecnología. Sin duda, habría hecho instalar barrotes de acero templado en puertas y ventanas, así como un interfono de última generación. Mucho equipo electrónico para una casa modesta y corriente.

»¿Qué más? Diversas armas situadas en puntos clave del interior. Una pistola. Una escopeta del doce. Tal vez un AK-47, bueno para todas las situaciones.

»¿Guardaespaldas? ¿Matones?

»No para las transacciones corrientes. Tendría algunos nombres en marcación rápida por si se presentara alguna ocasión en que necesitara refuerzos, algún problema con un suministro o un cobro y me fuera necesario contar con alguien intimidante a mi lado. Pero para las operaciones rutinarias, confiaría en mi equipo electrónico y en mi moderno sistema de alarma.»

Se preguntó si algo del sistema de alarma habría sido incautado o dañado cuando la policía entró la otra noche, siguiendo su chivatazo anónimo. «Seguramente. Pero no cuentes con ello. Y los servicios de reparación de Miami que se ocupan de esta clase de necesidades trabajan las veinticuatro horas del día.»

Echó un vistazo calle arriba y calle abajo, como midiendo la profundidad de la oscura noche. Se colocó una peluca barata en la cabeza. Luego, para mantener la peluca en su sitio, se encasquetó una gorra granate con el logo UMASS, la Universidad de Massachusetts, con un emblema que representaba un miliciano blandiendo un mosquete. Finalmente, se puso unas grandes gafas de aviador.

La calle donde había aparcado estaba vacía. Salió del coche y se dirigió con paso resuelto hacia la casa del traficante. Al llegar a la puerta, llamó al timbre y esperó.

Tardaron un momento en responder desde el interior.

—El negocio está cerrado en este momento.

—No he venido a eso —respondió el estudiante 5.

—Deme su nombre, quítese la gorra y las gafas de sol y mire hacia la cámara que hay sobre su hombro izquierdo —le ordenaron pasado un instante.

—Ni hablar.

—Pues entonces saque el culo de...

—¿No quiere saber quién lo delató?

Un señuelo que no podía ignorarse.

Otra vacilación. Una respuesta metálica por el interfono:

—Le escucho.

—Llame a este número: 413 555 61 61. Hágalo desde una línea segura, que no haya intervenido la policía. Dé por hecho que todas las líneas que tiene, incluidas las de los móviles que ha comprado hoy en el centro comercial, están pinchadas. Por cierto, haga la llamada desde fuera de la casa. Tiene treinta minutos para hacerlo.

Suponía lo de la compra de móviles. Sin levantar la cabeza, el estudiante 5 se alejó deprisa de la puerta principal.

«No irá lejos a hacer la llamada.

»Hay muchos tipos de traficantes de drogas. Los de estilo

hip-hop, con cadenas de oro y un séquito completo de parásitos callejeros; los farmacéuticos de bata blanca a los que les gusta ganarse algo de dinero extra, y el tipo de este individuo, de clase media y salido de una escuela de administración de empresas que cree que puede ganar mucho dinero y pasar desapercibido viviendo modestamente y manteniéndose alejado de los coches lujosos, las mujeres despampanantes y las ostentaciones. Sean del tipo que sean, todos ellos son lo bastante listos como para ir armados. Una Glock de .9 mm en la cinturilla de los vaqueros. No es cubano, pero aun así llevará una guayabera para esconder esa pistola, la preferida de un traficante de drogas.

»Será precavido. Pero estará intrigado.»

En un mundo que dependía de los móviles desechables como el del número que le había dado, tener que buscar un teléfono público podía ser complicado. Aquel día el estudiante 5 había dedicado algo de tiempo a explorar un área de diez manzanas alrededor de la casa del traficante y había localizado cuatro lugares donde todavía había anticuados teléfonos públicos funcionando. «Irá a la estación de servicio Mobil de la calle Ocho o al McDonald's de la calle Douglas. Ambos sitios están bien iluminados y concurridos, incluso por la noche. Se sentirá seguro en cualquiera de los dos.»

Esto le hizo sonreír. La situación estaba invertida. «El delincuente armado sentirá que corre peligro. El señor servicial, que soy yo, está al mando.»

Pensó un poco más y fue con el coche hacia la gasolinera. Era probable que el McDonald's atrajera a los policías en busca de café.

Su suposición fue acertada. Aparcó en una calle lateral después de ver que el traficante entraba en la gasolinera. A los pocos segundos le sonó el móvil. Lo dejó sonar dos veces, sonriendo. «No se le escapará el prefijo 413. El de Western Massachusetts.»

—Le escucho —soltó bruscamente el traficante—. Esta línea es segura. Así que nada de sandeces.

—¿Qué obtengo yo de darle el nombre? —preguntó el estudiante 5.

—¿Qué quiere?

—Dinero y algo de mercancía.

—¿Cuánto de cada?

—¿Cuánto vale ese nombre para usted?

—Quiero el nombre. Pero ¿cómo sé que su información es correcta?

—No lo sabe. Pero lo es.

—Y una mierda. No le creo. Me ha hecho salir para nada.

El estudiante 5 ya estaba disfrutando la conversación. Era una batalla intelectual poco común. El traficante era listo en cuanto a los aspectos prácticos de la delincuencia, pero no tanto como el estudiante 5.

—Para nada, no —lo contradijo.

—¿Es de la policía?

—Una pregunta idiota —soltó el estudiante 5—. Puedo decir que no. Puedo decir que sí. No se creerá ninguna de las dos respuestas.

—La ley dice que tiene que identificarse si...

—No cumplo demasiadas leyes —comentó el estudiante 5—. Claro que eso podría ser cierto para toda clase de personas. Personas buenas. Personas malas. Hasta policías corruptos.

—Muy bien —dijo el traficante tras vacilar un momento—. Dígame sus condiciones.

El estudiante 5 esperó un instante, como si estuviera pensando, aunque ya había decidido lo que iba a hacer: fingir que era codicioso.

—Cincuenta gramos y cinco mil en efectivo.

—Pide mucho.

—No lo creo. La cantidad de cocaína es irrisoria. Aun en caso de que lo esté engañando, puede recuperarla fácilmente cortando con un poco más de cuidado la siguiente partida. Lo mismo puede decirse del dinero. No es una gran suma. En un negocio legal sería un gasto deducible, como llevar a unos ejecutivos a una cena lujosa y pedir una botella de vino cara, y el gobierno le acabaría devolviendo una tercera parte en la declaración de la renta. Piense que es lo mismo. Y puede permitírselo, aunque yo le estuviera mintiendo. Que no lo estoy haciendo.

—De acuerdo. Si accedo, ¿cómo vamos a...?

—En el mismo sitio donde está. En veinte minutos. Yo le llamaré.

—Veinte minutos no son suficientes...

—Claro que sí. Supongo que tiene esa cantidad de efectivo en su casa, qué menos. Y no cometa la estupidez de traer a alguien con usted, aunque pueda sacar a algún matón de la cama y llevarlo ahí en veinte minutos. Vaya a casa sin demora. Coja la coca y el dinero. Vuelva corriendo. La transacción durará diez segundos. Usted me da un sobre y yo le digo un nombre. Después, no volveremos a vernos nunca.

El traficante titubeó un instante.

—Esto me huele a timo.

—Usted decide. No obstante, ¿cuánta gente sabe que lo detuvieron y después lo dejaron en libertad tan deprisa que los ojos todavía le hacen chiribitas? No mucha, seguro. Aparte de la policía, del individuo que lo delató y de mí, ¿quién más sabe que su actividad comercial lo llevó de visita a la cárcel del condado de Dade? Sospecho que preferirá mantener en secreto este contratiempo. Sería muy fácil para su clientela decirle «adiós muy buenas» y buscarse a alguien que no esté en el punto de mira de la policía.

Era un argumento que, en opinión del estudiante 5, parecería acertado. Era el aspecto económico del tráfico de drogas en Miami: siempre había alguien dispuesto a ocupar un sitio vacío.

—Le diré qué vamos a hacer —comentó el traficante con cautela—. Mil dólares. Sin mercancía. Usted me dice el nombre, y si es cierto, luego le entregaré el resto.

—¿Quién tiene que confiar ahora en quién? —repuso el estudiante 5.

«No es tonto. Pasar tanta cocaína es un delito grave y todavía cree que podría ser policía o un informante de la DEA. Entregar efectivo no es delito.»

—Mi abogado conseguirá el nombre del delator.

—Si pudiera, ya lo habría hecho. ¿Sabe qué? —dijo el estudiante 5—. Veinticinco gramos. Dos mil y se acabó. Suficiente para una fiestecita.

—No puedo darle mercancía —aseguró el traficante—. Debería saber que cuando la policía se presentó, me la incautó toda. Me dejó sin nada. De modo que solo puedo darle dinero.

El estudiante 5 titubeó para dar la impresión de que estaba pensando, cuando en realidad ya se lo esperaba.

—De acuerdo —dijo despacio—. Dos mil. Y un poquito. De oxicodona o de hierba. Algo para una fiesta.

—¿Dónde nos encontramos?

—Donde está ahora.

—En veinte minutos —confirmó el traficante—. Mil doscientos y lo que pueda reunir, y trato hecho.

El poquito sería una cantidad muy pequeña de algo que se parecería a la oxicodona, pero que no lo sería. Seguramente antihistamínicos de venta libre. Le daba igual.

—Hecho —aceptó—. El tiempo empieza a contar a partir de ahora.

Cuelgas.

El traficante sube al coche. Un Mercedes negro, tan habitual en Miami como las palmeras. Se marcha deprisa, pero no tanto como para llamar la atención.

Esperas siete minutos.

Cruzas la estación de servicio Mobil. Te acercas al teléfono exterior por donde el único dependiente que hay dentro, tras el mostrador, no puede verte.

Dejas la gorra en el suelo, bajo el teléfono.

Te vas.

El traficante tardó veintidós minutos en regresar. Desde su punto de observación, el estudiante 5 lo vio correr hacia el teléfono público. Entonces marcó el número y vio que el traficante descolgaba.

—Llega tarde —advirtió el estudiante 5.

—No es cierto —replicó el traficante.

—No vale la pena discutir por eso. Haga lo siguiente: mire al suelo... ¿Ve esa gorra?

—Sí —afirmó.

—Muy bien, va a dejar las cosas que acordamos bajo esa gorra, para que queden tapadas. Pero antes levante el dinero para que pueda verlo. Y piense que, desde donde le estoy observando, hasta puedo leer el número de serie de los billetes.

El estudiante 5 vio la sonrisa del traficante.

—Es como si ya lo hubiera hecho antes —comentó—. Me da la impresión de que es una camama.

—No haga ninguna estupidez, como dejar las cosas en la gorra y, una vez que le dé el nombre, recogerlo todo e intentar marcharse. Eso me enfadaría mucho, y tengo ciertos recursos.

—¿Me está amenazando?

—Ajá.

El traficante soltó una risita.

—¿O sea que no vamos a conocernos?

—¿Quiere que nos conozcamos?

Vio que el traficante sonreía de nuevo.

—La verdad es que no.

El traficante sacó un sobre del bolsillo. Abrió en abanico unos cuantos billetes delante de su pecho. Eran de cien dólares.

—¿Qué tal?

—Bien —respondió el estudiante 5—. Póngalos en la gorra.

«No se le puede escapar el emblema de delante. No se ven demasiados emblemas con milicianos de la Universidad de Massachusetts en el Sur de Florida. Muchos ibis de la Universidad de Miami, aligátores de la Universidad de Florida y seminolas de la Universidad Estatal de Florida, pero no milicianos. Es difícil olvidar ese emblema.»

—Ya está. —Vio cómo el traficante empujaba la gorra con el pie hacia la penumbra—. ¿El nombre? —exigió entonces.

—Timothy Warner.

Un instante de silencio.

—¿Quién? ¿Quién coño es? Nunca he oído hablar de él.

—Deje caer ese nombre a Susan Terry, esa clienta suya que es fiscal, a ver cómo reacciona —dijo el estudiante 5, convencido de su enorme talento.

Colgó y observó al traficante. Era evidente que estaba indeciso; no quería dejar la droga falsa de turno y el dinero verdadero en la acera. Se preguntó si sería la clase de hombre que cumple un trato.

Para su sorpresa, lo era. Tras una ligera duda y una sola mirada atrás, regresó a su coche y se marchó rápidamente.

El estudiante 5 contempló cómo los tres coches siguientes entraban en la gasolinera a llenar el depósito para comprobar si alguno de los conductores vigilaba la gorra abandonada. «Posible. Pero irrelevante.»

Encendió su coche alquilado y empezó a alejarse despacio. Jamás había tenido la menor intención de obtener nada del traficante, pero le había gustado todo aquel ir de acá para allá.

«Alguien se llevará una bonita sorpresa —pensó—. Puede que la vea el dependiente mal pagado de la gasolinera.» Le daba igual.

«No llamará a la fiscal hasta mañana por la mañana, pero no esperará mucho más. Buscará antes el nombre en el ordenador, como hice yo, y encontrará muchas de las mismas cosas que yo sobre el joven Timothy. Puede que después llame a su abogado para ver si sabe algo de ese nombre antes de llamar a la fiscal. Y mientras lo hace, yo tendré tiempo de dejar otro rastro de migas antes de volver a casa.»

34

Dos llamadas telefónicas y una discusión, cada una inquietante a su manera.

La primera llamada fue la que recibió Moth a media mañana. Creyó que sería Andy Candy, justo cuando empezaba a preocuparle que llegara un poco tarde. Levantó el teléfono pero al ver que indicaba número desconocido, esperó a contestar. Su primera reacción fue pensar que el asesino que había llamado a Andy lo estaba llamando a él, e intentó preparar alguna respuesta. De repente se sintió desnudo, aunque fue incapaz de no contestar.

—¿Sí?

—¿Timothy?

Le sonó la voz pero no la situó al instante.

—Sí.

—Soy Martin, del despacho de tu tía. —Frío, inexpresivo, monocorde.

—Hola, Martin... —balbuceó Moth, desconcertado—. ¿En qué puedo...?

—Creía que tu tía había sido totalmente explícita cuando hablaste con ella.

—¿Explícita?

—Sí. Creo que se explicó con mucha claridad.

—Sí —respondió Moth, ya recompuesto—. No quería tener ningún contacto, especialmente si tenía algo que ver con Ed.

—Quería decir con Ed o con cualquier otra persona.

—Sí, claro, Martin, pero no entiendo...

Un profundo suspiro teatral, seguido de una voz gélida:

—A tu tía no le gusta que la amenacen.

—¿Que la amenacen? —repitió Moth, confundido.

—Sí. Que la amenacen.

—Martin, no te sigo...

El ayudante de marchante de arte, abastecedor sexual y factótum de su tía prosiguió en un tono indignado e irritado que indicó a Moth que había ensayado lo que iba a decir.

—Permíteme que te lo explique para que no haya la menor confusión. Esta mañana, poco después de abrir la galería, recibimos una llamada de un matón. Te repetiré exactamente sus palabras para que sepas lo enojados que estamos: «Diga a su sobrino Timothy que deje de joderme o yo le joderé a él, pero también la joderé a usted y a su puto negocio, y puede que haga cosas mucho peores. ¿Entendido?» Una bonita pregunta para terminar. Naturalmente la respuesta fue, y cito: «Entendido.»

Moth se tambaleó hacia atrás. Quiso replicar al odioso ayudante, pero se quedó en blanco.

—De modo que tu tía Cynthia quiere que te comunique lo siguiente: sea cual sea el lío de borracheras o drogas en que te hayas metido, por favor, no la involucres a ella, porque, si no, tendrás noticias de sus abogados, que obtendrán una orden de alejamiento y harán que tu miserable vida sea todavía más miserable. ¿Te ha quedado claro?

En opinión de Moth, Martin no podía haberle lanzado aquella amenaza de una forma más pretenciosa. Era evidente el contraste con la otra amenaza. En esta no había lenguaje soez, sino abogados. Típico de su tía. Pero su amenaza era irrelevante. Él sabía quién la había llamado, aunque no alcanzaba a ver por qué. De repente, se sintió sumergido en un mar de peligro. Intentó recobrar la compostura, pensar sin dejarse influir por el pánico. Ojalá Andy Candy estuviera allí pues respetaba su enfoque racional y su capacidad de ver la perspectiva global de las cosas. Él se sentía ciego. «Todo esto forma parte de un plan. Es eso, sin duda.» Esta idea no era tranquilizadora. Se reprendió a sí mismo: «Tienes que averiguar qué está pasando.»

Inspiró hondo antes de responder:

—Sí, pero Martin...

—¿Te ha quedado claro?

—Sí.

—Entonces ya no hay más que hablar.

—Por favor, Martin, ¿hubo algún indicio de quién hizo la llamada?

El ayudante se quedó callado un instante.

—¿Quieres decir que hay más de una persona tan furiosa contigo que podría dedicarse a amenazar a gente inocente? —Su voz fingía incredulidad.

—Por favor, Martin. Ayúdame para que al menos pueda asegurarme de que ese tipo no vuelva a molestaros.

Era una promesa falsa. Por un malvado segundo, Moth deseó poder encontrar una forma de dirigir al asesino hacia su tía. «Jódelos como prometiste. Eso sería estupendo.»

—Pues no, excepto por una cosa —respondió Martin, inseguro.

—¿Qué cosa?

—Su acento.

—¿Su acento?

—Exacto. Cabría esperar que esas palabras propias de un matón proviniesen de alguien distinto...

Moth sabía que Martin, a quien consideraba un auténtico racista, quería decir «negro» o «hispano» al usar la palabra «distinto». Deseó poder expresar todo el desdén que sentía por el ayudante de su tía y por su tía, pero se contuvo.

—Sí —dijo.

—No era de por aquí. Por su forma de pronunciar las *a* y las *g* me recordó... —dudó, y Moth adivinó que se estaba encogiendo de hombros antes de continuar—. Me recordó a cuando estudié en Cambridge. Tenía el acento típico de Nueva Inglaterra, ¿sabes? Parecía un personaje de una película violenta como *Infiltrados* o *The Town. Ciudad de ladrones*. Podría ser de Maine, New Hampshire, Vermont o Massachusetts, pero desde luego no era de Miami ni de ningún lugar del Sur. Espero que esto delimite tus opciones. Sea como sea, es tu problema.

Y colgó. Moth se imaginó la expresión petulante y autosuficiente que exhibiría aquel petimetre arrogante, pero esta imagen se disipó enseguida y empezó a andar por su piso sin rumbo, con los nervios de punta, dejando que una oleada de preguntas guiara sus pies.

La otra llamada telefónica fue igual de cortante.

Susan Terry acababa de salir de la ducha y se estaba secando el pelo sin saber qué le depararía el día ni cuál sería su siguiente paso en cuanto a Moth y Andy Candy o en cuanto a su adicción, cuando le sonó el teléfono. Contestó informalmente, como correspondía a su semidesnudez.

—¿Sí? Susan Terry al habla.

—Señorita Terry, soy Michael Stern. Represento a...

Sabía a quién representaba aquel abogado. Al hombre que le vendía droga y que había dado su nombre a la policía a cambio de su libertad.

—Oiga, este es el número de mi casa. —Se cuadró al instante, como un soldado en un desfile.

—Su despacho me informó de que le han asignado una tarea especial.

—No estoy autorizada a comentarle mi trabajo actual.

Era una frase destinada a cortar la conversación, aunque sentía cierta curiosidad por la razón que había llevado al abogado a llamarla esa mañana. El letrado vaciló, evidentemente molesto con su tono hosco.

—Tal vez le gustaría decirme quién es Timothy Warner —soltó—. Claro que, si lo prefiere, puedo ponerme en contacto con su jefe y preguntárselo a él. ¿Es Warner alguien de la Universidad de Massachusetts? ¿O simplemente le gustan sus gorras?

A Susan se le abrió la boca pero no le salió ninguna palabra. Pasaron unos segundos antes de que alcanzara a graznar:

—¿Qué? ¿Gorras? ¿De qué me está hablando?

—Timothy Warner. El informante confidencial que involucró injustamente a mi cliente en delitos graves, cuyos cargos ya han sido retirados.

—¿Cómo obtuvo ese nombre?

—No estoy autorizado a comentar mis fuentes —se burló el abogado.

—Yo tampoco, entonces —replicó Susan tras inspirar hondo. Se le ocurrieron muchas preguntas pero no formuló ninguna—. No me apetece seguir hablando con usted —dijo con una seguridad y una altanería totalmente fingidas, ya que se sentía exactamente al revés. «¿Cómo iba a saber Moth nada de mi traficante? ¿Cómo podría saber su nombre?» Intentó recordar si lo había mencionado alguna vez en Redentor Uno pero sabía que no lo había hecho. «¿Y por qué llamaría Moth a Narcóticos? ¿Qué ganaría él delatándome y destrozándome la vida?»

Maldita sea. ¿Y de qué coño iba todo eso de la gorra? ¿Y de Massachusetts?

Nunca había estado en Massachusetts. No recordaba conocer a nadie de Massachusetts. Pero estaba claro que era importante, aunque no alcanzaba a imaginar por qué. No se le ocurrió ninguna razón, salvo que ninguna razón podría ser tan reveladora como algo concreto y lógico. No pudo refrenar la furia.

La discusión, como tantas otras, empezó de una forma bastante inocente, con:

—He tenido un día horrible. Ha venido un bicho raro a que le diera clases.

La madre de Andy Candy lo dijo para procurar penetrar los gruesos muros emocionales que su hija había levantado. Estaba dispuesta a hablar de lo que fuera, de sus alumnos de piano, del tiempo, de política, si así podía introducir el tema de Moth, de la conducta reservada y nerviosa de Andy Candy, o de los planes que pudiera estar haciendo para terminar sus estudios universitarios y seguir adelante con su vida. Era consciente de que su hija estaba atrapada en algo, aunque felizmente ignoraba lo peligroso que era.

Por su parte, Andy se sentía aprisionada en una vorágine infernal, pero guardar silencio sobre todo lo relacionado con los asesinatos le parecía la única forma de proteger a su madre de cualquier peligro. Era como si al no hablar, pudiera bifurcar su vida. Dividirla en dos. Una parte segura: su casa, su madre, los perros, el mullido edredón de su cama, los recuerdos felices de la infancia. Una parte espantosa: la universidad, la violación, Moth, el asesinado doctor Hogan, un asesino fantasmagórico que parecía a tan solo una llamada telefónica de distancia. Mantener separadas estas dos vidas era lo único a lo que aspiraba mientras trataba de resolver los rompecabezas que cada una de ellas le planteaba.

—¿Qué quieres decir con lo de bicho raro? —Hizo esta pregunta, consciente de que desde la llamada del asesino, en su otra existencia, todo era electrizante. Notó un hormigueo en la piel.

—Un hombre me llama de repente, quiere una lección enseguida y cuando viene me miente sobre su experiencia con el piano y empieza a hacerme preguntas inadecuadas, como si vivo sola y si tengo algún arma. Y le pillo mirando la fotografía de ti que hay en la pared como si quisiera memorizarla. Me hizo sentir incómoda, pero no tienes por qué preocuparte, me negué a darle más clases.

«No tienes por qué preocuparte.» Para Andy Candy, aquello iba más allá de la ironía.

—¿Quién era? ¿Cómo se llama?

—Oh, también me mintió sobre eso.

La joven explotó y, presa de la ansiedad y la furia, le lanzó una serie de preguntas para intentar determinar quién era aquel alumno peculiar. Con cada respuesta, su rabia se agudizaba y la sumía más en una incertidumbre que parecía un agujero negro que se abriera bajo sus pies.

Una vez que lo hubo oído todo sobre Munroe, el carnet de conducir y una ciudad del norte que empezaba por *Ch*, Andy Candy se marchó abruptamente de casa y condujo a toda velocidad hacia el piso de Moth, dejando a su madre confusa y llorosa. Mientras oía chirriar los neumáticos y se saltaba los *stop*, pensó que ya no estaría segura en su casa. No sabía si habría algún lugar seguro para ella. Y aunque sin duda Moth tomaría conciencia del peligro, no tenía ni idea de qué podrían hacer al respecto.

El estudiante 5 decidió volar al norte en primera clase. «Me lo merezco», pensó. Pagó el billete con una tarjeta de crédito a nombre de su identidad de Cayo Hueso. Fue un pequeño lujo que podía permitirse y suponía una recompensa por lo que consideraba un trabajo de primera. Todos los años de cuidadosa planificación de sus anteriores asesinatos le habían dado confianza para llevar a buen puerto las muertes que estaba planeando ahora a salto de mata. Pensó en un deportista que, tras pasar años perfeccionando la técnica y el moldeado adecuado de sus músculos, ya no necesita recordar todas las horas de entrenamiento realizado para lanzar una pelota o dar un pase. «Es algo que tienes interiorizado.»

Nada de lo que había hecho indicaría nada concreto a la fiscal, la novia y el sobrino aparte de una cosa: «Que estoy cerca. Muy cerca.»

Haría que discutieran entre sí, seguramente los confundiría y puede que incluso los asustara. Todo lo que experimentarían tenía como finalidad obtener un resultado: «Hacerles creer que saben lo suficiente para darme caza. No se les ocurrirá que soy yo quien les está dando caza a ellos.»

Una azafata le preguntó si quería una bebida. La quería. Whisky con hielo. Su sabor amargo y seductor lo invadió. Le gustaba el whisky porque era una bebida implacable.

Un sorbo. Dos. El avión se elevó sobre el brillante horizonte urbano de Miami hacia su altitud de crucero, y el estudiante 5 se reclinó en el asiento y cerró los ojos. Le vino a la cabeza un recuerdo de uno de sus libros favoritos de la infancia, *Los cuentos del tío Remus*, relatos de pollo frito y tripas de cerdo de un sureño afable y despreocupado, políticamente incorrecto y con supuestos matices racistas.

Uno en concreto, psicológicamente astuto: un conejo con un fuerte acento sureño que en aquel momento se parecía curiosamente mucho al suyo, suplicaba lastimero a los cazadores que no hicieran lo que él quería exactamente: «Por favor, no me lancéis entre las zarzas.»

Y otro, igual de sofisticado y puede que un poco más próximo a lo que él tenía intención de hacer: *El muñeco de alquitrán.*

35

Moth y Andy Candy estaban tendidos en la cama, acurrucados en la postura de las cucharas. Aunque se hallaban totalmente vestidos, se tocaban como si acabaran de practicar sexo. No lo habían hecho, aunque ambos lo habían pensado, lo que hacía que aquella posición fuera muy íntima. Andy sujetaba la mano de Moth entre sus pechos. Él tenía la cabeza apoyada en la espalda de ella. Sus respiraciones, ásperas y superficiales, obedecían al miedo no disipado. Se susurraban como los enamorados adolescentes que habían sido tiempo atrás, pero era una conversación que contradecía la forma en que se abrazaban.

—¿Qué vamos a hacer? —preguntó Andy retóricamente, pues ya sabía la respuesta.

—Acabar lo que empezamos. ¿Qué otra cosa podemos hacer? —La respuesta también fue retórica.

Ninguno de los dos sabía en realidad qué querían decir. Ambos pensaban más o menos lo mismo: lo que había empezado como una bravata desmesurada y como un deseo de venganza se había vuelto cada vez más y más real. Habían visto morir a un hombre, y ahora sabían que moriría alguien más. Una cosa es decir «voy a matar a alguien» y otra muy distinta hacerlo. Ninguno de los dos, aunque no lo comentaran, creía que fuera capaz de matar a alguien. Había momentos en que suponían que sí que podrían, y en otros no tenían ninguna seguridad.

En un mundo que parece dar por sentada la violencia y el asesinato, eran inexpertos en cuanto a los métodos usados para matar. No tenían formación policial ni entrenamiento militar. Carecían de la cultura de la muerte de las mafias o los cárteles de la droga. No eran psicópatas ni sociópatas que pudieran abstraerse de la muerte como si fuera algo tan insignificante como un insecto. Eran personas normales, aunque el alcoholismo de Moth y la agresión que sufrió Andy Candy y su posterior aborto les hiciera sentir especiales. En su fuero interno, los dos anhelaban la simplicidad de la adolescencia pasada y la actitud despreocupada, alegre y temeraria de la juventud que les había sido arrebatada de golpe.

—Tenemos un arma —comentó Moth—. Y tenemos a alguien que sabe matar. Por lo menos intelectualmente.

Andy se puso rígida un momento, pero enseguida cayó en la cuenta de que Moth se refería a Susan Terry. «La formación de jurista. Y los conocimientos *a posteriori* que proporciona ser fiscal. ¿Podría Susan apretar un gatillo? Ni puñetera idea.»

—¿Qué será de nosotros? —preguntó.

—Saldremos de esta —aseguró Moth mientras le acariciaba el pelo, sonriente—. Nos volveremos viejos, gordos y felices, y nunca volveremos a pensar en esto. Te lo prometo.

Se dejó la palabra «juntos». Y Andy Candy no se creyó la promesa.

—Bueno, sabemos qué pasará si no hacemos nada —insistió.

—¿De veras? —dijo Moth.

Los dos empezaron a separarse y, en unos segundos, estaban sentados, erguidos en el borde de la cama, como un par de niños rebeldes a los que se ha castigado a estarse muy quietos.

—A lo mejor cree que nos ha asustado tanto que guardaremos silencio.

—Eso sería perfecto —asintió Andy—. Pero ¿cómo saberlo? ¿Silencio durante cuánto tiempo? Tardó años y años en matar a los demás. ¿Quién nos asegura que de aquí a quince años, cuando llevemos una hermosa vida de clase media con nuestra familia, no vayamos a alzar la vista un día y tengamos una pistola delante? ¡Pum! Es lo que hizo a los demás. ¿De qué coño nos sirve el silencio, tanto a él como a nosotros?

Moth se levantó de la cama y empezó a andar arriba y abajo.

—Los grandes hombres de la historia que estudio siempre tuvieron que tomar decisiones importantes, ¿sabes? Nunca tenían una certeza absoluta de que el rumbo que fueran a seguir sería el correcto. Pero creían que dejar de intentarlo era peor que fracasar en el intento.

Andy Candy sonrió irónicamente mientras lo observaba moverse de un lado para otro, gesticulando con cada afirmación que hacía. Le recordó un poco el muchacho taciturno pero vigoroso de la secundaria, convertido de algún modo en alguien conocido aunque diferente. A Moth le gustaba hablar con tono didáctico. «Será un buen profesor —pensó—. Se le dará muy bien ponerse ante los alumnos en el aula, si sale vivo de esta.»

—Pero ¿qué significa «fracasar» para nosotros?

La pregunta de Andy Candy dejó helada la habitación.

—En cierto modo lo mismo que para ellos —contestó Moth, obligándose a sonreír—. Ellos se enfrentaban a una pérdida. Tal vez a la humillación. La horca. El pelotón de fusilamiento. La cárcel. No sé. Había mucho en juego. Eso lo sabemos.

—No parece demasiado distinto a nuestro caso —indicó Andy—. Atropello con fuga. Falso suicidio. Accidente de caza.

—No, cierto.

—¿Qué supones que se inventará para nosotros?

Moth no respondió. Le dio vueltas a varias posibilidades, ninguna de ellas buena.

Otra pausa. Empezó a surgir la práctica Andy Candy:

—¿No tendría que estar aquí la señorita Terry?

—Sí.

Susan Terry se quedó sentada en el coche, delante del piso de Moth. Estaba al borde tanto de la rabia como de la desesperación, sin saber por cuál de las dos alternativas se decantaría.

Lo que más ansiaba era consumir otro poco de droga y olvidarse de todo lo que le había sucedido los últimos días. Esa mañana, tras la llamada del abogado, había apurado la coca que le quedaba, preguntándose solo una vez por qué no la habría tirado al retrete tras su suspensión y su visita a Redentor Uno con

Timothy. Inspiró hondo. «Me da igual lo que prometí a aquellos gilipollas —se mintió con agresividad. El canto de sirena de la cocaína prometía un olvido indolente—: No tendrás que preocuparte por tu trabajo ni por tu carrera profesional. No tendrás que preocuparte por un asesino. Todas las promesas que hiciste a todo el mundo en todas partes se pueden ignorar y olvidar. Todo el dolor que sientes se puede borrar.»

A su lado, en su bolso, tenía la semiautomática. «¿Me delataste, Timothy? ¿Por qué querías arruinarme la vida?»

Que aquello no tuviera sentido no disminuía su furia. Susan Terry mantenía el equilibrio entre la fiscal organizada y racional que recababa datos y pruebas, y la chica mala y medio delincuente drogada en la que denigrantemente se había convertido. Ignoraba cuál de las dos iba a salir victoriosa. Pero en aquel segundo, la ira prácticamente la dominó y tomó el bolso, salió del coche y se dirigió rápidamente a casa de Moth.

Moth hizo la tontería de abrir la puerta sin echar un vistazo por la mirilla.

Susan lo encañonó con la semiautomática. Estaba amartillada y cargada, y el epíteto «Hijoputa...» sirvió de escueto saludo. Moth se tambaleó hacia atrás, sorprendido, pero como la fiscal avanzó, siguió con el cañón de la pistola a pocos centímetros de los ojos.

—Espera, espera, por favor —soltó como pudo, pero no se le ocurrió nada más. Estaba desconcertado, aterrado; tampoco era que no se esperara que alguien lo matara, pero aquella persona no era la prevista. Pensó en tratar de alcanzar su arma y enfrentarse a Susan, pero estaba descargada encima de una mesa, sin ninguna utilidad.

—Quiero la verdad —espetó Susan con frialdad—. Se acabaron las gilipolleces.

Andy Candy soltó un gritito de sorpresa y se quedó paralizada en la cama. Tuvo más o menos la misma idea asustada: «Algo falla. Susan no es la asesina, ¿no?»

—¿La verdad? —repitió Moth. La boca se le había secado y

sus palabras sonaron como el quejido del metal que se dobla bajo una inmensa presión. Sin darse cuenta, intentó levantar las manos, en parte a modo de rendición y en parte, para protegerse del disparo que, sin duda, iba a recibir. Sintió una punzada de miedo en el estómago que le cerró la garganta.

—¿Por qué me la jugaste?

Verla apuntándolo con el dedo en el gatillo le impidió deducir cómo podría habérsela jugado. Siguió reculando, pero se detuvo cuando chocó contra el escritorio.

—¿Qué dices? —logró decir mirándola.

Susan iba despeinada, tenía los ojos desorbitados, hablaba en tono crispado, le temblaban las manos, estaba frenética, dolida y colocada, y él cayó en la cuenta de que su posible vacilación en apretar el gatillo y matarlo se situaba en algún punto entre la razón y la droga. La apesadumbrada mujer que asistía a Redentor Uno porque quería mantenerse limpia había sido sustituida por una desconocida. Sin embargo, pensó que aquella Susan con la mirada desesperada y un arma en la mano no era ninguna desconocida. Lo que pasaba era que una misma persona podía ser, en realidad, dos. Sabía que aquello era igual de cierto para él.

Inspiró hondo y trató de recuperar el control. Fue consciente de que su voz era aguda debido al susto.

—Dime qué crees que he hecho —rogó.

—¿Por qué llamaste a la policía y les diste mi nombre y el de mi traficante? ¿Sabes lo que me has hecho?

Moth quiso tensar todos sus músculos y ordenar a su corazón que latiera más despacio.

—Yo no hice nada de eso —aseguró, erguido, procurando apartar los ojos del cañón de la pistola y mirarla a ella—. No sé de qué me hablas.

Susan quería usar el arma. Lo que más ansiaba en aquel momento era una muerte. Pero no sabía la de quién.

—¿Quién fue entonces? —preguntó mirándolo fijamente.

—Ya sabes quién —respondió Moth tras tragar saliva.

Susan notó que se le tensaban los músculos, especialmente los de la mano y el dedo con que rodeaba el gatillo. Había un ruido ensordecedor, como el del despegue de un avión, pero comprendió que la habitación estaba en silencio y que aquel estrépito procedía de lo más profundo de su ser. Alguien, puede que ella misma, le gritaba interiormente: «¡Toma una decisión!»

Moth hizo acopio de todas las tácticas que había oído en Redentor Uno y añadió en voz baja:

—¿Sabes qué estás haciendo, Susan?

Le costó un gran esfuerzo bajar el arma. «Decisión tomada.»

—Lo siento —dijo—. Ha sido la presión.

Esta última palabra parecía una buena explicación para todo. Pero lo que realmente sucedía era que se estaban abriendo inexorablemente grietas y fisuras en su vida.

Durante la breve vacilación que se produjo, Andy Candy decidió actuar. Antes de darse cuenta, se había levantado y situado entre Moth y Susan Terry.

—¿Qué está pasando? —quiso saber.

«Soy yo quien tendría que estar aterrada —pensó—. ¡El asesino me llamó a mí! ¡Y después fue a mi casa! ¿Qué coño es todo esto?»

—Creo que necesito una bebida fría —anunció Susan Terry.

—Agua —dijo Moth—. Con hielo. Y le resultó extraña la fuerza que se puede imprimir a una palabra como «agua».

Novelas rosas con finales felices; literatura de la época victoriana, con reverencias y un entramado emocional infinitamente complejo; arrolladoras novelas rusas del siglo XIX como *Guerra y paz*; Hemingway y Faulkner, John Dos Passos y *Las uvas de la ira* de Steinbeck. Novelas costumbristas, novelas de espías que surgieron del frío, novelas sobre amantes desventurados. Andy Candy repasó mentalmente todos los libros que había leído para la asignatura de Literatura en busca de uno que la orientara sobre qué hacer.

No le vino ninguno a la cabeza.

Miró a Susan Terry. La fiscal estaba sentada con la espalda encorvada ante una mesa con las dos manos alrededor de un vaso reluciente de agua con hielo, el arma delante de ella y la mirada perdida.

«La mirada de los mil metros.» Esta expresión, que había leído, si no recordaba mal, en unas memorias sobre Vietnam, le vino a la cabeza.

Moth estaba en su escritorio, revolviendo papeles. Pasado un momento, alzó la vista.

—Creo que el problema es que todo lo que sabemos de él pertenece al pasado. Y todo lo que él sabe sobre nosotros pertenece al presente.

—No del todo —lo contradijo despacio Andy, después de asentir—. Sabemos algo.

—Sabe quiénes somos. Dónde vivimos. Qué hacemos.

Susan seguía mirando al vacío.

Andy Candy se levantó y fue a recoger uno de los blocs que usaba para tomar notas mientras repasaba la información. Pero se trataba básicamente de una referencia para organizar sus ideas.

—Tenemos el nombre que vio mi madre, aunque sea falso. Y también vio su carnet de conducir. De Massachusetts.

—Y el prefijo telefónico. El 413. —Susan pareció volver a la realidad—. Y una gorra de la Universidad de Massachusetts.

Andy Candy no preguntó cómo sabía Susan esos detalles.

—El nombre de la ciudad que vio mi madre empezaba por *Ch* —prosiguió Andy.

—Chicopee. Chesire. Chesterfield. Charlemont —masculló Moth, leyendo estos topónimos en el ordenador.

—Charlemont —indicó Andy—. Era algo parecido a Charles.

—¿Por qué creéis que se ha ido a casa, si es que vive en una de esas ciudades? —preguntó Susan, sacudiendo la cabeza—. Ahora mismo podría estar aquí fuera. Al parecer, le gusta matar en Miami.

Los tres se quedaron callados un momento. Moth habló el primero:

—¿Por qué tendríamos que esperar a que nos mate?

Ambas mujeres lo miraron.

—Si vamos a darle caza, ¿no tendríamos que empezar por ahí? ¿Cómo, si no, podemos adelantarnos a él?

Susan asintió, aunque no sabía por qué.

Andy Candy se acercó a Moth y le apretó la mano. No lo consideraba un protector o un héroe, pero creía que siempre habían formado una pareja formidable. «Había una vez...» Esperaba no estar engañándose.

Pero al mismo tiempo, la literata que había en ella tomó el control: Basta de Dumas, de Edmond Dantès y de *El conde de Montecristo*. En su lugar, recordó *Beowulf*. El protagonista está primero al acecho de Gréndel. Sabe que costará vidas, puede que incluso la suya, pero no ve otra forma de luchar. Pero incluso después de la batalla campal y de una victoria difícil, existe una amenaza mayor que no había previsto. Y tiene que perseguir esa amenaza hasta su guarida.

36

No se consideraba una persona demasiado cruel, aunque tenía la certeza de que, a raíz de todo lo que había hecho, los hijos, familiares y puede que hasta amigos de sus víctimas habían vivido momentos emocionales difíciles. Era psicología básica, y quería ser empático. «Nadie sufrió demasiado; funerales con lágrimas, bonitas elegías y sombrías ropas negras. Poca cosa más.»

Pero al recordar a Timothy Warner se enojaba, con el pulso algo acelerado, la cara encendida y los dientes apretados, medio furioso. Con frialdad, sin perder el control, admitía que estaba a punto de explotar.

«Este maldito chaval no tiene derecho a ponerme en esta situación. Ya debería haber concluido los asesinatos y seguir adelante con mi vida.

»Idiota. Si no me hubieras perseguido, vivirías.

»Idiota. Estás arrastrando a tus amigas contigo.

»Idiota. Tendrías que haber sabido dejarlo correr.

»Idiota. Perseguirme equivale a suicidarse.»

Le pareció que no podría odiar a Andrea Martine o a Susan Terry del mismo modo. Era una emoción fuera de su alcance. Pero estaba dispuesto a matarlas. Espectacularmente.

«¿Cómo lo llaman en el ejército? Daños colaterales.»

Se dedicó a reunir cosas, a planear a toda velocidad. Lo que tenía en mente para el sobrino, su novia y la fiscal sería más elaborado que lo que hacía habitualmente. Se parecería más a una obra de arte que a un asesinato, aunque dudaba que alguien que no fuera otro asesino verdaderamente refinado pudiera ver la diferencia; respetaba poco a los demás asesinos, que en su mayoría le parecían gángsters, sociópatas y matones, y además despreciables.

A veces, cuando estaba en Nueva York, iba a espectáculos nocturnos o a cochambrosas galerías de arte de East Village, fuera de las rutas habituales, a ver actuaciones que mezclaban el teatro con la pintura, el cine con la escultura, formatos que utilizaban toda clase de posibilidades para crear una experiencia visual. «Muy moderno», se dijo. En otras ocasiones, conducía su vieja camioneta al Museo de Arte Contemporáneo de Massachusetts. Allí, con unos vaqueros desteñidos, el pelo despeinado y unas botas sucias de tierra, observaba algunas de las propuestas más exageradas de los artistas de vanguardia.

En Cayo Hueso asistía de vez en cuando a espectáculos de *drag-queens* en la calle Duval, donde bebía cerveza Key West Sunset Ale mientras disfrutaba no de las canciones cabareteras, los números de baile al estilo de Broadway y los atuendos exóticos, sino del hecho de que los espectáculos mostraban la capacidad de las personas de cambiar su personalidad por otra completamente distinta. «Camaleones cantando temas musicales. ¿Valorarían lo que voy a preparar?»

El estudiante 5 condujo deprisa para comprar recipientes en varias ferreterías esparcidas por el valle donde vivía. Siempre en efectivo. También hizo una visita a la cadena RadioShack para conseguir una anticuada grabadora. En su lista había incluido también una parada en un Home Depot para adquirir interruptores y cables eléctricos, un ventilador grande de pie, aerosoles para eliminar olores, cuerdas para hacer *puenting*, velcro y sedal con una resistencia de treinta kilos. Compras típicas de alguien que vivía en aquella zona rural.

Le preocupaba no tener tiempo suficiente para los preparativos, por lo que evitaba las conversaciones, incluso los cumplidos, mientras reunía las cosas. Llevaba una gorra encasquetada en la cabeza y gafas de sol. No le inquietaba que alguna cámara de seguridad pudiera grabarlo, pero sí tener en cuenta la preparación de su plan. No quería olvidar nada que pudiera desbaratar lo que tenía en mente.

En una tienda especializada en deportes de aventura, compró un kayak individual de segunda mano. Era naranja y le cabría fácilmente en la parte trasera de la camioneta junto con el resto del equipo. En una tienda de caza, adquirió el modelo de escopeta más barato que encontró, y le pareció irónica la diferencia con el difunto Jeremy Hogan, que había comprado un arma de primerísima calidad que no le sirvió de nada.

Reservó un billete de avión. Hizo una reserva en una empresa de alquiler de coches que anunciaba «¡Le recogemos!» y pidió el vehículo más pequeño que tenían con el compromiso de dejarlo en el aeropuerto.

Dos ideas lo atormentaban:

«¿Cuánto faltará para que lleguen?

»*Otro yo* tiene que recibirlos en la puerta; y ese *otro yo* se quedará con ellos para siempre.»

Sabía que la respuesta a la primera pregunta era «pronto». Estaba seguro de que había dejado pistas suficientes en Miami para llevarlos a Western Massachusetts. «Vincularán el carnet de conducir caído, la gorra y el prefijo telefónico entre sí.» La idea había sido sembrar el miedo, pero la clase de miedo hacia la que uno se siente inexorablemente atraído, no de la clase que provoca huir gritando.

«Enseñas a alguien una puerta y le invitas a entrar.» Era psicología básica. «Es una compulsión.»

Contaba con la incapacidad de Timothy Warner de parar cuando estuviera cerca. «Cree que te estás acercando. Cree que todas las respuestas que buscas están al otro lado de esa puerta. Cree que tienes que entrar sin importar el peligro que corras. Cree que estás a pocos pasos de triunfar.

»Lo estarás.

»Solo que no como te esperas.»

Solo le preocupaba un elemento de su plan que conllevaba menos certeza. El *otro yo* era indudablemente un desafío. Pero sabía adónde ir a buscar lo que esperaba que sirviera como copia razonable de sí mismo.

Ninguno de los tres incluyó demasiadas cosas en el equipaje: una muda, un par de calcetines, un arma.

En el Aeropuerto Internacional de Miami, Moth tuvo la extraña sensación de que estaba siguiendo los pasos del asesino. Se preguntó si en el mostrador lo habría atendido la misma persona que a él. Y si habría adoptado la misma postura, mantenido la misma conversación: «¿Algo que facturar?» «No, nada excepto la razón y la inteligencia.» A Andy, por su parte, la obsesionaba la sensación de que estaba dejando atrás mucho más que una ciudad, y de que cada paso que daba la adentraba cada vez más en un laberinto de incertidumbre.

Susan Terry, que se había aseado y recompuesto, se mostró práctica: enseñó su placa de la Fiscalía del Estado para explicar por qué llevaba dos armas, el Magnum .357 de Moth y su semiautomática del calibre .25 en su bolsa de viaje. Le sorprendió saber que Moth había vuelto de Nueva Jersey con el arma, lo que ponía de relieve que la seguridad que los pasajeros de los aviones suponían tener no existía en realidad. Susan no informó al personal de la compañía aérea de que estaba suspendida de su empleo, y se sintió aliviada al comprobar que este detalle no aparecía en una búsqueda informática superficial.

Embarcaron en el avión y se sentaron juntos en silencio. Moth pensó que era interesante que no hablaran, leyeran o miraran el diminuto televisor instalado en el respaldo del asiento de delante. Ninguno de ellos necesitaba ninguna distracción aparte de sus pensamientos.

Andy pasó todo el viaje mirando el cielo nocturno por la ventanilla. La oscuridad le resultaba misteriosa, llena de sombras de incerteza y de formas extrañas, irreconocibles. De vez en cuando, alargaba el brazo y tocaba la mano de Moth, como para asegurarse de que seguía a su lado. A mitad de vuelo, se dio cuenta de que lo amenazador no era la noche, sino todas las dudas que enmascaraba la negrura del cielo.

Más o menos al mismo tiempo que el trío embarcaba en Miami, el estudiante 5 estaba sentado en una colina cerca del aparcamiento de un restaurante de la cadena Friendly's. Al otro lado del estacionamiento se encontraba el desvío que conducía a una gran tienda de comestibles. En el cruce con la carretera principal había un semáforo y una pequeña isleta.

La isleta era uno de los lugares donde más gustaba ponerse a los parados, los alcohólicos, los drogadictos y los indigentes. Allí mostraban cartones escritos a mano: «Hago trabajillos», «Una ayudita, por favor», «No tengo casa y estoy solo», «Que Dios le bendiga».

Aquella tarde había un hombre con un cartel que pedía limosna a los coches cargados de comestibles que pasaban por allí. El estudiante 5 lo observó atentamente. La mayoría de gente lo ignoraba. Algunos bajaban la ventanilla y le daban unas monedas o un billete de dólar.

«Hay sitios como este en todas las poblaciones, grandes y pequeñas, de todos los países del mundo», pensó.

Esperó a que el tráfico procedente de la tienda disminuyera. La luz se iba apagando al acabar el día, pero no tanto como para que lo que iba a decir careciera de sentido. Regresó a su camioneta. En el suelo del asiento del copiloto llevaba una botella de whisky y otra de ginebra de poca calidad. También el paquete de seis cervezas más barato que había encontrado. Se dirigió hacia donde el hombre con el cartel se resignaba al fracaso y empezaba a preguntarse dónde encontraría un lugar caliente para dormir.

—Hola —dijo el estudiante 5 tras bajar la ventanilla—. ¿Quiere ganarse cincuenta pavos?

—Ya lo creo —soltó el indigente, sorprendido—. ¿Qué quiere que haga?

El estudiante 5 sabía que aquello abría la puerta a cualquier cosa, desde cortar el césped hasta hacerle una felación. Era normal que aquel hombre estuviese dispuesto a todo. Ya era una víctima de la sociedad, de sus propias necesidades, de una enfermedad mental o quizá simplemente de la mala suerte, lo que lo volvía vulnerable.

—Cargar leña en la trasera de mi camioneta. Me he pasado todo el día cortándola y los hombros me están matando. Serían una o dos cargas. ¿Acepta?

—Eso está hecho, jefe —confirmó el hombre. Tiró el cartel al suelo, se acercó a la puerta del copiloto y subió.

El estudiante 5 vio que se le ponían los ojos como platos al fijarse en las botellas de alcohol. Echó un vistazo alrededor y vio que estaban solos. «No hay cámaras de seguridad en el cruce —pensó—. Y tampoco nadie cerca que preste atención.»

—Oiga, si quiere una cerveza o dos, sírvase usted mismo —lo invitó, afable.

37

Pasaron la noche en un motel barato cerca del aeropuerto porque Susan Terry insistió en que presentarse después del anochecer en casa de un asesino sospechoso de varias muertes no era una idea demasiado inteligente. También mencionó que parecía capaz de prácticamente cualquier cosa, y que evidentemente era diestro con las armas y reaccionaría como un animal salvaje acorralado cuando se enfrentaran a él. Ninguno de ellos había estado frente a un animal salvaje acorralado, por lo que esta advertencia tuvo cierto aire de documental de Animal Planet.

Susan había seguido un curso básico de técnicas de combate policial unos años antes, cuando se incorporó a la fiscalía, pero ni Andy ni Moth tenían ninguna formación en el manejo de armas, nada que los preparara para lo que se proponían. Lo único que los tres compartían eran las dos armas cortas y una determinación temblorosa. Sabían que al final de su viaje había un hombre muy peligroso que se había imbricado profundamente en sus vidas. Ninguno de ellos creía que sacárselo de encima fuera a ser tan sencillo como quitar un hilo suelto de un suéter.

Moth se aferraba a su sed de venganza, aunque se estaba desvaneciendo. Y todavía no sabía muy bien con qué podría reemplazarla.

Andy Candy quería rebelarse, combinando miedo y rabia. Lo que más quería era seguridad, aunque no sabía qué haría con ella si la lograba.

Susan imaginaba un caso en que había un interrogatorio duro, se obtenía una confesión y se hacía una detención, lo que le permitiría recuperar el dominio de sí misma y, a la vez, congraciarse con su jefe en la fiscalía. «Hola, Larry. No solo estoy bien, me he desenganchado y he vuelto a las reuniones, sino que también he apresado a un asesino en serie realmente único. ¿Qué tal un aumento de sueldo?»

Había dos camas en la pequeña y destartalada habitación en que se alojaron. Al principio Susan y Andy compartieron una y Moth se dejó caer en la otra, exhaustos a causa de la tensión. Pero en plena noche, incapaz de pegar ojo, Andy se trasladó con sigilo a la cama de Moth. En la secundaria, cuando eran novios, habían practicado el sexo, pero nunca habían pasado la noche juntos en una cama. Sus encuentros habían sido furtivos, en coches, en casa cuando sus padres estaban fuera, en la playa. Por unos instantes, notó la respiración regular y el contacto de la piel de Moth, preguntándose cómo podía dormir tan tranquilo, y al final también ella sucumbió al sueño, esperando que no la despertara ninguna pesadilla.

El estudiante 5 contempló con detenimiento su caravana estática y pensó que algo que debería ser muy sencillo de pronto parecía muy complicado. Después de todo podría reducirse a: ¡Pum! ¡Bum! Muerte.

—¿Qué te parece, mendigo? —preguntó en tono satisfecho—. ¿Funcionará?

El indigente emitió un sonido que no era un alarido pero sí mucho más que un gruñido: algo situado en la gama del pánico y que se transformó en un grito ahogado de impotencia.

—Yo creo que sí. No hay tantas piezas móviles. ¿Sabías que basé este montaje en un sistema que se ha hecho famoso en películas y libros? Con sicarios mafiosos y personajes de la franquicia Saw. No es demasiado difícil de montar para un entendido en cuerdas y nudos. Y es algo ingenioso también, si puedo colgarme una medalla. —Su voz era suave, como si fuera un manitas hablando sobre cómo se reparaba una cañería. Miró al indigente—. No te retuerzas. No te muevas ni un centímetro. Si lo haces... bueno, ¿no está claro?

El indigente gimoteó.

El estudiante 5 pensó que era un buen sonido, dadas las circunstancias.

El indigente estaba sujeto a una silla de madera, atado de pies y manos con largas tiras obtenidas de una toalla de algodón y untadas de un gel parecido a la parafina que le apretaban tanto que se le hincaban en la piel. Un trozo de cinta de embalar le tapaba los labios. Estaba de espaldas a la única puerta de la habitación. Una ventana filtraba la tenue luz del alba. Era temprano, la noche había sido larga y al estudiante 5 todavía le quedaban preparativos por hacer.

«Date prisa pero no te precipites. Después ya tendrás tiempo de descansar. Mantente alerta.»

El indigente tenía los ojos fijos en el cañón de la escopeta que tenía delante. El arma, inclinada para apuntarle unos treinta centímetros debajo de la barbilla, estaba en el suelo, apoyada en unos maderos e inmovilizada con libros y almohadas. Un trozo de sedal atado al gatillo recorría una pequeña polea, del tipo usado para subir y bajar persianas, y estaba pegado con cinta a una mesa contigua.

El estudiante 5 tenía ganas de disculparse. «Lo siento. Es evidente que la vida ha sido cruel contigo. Es una mierda, y esta forma de acabar es muy dura. Valoro tu ayuda, y me sabe realmente mal que vaya a costarte la vida, pero no eres el único. Hoy morirán unas cuantas personas.»

Pero no lo dijo, sino que quitó el trozo de cinta que amordazaba al indigente.

—Por favor, yo no he hecho nada... —soltó el desdichado con voz áspera, entrecortada.

El estudiante 5 lo ignoró. Aquello era previsible. «Nadie cree que haya hecho nada por lo que merezca morir, cuando lo cierto suele ser lo contrario.»

—Mira, mendigo —contestó—, sé que no tienes ninguna culpa en todo esto. Podría explicarte lo que está pasando, pero es una historia muy larga y no me apetece malgastar el tiempo que nos queda.

El hombre seguía con los ojos todos los movimientos de su captor.

—Porque nos queda algo de tiempo. No sé exactamente cuánto, eso está por ver. Pero usar estos minutos para intercambiar historias tristes sería malgastarlos. Sería interesante, desde luego. Pero ¿qué ganaríamos con ello?

El estudiante 5 estaba cavilando. «Haz que este hombre sea impersonal. Trátalo como a un objeto. Él no lo sabe pero algún día será famoso. —Sonrió—. Cuando tenga noventa años y escriba por fin mi autobiografía.»

Comprobó los nudos. Buscaba mantener un nivel constante de incertidumbre, confusión y duda. Estos tres elementos tenían que ser como una música de fondo. En gran medida su plan dependía de que el mendigo solo supiera lo que veía delante de él:

La escopeta. La muerte.

Ajustó un pequeño micrófono que el hombre llevaba sujeto en la camisa.

—Muy bien, me gustaría que dijeras lo siguiente. Quiero que lo repitas una y otra vez cambiando la inflexión de tu voz: suplica, gimotea, grita, brama, usa muchos tonos distintos, ¿entendido? Suéltate. No te reprimas. Haz que resulte creíble; de hecho, esta es la parte más fácil de tu actuación.

Al hombre se le desorbitaron los ojos de terror.

—Estás en el escenario, mendigo. ¿Podrás hacerlo?

El hombre asintió con cautela.

—Muy bien. Quiero que pidas ayuda. Grita: «¡Aquí!» Di: «¡Ayuda, por favor!» Y: «¡Socorro! ¡Socorro! ¡Socorro!» Debes lograr que alguien oiga tus gritos al otro lado de la puerta y reaccione inmediatamente. Nada más. Se trata de pedir ayuda. ¿Lo entiendes?

El mendigo parecía desconcertado.

—Tienes que convencer a quienquiera que esté al otro lado de esa puerta.

El hombre se mostraba cada vez más perplejo.

—Mira —añadió el estudiante 5—. ¿Quieres que te rescaten? De aquí a un rato, aquí fuera habrá gente que podrá liberarte. Hacer lo que te digo es tu única esperanza de salir de esta. Es tu mejor y única oportunidad, así que aprovéchala. Tienes que ayudarte a ti mismo. Puedes hacerlo. Sé que puedes. Solo estoy intentando facilitarte las cosas.

«En realidad no hay ninguna esperanza.» Sin embargo, el mendigo tenía que comprenderlo en el último momento, no antes, ya que sin algún elemento psicológico al que aferrarse, la gente actúa de forma imprevisible y no hace lo que le piden. Se encierra en sí misma. Deja de esforzarse, se acurruca en posición fetal, se rinde y acepta la muerte. No quería que eso pasara antes de tiempo. «Guardemos las apariencias.»

El mendigo tenía los labios agrietados, y el estudiante 5 suponía que tendría la garganta reseca de miedo. La noche anterior no le había costado nada hacerlo beber hasta la inconsciencia. Le pareció algo gracioso pues, sin duda, Timothy Warner estaría familiarizado con aquella clase de estupor. Creía que había cierta ironía y simetría intelectual en el hecho de utilizar a un borracho para matar a otro borracho.

Abrió otra cerveza y acercó la botella fría a los labios del hombre. El indigente sorbió frenéticamente.

—¿Mejor?

El hombre asintió.

—¿Quieres algo más fuerte? —le ofreció mientras le enseñaba una botella de whisky barato.

Cuando el cautivo asintió, el estudiante 5 le vertió generosamente el líquido en la boca. Se preguntó si estaría pensando que, ya que iba a morir, por qué no hacerlo borracho. «Puede que sí. Tiene sentido.»

—Haz lo que te digo y te daré más.

El hombre se mostró anhelante, a pesar de su situación.

—Una buena actuación. Es todo lo que te pido. Tienes que hacerlo cinco, no, diez minutos por lo menos. Te parecerá mucho rato, pero tú sigue. Sin interrupción. ¿Comprendido?

El hombre asintió con un parpadeo.

—Piensa que estás pidiendo ayuda. Y que eso servirá para salvarte. Yo le pondría toda el alma. Es tu mejor oportunidad. —El indigente parecía preparado—. Muy bien. Empieza... ¡Ya!

—ordenó. Pulsó la tecla *rec* de la anticuada grabadora y consultó el reloj de pulsera.

El primer «¡socorro!» fue un gruñido, una palabra que raspó la garganta del hombre como si fuera papel de lija.

El estudiante 5 gesticuló con los brazos como imitando a un director de orquesta. Las palabras empezaron a fluir, genuinas, sinceras, aterradas, elevándose como un aria de desesperación.

38

El trayecto desde el motel cercano al aeropuerto en las afueras de Hartford, en Connecticut, hasta Charlemont, en Massachusetts, duró casi dos horas, pero más que el tiempo invertido, fue el cambio de zona urbana a rural lo que mantuvo los ojos de Andy Candy puestos en el paisaje que recorrían. Los últimos veinte minutos habían seguido en paralelo el río Deerfield, que relucía al sol matutino. Moth conocía la historia de una famosa matanza ocurrida cerca de aquel lugar a principios del siglo XVIII: los indígenas de la zona habían acabado de forma desagradable con algunos colonos, y fue a mencionarlo pero cayó en la cuenta de que sacar a colación sangrientas emboscadas centenarias tal vez no fuera lo más alentador en aquel momento.

Pasaron por colinas ondulantes cubiertas de frondosos grupos de altísimos abetos. Las montañas Green de Vermont se elevaban a lo lejos. Era la antítesis de Miami, dominada por las luces brillantes de neón, el hormigón, las palmeras y el ambiente dinámico. Aquel era un Estados Unidos muy distinto, diferente incluso de las tierras de labranza y el bosque que habían visto en Nueva Jersey cuando visitaron a Jeremy Hogan. Este paisaje parecía muy antiguo. Andy Candy no habría sabido decir en qué se diferenciaba exactamente, pero el aislamiento en que se adentraban tenía algo extraño. Pensó que era un buen sitio para esconderse, lo que la hizo moverse en su asiento con una tensión creciente.

La ciudad de Charlemont era más pequeña de lo que se esperaban. Una estación de servicio destartalada. Una pizzería. Una tienda. Una iglesia. Carecía de la mayoría de las cualidades de los núcleos urbanos típicos de la romántica Nueva Inglaterra. No había parques públicos ni señoriales casas de madera blanca construidas a principios del siglo XIX. Se extendía a ambos lados de una carretera, cerca de un impetuoso río, con algunas tiendas de ropa deportiva y una modesta estación de esquí cercana que fuera de temporada ofrecía recorridos en tirolina. Era un sitio más que tranquilo.

Susan Terry iba al volante. Entró en el aparcamiento de un edificio de ladrillo rojo con un gran y anticuado campanario en el centro. Un letrero indicaba: OFICINAS MUNICIPALES.

—Seguidme la corriente —pidió mientras aparcaba.

El interior estaba fresco y sombreado. Un directorio municipal los dirigió a la Policía Local de Charlemont. Susan Terry vio que solo contenía cuatro nombres y que uno de ellos estaba asignado a la «patrulla fluvial». Supuso que sería el agente encargado de ocuparse de quienes tuvieran problemas en el agua al practicar piragüismo sin chaleco salvavidas.

Había dos agentes en las dependencias policiales, ambos de uniforme, una mujer y un hombre de mediana edad. Los dos alzaron la vista cuando entró Susan Terry, seguida de Andy y de Moth.

—¿Podemos ayudarlos? —preguntó el hombre amablemente. Andy supuso que estaría acostumbrado a ayudar a forasteros con problemas nimios. Seguramente en otoño aquello se llenaba de personas que iban a contemplar y fotografiar los bosques teñidos de hermosos colores.

Susan sacó su placa. Sonriente y simpática, pero concentrada.

—Lamento presentarme sin avisar —dijo—. Soy de la Fiscalía del Estado en el condado de Dade. Un vecino de su bonita población es un probable testigo de un delito cometido en Florida. Podría mostrarse reacio a prestar declaración, y creo que necesitaremos que nos acompañe un agente a su casa para poder interrogarlo adecuadamente.

Mintió con facilidad. Moth pensó que aquella habilidad iba

de la mano del consumo de drogas y el alcoholismo. Cuando estás acostumbrado a mentirte a ti mismo, no te cuesta nada mentir a los demás.

El policía asintió.

—No solemos recibir esta clase de petición —comentó—. ¿Seguro que no prefiere a un policía estatal? Hay un cuartel bastante cerca.

—La jurisdicción local es mejor desde el punto de vista legal.

—De acuerdo. ¿De qué clase de delito estamos hablando?

—Homicidio.

Esto hizo que ambos agentes vacilaran.

—Aquí nunca hemos tenido ningún asesino, por lo menos que yo recuerde —aseguró el hombre—. Y no sé si alguna vez hemos tenido a nadie relacionado con un asesinato.

—En Miami no cesamos de tenerlos —aseguró Susan como si fuese lo más normal del mundo.

—¿Quiénes son estos jóvenes? —quiso saber el policía, señalándolos.

—Los otros testigos. Es importante que vean al que está aquí.

—¿Es sospechoso?

—No exactamente. Solo es una persona importante para mi caso.

—¿Espera tener problemas?

—Nadie está deseoso de ayudar en esta clase de delitos —respondió Susan con una sonrisa tras encogerse de hombros—, especialmente cuando es de otro estado. Por eso he venido sin avisar.

Los dos agentes asintieron. Aquello tenía sentido.

—O sea que quiere que nosotros...

—Nos lleven hasta allí. Llamen a la puerta conmigo. Me apoyen si lo necesito. Favorezcan que hablemos. Simplemente un poco de autoridad.

Hizo que no pareciera más complicado que una discusión sobre el impago de unas multas de aparcamiento. Las posibilidades bullían en su cabeza. Pensaba en una huida. O tal vez en una negativa rotunda a abrir la puerta. En la posibilidad de un tiroteo. En realidad, no sabía qué esperar, pero ir acompañados de un uniformado sería útil. Una parte de ella habría preferido un destacamento de marines. Se había enfrentado a muchos delincuentes pero siempre con ventaja, en el tribunal o cuando ya estaban entre rejas. Creía que gracias a la sorpresa y la superioridad numérica llevaba la delantera. No se le ocurrió que podría equivocarse en ese aspecto.

—De acuerdo. ¿Adónde vamos?

—El apellido de este hombre es Munroe, vive en...

—En las viejas caravanas estáticas de la carretera Zoar —terció la mujer policía—, cerca del tramo de pesca de truchas. Sabemos dónde queda.

—¿Lo conocen?

—Bueno, en realidad no. —El hombre recuperó la voz cantante sin titubear. Andy Candy supuso que eran marido y mujer—. Lo vemos de vez en cuando en su camioneta. Esto es una ciudad pequeña, de modo que llegas a conocer todos los nombres. No pasa demasiado tiempo aquí, lo que me hace pensar que tiene otra casa en alguna parte, aunque no parece tener dinero para mantener más de una. Es muy reservado. No recuerdo haber tenido que ir allí para nada.

El hombre se giró hacia la mujer, que ladeó la cabeza.

—Yo tampoco —dijo ella—. Detesto esas viejas caravanas estáticas. Trampas mortales en caso de incendio y grandes parabólicas. Una monstruosidad total para la comunidad. Ojalá el Ayuntamiento las declarara en ruina. Y cuando tenemos que ir, normalmente es por algún altercado doméstico, ya sabe, alguien que bebe demasiado y le da por pegar a su pareja o sus hijos. Gente muy pobre, la mayoría, y no es que esta comunidad sea rica como Williamstown.

—¿Cuándo quiere que vayamos?

—Ahora.

El policía asintió.

—Bueno, nuestro agente más reciente está de patrulla y seguramente ya se habrá aburrido. Lo llamaré. El joven Donnie lleva dos semanas en el cuerpo, y aunque solo somos cuatro, le irá bien la experiencia.

—Perfecto —dijo Susan, y pensó que el novato Donnie se llevaría las misiones más pesadas durante un tiempo.

Moth y Andy guardaron silencio.

No quería acabar así, pero después de todo lo sucedido, parece razonable. Nada fue CULPA MÍA. Pero ya me he encargado de los verdaderos culpables.

El estudiante 5 había escrito laboriosamente cada palabra con la mano izquierda antes de dejar el papel en el salpicadero de su camioneta. Dudaba que engañara a un verdadero grafólogo forense, pero también dudaba que la policía local dispusiera de fondos para contratar a un experto de una gran ciudad. Antes de volver a la casa, se había dedicado también a esparcir un puñado de pastillas rojas de seudoefedrina en el suelo del vehículo y había dejado una caja de bicarbonato medio vacía en el asiento del copiloto.

Una vez dentro, oyó una tos apagada en el dormitorio. No se volvió hacia allí, sino que siguió con los ojos puestos en la calzada que conducía a su casa. Había tratado de inventar un sistema de alerta precoz, pero como no se le había ocurrido nada fiable, se había visto obligado a hacer guardia, a pesar de que estaba cansado y le dolían los músculos debido a la tensión y al trabajo extenuante.

Sabía que era vital actuar en el momento oportuno.

Tres minutos. Quizá cuatro. Puede que algo menos. No era probable que fuera más tiempo. «Llegarán. Se detendrán. Saldrán del coche. Inspeccionarán la parte delantera. Se acercarán. Un segundo, dos segundos, tres...» Contaba mentalmente el tiempo, imaginando la escena que tendría lugar.

Repasó todos los detalles. Era un poco como organizar una jugada de fútbol americano. Este jugador va hacia aquí mientras este otro va hacia allá, y todos siguen un plan específico. Éxito atacante. Confusión defensiva. Sonrió. Los entrenadores de fútbol siempre indicaban a sus jugadores lo que tenían que hacer. El tópico era que todos debían remar en la misma dirección.

El estudiante 5 había ensayado cada paso, cronometrando cuidadosamente cada movimiento hasta lograr hacerlo todo en cuatro minutos. Estaba un poco nervioso porque no había margen para nada inesperado, y si asesinar le había enseñado algo, era que siempre había que contar con lo inesperado.

«Lo has preparado muy bien —se tranquilizó—. Ocurrirá como imaginas.»

El día anterior había comprado siete bombonas de propano, de las utilizadas para barbacoas de gas. También había adquirido seis bidones de plástico para gasolina de veinte litros, tuberías de plástico y botellas de cristal. Lo había dispuesto cuidadosamente todo en distintos puntos de la caravana estática donde no pudiera localizarse de inmediato. El gran ventilador que había comprado haría circular los olores y los combustibles por la casa.

«La casa se convierte en un aparente laboratorio de metanfetaminas. Y este se convierte en una bomba. Simple. Efectivo. La clase de plan básico que se le puede ocurrir a cualquiera que viva en este mundo decadente.» Recordó de repente al gran Jimmy Cagney en *Al rojo vivo*, encaramado a un depósito de petróleo en llamas: «¡Mamá, estoy en la cima del mundo!»

Cuando alzó la vista, vio que se acercaban dos vehículos. El primero era un coche patrulla de Charlemont; el segundo, un turismo de alquiler. En este alcanzó a ver tres siluetas.

«¡Vamos allá!», se animó.

Sin dudarlo, entró en acción.

El joven Donnie era un lugareño salido hacía menos de un mes de la academia de policía después de dos estancias en Afganistán. No estaba seguro de haber tomado la decisión adecuada al incorporarse al cuerpo de su ciudad natal, en lugar de esforzarse por ser un policía estatal, cuyas tareas eran más importantes y emocionantes. El trabajo en la policía local de Charlemont consistía básicamente en expedir multas por exceso de velocidad a conductores que no se fijaban en que el límite de la población era de 40 kilómetros por hora, en desalojar a los chavales de secundaria de detrás de la iglesia, donde se reunían a fumar hierba, y en hacer de árbitro en alguna que otra discusión entre marido y mujer propiciada por la cerveza. Pensaba en su futuro y se veía en una casa modesta, con barriga, casado con una trabajadora de un centro sanitario y con dos hijos, y haciendo lo mismo todos los días. No le gustaba esta idea.

Por eso se alegró cuando recibió por radio la orden de acompañar a una fiscal de Miami al domicilio del testigo de un caso de homicidio. Esta tarea encajaba mucho más con lo que él esperaba que conllevara ser policía.

Nunca había estado en Miami. Imaginaba que siempre estaría soleado, haría calor y habría delitos de todos los colores, drogas, armas, delincuentes desesperados y policías que desenfundaban con frecuencia. Tiroteos, supermodelos y persecuciones a alta velocidad, una versión televisiva de la ciudad que, aunque no fuera del todo precisa, tampoco era lo que se dice falsa. De modo que decidió preguntar a la fiscal por las oportunidades de trabajo de policía en el condado de Dade cuando terminara de hablar con el hombre de aquella caravana estática. «Deja este pueblo aletargado y sal al mundo», se decía.

Conducía despacio el coche patrulla para que los tres ocupantes del coche que llevaba detrás pudieran seguirlo bien.

Por la radio llamó a las dependencias policiales:

—Sargento —informó con tono formal—, estamos llegando al lugar requerido.

—Diez, cuatro —fue la breve respuesta.

Desde luego, aquello era lo más interesante que le había pasado desde hacía días.

«Enciende el ventilador y que oscile a un lado y otro.

»Vacía los bidones de gasolina. El líquido se extiende por el suelo.

»Abre bien las bombonas de propano. Sisean al salir el gas.

»Apaga las luces piloto de la cocina. Arranca el tubo flexible que lleva propano desde el viejo depósito exterior. Inminente explosión en la cocina.

»Corre al dormitorio con una jarra de vodka de cincuenta grados y rocía al indigente. Abre la bombona de propano que el indigente no ve desde su posición, atado a la silla. Vierte gasolina en la ropa de cama, en el suelo, en las paredes.

»¡Rápido, rápido, rápido!»

—Muy bien, mendigo, ha llegado el gran momento —anunció el estudiante 5. Antes de que el hombre contestara, le metió un trapo empapado en vodka en la boca para amordazarlo. «Ahora comprenderás que no tienes escapatoria. Jamás la tuviste.» No quiso ver el pánico en el semblante del hombre, aunque sabía que estaba ahí.

Encendió cuatro velas votivas con una cerilla mientras rogaba que las emanaciones que habían llenado la habitación no explotaran de inmediato. Soltó un pequeño suspiro de alivio al ver que no lo hacían. Colocó las velas en las piernas temblorosas del hombre.

—Yo no las dejaría caer al suelo —le aconsejó.

Claro que era una sugerencia imposible. Caerían. Era inevitable.

Encendió la grabadora.

Los gritos de auxilio llenaron la habitación.

Entonces tomó el sedal atado al gatillo de la escopeta y lo ató al picaporte de la puerta, que cerró al salir.

«¡Corre! —se dijo—. Ya se estarán acercando a la puerta principal.»

Un minuto. Dos. Tres. Había perdido la noción del tiempo y esperaba que lo que había practicado se aproximara a la realidad. Se sintió un poco como un velocista en una competición de atletismo: horas, días, meses y años de entrenamiento para diez segundos de recorrido.

Una vez que hubo salido por la puerta de la cocina, no volvió la vista atrás.

Se marchó por la parte trasera haciendo el menor ruido posible. Sin movimientos reveladores de la puerta. Sin pasos apresurados en la terraza. Sigiloso. Aquel era el único momento que temía realmente. Dudaba que a las visitas se les hubiera ocurrido cubrir la salida por detrás. Cualquier profesional lo habría hecho. Pero no un estudiante de Historia y su exnovia. «No son asesinos. No son policías.» La fiscal tal vez lo haría, si llegara a la casa con un ejército de policías. No era el caso.

«Cruza el jardín. Métete entre la maleza. Mantente a la derecha. Ve agazapado. No hagas ruido. Permanece fuera de la vista.» Recordó el oso que había visto en el jardín. «Evita todo aquel ruido de avanzar pesadamente.» Las ramas de los árboles y las espinas se le enganchaban en la ropa, pero siguió avanzando. «Encuentra el kayak donde lo ocultaste entre los arbustos, a orillas del río. Rema aguas abajo hasta la zona de picnic donde aparcaste el coche alquilado. Pásate toallitas perfumadas para eliminar todo rastro de olor a combustible. Mete toda tu ropa y los zapatos en una bolsa de plástico con cierre. No te olvides de tirarla en el gran contenedor del McDonald's cerca de la interestatal; lo vacían todos los días. Ponte el traje azul de raya diplomática que tienes en la maleta del asiento trasero. Aléjate despacio en el coche, sin olvidar saludar a los coches de bomberos que pasarán pitando en dirección contraria.

»Adiós, señor Munroe. Fuiste una buena persona durante muchos años, pero te ha llegado la hora. Has arribado al final. Estás caducado. Has vuelto la última página de tu historia.

»Adiós, vieja y triste caravana estática. Y adiós, sobrino, novia y fiscal. Me voy para siempre de lo viejo.

»Hola a lo nuevo.»

39

En el coche, Susan Terry amartilló su pistola.

Sentía una mezcla de furia justificada, derivada en parte por cómo el hombre de aquella destartalada caravana estática le había jodido la vida, y en parte por la maravillosa sensación de estar a punto de acorralar a un asesino implacable que de momento se mantenía impune.

—Quedaos detrás de los coches —ordenó—. Permaneced agachados, pase lo que pase. Si este individuo ha hecho lo que suponéis, sabe disparar de lejos con precisión. No os pongáis en su línea de visión.

—¿Qué vas a hacer? —preguntó Andy Candy con aspereza.

—Averiguar quién es en realidad. Y después detenerlo. Y entonces la presión le afectará.

Aunque no fuera exactamente un plan, Moth se seguía dejando arrastrar por algo que él había iniciado. Ahora que iba a volverse más real de lo que jamás había imaginado, no sabía muy bien qué decir o hacer. Empezó a repasar los momentos decisivos de grandes hombres para imaginar cómo Washington, Jefferson, Lincoln o Eisenhower habrían reaccionado. No le fue de ninguna ayuda ni lo tranquilizó.

—Una cosa más —dijo Susan con la voz crispada—. Si todo sale mal, usad la radio del coche patrulla para pedir ayuda. Pase lo que pase, no dejéis que este cabrón se escape. —Los miró a ambos a los ojos—. ¿Entendido? —preguntó de una forma que implicaba que no era una pregunta, sino una orden.

Salieron del coche de alquiler.

Donnie, el policía, ya estaba al lado de su coche patrulla, observando la puerta de la caravana estática. En silencio, parecía vacía y abandonada. No obstante, sustituyó esta idea con una actitud alerta aprendida en Afganistán. Se volvió hacia Susan y vio que empuñaba una pistola.

—Pero... —gruñó—. ¿Qué coño...?

—Este hombre puede ser peligroso.

—Creía que era un testigo...

—Sí. Eso. Y puede que más cosas.

Donnie desenfundó su arma. Él también la amartilló.

—Tendría que pedir refuerzos si espera que haya problemas. ¿Tiene una orden judicial?

Susan sacudió la cabeza. «Esto es asunto mío y no estoy dispuesta a dejar que nadie más se meta. En unos minutos, toda mi vida volverá a estar encarrilada. O pasará otra cosa.»

—Vamos a llamar a la puerta. A ver qué pasa. Pero vaya con mucho cuidado.

—No lo veo claro —refunfuñó Donnie, sacudiendo la cabeza con los ojos bien abiertos.

—Estamos aquí y vamos a hacerlo —aseguró Susan—. Si nos marchamos, puede que nunca volvamos a tener una oportunidad así.

Sabía, por experiencia, que los asesinos rara vez querían salir de una situación comprometida a tiros si podían hacerlo hablando. Esta idea estaba respaldada por el hecho de que este sabía que había pocas pruebas en su contra. Lo que, a su entender, lo volvería arrogante.

Y locuaz.

Se sentía amparada también por la creencia de que él jamás esperaría verlos delante de su casa.

—Muy bien —dijo—. Vamos.

Miró hacia atrás y vio que Moth y Andy permanecían agazapados tras el coche de alquiler. No pudo ver si Moth tenía el Magnum .357 en la mano, pero esperaba que así fuera.

Donnie, el veterano de Afganistán, fue de repente consciente de que allí no había dónde ponerse a cubierto, lo que no le gustó nada. Estaba acostumbrado a misiones claras, bien definidas, dirigidas por militares profesionales muy bien entrenados, y de pronto todo lo que hacía le parecía idiota, pueblerino y de una inexperiencia absoluta.

Tampoco le parecía tener otra opción. Quería impresionar a Susan Terry y actuar como imaginaba que haría un policía veterano de Miami. Lo único que hizo que tenía sentido fue llamar a su sargento a las dependencias policiales.

—¿Sargento? Soy Donnie...

—Adelante.

La radio que llevaba al hombro era pequeña y se oía mal debido a las interferencias, lo que enmascaraba parte del nerviosismo que impregnaba su voz.

—Podría ser algo más complicado que hablar con un testigo reacio —informó.

—¿Estás pidiendo refuerzos?

—Vamos —dijo Susan, impaciente. Observaba la casa en busca de cualquier indicio de actividad.

Donnie asintió y dijo al sargento:

—Estad preparados. —Era un hombre que obedecía órdenes y acababan de darle una.

Los dos se acercaron con cautela a la puerta. Susan se preguntó si habría un rifle apuntándole al pecho. ¿Esperaba morir? Por una parte, le parecía bien. Pensó que el tío de Moth sabría que su conducta temeraria era un impulso suicida. Pero no llegó más lejos en su reflexión. Suprimió estos pensamientos para concentrarse en el hombre de aquella casa. «Un asesino. El final de todo. Para alguien.»

Estaba tranquila a pesar de no tener motivos para estarlo.

Por su parte, Donnie notaba un sudor frío bajo los brazos y medio imaginaba que estaba otra vez en combate, acercándose a una choza polvorienta de arcilla y ladrillo en algún lugar dejado de la mano de Dios en medio de la nada, sin saber si algún niño sonriente asomaría la cabeza por la puerta en busca de una golosina o si un AK-47 abriría fuego de golpe. Pero se iba serenando con cada paso que daba; tenía todas las terminaciones nerviosas en estado de alerta, y el oído, la vista y el olfato agudizados.

«Has recibido entrenamiento —se dijo—. Esto no es distinto.» Eso le dio cierta seguridad.

Se acurrucó a un lado de la puerta. «No permitas que nadie te dispare al pecho a través de una puerta.» Iba a llamar cuando oyó: «¡Socorro! ¡Ayuda, por favor!»

Las palabras eran inconfundibles, aunque débiles, y procedían de algún punto del interior. Miró a Susan Terry. Ella también había oído la súplica y se había inclinado estirando el cuello.

—¡Aquí! ¡Ayuda, por favor! —oyeron de nuevo.

—La madre que lo parió —soltó Donnie.

En lugar de llamar, cogió el pomo de la puerta.

No estaba cerrada con llave.

Lo giró y la abrió unos centímetros. Recordó sus clases en la academia de policía.

—¡Policía! —gritó—. ¡Salgan!

La única respuesta fueron las súplicas apagadas.

Abrió un poco más la puerta.

—¡Policía! —Procuró pensar en algo más que decir, algo contundente, pero no se le ocurrió nada—. ¡Déjense ver! —fue lo máximo a lo que llegó.

Abrió totalmente la puerta. Entonces fue cuando notó el olor. Gasolina y huevos podridos. Al principio, creyó que era el hedor acre de un cadáver dejado al sol después de acabar achicharrado en una explosión, pero enseguida supo que era algo más doméstico: una fuga de propano.

—¡Dios mío! —exclamó.

—¡Ayuda! —gritó la voz.

Donnie miró a Susan.

—No entre —advirtió.

—Ni de coña —contestó la fiscal. Se tapó la boca y la nariz con una mano mientras sujetaba el arma con la otra.

Medio agazapado, con la pistola entre las dos manos, Donnie se metió en la casa. Vio el ventilador oscilando, pero aquel no era el movimiento que intentaba detectar. Movimiento humano: un arma que se levantaba, un cuchillo que se blandía...

—Por favor, por favor, por favor... —siguieron los gritos.

Vio que venían de lo que supuso que era el dormitorio. Todavía agazapado, se acercó a la puerta, pasando junto al desorden y los desechos, prácticamente atragantándose con el olor.

Puso con precaución la mano en el pomo. Con la pistola, indicó a Susan que se situara detrás de él. Y abrió lentamente la puerta.

Un disparo.

Y una explosión.

Andy Candy soltó un alarido gutural. Moth se puso tenso, casi petrificado en su sitio, pero se agazapó para intentar cubrir a Andy con su cuerpo.

Una segunda explosión rasgó el aire con pavorosa violencia.

Moth fue consciente de que estaba gritando una retahíla de improperios espoleado por la impresión y el miedo. Su primera reacción fue encogerse y cubrir a Andy, la segunda fue alzar la cabeza, fascinado: lo que estaba ocurriendo ante sus ojos era casi como una película.

Vio nubes de humo que se elevaban de la parte trasera de la caravana estática y llamas que salían por el techo. Las ventanas quedaron hechas añicos.

Vaciló, casi hipnotizado.

—¡Quédate aquí! —gritó entonces, sorprendiéndose a sí mismo al levantarse y abandonar la seguridad relativa que le proporcionaba el coche para correr hacia la caravana ardiendo. Se tapó la cabeza con las manos, como si esperara que le cayera una lluvia de escombros debida a las explosiones.

Andy Candy no sabía qué hacer. En cuanto Moth salió disparado, corrió agazapada hacia la puerta del pasajero del coche patrulla y la abrió. El micrófono de la radio colgaba delante de ella. Se tendió encima del asiento, lo sujetó, pulsó el interruptor como había visto muchas veces en el cine y la televisión, y empezó a gritar:

—¡Necesitamos ayuda! ¡Auxilio!

—¿Quién habla? —le preguntó al instante una voz por la radio.

—Estuvimos allí esta mañana... Estamos con el agente en

una caravana estática junto al río... —Habló de forma desordenada, pero su tono era inconfundible.

—¿Qué ha pasado? —Era una voz de mujer, pero parecía muy tranquila, lo que sorprendió a Andy.

—Una explosión. Hay un incendio. Oímos un disparo...

—¿Dónde está el agente?

—No lo sé. Sigue dentro.

Una tercera explosión sacudió el entorno.

—¿Hay heridos?

Andy Candy no lo sabía, pero tenía que haberlos.

—Sí, sí. Manden refuerzos.

—Quédese donde está. La policía, los bomberos y la ambulancia van para allá —le informó la voz incorpórea.

Andy alzó los ojos. Vio a Moth abriéndose paso entre las llamas que rodeaban la puerta de la caravana.

—¡No! —gritó al verlo desaparecer, pero no había nadie que pudiera oírla.

La primera explosión lanzó a Susan Terry hacia atrás, haciéndola chocar brutalmente contra una mesa. El impacto le fracturó el brazo en dos sitios, lo que la dejó aturdida. La segunda explosión abrasó el aire, ya de por sí recalentado por las llamas, y convirtió el interior de la caravana en un horno. Tenía unos dolores horribles y estaba tumbada boca arriba. Todo lo que veía daba vueltas, oscurecido por el humo y el fuego. Al principio pensó que el policía estaba muerto, a pocos metros de ella. Intentó tender la mano hacia él, pero no pudo mover el brazo derecho, y el aire le agitaba el izquierdo, inutilizado. Se preguntó si se estaría muriendo.

Las cosas iban a cámara lenta, y vio que el policía se movía, como si volviese en sí. El joven se puso de rodillas, lo que a Susan le pareció de una fortaleza asombrosa, ya que ella no podía hacerlo. Quiso cerrar los ojos y rendirse al calor y al estrépito creciente que le retumbaba en los oídos. Trenes de mercancías y motores a reacción.

Cuando Donnie gateó hacia ella, le costó entender lo que

estaba ocurriendo. Sabía que estaba en estado de *shock*, pero no lo que eso significaba. Se atragantó con el humo, tosió, pensó que ya no podía seguir respirando y se preguntó si habría chillado. Vio moverse los labios del policía, que le gritaba algo que le resultó imposible distinguir, como si dijera cada palabra en un idioma distinto.

Y entonces notó que se movía.

Esto la confundió, ya que había sido incapaz de dar ninguna instrucción a sus brazos, sus piernas y su cuerpo. Sus músculos no respondían. Se sentía sin fuerzas, acartonada, como si la potencia de la primera explosión le hubiera seccionado cada tendón de su cuerpo, e imaginó que quizá ya estaba muerta.

Tardó un instante en percatarse de que Moth le había sujetado la espalda de la camisa y tiraba de ella hacia la puerta. De repente el dolor del brazo se le agudizó, como si alguien le clavara estacas afiladas, y soltó un alarido. El dolor repentino, mezclado con sus gritos, aumentó cuando Donnie la cogió por los hombros y casi como un socorrista que rescata a un nadador exhausto atrapado en las olas, la arrastró hacia un lugar seguro. Susan no veía la puerta. Lo único que alcanzaba a ver eran las llamas rojas y amarillas recorriendo velozmente el techo como una lluvia de meteoritos: un Jackson Pollock de fuego.

«La muerte puede ser hermosa», pensó.

No comprendía que en ese instante, de hecho, le estaban salvando la vida.

40

Uno de los policías lo llamó héroe, pero él no creía serlo. Seguramente «tonto» se acercaba más a la verdad, aunque cuando tuvo un segundo para pensar en ello, Moth fue incapaz de ubicar el momento exacto en que había empezado aquella tontería. Era anterior, sin duda, al momento en que entró corriendo en la caravana ardiendo para ayudar a salir a Donnie y a Susan de las llamas. Pensó que quizá se remontaba a cuando había ido a ver a Jeremy Hogan, pero tampoco le pareció que fuera entonces. Por un instante decidió que su deriva hacia la ingenuidad se había iniciado cuando llamó a Andy Candy, pero aquello tampoco era del todo cierto.

Siguió repasando hacia atrás todo lo sucedido, y decidió que había empezado cuando encontró el cadáver de su tío y le faltó tiempo para recaer en la bebida. Esta idea le hizo sacudir la cabeza y, finalmente, se dijo que el principio de todo había sido cuando rompió con Andy Candy en la secundaria hacía tantos años. Fue entonces cuando la tontería arraigó y floreció en él, aunque pensó, con tristeza, que su tío Ed habría fechado su inicio mucho antes y culpado de ello a unos padres exigentes, ausentes e inconscientemente crueles.

Una joven y competente sanitaria con una sonrisa amable le vendó las manos y le dijo que, aunque no parecían demasiado lastimadas, fuera al médico porque no había que fiarse de las quemaduras.

Él dudó que lo hiciera, pero Andy Candy, que estaba a su lado, dijo:

—Me aseguraré de que vaya.

—Puede que te quede alguna cicatriz —advirtió la sanitaria.

De eso Moth estaba seguro. Sospechaba que sería la clase de cicatrices que no se veían en la piel. «La clase de cicatrices del tío Ed», pensó.

Cerca de allí, una ambulancia arrancó con la sirena aullando. En ella iba Donnie, que se había negado a marcharse del lugar hasta que su sargento se lo ordenó. Tenía quemaduras que sanarían y había inhalado humo, pero Moth lo vio sentado en el escalón de la ambulancia respirando oxígeno a través de una mascarilla y sonriendo abiertamente cuando los policías estatales, sus compañeros de la policía local, los sanitarios de las ambulancias y los bomberos se acercaban para palmearle el hombro y decirle que lo había hecho cojonudamente bien.

«No hay nada mejor que estar vivo cuando tendrías que estar muerto», pensó Moth. Una ambulancia transportaba ya a Susan Terry a Urgencias, y después seguramente tendrían que operarla para recomponerle el brazo.

Moth notó que Andy le rodeaba los hombros con un brazo en un gesto curiosamente posesivo. Inspiró con fuerza y se apoyó en el costado de un coche patrulla. Por un instante, cerró los ojos y deseó que fuera de noche para poder dormir, aunque era mediodía y el sol bañaba la zona. Al abrirlos, vio que se acercaban tres hombres. Uno de ellos llevaba el casco con visera blanca de un jefe de bomberos. Otro era el sargento de Charlemont a quien había conocido esa mañana. El tercero era un policía estatal que llevaba en la camisa, sobre la placa de identificación, otra pequeña placa que indicaba: HOMICIDIOS.

—Señor Warner —empezó despacio—, ¿se siente con ánimo como para contestar unas preguntas?

—Claro —respondió Moth.

—¿Sabe que hay un cadáver dentro?

El policía señaló el armazón humeante de la caravana estática.

—Pues no. ¿De quién?

—Seguramente del señor Munroe, el propietario. Pero el médico forense y la Científica tardarán cierto tiempo en identificarlo, suponiendo que puedan. El cuerpo está muy quemado.

Y el agente local asegura que el disparo que oyó procedía de la habitación trasera, donde al parecer se declaró el incendio antes de que el propano y la gasolina explotaran. Jamás había visto un laboratorio de metanfetamina casero. Menudo desastre. De todos modos, es posible que se disparara a sí mismo.

—¿Cómo es posible saberlo?

—Encontramos una nota en su camioneta. La autopsia seguramente demostrará que se usaron perdigones del doce.

Moth asintió. ¿Todo había acabado? No lo creía. Era demasiado sencillo.

—¿Laboratorio de metanfetamina? —preguntó.

El policía estatal ignoró la pregunta.

—¿Y por qué ha venido aquí? —quiso saber. Miró a Andy Candy—. ¿Por qué han venido los dos aquí?

Preguntas. Respuestas. Dudas. Declaraciones. Mentiras y medias verdades. El procesamiento burocrático de la violencia es comparable al largo análisis forense de la escena de un crimen. Es como si la omnipresente cinta amarilla que indica POLICÍA - ESCENA DE UN CRIMEN - NO PASAR encerrara algo más que espacio y englobara una revisión y una clasificación en que lo que alguien dice se une a lo que un científico determina para crear un retrato de lo que pasó, de cómo pasó y de por qué pasó. Pero en estas representaciones siempre hay vacíos y puntos en blanco, y a menudo colores que no armonizan e imágenes contradictorias. De vez en cuando, la escena de un crimen se convierte en un inmenso trampantojo, donde lo que parece ser no lo es, y domina el engaño.

—Hola, Stephen.

Silencio.

—¿Qué tal, Steve?

Vacilación. Sonrisa pícara.

—Hombre, Steverino, ¿cómo te va?

«No está mal. Nada mal. Gracias por preguntar.»

El estudiante 5 se estaba mirando en el espejo del lavabo de su casa totalmente reformada de la calle Angela, en Cayo Hueso. Estaba situada al otro lado del cementerio, que con sus poco más de tres metros sobre el nivel del mar, era uno de los sitios más elevados de la ciudad y proporcionaba a quienes vivían cerca cierta sensación de seguridad frente a los huracanes. El edificio era lo que los lugareños denominaban «casas de cigarreros», porque, cuando fueron construidas en la década de los veinte, habían alojado a refugiados cubanos que habían huido de una de las frecuentes agitaciones de la isla, emigrado alrededor de ciento cincuenta kilómetros y perfeccionado el arte de enrollar excelentes puros para el papá Warbucks del estado. Las casas eran pequeñas, estrechas, de un solo piso, hechas del pino local —relativamente inmune al clima y las termitas—; con el paso de las décadas, se habían vuelto muy populares entre los ricachones como casas de veraneo. Su precio superaba las siete cifras, pero el estudiante 5 la había comprado astutamente hacía muchos años y había hecho instalar un tejado de metal, aire acondicionado centralizado y encimeras de granito en la cocina, por lo que doblaría o triplicaría su coste si la ponía a la venta.

No tenía ninguna intención de hacerlo.

Se levantó el cuello de la camisa y se puso unas caras gafas de sol Ray-Ban. Llevaba unos *shorts* con los bordes deshilachados y unas zapatillas deportivas andrajosas que habían visto mejores días. Haría humedad y calor fuera, y sabía que estaría sudado en cuanto hubiera recorrido una manzana.

—*Dime, Stevie, ¿te sientes seguro?*
—*Pues ahora que lo dices, sí, la verdad. Me siento muy seguro.*
—*Me pareció muy inteligente por tu parte dejar indicios de producción clandestina de drogas.*
—*A mí también.*
—*Y aquel cadáver...*

Recordó una frase que decía Winston Wolfe en *Pulp Fiction*: «Nadie a quien se eche de menos.»

El estudiante 5 creía haber dispuesto una cantidad considerable de elementos contradictorios en su caravana estática. Eso provocaría confusión; la policía no sabría qué clase de crimen estaba investigando. Y, para cuando aclarara algo, si llegaba a hacerlo, encontraría un fantasma: un hombre que no existía. Y nada relacionaba al ficticio y ahora difunto Blair Munroe de Charlemont, Massachusetts, con Stephen Lewis, un traficante de drogas retirado de Cayo Hueso, en Florida.

En el fondo había esperado que las explosiones acabaran con la vida del sobrino, la novia y la fiscal junto con la del mendigo. Había repasado las noticias locales, que seguían incluyendo relatos emocionantes de la conflagración y la información de que había por lo menos una víctima mortal y varios hospitalizados. Le asoló cierto disgusto: «Lástima. Mala suerte. Heridos pero no fallecidos. Ese es el problema de usar explosivos. Causan la destrucción necesaria, pero carecen de la intimidad y la seguridad de una bala.»

Daba igual. Había dispuesto un final. Que fuera el segundo final que se había visto obligado a crear era solo una pequeña molestia. Había desaparecido y, como un recién nacido, estaba mirando el mundo por primera vez.

«Bueno, si sobrevivieron... —Una sonrisa para sus adentros—. Tendré algo en lo que pensar.»

Echó un vistazo al reloj de pulsera. Tardaría entre quince y veinte minutos en sacar su oxidada bicicleta de piñón fijo, el medio de transporte preferido en Cayo Hueso, para dirigirse sin prisas al espectáculo vespertino de la feria en la plaza Mallory. Contorsionistas, faquires, guitarristas y cualquiera que intentase ganar dinero de un crucerista haciendo algo raro, como posar para las cámaras de fotos con una iguana colocada en un hombro y una boa constrictor en el otro, amenizaban la sensacional puesta de sol para los turistas.

Como la mayoría de residentes de Cayo Hueso, solía evitar este ritual nocturno. Un canto al *kitsch* y al proverbial *laissez faire* de Cayo Hueso: demasiadas personas apretujadas en un espacio reducido. El tráfico retrocedía por las calles laterales. Era un momento de serenidad expresado sonoramente. Pero aquella noche iba a participar. Era el mejor sitio que se le ocurría para despedirse de una persona inexistente que lo había tratado bien durante muchos años.

De modo parecido al sol poniente, un enorme y brillante disco de tonalidades rojas y amarillas que se hundía en una reluciente extensión azul, Blair Munroe estaba desapareciendo.

Tomaría un trago. Brindaría por el pobre Blair. Y pasaría página. Las posibilidades eran infinitas. Podía elegir a su gusto. El horizonte estaba despejado.

Un dolor intenso seguido del aturdimiento de los fármacos que tenían que camuflarlo. Una luz fuerte, implacable en los ojos. «La cuenta atrás.» Dormir. Despertar. Más dolor. El goteo constante de una vía intravenosa. Remisión del dolor, como el volumen de un estéreo que baja. Dormir de nuevo.

Despertar después para verse metida en algo que era más que un embrollo y rozaba el delito. Cuando Susan Terry salió de la semiinconsciencia del postoperatorio, se alegró de estar viva. Quizá.

Una enfermera entró en la habitación y subió la persiana.

—¿Qué día es hoy? —preguntó Susan.

—Jueves por la mañana. Ingresó el martes.

—¡Dios mío!

—¿Le duele?

—Estoy bien —aseguró Susan, aunque era evidente que no lo estaba.

—Hay mucha gente que quiere hablar con usted —le dijo la enfermera—. Hay una cola que empieza con la policía estatal. Después está su jefe de Miami. Y también una pareja joven que ha venido a verla por lo menos seis veces, pero usted estaba inconsciente.

Susan se recostó en la cama. Notaba un ligero olor a desinfectante. Echó un vistazo a la vía que tenía introducida en el brazo. Tenía vendado el otro.

—¿Qué me están poniendo? —preguntó.

—Demerol.

—Es muy eficaz —dijo tras inspirar. Hizo acopio de cierta

fortaleza interior y soltó—: Pero no puedo tomarlo. Tengo un problema de adicción.

—Avisaré a su médico —dijo la enfermera abriendo los ojos como platos—. Háblelo con él.

De repente Susan quería aquel goteo más que nada en el mundo. Quería disfrutar del aturdimiento de los analgésicos derivados de la morfina. Quería dejar que la sumieran en un semisueño y en el olvido. Quería mantener a cierta distancia a todas las personas que pretendían hablar con ella, puede que hasta impedir que llegaran a hablar nunca con ella.

También sabía que la mataría, seguramente de una forma más eficaz que la explosión de una bomba casera hecha con bombonas de propano y bidones de gasolina.

—Avise al médico, por favor —pidió, apretando los dientes. En cuanto la enfermera se volvió, se arrancó la aguja intravenosa del brazo. Pensó que era lo mejor que podía hacer en aquel momento.

41

Naturalmente, no los creyeron del todo.

En realidad, apenas los creyeron. Sus historias estaban llenas de contradicciones, de aspectos que suscitaban preguntas en lugar de responderlas, de unas cuantas mentiras descaradas que generaban dudas y sospechas, y presentaban tantos agujeros que un sepulturero con una excavadora habría tardado horas en llenarlos.

Pero la policía estatal de Massachusetts no tenía motivos suficientes para retenerlos más tiempo. Los inspectores sabían que se habían cometido delitos, pero no encontraban nada que hubieran hecho ellos tres que infringiera la ley.

A Andy Candy se lo habían hecho pasar particularmente mal.

Los investigadores imaginaron que sería el eslabón más débil. Era la más joven y la única que no estaba herida, aunque las quemaduras de Moth sanaban rápidamente y no eran graves. Su relación con el hombre de la casa siniestrada era la más vaga. Por consiguiente, su interrogatorio había sido duro, desde el típico «queremos ayudarte» hasta el «sabemos que nos estás mintiendo y queremos que nos digas la verdad» o «¿sabes que ocultar información sobre un asesinato es un delito?; no querrás ir a la cárcel por proteger a tu novio y una fiscal suspendida».

—¿De qué creen que los estoy protegiendo? —preguntó ella.

—¿Y entonces por qué estás aquí? —insistieron.

Andy se sorprendió a sí misma al mantener una calma irritante que frustró a sus interrogadores, sin dejar de ceñirse a su burda historia:

—El hombre de la caravana podía estar relacionado con la muerte del tío de Timothy Warner, que fue un suicidio, pero como surgieron preguntas vinimos en busca de respuestas. Sin embargo, antes de que pudiéramos formular ninguna, todo saltó por los aires. Creo que fue porque el individuo vio al policía uniformado fuera y pensó que era una redada de narcóticos y que iría a la cárcel el resto de su vida, y por eso se inmoló y lo incendió todo, para mandarlos a todos ustedes al infierno. Eso es lo que creo. Me gustaría poder ayudarlos más. De verdad.

Pero no era cierto.

Delta Airlines les cambió el billete por uno de primera clase cuando la mujer del mostrador de la compañía vio el brazo derecho escayolado en cabestrillo de Susan Terry.

Permanecieron en silencio la mayor parte del vuelo al sur, de vuelta a Miami. Susan tomaba regularmente paracetamol, que apenas aplacaba el punzante dolor posquirúrgico. Estaba orgullosa de sí misma por haber evitado engancharse al instante, aunque habría preferido que le recetaran paracetamol con una buena dosis de codeína. Le pareció que las punzadas del brazo reconstruido le irían bien para combatir la adicción. Cada vez que no tomaba un narcótico se recordaba que estaba limpia, y eso, en conjunto, era bueno. Intentaba ignorar el dolor que le recorría el brazo y el sudor que le perlaba la frente.

Volvió la cabeza y miró a Andy y a Moth, al otro lado del pasillo. La luz era tenue y los motores zumbaban constantes. El hombre sentado a su lado se había dormido. Le resultaba incómodo moverse, pero se inclinó hacia ellos.

—¿Creéis que el hombre que murió allí era el que estabais persiguiendo? —preguntó. Omitió precisar: «¿El hombre que me hizo quedar mal ante mi jefe y me jodió la vida?»

Quería que fuera él. Quería que todo hubiera terminado. Quería poder ir la tarde siguiente a Redentor Uno, tomar la palabra y decir que todo se había acabado, y así poder reiniciar su vida. No creía que eso fuera posible.

No se daba cuenta de que estaba mezclando a aquel asesino anónimo con el hecho de avanzar, de recuperar su cargo y volver a ser la fiscal dura que acusaba a los malos en lugar de tomar narcóticos. Y al igual que a los policías de Massachusetts, todo aquello seguía sin convencerla. Pero no sabía encontrar la solución. Toda su formación en Derecho penal le indicaba que simplemente tenía que haber una piedra que pudieran levantar para dejar al descubierto algo que pudiera convertirse en una respuesta.

Andy Candy no contestó de inmediato. Miró el cielo por la ventanilla, al otro lado de Moth. Todo aquel vacío parecía increíble.

Moth miró primero a Andy y después a Susan.

—Ojalá lo fuera —dijo—. Si fuera él, facilitaría las cosas. —Hizo una pausa antes de añadir—: Nunca he tenido tanta suerte.

—¿Suerte? —se sorprendió Susan.

—Sí. Hay que tener suerte para obtener respuestas sencillas a preguntas complejas.

Esto hizo sonreír a Andy. «Este es, en pocas palabras, Moth», pensó.

—¿Qué hacemos? —prosiguió él, dirigiéndose a Susan—. ¿Esperamos a que hayan terminado la autopsia y hecho algunas comprobaciones de ADN, si es que pueden? Me temo que nunca lo sabremos.

Era una idea que lo aterraba. No sabía exactamente por qué, pero la incertidumbre era la clase de desencadenante que lo haría recaer en la bebida.

«¿Qué le sirvo, joven?»

«Un whisky con hielo y un alma llena de dudas, camarero.»

No expresó esta conversación en voz alta, aunque supuso que tanto Susan como Andy sabían que la estaba manteniendo.

—Tenemos que encontrar una respuesta concreta —aseguró. Y fue consciente de que era mucho más fácil decirlo que hacerlo. Se volvió y siguió la mirada de Andy hacia el cielo que se extendía al otro lado de la ventanilla. «Vamos a ochocientos kilómetros por hora y me gustaría poder alargar el brazo y tomar con la mano lo que hay que hacer.»

Andy, que vio que se estaba debatiendo, le tocó la mano. En ese momento no quería exactamente que todo hubiera acabado. Quería, pero no quería. Acabado significaba seguridad. También conllevaba el final para ella y Moth. «Él seguirá su camino. Y yo el mío. El mundo es así. Este es el final que siempre nos ha aguardado. Así fue nuestro primer final. El segundo será igual.»

Susan se reclinó en el asiento y consultó su reloj de pulsera. Habían pasado noventa minutos desde sus últimos dos analgésicos, que no le surtían demasiado efecto. Hizo una señal a un auxiliar de vuelo y le pidió una botella de agua. Le quitó el tapón como pudo, usando finalmente los dientes para sujetarlo, y se tomó dos pastillas más. Esperaba que por la mañana la despidieran, y sabía que no había ningún fármaco sin receta que calmara ese dolor en concreto.

Cuando la caravana estática explotó, Susan perdió el arma, y el equipo forense que procesaba los restos carbonizados e inundados de agua no se la había devuelto. En el bolso llevaba el .357 de Moth, que había pasado por el control de equipaje mostrando su placa, y pensó que se lo tenía que devolver. En cuanto a ella, sabía que podría conseguirse otra arma en poco tiempo. Adquirir armas de fuego no es difícil en el sur de Florida.

Así que después de aterrizar y antes de separarse para dirigirse a sus diversos destinos, Andy y ella se metieron en el servicio de señoras para hacer un intercambio. Ninguno de ellos tenía la seguridad de que Moth necesitara el arma. Podía ser que sí, o que no. Andy Candy había decidido guardarla ella, por lo menos hasta que Moth volviera a Redentor Uno con regularidad.

El peso del revólver la asustaba casi tanto como lo que podría hacerse con él. Pensó que se necesitaría una fuerza especial para levantarlo, apuntarlo a alguien y apretar el gatillo, a pesar de toda la propaganda de los entusiastas de las armas en sentido contrario. Se lo metió en el bolso con el propósito de olvidarse de él, pero se dio cuenta de que eso sería imposible y, simplemente, cerró la boca.

Las dos salieron del lavabo de señoras y vieron que Moth estaba delante del mostrador de venta de billetes observando la cola de gente. Tenía la cara algo colorada y estaba como paralizado, como si hubiese visto una víbora a sus pies y tuviera miedo de que lo mordiera si se movía.

—¿Pasa algo? —preguntó Andy.

Moth sacudió lentamente la cabeza. No se volvió hacia ella, sino que se dirigió pausadamente a Susan:

—Sabemos que estuvo aquí, en Miami, ¿verdad?

—Así es —contestó Susan.

—Y sabemos que regresó a Massachusetts. Tuvo que hacerlo, ¿no? Tenía que preparar la explosión.

—Así es —repitió Susan, solo que esta vez arrastró las palabras.

—Supongamos por un momento que el que había en la casa no fuera él. Que fuera otro.

—De acuerdo, supongámoslo. Pero...

—Es un asesino consumado. ¿Qué sería para él otro cadáver?

—Nada. Muy bien. Continúa.

—Así pues, sabemos, vagamente pero lo sabemos, que tuvo que volar de vuelta al norte para llegar allí antes que nosotros.

Susan se sintió algo mareada. Y no era por el dolor ni por el paracetamol.

—Tenemos una cronología —susurró Andy Candy.

—Sí —corroboró Moth—. Y sabemos dónde se guardan las listas de nombres de los manifiestos de pasajeros. —Señaló el mostrador—. Si Blair Munroe está en una de esas listas, bueno, será un callejón sin salida. Y tendremos que pasar página. Pero si no está...

Susan pareció un poco desconcertada. Lo mismo que Andy Candy.

—¿Adónde quieres ir a parar? —preguntó esta.

Moth quiso mantener su voz serena, pero le fue cobrando fuerza.

—Todo el mundo busca siempre una relación clara. Pero en

mi especialidad, a veces el indicio revelador es la ausencia de algo. —Señaló el mostrador de venta de billetes—. Un hombre que sabemos que estuvo en Miami compra un billete para volver a casa en avión. Esa casa pertenece a un hombre llamado Blair Munroe. Pero ¿llamó Munroe a Andy? ¿Dio él el chivatazo sobre el camello de Susan a la policía? ¿Amenazó él a mi tía? ¿O fue otra persona quien se embarcó en ese avión rumbo al norte?

«¡Qué irónico! —pensó—. Si ocultó su identidad, puede revelarnos quién es. Soy historiador —se dijo sonriendo para sus adentros—. Un investigador de la sutileza.»

42

No tenía que ir al despacho de su jefe hasta las nueve de la mañana siguiente, pero sabía que los de seguridad trabajaban veinticuatro horas al día. Era casi medianoche cuando cruzó las puertas de la Fiscalía del Estado en Dade.

El guardia de seguridad tras el cristal blindado estaba leyendo una novela de Carl Hiaasen y riendo. Pero en cuanto la vio, hizo una mueca.

—Dios mío, señorita Terry. ¿Qué diablos le ha pasado? —Señaló con la cabeza el brazo escayolado en cabestrillo.

—Un accidente de coche —mintió—. Estamos en Miami. El otro conductor no tenía seguro, por supuesto. Se saltó un semáforo en rojo.

—Menudo desastre.

—Ya le digo. Y si le parece que esto es malo —comentó señalándose el brazo—, tendría que ver cómo me quedó el coche. Siniestro total. —Esperaba que no comprobara su nombre y viera la indicación de que estaba suspendida. Tenía que mantenerlo distraído—. ¿Y qué? ¿Hay alguien más haciendo horas extra gratis?

—Sí —sonrió el guardia—. Todavía hay unos cuantos. El equipo que trabaja en el caso de ese gran fraude bancario y un par de fiscales encargados de encerrar a esos cabrones que allanan domicilios. Los demás ya se han ido a casa.

—No tardaré mucho —indicó ella sin dejar de sonreír y procurando actuar como si no tuviera ninguna preocupación en el mundo—. Solo he de comprobar unos documentos antes de una vista de mañana por la tarde. Ya sabe cómo van estas cosas: estás en casa mirando la tele y atiborrada de analgésicos —dijo señalándose el brazo—, repasando lo que tienes que decir en el juzgado, y de repente crees que se te ha olvidado algo, que se te ha pasado algo, o qué sé yo, que la has cagado en algo...

Mientras decía todo esto se sacudió un poquito el cabello y soltó una risita al tiempo que se dirigía con paso firme hacia la entrada. «Vamos —pensó—. No compruebes nada. No hagas tu trabajo. Estás cansado y aburrido; no prestes la atención debida durante una noche rutinaria.»

El guardia anotó en una tablilla que había entrado en el edificio, algo que Susan sabía que haría pero no había sabido cómo evitar, y pulsó el dispositivo de entrada para que accediera a los despachos. El sonido del cierre electrónico fue discordante pero la alegró oírlo. Contaba con que su jefe no comprobaría los registros del horario nocturno, o que, por lo menos, no lo haría hasta tener una razón de peso.

Seguramente tendría esa razón en unas horas.

En cuanto cruzó la puerta, se escondió entre las sombras, junto a unos archivadores altos que había contra la pared. Las luces de techo, normalmente brillantes, estaban atenuadas. La fiscalía estaba tranquila, fantasmagórica. Estiró el cuello y le pareció oír voces procedentes de un ala del edificio. Se agazapó, lo que hizo que el brazo le doliera horrores, ya que los demás fiscales sabrían que estaba suspendida y, naturalmente, sentirían curiosidad si la veían.

«Puede que recelen. Me preguntarán amablemente qué estoy haciendo aquí, pero tendrán dudas. No se creerán la pobre excusa que les dé. Alguien enviará un correo electrónico que irá ascendiendo por la cadena de mando y se acabó. El jefe se pondrá furioso... Bueno, más que furioso. Ahora ya está furioso. Montará en cólera, con la cara colorada y la mandíbula apretada.»

Dudó un momento. La había invadido una sensación de pérdida. Los escritorios metálicos y los despachos cerrados que la rodeaban eran impersonales y espartanos, pero eran su hogar más que su propio piso. Este era el sitio donde se había sentido más feliz y más estresada a la vez, un sitio lleno de ansiedades y logros. Todas aquellas contradicciones eran tan dolorosas como las punzadas del brazo.

Entonces se deshizo de todas estas sensaciones casi con la misma rapidez con que la habían asaltado, se concentró y recorrió sigilosamente el trecho que la separaba de su despacho. La moqueta amortiguaba las pisadas de sus zapatillas deportivas. Escuchó su propia respiración con la esperanza de que fuera regular, aunque le parecía dificultosa.

Esa noche iba a llevarse algo de allí.

Su nombre seguía en la puerta. Eso la tranquilizó. Rogó que no hubieran cambiado las cerraduras. Sabía que después de despedirla las cambiarían, pero cuando su llave abrió, suspiró aliviada.

Pensó que no estaba forzando una entrada ni robando nada, pero sí violando el acuerdo al que había llegado con su jefe, y eso rozaba lo delictivo.

Se preguntó si algún fiscal clarividente que examinara sus actos vería hechos constitutivos de delito. «Probablemente. Puede. Posiblemente.» No lo sabía. Se preguntó si ella los veía. La respuesta era «sí, por supuesto», pero el miedo, mezclado con la determinación, dio como resultado lo que podría resumirse con un improperio: «¡A la mierda!» Solo sabía que estaba inmersa en algo y que en ese momento, en plena noche, dependía de ella obtener una solución.

Debía encontrar a un asesino, lo que tal vez podría asegurarle el empleo.

Todo lo que había hecho y lo que iba a hacer parecía un pequeño precio que pagar si lo lograba. No quería imaginarse la alternativa: inhabilitada para ejercer la abogacía, detenida, procesada. Y peor aún: humillada, consciente de que había sido incapaz de impedir que un asesino se fuera de rositas.

Al entrar cerró la puerta de su despacho con sigilo. No encendió la luz de techo, pero bajo el brillo tenue de la ciudad que se colaba por la ventana, veía lo suficiente para desenvolverse en aquel espacio desocupado. Pensó que todo estaba vacío. La única forma de volver a llenarlo era hacer lo que estaba haciendo.

Se situó detrás de su mesa y encendió el ordenador. «Código de acceso.» Rogó que su suspensión no hubiera afectado a su nombre de entrada ni su contraseña. Cuando la pantalla se activó, se sintió aliviada, aunque pensó que era un flagrante fallo de seguridad.

Tecleó un poco. El ruido del teclado la hizo moverse, nerviosa. Esperó que nadie la oyera.

Apareció el sitio de la Administración de Seguridad en el Transporte.

Sabía que no había forma de ocultar que era Susan Terry quien buscaba información. Cada pulsación y cada contraseña eran suyos exclusivamente, de modo que constituían una prueba tan contundente como una firma en un papel y podrían llevar hasta ella. Cualquier investigador competente averiguaría qué había buscado, dónde y cuándo. Podría intentar borrar el disco duro con algún programa especial, pero sería inútil. En lo que a informática se refiere, los investigadores iban muy por delante de ella.

No le importaba realmente, pero sabía que eso limitaba el tiempo de que disponía. Podía oír el tictac inexorable del reloj. Un segundo. Dos segundos. Tres segundos. Un minuto. Una hora. Un día. ¿Cuánto tiempo tenía para encontrar a un asesino?

Se inclinó hacia la pantalla.

—Maldita sea, Timothy Warner, espero de todo corazón que tengas razón —susurró—. Estaría bien echar a perder toda mi carrera haciendo lo correcto para variar, aunque sea completamente ilegal.

Le pareció gracioso. Con cuidado, sacó el brazo derecho del cabestrillo.

Por un instante se imaginó que era un criminal que buscaba a otro criminal.

Tecleó rápidamente, unas veces con una mano y otras obligando al brazo derecho a moverse a pesar del dolor para así recorrer más deprisa los mundos informáticos de la policía.

Moth contemplaba a una Andy Candy dormida.

Estaba hundido en la silla de su escritorio con el ordenador encendido delante. El bolso de Andy estaba cerca, y sabía que dentro estaba el Magnum .357, pero de momento no lo tocó.

Sabía que Andy estaba exhausta. Una vez, hacía años, después de un sudoroso revolcón adolescente, se había quedado dormida de golpe a su lado. Estaban en el asiento trasero de un coche, sitio tópico por excelencia, pero era donde aquella noche habían podido gozar de intimidad. Andy estaba desnuda y él se pasó los minutos que ella dormitó intentando memorizar todas las curvas y todos los pliegues de su cuerpo. La había contemplado entonces igual que hacía ahora. Pensó que no tenían ninguna oportunidad de seguir juntos, que lo único que los unía ahora era solo algo oscuro y mortífero, que al final la luz brillaría para ambos y volverían a separarse. Eso lo entristecía y angustiaba. Perderla sería más doloroso de lo que podía imaginar, lo que no era una idea demasiado madura. Pero sentía que lo coartaba todo lo que ser adulto había incorporado a su vida. La bebida. La desesperanza. Casi la muerte. La salvación a través de su tío. Se preguntó si vengar el asesinato de su tío, un concepto que parecía prácticamente de la época napoleónica, le costaría la presencia de Andy.

Suponía que sí. Eso hizo que se moviera en su asiento. Deseó poder acostarse a su lado en la cama, pero estaba esperando.

Su correo electrónico avisó de un mensaje entrante .

«Será ella», pensó. Se preguntó si tendría que despertar a Andy. Sabía que le iría bien su forma de ver las cosas. Pero la dejó dormir. «Un poco más.» Abrió el mensaje:

No aparece Blair Munroe.
20 posibles vuelos. Algunos de enlace.
Te envío todas las listas.
Nos vemos en tu casa a las 7.

Vaciló un momento y empezó a abrir los documentos adjuntos para moverlos a su escritorio.

Sonó otro correo electrónico.

Lo abrió inmediatamente.

Rezaba:

> ¿Muerto?
> No creo.

Era la fotografía del carnet de conducir de la Dirección de Tráfico de Massachusetts correspondiente a Blair Munroe, ampliada a pantalla completa.

La imprimió y la sostuvo entre sus manos.

Se lo quedó mirando, esperando ver la palabra «asesino» reflejada en sus ojos, en la forma de su quijada, tal vez en su corte de pelo o en el contorno de sus labios. Pero no había nada tan obvio ni tan útil. Se estremeció, pensó en despertar a Andy para enseñárselo, pero se dijo que eso podía esperar. Si ese era el hombre al que tenía que matar, no había ninguna prisa en arrastrarla hacia ese acto. Pensó dejarla disfrutar un rato más de su sueño inocente. Pero nada más.

43

Moth se quedó dormido un par de horas antes del amanecer. Cogió una almohada de la cama y se tumbó en la moqueta junto a Andy Candy. Antes de quedarse en ropa interior y cerrar los ojos tuvo una idea curiosa sobre el pudor y sobre no molestarla.

Andy, por su parte, se despertó cuando los primeros rayos del día entraban en el piso. Vio a Moth en el suelo, junto a ella, se levantó y saltó por encima de él con cuidado. Preparó café haciendo el menor ruido posible, se lavó la cara en el fregadero de la cocina y se dirigió al ordenador para leer las cosas en que Moth había estado trabajando. Vio la información que había enviado Susan y que él había imprimido, y al recoger la fotografía del carnet de conducir de Blair Munroe tuvo pensamientos similares a los que Moth había tenido unas horas antes. Después se llevó el café al escritorio y repasó las listas de pasajeros de los vuelos.

Lo primero que hizo fue descartar los nombres de mujeres.

A continuación eliminó las parejas. «Adiós señor y señora del mismo apellido.»

—Tú no tienes esposa, ¿verdad? —susurró a la fotografía—. No hay a tu lado ninguna mujer a lo Bonnie y Clyde que sea coautora de tus asesinatos, ¿no? —Dejó estas preguntas suspendidas ante la pantalla antes de dar su propia respuesta—: No. Me lo imaginaba. Empezaste solo y vas a acabar solo.

Solo estaba especulando, porque realmente no sabía demasiado sobre asesinos, aunque ya no se sentía del todo inexperta en este ámbito concreto del conocimiento.

«Has aprendido algo sobre asesinatos, ¿verdad?», se dijo.

Las listas de la Administración de Seguridad en el Transporte que tenía en la mesa incluían la fecha de nacimiento. Cualquiera demasiado joven o demasiado mayor dejó de ser de su interés. Usó un margen de quince años, porque creía que el hombre que perseguían se situaba en esa franja de edad. La foto del carnet de conducir era vaga en ese sentido: alguien que podía tener distintas edades. Un aspecto ambiguo. Mayor que ella y Moth. Mayor que Susan Terry.

«La edad de Ed. O muy parecida.»

Las posibilidades se reducían.

Hombres que viajan solos. De entre cuarenta y cinco y sesenta años.

Siguió hablando en voz baja consigo misma:

—¿Fingiste ser un empresario cerrando un negocio importante? ¿Un turista cansado tras participar en alguna actividad ilícita en South Beach? ¿O tal vez un hijo solícito que volvía a casa después de visitar a sus padres, ya ancianos, en una de las elevadas colinas del norte de Miami? ¿Quién querías mostrar al mundo que eras? Porque a nosotros no nos enseñaste ni siquiera una pequeñísima parte de la verdad, ¿no?

Tachó los nombres que iba descartando. Para cuando hubo terminado, su lista se había reducido a unos doce hombres que viajaban solos al norte y se ajustaban al perfil que había elaborado.

Uno de esos nombres correspondía al de un cadáver carbonizado en una caravana estática de una pequeña ciudad olvidada de Massachusetts o a un asesino que disfrutaba desahogadamente de su recién conseguida libertad.

Apostaba por lo de desahogadamente.

«Estuvimos cerca, pero nunca tanto como para que te mataras, ¿verdad?» Las preguntas le retumbaban en la cabeza. «Fuiste lo bastante inteligente para planear la muerte de otras personas. ¿Por qué no ibas a planear la tuya?» Imaginó que los asesinatos se cometían en un escenario delante de ella. Como un actor, el asesino al que buscaban saludaba y se marchaba entre aplausos atronadores. Por la izquierda.

Le pareció que Moth se despertaba. Lo miró y vio que se movía con modorra.

—Buenos días —le saludó alegremente—. Hay café.

Moth gruñó. Se puso de pie y se metió en el cuarto de baño. Una ducha caliente y un enérgico cepillado de dientes eliminaron algo del aturdimiento que le provocaba la tensión, la falta de sueño y una creciente ansiedad. Cuando salió, Andy se fijó en que tenía el pelo mojado.

—Creo que te imitaré. ¿Hay alguna toalla seca?

Moth asintió.

—Mírate esto mientras me ducho —pidió Andy empujando la lista de nombres hacia él.

Moth se sentó con una taza de café para echar una ojeada a lo que había hecho Andy, pero oía el ruido del cuarto de baño y tenía que esforzarse para no abstraerse en los recuerdos que tenía de su silueta desnuda. En su opinión era una mañana como la que podía tener cualquier matrimonio, con una pequeña diferencia: una conversación. Asearse. Café recién hecho. Comenzar la jornada a ritmo moderado. Empezar a planear el asesinato de alguien.

Hacía tiempo que no sentía la energía vengativa que lo había dominado cuando recuperó cierta apariencia de vida tras la muerte de su tío. Pero al mirar la lista, notó que renacía en él.

—¿Dónde estás? —preguntó a cada nombre de la lista—. ¿Quién eres? —Y añadió—: ¿Cómo puedo encontrarte?

Su tono era más bajo y más ronco al susurrar cada pregunta.

Susan Terry dudó antes de llamar a la puerta de Moth. Recordó que unos días antes había estado en aquel mismo lugar empuñando una pistola, dispuesta a dispararle porque, con las ideas nubladas por el colocón, había creído, al borde de la histeria, que aquel estudiante de Historia alcohólico la había delatado a la policía y le había jodido la vida que ella se esmeraba tanto en mantener equilibrada.

Se encogió de hombros y llamó.

—No dispongo de demasiado tiempo —se limitó a decir por todo saludo cuando Moth abrió la puerta—. Tengo que aguantar un rapapolvo de mi jefe en su despacho a las nueve. Hay que decidir cuál será nuestro siguiente paso antes de entonces, porque creo que me van a dar la patada a las nueve y un minuto.

Moth la llevó hacia la mesa donde había esparcidos montones de papeles; todo lo acumulado a lo largo de las semanas posteriores a la muerte de su tío. Vio que Susan echaba un vistazo a aquella especie de desorden con el ceño fruncido. Le alargó la última lista de Andy justo cuando esta salía de la ducha, cepillándose el pelo mojado.

—Creo que es uno de estos —indicó—. Es la conclusión a la que ha llegado Andy tras revisar todo lo que enviaste. Por lo menos, puede que esté aquí.

Susan los observó. Sus relaciones habían sido castas hasta ese momento y olisqueó mentalmente el ambiente para ver si algo había cambiado. Como no detectó nada, lo descartó. Oyó una voz de alarma en su interior.

Pero no le hizo caso. «A la porra —pensó—. Encárgate de lo que te puedas encargar.» Miró la lista de nombres.

—Hombres que viajaban solos. Todos en la franja de edad adecuada.

—Piensas como un policía, Andy —comentó tras asentir.

—Sí —sonrió la joven—. Pero es todo lo lejos que pude llegar. ¿Cómo la acotamos más aún?

Los tres se quedaron callados.

Moth recorrió los documentos con la mirada y posó los ojos en Susan y luego en Andy Candy, para dirigirlos de nuevo a los montones de papeles de la mesa. «¿Qué hace un historiador? ¿Cómo examina las distintas informaciones un historiador para decidir qué influencia tienen en los acontecimientos?»

Inspiró con fuerza, un sonido lo suficientemente fuerte como para que las dos mujeres se volvieran hacia él.

—Sé cómo hacerlo —aseguró.

«Un palo de ciego —pensó Susan mientras recorría rápidamente el laberinto de despachos hacia el del fiscal del Estado, situado en un rincón—. Pero en cuanto a palos de ciego se refiere, no está nada mal.»

La secretaria de su jefe solía guardar la entrada como Cerbero y rara vez sonreía. Cuando Susan se acercó, levantó la vista del ordenador y sacudió la cabeza.

—Caramba, Susan, eso debe de doler. ¿Cómo lo llevas?

Susan pensó que la mejor forma de abordarlo sería bromear. Hacer que pareciera que aquello no era nada del otro mundo.

—Bueno, tendrías que ver cómo quedó el otro tipo.

La secretaria asintió con una lánguida sonrisa. Señaló la puerta del despacho.

—Te está esperando. Pasa.

Susan asintió, dio un paso y se detuvo. Era algo calculado, parte de su actuación. Tenía que hacerlo antes de que la despidieran, si ese iba a ser el resultado de la reunión.

—Me pregunto si... —empezó titubeante—. Bueno, seguramente no servirá de nada, pero...

—¿Qué pasa? —preguntó la secretaria.

Susan cazó la ocasión al vuelo.

—Tengo una lista de nombres de la Administración de Seguridad en el Transporte. Necesito el carnet de conducir de cada uno de ellos —explicó, señalándose el brazo en cabestrillo—. Pero ahora me cuesta mucho teclear en el ordenador...

—Ya te lo haré yo —se ofreció la secretaria—. No me llevará más de un par de minutos. ¿Forma parte de tu investigación?

—Por supuesto —respondió Susan. Al parecer, la mentira de su jefe sobre una investigación había corrido por la oficina. Muy útil. Sonrió. La secretaria tendría acceso a las bases de datos de las fuerzas del orden de todo el país—. Vaya, no sabes cuánto te lo agradezco.

Le entregó la lista que había elaborado Andy Candy. Ahora solo tenía que evitar que la despidieran durante los siguientes minutos.

Alternó eficazmente las invenciones y las contradicciones a un ritmo trepidante.

—Sé lo que me dijiste, pero era un caso cerrado en el que surgieron preguntas, y con los problemas de adicción que he tenido, los asuntos pendientes en el trabajo pueden desencadenar algunas de las conductas que estoy intentando superar —contó a su jefe.

Dejó que las palabras fluyeran con rapidez de sus labios. Quería ser convincente, lo que exigía velocidad, pero no quería parecer maníaca, pasada de vueltas o enganchada. Eso requería más actuación por su parte.

—Los jóvenes que me acompañaron estaban involucrados en el caso y habían planteado ciertas dudas probablemente justificadas sobre nuestra investigación.

Dirigió una mirada a su jefe para escudriñar su rostro en busca de pistas que le indicaran que su perorata estaba causando impacto. Ceño fruncido. Cejas arqueadas. Asentimientos y negaciones con la cabeza. Siguió adelante, embalada y esperanzada.

—Sé que no soportas que la gente tenga dudas sobre un caso oficialmente cerrado, pero se trataba de que fuera terapéutico para mí. Ya sabes, un viaje rápido para hablar con el posible testigo y obtener una declaración. Cerrar definitivamente bien el caso, sin flecos por ninguna parte. Y ya está...

Observó una sonrisa compungida. Su jefe sabía lo poco probable que era un caso sin flecos y ya está.

—Ahora reanudaré el ciclo de rehabilitación —insistió Susan—. He vuelto a tiempo para asistir a mis reuniones y acudir al psicoterapeuta como me pediste. —Se encogió de hombros—. Mira, no tenía ni idea de que el individuo al que iba a ver tuviera un laboratorio cutre de metanfetamina en su vieja caravana. Cuando nos vio llegar, creyó que era una redada y decidió acabar con su vida cubriéndose de gloria, como hizo aquel tipo en la televisión. Madre mía, podía habernos matado a todos, pero tuvimos suerte y el policía local que me acompañaba era muy bueno; tal vez tendrías que plantearte incorporarlo a nuestro equipo de investigadores...

Cada palabra que decía estaba calculada para convertir algo

reprobable en algo elogiable. La satisfizo especialmente sugerir que había intentado asegurarse de que no se hubiera cometido ningún error en un caso. Como a cualquier cargo importante de la fiscalía, a su jefe le preocupaba que cualquier asunto de su competencia pudiera convertirse en una noticia de primera plana que incluyera la palabra «incompetente» cerca de su nombre.

—Ya sé que todo esto suena a cagada monumental, y no estoy negando que lo sea, pero mi intención era buena...

Su jefe se lo creyó.

Eso sorprendió a Susan.

Siguió simplemente suspendida, aunque con la advertencia de que no podía haber más incidentes que entorpecieran su programa de rehabilitación. Ella sabía que esta amenaza era verdadera.

«Una capa delgada de hielo se ha vuelto más delgada.»

Pero mientras no hiciera movimientos bruscos, no se hundiría en las aguas gélidas.

De camino a lo que su jefe suponía la continuación de su tratamiento para mantenerse desenganchada, la secretaria le entregó un sobre grande. Susan notó las páginas que contenía casi como si sus dedos estuvieran atravesando el papel para llegar a un asesino.

44

Resistió la tentación de abrir el sobre al instante y esperó hasta llegar al piso de Moth.

Lo dejó caer con una formalidad extraña sobre la mesa.

—Muy bien, señor Warner. Aquí tiene lo que me pidió.

Vio que Andy Candy palidecía un poco. Susan era consciente de que el contenido del sobre comprendía desde lo totalmente irrelevante hasta lo sumamente peligroso. Abrirlo podía llevarlos a emprender un camino que tal vez no pudieran abandonar. Se dio cuenta de que, como era la mayor y la única verdadera profesional presente en lo que a delitos y penas se refería, tenía que hacérselo notar.

—¿Estás seguro de querer mirarlo?

—Es de lo que se trataba desde un principio, ¿no? —dijo Moth tras dudar un instante.

—Sí. Es solo que hasta ahora nadie ha quebrantado ninguna ley (admito que puede que las hayamos forzado un poco), pero ¿hemos hecho algo que un fiscal pueda denunciar en un juzgado? No. Creo que no. Todavía no.

—Y ahora es cuando dices «pero».

—Sí. Si abres este sobre y haces lo que has dicho que harías, todo cambiará radicalmente. Me viene a la cabeza la palabra «conspiración», por ejemplo.

Susan utilizó el mismo tono que había usado la primera vez que Moth fue a su despacho.

El joven no contestó. Se quedó mirando el sobre.

La fiscal suavizó su voz, lo que contradijo gran parte de la dureza de lo que estaba diciendo.

—Mira, Timothy, sé lo que has dicho que quieres hacer, pero ¿te lo has pensado bien? No creo que seas un criminal, y tampoco creo que quieras convertirte en uno. Pero estás a punto de hacerlo. ¿No tendríamos que encontrar alternativas?

—Las alternativas casi nos matan a todos —respondió Moth.

—Solo quiero que pienses en... —empezó Susan, pero él la interrumpió:

—¿No es eso lo que hacemos siempre, Susan? —preguntó en voz baja—. Cada día. ¿Voy a seguir limpio hoy? ¿O voy a recaer?

Ahora fue Susan quien se quedó callada.

—Estoy cansado de ser quien soy —añadió Moth—. Quiero ser diferente.

Le tembló un poco la mano al coger el sobre, y no era la clase de temblor que le era familiar: el de la mañana después de haberse pasado la noche empinando el codo. Miró a Andy Candy, que parecía paralizada en su sitio, porque lo que había sido un desafío intelectual, un rompecabezas con sus cien piezas esparcidas en una mesa esperando a ser encajadas, se había transformado en algo de otra categoría.

—Andy —dijo Moth en voz baja—. Veo dónde quiere ir a parar Susan. Puede que este sea el momento de locura del que hablamos. Si quieres irte, ahora sería un buen momento para salir por esa puerta y no volver la vista atrás.

Decir esto casi le dio náuseas. Vislumbró varios futuros. «Se va, me quedo solo. Se queda, ¿y qué hacemos?»

Las ideas se agolpaban en la cabeza de Andy.

«Vete, vete, vete, vete —pensó. Y después—: Ni hablar.»

No estuvo de acuerdo consigo misma. «Estás siendo idiota. ¿Y? ¡Menuda novedad! Has sido idiota desde el principio. ¿Por qué ibas a dejar de serlo ahora?»

Cuando sacudió la cabeza, Moth sintió un inmenso alivio. Sin dar explicaciones, ella le quitó el sobre de las manos.

—Veamos qué podemos averiguar —dijo sin confiar demasiado en su voz—. A lo mejor no está aquí. O a lo mejor sí. A lo mejor no podemos estar seguros. Entonces podremos tomar algunas decisiones.

La postergación aparente de sus propósitos delictivos renovó su confianza. Buscó la foto del carnet de conducir de Blair Munroe. Que estuviera muerto o no era algo que estaban dilucidando a muchos kilómetros de allí los forenses de Massachusetts. El hombre tal vez muerto parecía muy lejano. El hombre que la había llamado por teléfono y la había aterrado parecía mucho más cercano. Dejó la foto del hombre tal vez muerto en la mesa y abrió el sobre de papel manila. De una forma semejante a la de una presentadora de un concurso televisivo, sacó una hoja.

Los tres miraron las fotos que Andy Candy puso una al lado de otra.

«Un hombre de las afueras de Hartford, en Connecticut.»

—No —sentenció Susan—. ¿Timothy?

—Coincido contigo. No es él.

Otra fotografía.

«Un hombre de Northampton, en Massachusetts.»

—No —soltó Moth—. El pelo y los ojos son distintos. Y también la estatura.

—Cierto —corroboró Susan.

Una tercera fotografía.

«Un hombre de Charlotte, en Carolina del Norte.»

Este retrato hizo que todos se inclinaran hacia delante. Había ciertos parecidos, disimulados por unas gafas. Andy contuvo el aliento, pero soltó el aire despacio al darse cuenta de que no era el hombre que estaban buscando.

—Sigue —pidió Moth—. Otra.

Andy pensó que era un poco como aquel juego infantil en el que se ponen cincuenta y dos cartas boca abajo y hay que girarlas de dos en dos e intentar recordar dónde están las ya levantadas para formar parejas de caras iguales. Metió la mano en el sobre y sacó otra fotografía.

«Un hombre de Cayo Hueso, en Florida.»

Soltó un gritito ahogado, aunque en realidad quiso chillar a pleno pulmón, desahogarse hasta quedar agotada. Pero se limitó a dejar a un lado el sobre con las restantes veinte y pico hojas, acercarse al fregadero y llenar un vaso de agua. Se lo bebió de un trago, incapaz de distinguir si estaba fría o tibia.

Moth no supo muy bien cuánto tiempo se quedaron los tres callados. Pudieron ser segundos. Pudieron ser horas. Fue como si hubiera empezado a deslizarse por el tiempo. Cuando habló, tuvo la sensación de que su voz resonaba, o de que procedía de un lugar lejano o de otra persona: un desconocido.

—Dime, Susan, ¿cómo puedo salir impune de un asesinato? —preguntó en voz baja.

Andy Candy recordó una lectura de su clase de Literatura en su tercer curso universitario. «Un año sin violación», pensó. Muchos debates en clase sobre obras existenciales. «La única verdadera elección es suicidarse o no.» Trató de recordar: ¿Sartre? ¿Camus? Era uno de aquellos escritores franceses, de eso estaba segura. Miró a Susan. «Bueno, podría aplicársele lo de estar entre la espada y la pared, ¿no?» Era casi un chiste, y reprimió una sonrisa. No se atrevió a mirar a Moth. Intentó imaginar lo que sería para él ver al verdugo de su tío retratado en algo tan corriente como un carnet de conducir. Tuvo la extraña sensación de que las cosas empezaban a cobrar forma, como si en lugar de crear confusión, todo empezara a ponerse en su sitio, a juntarse, a enlazarse como los eslabones de una cadena. Miró de soslayo la foto del asesino, pero mentalmente la sustituyó por el rostro sonriente del chico que la había follado por la fuerza, la había preñado y la había abandonado. «Hay que matarlos a todos», pensó.

Un breve silencio.

—No puedo responder a eso, Timothy —soltó Susan Terry.

—¿No puedes o no quieres? —preguntó Moth.

—Lo que tendríamos que hacer es llamar a mi jefe —aseguró Susan sin hacer caso a la pregunta de Moth—. Entregárselo todo a los investigadores. Dejar que preparen un caso procesable. Que hagan una detención. Es complicado, desde luego, pero no imposible. Vamos, Timothy, no seas tonto. Dejemos que alguien experto se encargue de esto.

Moth tardó un instante en hablar.

—Cuando te ocupas de casos de asesinato —dijo pausadamente—, al prepararlo todo antes de ir a juicio, seguro que piensas que si quitaras algo, un detalle, una prueba, todo el caso se derrumbaría. Quien mejor puede saber cómo evitar ir a la cárcel no es el delincuente, porque está inmerso en sus fechorías, sino la policía y los fiscales como tú, que lo ven todo *a posteriori*.

—Sí —asintió Susan Terry—. Lo que dices es razonablemente exacto. —Parecía una catedrática de Derecho.

—De modo que es lógico pensar que una experta como tú sepa, intelectualmente hablando, cuáles son los peligros que puede haber y los errores que pueden cometerse.

Susan asintió de nuevo. Se sentía un poco como si acabara de despertar en un planeta desconocido, donde se hablaba de crímenes y asesinatos como si fueran temas de un trabajo universitario.

—Muy bien —prosiguió Moth, ganando algo de fuerza—. Hablemos hipotéticamente entonces.

A Susan no le costó ver dónde quería ir a parar. No lo detuvo, aunque algo en lo más profundo de su ser le gritaba que lo hiciera.

—Hipotéticamente y hablando en general —prosiguió Moth con una voz fría que a duras penas reprimía la furia—, ¿cuáles son los aspectos concretos en que un asesino falla y por eso acaba en chirona?

«Bueno, no se puede contener la marea», pensó Susan, inspirando hondo, de modo que respondió:

—Por la experiencia que tengo, y hablando hipotéticamente, son los vínculos. Las relaciones. ¿Qué relaciona al asesino con la víctima? Normalmente, se conocen o tienen algo en común. Lo que la policía busca son puntos de coincidencia.

Moth se inclinó hacia delante, de modo casi agresivo.

—O sea que el asesinato más difícil de resolver...

—Es aquel en el que la relación no es aparente ni obvia.

O permanece oculta. O es fortuita. O no hay testigos de la misma. O algo impide verla. Mierda, Timothy, llámalo como quieras. Es cuando no está claro el móvil del asesinato ni cómo la persona A llegó al mismo sitio que la persona B. Con un arma.

Moth pensaba deprisa. Susan podía ver cómo le daba vueltas al asunto.

En ese momento intervino Andy Candy.

—¿Quieres decir como cuando alguien acecha y mata a los miembros de un grupo de estudio de la Facultad de Medicina años después de que hicieran lo que fuera y todo el mundo haya pasado página menos el asesino?

Había mucho cinismo en su voz. La propia Andy lo percibió y, de hecho, le gustó. Era como abrir la puerta de una cámara frigorífica.

Susan procuró ignorarlo y dijo:

—Mira, también hay vínculos forenses. No subestimes lo que pueden hacer los laboratorios policiales. No es como vemos en la tele, ya sabes, un resultado al instante por aquí, un resultado al instante por allá y, ¡bingo!, ya sabemos quién es el asesino. Pero pueden comparar huellas dactilares, analizar cabellos, ADN, de todo. Tardan el tiempo que sea necesario y no podrían ser más fiables. Y la balística es una ciencia muy avanzada.

Moth miró las dos fotografías que había sobre la mesa. Tomó la de Blair Munroe en el carnet de conducir de Massachusetts.

—Sé lo que me relaciona con este hombre —afirmó despacio.

Volvió a dejar la fotografía en la mesa.

Sujetó la otra fotografía y la observó un momento. «Stephen Lewis. Calle Angela, Cayo Hueso.»

—Pero ¿qué me vincula a esta persona? —preguntó.

—Solo yo, y lo que he hecho —respondió Susan en voz baja tras dudar un instante.

—¿Y qué supones que relaciona a este hombre con este otro? —preguntó Moth sosteniendo las dos fotografías en alto.

Susan inspiró con fuerza. Fue como si en aquel instante pudiera ver un asesinato. No sabía si Moth también lo veía.

—Seguramente nada, si es tan listo como pensamos —respondió.

Moth sonrió.

—Vale, Susan —soltó—. Creo que hoy tendrías que ir a Redentor Uno. Sí, sin duda. Tendrías que asegurarte de estar allí esta tarde. Y de hablar. Cuenta detalladamente todos tus problemas y haz que todo lo que dices sea memorable. No querrás que ninguno de los presentes en la reunión olvide que estuviste en ella, por si alguien llegara a preguntarlo.

45

Una conversación unilateral:

—No te precipites. Puedes mandar al cuerno todo tu futuro. Te pillarán. ¿Crees que puedo protegerte? Piénsatelo bien. No lo haré. El asesinato no es ningún juego, Timothy. No es una especie de ejercicio académico. Es real, desagradable y exige mucha más dureza de la que tú posees. ¿Crees que puedes mirar a los ojos a un hombre y matarlo? Hazte esta pregunta. Puede que sea fácil para las estrellas de Hollywood en las películas, pero en la vida real no es tan sencillo. ¿Crees que podrás apretar el gatillo?

Una pausa. Ninguna respuesta. Continuación:

—La policía no es idiota, Timothy. El tiempo juega a su favor y dispone de unos recursos que ni te imaginas. Los homicidios no prescriben.

Más silencio. Las palabras que explotaban en la quietud del piso no parecían hacer mella.

—¿Qué te hace pensar que cuando lea mañana en el periódico que ha habido un asesinato en Cayo Hueso, no me presentaré en la policía de la ciudad para decirles que sé quién lo hizo? Entonces, aunque les lleve mucho tiempo, resolverán el caso. Puedes contar con ello. Y si decido ayudarlos, no tardarán tanto. Así que mata a ese hombre y disfruta de tus cuarenta y ocho últimas horas de libertad, Timothy. Pásate ese tiempo pensando en lo que podrías haber hecho con tu vida.

»Serán las cuarenta y ocho horas más rápidas que hayas vivido, mientras esperas a que llamen a la puerta. Y no trates de huir. No te servirá de nada. Da igual si utilizas todo el dinero de tu tío para contratar al mejor abogado penalista de Miami. Irás a la cárcel. ¿Sabes qué les pasa a los chicos blancos que cumplen condena por asesinato? Usa la imaginación, Timothy, y después de haberte figurado lo peor que puede pasarte en una prisión, multiplícalo por diez y te acercarás a la realidad.

Otro momento a la espera de una respuesta que no llegó.

—Por favor, Timothy, no seas idiota. Eres listo y culto. Tienes muchísimo potencial. No lo tires todo por la borda por culpa de una venganza ridícula.

Una sonrisa. Una negativa con la cabeza. Su silencio se prolongaba insistentemente, como una sirena que resonara en la habitación. Susan dejó que la rabia y la frustración se le colaran en la voz, y finalmente recurrió al mejor argumento posible:

—Y arrastrarás a Andy contigo, y puede que a mí también, aunque coopere y declare en tu contra. Esta vez seguro que perderé mi empleo, y muy probablemente toda mi carrera profesional se irá al garete. Puede que hasta me enfrente a una pena de prisión. Pero eso no es nada comparado con lo que le ocurrirá a Andy. ¿Quieres verla metida entre rejas?

Inspiración profunda. La respuesta de Moth, sencilla, imposible: «No.»

Más silencio. La última pregunta de Susan, impotente:

—¿Y bien?

Una mentira:

—No permitiré que eso suceda. Adiós, Susan. Nos veremos mañana en Redentor Uno.

Un último esfuerzo, realizado en otra dirección.

—Por favor, Andy, no dejes que lo haga.

Y la respuesta inmediata de la joven:

—Nunca se me ha dado bien lograr que Moth haga algo. Bueno o malo. Una vez que ha tomado una decisión, es tozudo como una mula.

Un tópico, desde luego, pero acertado.

Susan los miró. De repente, le parecieron muy jóvenes.

—Joder, pues nada —soltó. Se volvió para marcharse, pero al llegar a la puerta, lo intentó por última vez—. No digas que no te lo advertí.

Egoístamente empezó a calcular el riesgo que corría. Era considerable. «Conspiración. Cómplice; eso seguro. Encubrimiento; eso era igualmente probable.» Le vinieron a la cabeza diversos cargos: los que ella habría presentado contra otra persona. Veía los artículos del Código Penal, puede que hasta pudiera recitarlos literalmente en caso de necesidad. La abogada que había en ella se preguntó si tendría que redactar rápidamente un documento y pedir a los dos muchachos que lo firmaran: una especie de declaración que la eximiera de cualquier participación en cualquier actividad delictiva. Supuso que no era factible, especialmente cuando Moth repitió «Adiós, Susan» y le sostuvo la puerta para que saliera.

Quiso darle de collejas, hacerlo entrar en razón a bofetadas. Agarrarlo por el cuello de la camisa y hacerle ver la realidad. Pero no lo hizo. Se marchó y, cuando la puerta se cerró, de repente se sintió más sola de lo que se había sentido en toda su vida.

Moth se dirigió al ordenador con la foto del carnet de conducir de Stephen Lewis, de la calle Angela, en Cayo Hueso. La información que pudiera obtener sobre aquel hombre estaba a pocos clics de distancia.

—Susan tiene razón, ¿sabes? —dijo con los dedos suspendidos sobre el teclado.

—¿Razón en qué? —preguntó Andy Candy, aunque sabía a qué se refería.

—En todo lo que ha dicho. Los riesgos. El dilema. La realidad. No tendría que engañarme a mí mismo —añadió sin convicción. Esperó un instante antes de añadir—: Y lo que ha dicho de nosotros. Tenía razón en eso. No puedo pedirte nada más, Andy. Tienes que irte ahora. Sea lo que sea, tengo que hacerlo solo. Susan habló de potencial. De futuro. De no tirarlo todo por la borda. Expuso todos los argumentos que cabía esperar de ella. Y todos tenían más sentido que lo que yo tengo en mente. ¡Dios mío, si ni siquiera sé si seré capaz de hacerlo! También tenía razón en eso. —Sacudió la cabeza—. Pero tengo que intentarlo.

Andy fue consciente de que tendría que dejarse guiar por el sentido común para dar sus siguientes pasos. También fue consciente de que no lo haría.

—Moth —dijo en voz baja—. No voy a dejarte ahora.

Sabía que era a la vez la mejor y la peor decisión que podía tomar. «Hay toda clase de cosas buenas que están mal y de cosas malas que están bien. Y esta es, sin duda, una de ellas.» Pero no sabía a cuál de las dos categorías pertenecía.

—Si yo tenía un futuro —comentó Moth despacio—, fue porque el tío Ed me lo proporcionó. Y si llevamos todo este asunto a la policía, su asesino desaparecerá de nuevo. Puede que tenga otra identidad en otra parte. Puede que tenga diez. Y, desde luego, por más presión que ejerza Susan y por más alertas que emita el FBI, no lo encontrarán. En Estados Unidos no para de desaparecer gente buscada. Cuando atrapan a alguien por casualidad pasados diez, veinte o treinta años, la noticia aparece en primera plana. Los radicales de los sesenta estuvieron años desaparecidos. ¿Y aquel mafioso de Boston? Su cara estaba en todas las oficinas de correos y en la lista de los más buscados del FBI, y aun así pasaron décadas antes de que alguien lo encontrara. Y fue más bien de chiripa. Este hombre, nuestro hombre, no parece la clase de persona que da margen a la suerte o las casualidades en su vida.

La joven quiso ser práctica.

—Nos matará, Moth. Lo sé. Puede que no sea hoy o mañana. Pero algún día lo hará. Cuando le apetezca. —Sabía que sobraba decirlo, pero al hacerlo sumó el pánico al miedo—. Dios mío —dijo, mas no fue ninguna plegaria.

Moth asintió para mostrarle que estaba de acuerdo.

—Así pues, ¿tenemos algún plan? —preguntó ella. Por un instante pensó que tal vez tendrían suerte y no estaría en Cayo Hueso. Pero se contradijo a sí misma al plantearse que tal vez eso sería mala suerte.

—Sí —contestó Moth, y se volvió hacia el ordenador para hacer unas búsquedas. Acto seguido, añadió una salvedad arrastrando las palabras—: Más o menos.

46

Islamorada, Tavernier, Cayo Largo, Cayo Grassy, Bahía Honda, No Name Key y muchas más: desde el sur de Miami, al límite de los Everglades, hasta Cayo Hueso, la Overseas Highway serpentea por casi mil setecientas islas. La vista desde esta autopista es espectacular: el golfo de México a un lado y el océano Atlántico al otro, brillando al sol, que confiere a sus aguas cien tonalidades de azul. A Moth le gustaba el famoso puente de las Siete Millas, que en realidad no mide siete millas, sino que se queda en las 6,79. Su nombre es engañoso; parece verdadero y falso a la vez. Mide casi siete millas: ¿por qué no llamarlo así?

Andy Candy conducía. Era última hora de la tarde, pero no había demasiado tráfico. Iba con cuidado, no solo porque la autopista, que pasaba de cuatro carriles a dos y cruzaba centros comerciales y puertos deportivos, era peligrosa, sino porque el hecho de que algún policía del condado de Monroe los hiciera parar en un control de tráfico rutinario lo arruinaría todo.

En la mochila del asiento trasero llevaban algo de ropa que Moth había elegido cuidadosamente junto con el Magnum .357 cargado. También llevaban una gorra maltrecha, unas gafas de sol y un sombrero de paja de ala ancha de los que usan las señoras mayores que temen los efectos del sol.

No era precisamente un kit para asesinar.

Ofrecían el aspecto de una joven pareja que iba a hacer *snorkel*, *parasailing* o un crucero al atardecer. Pero no lo eran. Lo que no aparentaban era ser un par de asesinos.

Pararon cerca de Cayo Maratón. Mientras Moth entraba en una bodega, Andy Candy encontró un lugar húmedo y enlodado en un rincón del aparcamiento. Sacó algunas prendas que Moth había metido en la mochila y empezó a restregarlas por la tierra, zarandeándolas. Echó un vistazo alrededor para comprobar que nadie viera lo que estaba haciendo. Recordaba un poco a una mujer pobre haciendo la colada a mano, solo que al revés. Deseó poder disponer de algo apestoso, como sudor seco, orina, materia fecal o hedor de mofeta para añadirlo a la mezcla.

Cuando alzó la cabeza, vio que Moth se acercaba a ella. Cargaba una bolsa marrón, y oyó el repiqueteo de dos botellas entrechocando.

—Jamás creí que volvería a hacer esto —dijo él, intentando sonar seguro, pero a Andy le pareció tembloroso. No sabía si era por las bebidas alcohólicas que traía y todo lo que prometían, o por el plan, que prometía otra cosa.

No había salido del todo como había previsto.

El estudiante 5 se sirvió una cerveza fría y exprimió en ella una rodaja recién cortada de lima para intentar posponer el estado de ánimo que no le abandonaba desde la mañana: de repente se sentía aburrido.

Sol. Turistas. El estilo de vida relajado de la isla. No estaba nada seguro de encajar.

—Maldita sea —masculló.

Llevó la cerveza y la bolsa de patatas fritas empezada al salón bien amueblado. El interior estaba oscuro; Cayo Hueso, que adora religiosamente al sol, está diseñado para que haya sombras pronunciadas, lo que proporciona frescor en los sofocantes meses de verano. Entre el zumbido constante del aire acondicionado centralizado, la madera usada en las paredes y el suelo, y las frescas baldosas granates de la cocina, en su casa reinaba una sutil tranquilidad.

Por primera vez en años, el estudiante 5 se sintió solo. Había vivido mucho tiempo con quienes se convertirían en sus víctimas. Y ahora ya no estaban. Era como perder amigos y compañeros. Sintió la necesidad de abrir una ventana para notar el calor y oír el ruido de la calle, aunque cualquier sonido sería lejano. El estudiante 5 vivía al otro lado del cementerio de Cayo Hueso. El típico chiste de los agentes inmobiliarios: un vecindario silencioso. Había cien mil personas enterradas a unos metros de su puerta principal, o eso decían. Nadie estaba seguro de cuántas personas reposaban realmente en él.

Se tumbó en un sofá y se llevó el vaso de cerveza a la frente. Se enfadó un poco consigo mismo. «Tendrías que haberlo previsto. ¿Qué clase de psicólogo eres?»

Frunció el ceño. Se movió en su asiento buscando una postura cómoda, pero no lo logró. Se reprendió a sí mismo.

—¿Dónde estabas el primer día de Psiquiatría Básica? —soltó en voz alta—. ¿Te ausentaste sin permiso? ¿No prestaste atención? ¿Creías que no te quedaba nada por aprender?

Era la más sencilla de las ecuaciones emocionales, y tendría que haberlo sabido. Las fantasías sobre lo que haría con su vida habían sido simplemente yesca para que su fuego obsesivo prendiera. Su verdadera ocupación en la vida había sido la venganza; años de dedicación, de entrega a un solo objetivo, de perfeccionar su destreza. Y ahora todo aquello había desaparecido, junto con el estímulo intelectual y la intensidad de planificación que conllevaba.

Se sentía un poco como un viejo el primer día de su jubilación forzosa, tras haberse pasado décadas yendo todos los días a la misma oficina, sentándose ante la misma mesa, tomando la misma taza de café y el mismo almuerzo preparado en casa, a la misma hora, haciendo el mismo trabajo, hora tras hora, año tras año.

—Maldita sea —rezongó.

Pero él no recibiría una placa de agradecimiento, ni una fotografía enmarcada firmada por los compañeros de trabajo, ni un reloj bonito pero barato para conmemorar su jubilación. No le daría una palmadita en la espalda su jefe, ni un apretón de manos el joven que lo sustituiría en su puesto. No habría lágrimas de sus colegas más sentimentales.

—Maldita sea —repitió. El viejo de sus pensamientos se suicidaría de un tiro. Enseguida. No tenía la menor duda—. La madre que me parió —soltó. Se enorgullecía de ser una persona fría y realista tanto en lo que se refería a sí mismo como al asesinato, pero estaba deprimido. Y perdido.

Las últimas semanas habían estado llenas de energía. Primero, mientras atormentaba al sobrino, la novia y la fiscal. Eso había sido de lo más divertido. Estimulante y entretenido.

Después, mientras preparaba su salida de una de sus vidas. Eso también había sido artístico. No solo lo había liberado, sino que había sido un ejercicio imaginativo. Y había funcionado: cada pieza había ocupado su sitio como las cartas que baraja un tahúr profesional.

Había llegado a Cayo Hueso vigorizado, dispuesto a abrazar su nueva vida. Y casi al instante se había hundido en un vacío. Desde el momento en que vio explotar la parte posterior de la cabeza de Jeremy Hogan hasta entonces nada había sido como lo imaginaba.

No quería leer noveluchas ni ver culebrones televisivos. No quería pescar, navegar, nadar o hacer ninguna de las actividades turísticas que atraían a la gente a los cayos. De repente detestaba los grupos de cruceristas que voceaban en distintos idiomas y abarrotaban las calles, y los carísimos vendedores ambulantes que recaudaban el dinero que llegaba a diario. Todo aquello a lo que había esperado dedicarse se había empañado.

—¿Qué quieres hacer ahora que eres libre como el aire? —se preguntó bruscamente—. ¿Ahora que estás... jubilado? —Hizo que esta palabra sonara como una obscenidad.

Guardó silencio un momento.

—Matar —susurró. Y prosiguió en voz más alta—: Muy bien. Tiene toda la lógica del mundo. Pero ¿a quién? —Sonrió. La pregunta era de chiste—. Ya sabes a quién.

Una serie de desafíos totalmente nuevos. «Después de todo, ¿quién supone una amenaza? ¿Quién puede robarte la vida?» Sabía que la verdadera respuesta a esta pregunta era «nadie» debido a la forma en que había creado sus distintas identidades. Pero la mera idea de que alguien podía representar un peligro para él después de todo lo que había logrado era embriagadora. Empezó a elucubrar.

«La novia. No será demasiado difícil. Las jóvenes siempre están haciendo idioteces que las hacen vulnerables. La pregunta clave es cuándo hacerlo. ¿De aquí a un año? ¿Dos? ¿Cuánto tiempo tardará su sensación innata de seguridad y su ridículo exceso de confianza en afianzarse realmente y en dejarla a punto?»

Eran pensamientos fascinantes. Pasó enseguida a cavilar sobre Timothy Warner.

«El sobrino. Es alcohólico, y no se dejará llevar tan fácilmente por una falsa sensación de seguridad. Pero es joven y débil, lo que minimizará las precauciones que pueda tomar cuando esté sobrio.

»La fiscal...»

Sonrió.

—Eso sí que es un desafío —se dijo en voz alta—. Un auténtico desafío. Es complicada, pero a fin de cuentas, con o sin adicción, sigue siendo un miembro del sistema, y este protege bien a los suyos. Habrá que esforzarse para planear su muerte. Los riegos serán mayores, ¿no?

Respondió su propia pregunta.

—Cierto —dijo. Planificar la muerte adecuada para Susan Terry sería fascinante.

«¿Accidente? ¿Suicidio? ¿Sobredosis? Imagina los enemigos que se habrá ganado metiendo gente en la cárcel.» Era un rompecabezas estupendo.

Bebió un buen trago de cerveza y se acercó al ordenador portátil. Se había montado una pequeña zona de trabajo en una habitación de invitados poco amueblada. En el suelo de un rincón había una impresora. El propósito lo llenó de energía y lo serenó. «Será mejor que empiece», se dijo. En unos segundos había tecleado «Fiscalía del Estado en el condado de Dade». Abrió la ventana de la información pública de su sitio web titulada «Quiénes somos». Después, imprimió la fotografía de Susan, su currículum, una breve biografía y la lista de sus principales casos.

Algo que estudiar. Lo suficiente para sentirse lleno de vida y hacer funcionar el cerebro. Simplemente por pulsar unas teclas y oír cómo las hojas se depositaban en el receptáculo de la impresora ya tuvo la sensación de estar haciendo algo. El retrato a todo color del sitio web de la Fiscalía del Estado fue lo último que salió. «Una bonita y larga cabellera negra. Sonrisa afable y cordial. Mandíbula firme, labios carnosos y ojos verdes. Realmente bonita», pensó.

—Hola, Susan —dijo en un tono cantarín. «Llegará un día en que desearás haber saltado por los aires en mi caravana estática.»

Empezó a tararear para sus adentros un animado rock and roll, y no se paró a pensar por qué le había acudido a la cabeza aquella canción en concreto. Esta aparente canción de amor era más bien una canción de sexo, pero le cambió las palabras del estribillo al empezar a entonarla imitando burdamente la voz cavernosa del difunto Jim Morrison como si saliera de las tumbas situadas a pocos metros de su casa en lugar de la que ocupaba en el cementerio parisino de Père-Lachaise, a miles de kilómetros de distancia. Podía oír al vocalista de The Doors cantando: «*Love me two times, I'm going away...*»

El estudiante 5 cambió mentalmente el verbo «amar» por el verbo «matar»: «Mátame dos veces, porque me voy a ir...»

47

Mientras recorrían los últimos kilómetros desde el Refugio del Venado de los Cayos, pasando por el puerto deportivo de Stock Island y la entrada del centro universitario, Moth repasó mentalmente los detalles. Eso le permitió concentrarse en lo que podría necesitar en lugar de plantearse lo que tenían intención de hacer. Casi daba risa: un par de chicos en edad universitaria que conducían hasta Cayo Hueso para convertirse en asesinos.

Lo único verdaderamente bueno sobre sus vacaciones homicidas era que estaba con la única chica a la que había amado y, curiosamente, por primera vez desde hacía años, no había pensado en tomar un trago, a pesar de que comprar dos botellas, una de whisky y otra de vodka, lo había alterado.

A su lado, Andy Candy conducía suavemente, con prudencia, aunque cuanto más se acercaban a Cayo Hueso, más convencida estaba de que tendría que zigzaguear bruscamente por la carretera. Debía eludir cualquier cosa que llamara la atención y les impidiera hacer lo que iban a hacer. Era su lado racional. El irracional, que seguramente era el correcto, la obligaba a conservar la calma, a mantenerse en su carril y respetar todas las señales de tráfico.

Encontraron un aparcamiento en una calle tranquila cerca de la avenida Truman, a solo dos manzanas del cementerio. Su coche se sumó a una hilera de vehículos típicos de los cayos: algunos Porsche y Jaguar de lujo, nuevos y relucientes, y varios

Toyota viejos, oxidados y abollados, con la pintura desconchada y cubiertos de adhesivos para parachoques que proclamaban: «¡Que viva la República de la Concha!» y «¡Recicla ya!»

Moth se cargó al hombro la mochila con la ropa que Andy había ensuciado tanto, las botellas de bebidas alcohólicas y el revólver. Juntos se dirigieron a una tienda de alquiler de bicicletas, de las muchas que salpican Cayo Hueso. La música *reggae* con que los bombardeaban unos altavoces al aire libre les anunciaba que todo iría bien. Era Bob Marley cantando *Every little thing's gonna be all right*. El dependiente con rastas les alquiló encantado dos bicicletas algo destartaladas. También les enseñó dónde dejarlas si decidían devolverlas aquella noche, puesto que Moth le había dicho que no estaban seguros de si iban a quedarse uno o dos días. Andy Candy permaneció en un segundo plano, procurando pasar desapercibida. Moth pagó en efectivo.

Cruzaron la ciudad en bicicleta y entraron en una tienda West Marine. Moth compró una pequeña sirena de niebla, de las típicas que llevan los veleros que zarpan al Caribe desde Cayo Hueso. En The Angling Company adquirió un par de bragas de cuello. Esta prenda, que gusta mucho a los pescadores, puede usarse para taparse la cabeza y la cara o simplemente para evitar el sol en la nuca. Andy Candy se quedó una rosa y él, una azul.

No se le ocurrió nada más. Fue muy consciente de la minuciosa planificación que había dedicado a los asesinatos el verdugo de su tío, y pensó que sus esfuerzos eran endebles y poco sistemáticos. Esperó que fueran suficientes. Se sentía un poco como un cocinero novato intentando preparar una complicada receta francesa para una comida de vital importancia en que su carrera profesional y su futuro penderían de un hilo en cada bocado de los comensales.

Los dos pedalearon hasta la playa de Fort Zachary Taylor, donde se sentaron en un banco deteriorado de madera bajo unas palmeras a unos veinte metros de las aguas inmaculadas. Estuvieron unos minutos observando a una familia que daba por finalizado un día de ocio. Los padres intentaban acorralar a los niños rebozados de arena y tostados por el sol, recoger las neveritas y sombrillas y marcharse. Era una estampa inauditamente inocente. El contraste entre la familia de vacaciones y ellos dos abrumó a Andy. Pensó que tendría que decir algo, pero se quedó callada mientras Moth se levantaba de golpe, corría hasta un vendedor ambulante que también se estaba preparando para irse y le compraba dos botellas de agua.

Ella bebió el líquido frío con ansia.

—Andy, no creo que podamos simplemente acercarnos a él y dispararle. Podría vernos demasiada gente. Haríamos demasiado ruido. Tenemos que acorralarlo en algún lugar apartado —comentó Moth en voz baja. Una vez había asistido a clases de Historia cinematográfica. Esto era más o menos lo que hacía Al Pacino en la primera parte de *El padrino*. Pero eran otros tiempos—. Es tanto una confrontación como un asesinato —añadió. Estas palabras sonaron extrañamente huecas.

—No jodas —respondió Andy en tono gélido.

—Solo se me ocurre un sitio.

—Su casa —soltó Andy. Le sorprendió la frialdad repentina que había adquirido su voz. A pesar de lo aterrada que estaba, era organizada. No le pareció demasiado lógico.

—Me preocupa que tenga algún sistema de seguridad. Tenemos que evitar posibles cámaras y alarmas.

—No jodas —repitió Andy.

—No podemos forzar la entrada. No podemos llamar a la puerta y pedirle que nos invite a entrar.

—No jodas —insistió Andy.

—De modo que solo hay una forma de entrar.

Andy notó que su respiración se volvía más superficial. Asmática.

—Mira —prosiguió Moth tras vacilar un instante—, si todo sale mal debes irte. Coge el coche y conduce al norte. Lárgate de aquí y haz exactamente lo que Susan dijo. Ella te ayudará.

—¿Y tú qué?

—Llegados a ese punto, seguramente dará lo mismo. —No dijo «estaré muerto», aunque sabía que esta frase les había venido a ambos a la cabeza. Entonces se preguntó si había hecho una especie de extravagante viaje suicida desde el momento en que había visto el cadáver de su tío y tomado conciencia de que lo único que lo mantenía alejado de la bebida, cuerdo y a salvo estaba muerto.

—Pues no voy a hacer eso —aseguró Andy—. No pienso huir. Nunca fui de las que se retiran o se rinden.

—Lo sé —sonrió Moth—. Pero esto es distinto.

—No te dejaré solo. No después de todo lo que ha pasado.

—Claro que lo harás.

Andy Candy asintió. De repente no sabía si estaba mintiendo o diciendo la verdad.

—Está bien, lo haré. Pero con una condición... —Se detuvo, presa de una furia repentina—. Si te mata, lo mataré, Moth. Si me mata a mí, asegúrate de matarlo.

—¿Y si nos mata a los dos?

Lógico, frío y directo.

—Entonces ya no tendremos de qué preocuparnos y tal vez Susan lo meta en la cárcel.

A Moth le pareció que todo aquello era tan absurdo y descabellado que tendría que dar risa. Sacudió la cabeza y se encogió de hombros con una sonrisa en los labios.

—Muy bien. Te lo prometo. ¿Y tú?

—Te lo prometo también.

Estas promesas fueron como el juramento de lealtad eterna de un par de quinceañeros: del todo improbable.

—Andy, hay muchas cosas que quiero decirte.

—Y muchas que seguramente yo te diría —aseguró Andy. Alargó el brazo y estrechó la mano de Moth. Después rio, nerviosa—. Supongo que nunca ha habido un par de enamorados, no enamorados, exenamorados, amigos, excompañeros de secundaria o lo que seamos, como nosotros.

—No. Supongo que no. —La sonrisa que esbozó Moth se extinguió enseguida—. Puede que pertenezcamos a otra categoría: parejita homicida de la secundaria. Suena bien. Daría pie a un artículo realmente estupendo en un sitio web de cotilleos, como TMZ. —Inspiró hondo y consultó el reloj de pulsera—. Muy bien —dijo—. Es hora de marcharse. No podemos dejar que nos vea. No creo que nos reconociera o siquiera que espere que estemos aquí. Pero no vamos a correr riesgos. Y, pase lo que pase, no uses el móvil. La torre repetidora de Cayo Hueso registraría cualquier llamada.

Dicho esto, le dio la braga de cuello, que Andy se puso como si fuera la máscara de un salteador de caminos del siglo XVIII. Después le pasó el sombrero de paja de ala ancha de señora mayor y la sirena de niebla. Andy se metió la sirena en el bolso y se colocó el sombrero. Fue consciente de que le quedaba ridículo.

—No estamos aquí ahora. No estaremos aquí después. Nunca estuvimos aquí. Recuérdalo.

Andy Candy asintió.

—Vamos a mirar tumbas —indicó Moth.

Aparcaron las bicicletas en la calle y entraron sin ser vistos en el cementerio mientras empezaba a oscurecer. Ángeles con túnicas holgadas, las alas extendidas y la trompeta en sus fríos labios de piedra, sonrientes querubines desnudos, flores marchitas y lápidas desvaídas. Era un sitio desordenado; muchas criptas eran elevadas y creaban un laberinto de rectángulos. Había un monumento en memoria de la tripulación del acorazado *Maine*, una parte dedicada a los combatientes por la libertad de Cuba, y tumbas pertenecientes a miembros de la Armada confederada. Algunas lápidas hacían gala de humor negro: «Solo estoy descansando los ojos» y «Ya te dije que estaba enfermo», mientras que otras afirmaban simplemente: «Dios fue magnánimo conmigo.»

«No sería tan magnánimo contigo si acabaste aquí», pensó Moth.

El cementerio quedaba algo fuera de la ruta turística, pero también era un sitio donde algún que otro indigente borracho se quedaba inconsciente a la sombra junto a una cripta de mármol blanco o algún expaciente mental sin medicación contemplaba fascinado el interminable catálogo de nombres de difuntos. La calle Angela, donde vivía su objetivo, disponía de un carril poco transitado que colindaba al oeste con el cementerio.

Se agazaparon cerca de una cripta perteneciente a un capitán de barco y dejaron que la penumbra nocturna los envolviera. Esperaban que apareciera la policía de Cayo Hueso o algún guardia de seguridad del cementerio; Moth imaginó que en el nombre de aquel empleo tenía que haber algo gracioso que sirviera para relajarlos. Pero no lo buscó.

Se pusieron tensos cuando vieron prenderse una luz en la casa. Andy respiraba con dificultad. Agachada como estaba, notó que las piernas se le agarrotaban y de repente tuvo miedo de que no le respondieran. Le pareció de lo más estúpido. Se estaba sumiendo en un tipo de incertidumbre catatónica en la que todas las dudas que había en su vida amenazaban con hacer de ella una pelota y lanzarla de un puntapié a una masa informe. Ojalá hubiera algo sólido en su vida, algo que no fuera complicado, confuso o incluso inaprensible. Lo habría cambiado todo por un momento de normalidad.

Miró de soslayo a Moth y se dio cuenta de que eso no era verdad. Curiosamente pensó que tendría una vida de lo más extraña: sería catedrático, enseñaría historia en la universidad, asistiría a reuniones de la facultad y escribiría biografías que podrían figurar en las listas de *best sellers*, formaría una familia y alcanzaría todo tipo de logros y de fama, y todo el tiempo guardaría silencio sobre la noche en que mató a un hombre. Esperaba que justificadamente. Eso, suponiendo que pudieran quedar impunes.

Y suponiendo que él no recayera en el alcoholismo.

Esto era algo que no podía saber. Tampoco alcanzaba ya a imaginar qué sería de su propia vida. Lo único que veía era un final que tendría lugar esa noche. Morir la asustaba, pero no tanto como matar.

Moth, por su parte, no se atrevía a mirar a Andy. Quería que se largara. Quería que se quedara a su lado. Ya no sabía qué estaba bien ni qué estaba mal. Solo podía aguardar a que el velo de la noche se volviera un poco más tupido, húmedo y oscuro a su alrededor. Para ocuparse en algo, porque la espera le daba ganas de chillar, empezó a sacar la ropa sucia de la mochila.

Oyó que Andy inspiraba con fuerza.

—Mira —susurró—. ¡Dios mío!

Moth vio la silueta de un hombre, seguramente su hombre, recortada contra la luz que salía por la puerta principal del pequeño bungaló. Observó cómo salía y cerraba la puerta con llave.

—Es él —dijo con frialdad. Era lo que había esperado.

Notó que la boca se le secaba. Se animó a sí mismo: «¡Muévete! ¡Piensa! ¡Es nuestra oportunidad!»

—Ciñámonos al plan —indicó con voz ronca—. Síguelo. No dejes que te vea. Cuando vuelva, hazme una señal cuando esté a una o dos manzanas de aquí.

Moth no estaba seguro de si era más peligroso observar a un asesino o esperarlo. Era consciente de que no podía hacer otra cosa.

Andy se levantó sigilosamente, y con la gracilidad de una bailarina de ballet recorrió las tumbas, siguiendo en paralelo al hombre que bajaba por la calle Angela. Moth apenas alcanzó a ver un momento el objetivo al doblar la esquina hacia la ciudad. Despreocupado. Unos segundos después vio que el sombrero de paja lo seguía a una distancia prudencial, avanzando entre las sombras, escondiéndose tras las gruesas higueras de Bengala, cuyos troncos retorcidos custodiaban cada acera. Entonces empezó a desnudarse.

48

El estudiante 5 se comió un sabroso filete de pargo regado con una copa de Chardonnay frío. Terminó esta comida con un postre dulce y ácido consistente en un trozo de tarta de lima y con un expreso descafeinado, sentado en una mesa al aire libre viendo pasar parejas. Hacía calor y el aire estaba húmedo. Captaba retazos de conversación: discusiones, comentarios graciosos, incluso chistes. Se oían algunas risas, y más de un «date prisa», aunque una de las virtudes de Cayo Hueso es que hay muy pocas cosas por las que darse prisa. De vez en cuando pasaban jóvenes en vespas de alquiler y se oían sus voces alegres por encima del zumbido de abeja enfurecida de las motocicletas. Le pareció la típica noche de un centro turístico: tranquila y relajada.

Pagó a la camarera y salió a la calle, medio deseando tener un puro para celebrarlo, sin saber muy bien si lo de la celebración no sería un poco precipitado. Recorrió despacio las manzanas que había hasta su casa, silbando, pensando que seguramente tendría que reservar aquella melodía para cuando llegara junto al cementerio. Las salamandras se escabullían a su paso. Estaba de lo más satisfecho con su decisión. De nuevo había dado un propósito a su vida.

Absorto en sus planes homicidas, el estudiante 5 apenas captó la sirena de niebla que sonó a cierta distancia detrás de él. Tres bramidos que se elevaron hacia el estrellado cielo nocturno.

Andy Candy se ocultaba tras una higuera de Bengala con la espalda apoyada en el tronco. Oyó los bramidos de la sirena disiparse a su alrededor. No sabía si el sonido llegaría lo bastante lejos como para advertir a Moth. Se suponía que sí, pero no estaba segura. Después contó pacientemente hasta treinta, para dar un poco de tiempo al objetivo para distanciarse en caso de que hubiese oído los bramidos de aviso y se hubiera vuelto a mirar con curiosidad. Tiró entonces la sirena de niebla en un contenedor que había delante de una casa, repleto de bolsas de basura y botellas de cerveza vacías. No se sentía del todo como una asesina, pero fue consciente de que se estaba aproximando a serlo.

Aceleró el paso y así, andando deprisa, esperó reducir silenciosa y anónimamente el espacio que la separaba de la muerte.

Los tres bramidos fueron como pulsadores. Le parecieron extraños sonidos lejanos de otro mundo, pero sabía lo que indicaban. «Viene hacia aquí y está casi en casa.» Moth se puso en marcha, intentando concentrarse exclusivamente en sus movimientos. «No pienses en lo que estás haciendo. Limítate a hacerlo.» Se dio órdenes tajantes como un sargento de instrucción frustrado con unos reclutas novatos:

«Pon la ropa limpia en la mochila. Escóndela junto a la tumba. Recuerda el nombre de la lápida, el número de fila de tumbas y la distancia hasta la entrada para poder encontrarla después. Date prisa.

»Vacía la botella de vodka en el suelo. Viértete algo de whisky en el pecho. Tira el resto para quedarte con las dos botellas vacías. No dejes que el olor del alcohol te embriague.

»Comprueba el Magnum. Que esté totalmente cargado. El seguro quitado. Sujétalo bien.

»Corre.»

Esprintó entre las lápidas y recordó los entrenamientos de fútbol americano de la secundaria, cuando los impíos entrenadores añadían vueltas como castigo por los errores cometidos. Oía el ruido de sus pisadas y estuvo a punto de tropezar una vez. En una mano llevaba el arma y en la otra, las dos botellas ya vacías. Se dirigió a toda velocidad hacia la casa.

El bungaló del asesino tenía un pequeño porche delantero con cuatro peldaños. Delante había un pequeño jardín rodeado de una valla blanca que llegaba a la altura del muslo. Era una valla meramente decorativa; no estaba pensada para evitar que la gente entrara, pero creaba un reducido espacio oculto. Moth saltó por encima de ella. Un cono de luz tenue iluminaba el porche, pero alcanzaba solo hasta el peldaño superior. El jardín estaba lleno de helechos y grandes frondas. Moth se arrodilló y se acurrucó entre los arbustos en posición fetal. Se caló la maltrecha gorra hasta las orejas y se subió la braga de cuello para taparse la cara. Sostenía el revólver con la mano derecha, escondida a la espalda. Con la izquierda, extendida de cualquier modo, tenía la botella de whisky. Había tirado la de vodka unos metros más atrás, en el sendero de ladrillo que conducía a los peldaños.

«Bueno, no hay demasiada gente que haya hecho más audiciones para aparentar ser un borracho inconsciente que yo», pensó.

Y entonces esperó. Con el corazón acelerado, retumbándole en las sienes, la respiración superficial y la frente sudada, la noche caía sobre él como una enorme losa. Cerró los ojos porque imaginó que la ansiedad lo cegaba. Sin embargo, tenía el oído más aguzado que nunca.

Pasos que se acercaban.

Inspiró con fuerza y contuvo la respiración.

Oyó: «¡Maldita sea! Borrachos de mierda.»

Sabía por experiencia que primero le daría un puntapié.

Aquella tarde los asistentes a la reunión de Redentor Uno parecían impacientes. Susan Terry se movió en su asiento cuando una de los habituales se levantó, anunció los días que llevaba sin beber y habló sobre sus últimos esfuerzos. Oyó los usuales éxitos y fracasos, la esperanza mezclada con la tristeza. Era una sesión típica excepto por el trasfondo de desazón. Pilló más de una vez a los demás observándola, a la expectativa del momento en que le tocara hablar.

Sandy, la abogada, estaba acabando una variación de su tema de siempre: si sus hijos adolescentes volverían a confiar en ella. «Confiar» era un eufemismo. Susan sabía que lo que se preguntaba era si sus hijos volverían a quererla.

El relato de la mujer se fue apagando, perdiendo fuerza e intensidad y finalmente llegó a un punto muerto. Susan vio que dirigía los ojos primero al profesor de Filosofía y después a Fred, el ingeniero, para acabar cruzando una mirada con prácticamente todos los presentes antes de posarla en ella.

—Basta de mis sandeces habituales —dijo entonces—. Creo que todos queremos oír hablar a Susan. —Hubo un breve murmullo de conformidad.

—¿Susan? —la invitó el ayudante del pastor que moderaba las sesiones.

La fiscal se puso de pie, algo insegura. Había preparado toda clase de explicaciones y excusas, incluso se había planteado incorporar un poco de ficción a su relato, todo ello para seguir el consejo de Moth y lograr que su intervención de aquel día fuera memorable. No había utilizado interiormente la palabra «coartada», aunque, como experta en Derecho penal, sabía que era exactamente eso lo que estaba haciendo. Pero al echar un vistazo alrededor, de repente se percató de lo ridículo que sonaría todo lo que había planeado decir.

Aun así, se vio obligada a empezar.

—Hola, me llamo Susan y soy adicta. Hace un par de días que estoy limpia, pero no sé si este tiempo cuenta, porque los analgésicos que me recetaron los médicos... —Se señaló el brazo roto.

—No tendrías que tomarte cualquier cosa. Si te duele, te aguantas —la interrumpió Fred, el ingeniero, con una dureza desconocida.

Susan no sabía muy bien cómo continuar. Cuando empezó a tener problemas para encontrar las palabras, el profesor de Filosofía le llamó la atención con un sonoro manotazo, como haría para restablecer el orden en una clase indisciplinada.

—¿Dónde está Moth? —preguntó con severidad.

Andy Candy echó a correr.

Pasara lo que pasase delante de la casa de la ahora oscura calle Angela, ella tenía que estar allí. Su imaginación se desbordó: el asesino al que perseguían seguramente estaría armado, el asesino al que perseguían era mucho más habilidoso, el asesino al que perseguían era astuto y experimentado, y era improbable que un par de aficionados al juego del asesinato pudiesen pillarlo por sorpresa. Visualizó a Moth ensangrentado, herido de bala. No, apuñalado. No, descuartizado miembro a miembro, exhalando su último suspiro. Pero ¡si era un estudiante de Historia, por el amor de Dios! ¿Qué sabía Moth sobre matar a nadie? Ella, por lo menos, había visto a su padre, que era veterinario, sacrificar a muchos animales, que era una forma suave de decir que los mataba, y había estado a su lado cuando le retiraron los tubos, cables y dispositivos del equipo que lo mantenía con vida.

Eso no era todo: hacía poco había estado tumbada bajo la luz brillante de una clínica, con la cabeza echada hacia atrás, los ojos medio cerrados, sin oír apenas a las enfermeras y los médicos mientras le sacaban una vida de su seno. Entonces tuvo la súbita impresión de que era ella quien sabía qué había que hacer. «Tendría que haber estado yo al mando —pensó al borde del pánico—. Tendría que haberlo planeado todo yo.» Tenía que llegar allí lo más rápido posible para guiar a Moth antes de que el asesino lo matara.

—Moth está... —Susan Terry vaciló. Echó un vistazo alrededor. Tragó saliva y dijo—: Moth está solo. Quiere enfrentarse con el hombre que cree que mató a su tío.

Se quedó inmóvil, pero los presentes estallaron. Recibió una avalancha de gritos, algunos tan indefinidos como el sencillo «¡Qué coño!», y otros tan mordaces como el acusador «¿Y tú se lo permitiste?».

Cuando el aluvión de reacciones empezó a remitir, Susan trató de responder:

—No me dejó demasiadas opciones. Yo quería que acudiese

a las autoridades y le habría ayudado a llevar a ese hombre ante los tribunales. Pero él estaba empecinado y resuelto, y me dejó al margen de la decisión... —Esto último sonó decididamente flojo.

—¿Resuelto? —dijo Fred con voz fría e implacable, y su pregunta de una sola palabra implicaba muchas cosas distintas.

—¿No has aprendido nada sobre la adicción viniendo a estas reuniones? —comentó Sandy con voz de madraza.

Susan pareció desconcertada.

—Todos dependemos de la sinceridad y de contar unos con otros. No es la única forma de superar la adicción, pero es una forma eficaz de hacerlo. ¿Y tú abandonaste a Moth? ¿Le dejaste ir solo? ¿Por qué no le diste una botella o le preparaste un par de rayas? Lo matarían igual —soltó Sandy con repentino desdén.

—Si venimos aquí es precisamente para ayudarnos unos a otros a evitar riesgos —aseguró Fred con severidad, poniendo énfasis en «evitar»—. ¿Y dejaste que Moth, uno de nosotros, por el amor de Dios, completamente solo? ¿En qué estabas pensando?

Susan iba a decir algo sobre Andy Candy, pero creyó que la necesidad de Moth de vengar la muerte de su tío era exclusivamente suya.

—Timothy tiene razón —dijo con voz temblorosa—. Procesar con éxito a este hombre, a este asesino, es casi imposible. Así de sencillo. Esta es mi opinión profesional. Y perseguir a este hombre... bueno, ha logrado mantener a Timothy alejado de la bebida. Es...

Se detuvo. Lo que estaba diciendo podía ser tan cierto como falso. Ya no lo sabía.

El profesor de Filosofía intervino entonces.

—¿Qué crees que le está pasando a Moth en este momento? —quiso saber.

—¿En este momento? —De pronto fue consciente de que estaba sudando. Era como si una luz muy intensa la estuviera cegando. Susurró su respuesta—: Se está enfrentando con un asesino.

Los presentes estallaron de nuevo.

El primero fue un golpecito con la punta del zapato.

«No te muevas. Solo gruñe un poco. Espera a que lo haga.»

El segundo puntapié fue más fuerte.

—Levántate, coño. Largo de mi casa.

«Otro gruñido fingido. El dedo en el gatillo. Dos opciones: me dará un tercer puntapié o se agachará para zarandearme. En cualquier caso, estate preparado.»

—Venga, vamos...

«Una mano en mi hombro. Un tirón fuerte.»

Moth se giró de golpe y pasó de ser un borracho acurrucado en el suelo a ser un asesino decidido. Dejó caer la botella de whisky vacía y con la mano izquierda, ya libre, sujetó al asesino por la pechera de la camisa para desequilibrarlo y dejarlo con una rodilla en el suelo. El hombre gruñó sorprendido, pero Moth adelantó rápidamente el brazo derecho y le puso el revólver bajo la barbilla.

—No se mueva —ordenó en voz baja. A pesar de lo tranquila que sonó su voz, tenía la boca seca y el miedo le recorría el cuerpo.

El hombre trató de recular, pero Moth lo sujetaba con fuerza.

—He dicho que no se mueva —repitió, y su voz siguió reflejando más dominio de sí mismo del que realmente tenía.

Con el rabillo del ojo vio que Andy Candy se acercaba corriendo. Sin apartar el revólver del cuello del hombre, se puso de rodillas y luego de pie. Los dos parecían una pareja de enamorados en una pista de baile al empezar a sonar música lenta.

—Vamos adentro —indicó Moth. Por primera vez, miró a los ojos al asesino. El hombre tenía una ligera expresión desconcertada—. ¿Me reconoce? —preguntó Moth.

—Ya lo creo —respondió el estudiante 5 en voz baja, sin alterarse, y sin el menor miedo o pánico a pesar de tener el cañón del revólver bajo el mentón—. Eres el joven al que ya tendría que haber matado, pero que morirá esta noche.

49

«Piensa como un asesino. Fácil de imaginar y difícil de hacer. ¿El joven que morirá hoy? Supongo que ese soy yo.» De modo que Moth respondió con más bravuconería de la que creía poseer:

—Bueno, puede que sí y puede que no. Ya lo veremos, ¿no?

Los dos seguían juntos, con el cañón del revólver en la garganta del estudiante 5.

«Un asesino listo apretaría el gatillo y echaría a correr —se dijo Moth, pero decidió que no era así—. Puede que eso fuera exactamente lo que haría un asesino tonto.» No lo sabía. La idea de que cada acto ofrecía múltiples posibilidades con diversos resultados deslumbró su mente académica. La fascinación y el miedo se mezclaron en su interior: pasión y frío gélido. Aun así, se ciñó al plan que había elaborado, sin tener demasiada idea de si tenía sentido desde el punto de vista del asesino. Pronto lo descubriría.

—Vamos adentro —ordenó de nuevo.

—¿Quieres que te invite a mi casa? —El estudiante 5 sonrió irónicamente—. ¿Crees que soy tan educado? ¿Por qué iba a hacerlo?

—No tiene alternativa —espetó Moth, imprimiendo toda la dureza que pudo a sus palabras.

—¿Ah, no? —replicó el otro, burlón—. Siempre hay alternativas. Diría que un estudiante de Historia debería saberlo mejor que la mayoría de la gente.

El estudiante 5 sonrió un poco. Con ello disimuló las vueltas que le estaba dando a la situación. Le costó unas cuantas respiraciones profundas superar su sorpresa inicial de tener un revólver en el cuello y de saber quién lo empuñaba. Gracias al yoga y a las enseñanzas zen logró reprimir la impresión y reemplazarla por calma. Sabía que tenía que descentrar urgentemente al sobrino y cambiar la dinámica de la muerte. Entonces ya discerniría cómo tomar ventaja.

Empezó a imaginar posibilidades, oportunidades y situaciones, visualizando las cosas como si estuviera viendo una película de miedo en el cine y los espectadores, alterados y frenéticos, gritaran, impotentes, instrucciones a personajes que no podían oírlos. Sabía algo con certeza: cada segundo que el sobrino esperara a apretar el gatillo, él se fortalecía y el joven se debilitaba. Por extraño que pareciera, sintió que lo invadía la confianza.

—¿Dónde tiene la llave de su casa? —insistió Moth.

—De acuerdo. Si crees que es lo que hay que hacer, ¿quién soy yo para impedírtelo? —dijo el estudiante 5 con un leve resoplido—. En el bolsillo delantero derecho.

Moth hizo un gesto con la cabeza a Andy, que se acercó para meter la mano en el bolsillo y buscar la llave.

—Cuidado, jovencita —soltó el estudiante 5 con una sonrisa sardónica—. No nos han presentado como es debido y esto es algo íntimo.

Andy oyó la voz del asesino mientras se hacía con la llave de la casa. Era un poco como oír cantar algo a lo lejos, y trató de recordar su anterior conversación.

—No es verdad —replicó con una voz apresurada y aguda que recordó una goma elástica muy tensa—. Antes se presentó por teléfono.

Se alejó de él con la llave en la mano.

—Puede que haya una alarma conectada a esa puerta —indicó el estudiante 5 cuando Andy fue a abrirla—. Si no introduces el código correcto, puede que la policía esté aquí en unos minutos. Eso arruinaría vuestro plan, ¿verdad?

Andy se volvió hacia él y sacudió la cabeza.

—No lo creo —dijo con fingida seguridad—. ¿Pedir ayuda a la policía? No sería propio de usted.

El estudiante 5 no respondió. Moth cambió de posición y, tras desplazar el cañón del revólver por el cuello del asesino, le dio un empujoncito en la espalda.

—Vamos adentro —repitió.

—Un planteamiento interesante —comentó el estudiante 5—. Pero no sabes lo que podría esperarte dentro, ¿no? —Era una referencia velada al falso laboratorio de metanfetamina de Charlemont, pero inmediatamente cambió la ansiedad por otros tipos de miedo—: A lo mejor tengo un perro de presa dispuesto a arrancaros la cabeza de un mordisco.

—No lo creo —repitió Andy con firmeza—, eso no es propio de usted. —Metió la llave en la cerradura—. Le gusta hacer las cosas solo.

Giró la llave y abrió la puerta, sin esperar respuesta. No vio cómo la ira ensombrecía un instante el semblante del hombre ni cómo cerraba de golpe el puño derecho. Al estudiante 5 no le gustaba que lo catalogaran y, menos aún, que lo catalogaran correctamente.

—Muévase —ordenó Moth, dándole un empujón en la zona lumbar. Todavía unidos por el cañón del revólver entraron en la casa tras cruzar el porche suavemente iluminado. Moth se preguntó si alguien podría verlos. No se había planteado que pudiera producirse un hecho fortuito al abordar así la situación. Si un transeúnte veía el arma y llamaba a la policía todo fracasaría. Le vino a la cabeza la vieja expresión: «Por un clavo se perdió una herradura.»

Como el portero de un restaurante de lujo, Andy Candy sostuvo la puerta para que pasaran y les hizo entrar. Después siguió adelante mientras Moth presionaba el cuello del estudiante 5 con el revólver a la vez que le sujetaba un hombro con la otra mano.

—El salón está a la derecha —indicó el dueño de la casa—. Allí estaremos cómodos...

Para tener un arma en la nuca, su voz era sorprendentemente tranquila y compuesta. Puede que esta fuera la primera indicación que tuvo Moth de a quién se estaba enfrentando realmente. Empezó a debatirse entre la fantasía de que podía plantar cara a un asesino en serie y la pregunta «¿quién me creo que soy?». Aparte del arma, no tenía gran cosa que pudiera considerarse una ventaja.

—... hasta que alguien muera —soltó el estudiante 5 para terminar la frase.

Andy encendió las luces, se acercó a las ventanas y cerró los postigos de madera. «Intimidad —pensó—. ¿Qué más se necesita para matar?»

En Redentor Uno el revuelo había aumentado. Las voces alzadas y las preguntas atropelladas de los adictos y alcohólicos enardecidos bombardeaban a Susan Terry, que permanecía clavada delante de los asistentes como si fuera un mal cómico al que están abucheando. Se tambaleaba interiormente.

—Es que no entiendo cómo pudiste permitir que Timothy fuera a encararse con un asesino. Tú eres la profesional, coño. ¡Sabías el peligro que correría!

Esta recriminación procedía de un arquitecto sosegado que tenía predilección por los fármacos derivados de la morfina. Nunca había abierto la boca desde que ella llevaba asistiendo a las reuniones, pero ahora de golpe parecía verdaderamente indignado.

—Sí —corroboró un dentista—. ¿Tiene realmente Timothy idea de a qué se enfrenta? No puedo creer que...

—Es más hábil de lo que creéis —lo interrumpió Susan.

—Vaya, eso es fantástico. Claro que sí —soltó Fred con sarcasmo—. Estupendo. Genial. ¡Madre mía! ¡Qué excusa más pobre y más mala! —Se volvió en el asiento para mirar a los demás, y levantó una mano para señalarla directamente mientras añadía—: Si hubiera ido ella a enfrentarse con ese individuo, habría pedido que la acompañara un equipo entero de las fuerzas especiales.

Hubo respuestas del tipo «¡tienes razón!» o «¡y que lo digas!». El moderador quiso imponer un poco de calma.

—Escuchad, chicos... Susan no tiene la culpa...

—Sandeces —soltó la abogada Sandy cortando al comedido ayudante del pastor.

—¿Cuáles son —preguntó el profesor de Filosofía—, según tu opinión profesional, las probabilidades que tiene Timothy de sobrevivir esta noche? —Pronunció «profesional» con evidente desdén.

La pregunta, que iba directamente al meollo del asunto, silenció al grupo. Que procediera de un hombre tan dado a las interpretaciones indirectas de vaguedades le daba más importancia todavía.

Susan vaciló antes de responder.

—No muchas —dijo por fin.

Oyó cómo varios habituales soltaban un grito ahogado.

—Define «no muchas», por favor —pidió el profesor.

Los presentes se inclinaron expectantes. Susan notó cómo se electrizaba el ambiente, como si cada palabra que dijera se enchufara a la corriente. Vio sus miradas penetrantes y de pronto se dio cuenta de que Timothy Warner significaba mucho para cada uno de ellos, más de lo que ella jamás había imaginado. El poder de mirar a Timothy Warner y verse a ellos mismos reflejados en el espejo cuando eran más jóvenes era muy potente. Apenas era un jovenzuelo y ya se había extraviado, igual que ellos en su día. Su recuperación formaba parte de la de ellos. Su vida cotidiana les proporcionaba un significado y un incentivo añadidos. Aquello iba más allá de la lealtad y entraba en el extraño terreno de la devoción que provocaba la adicción. Si Timothy encauzaba su vida significaba que ellos podían seguir encauzando la suya. Que Timothy alcanzara el amor, una carrera profesional y satisfacciones sin necesidad de empinar el codo conllevaba que ellos habían logrado lo mismo, o reconstruido lo que habían sido. Que Timothy sobreviviera significaba que ellos también podrían hacerlo. Las pugnas de Timothy imitaban las suyas. Su juventud les daba esperanzas.

Y todo aquello estaba en peligro esa noche.

—Con «no muchas» quiero decir exactamente eso: no muchas. Se enfrenta a un sociópata listo, hábil, avezado y despiadado que ha matado tal vez a seis personas, aunque la cantidad puede ser objeto de discusión. En suma, a un asesino experto.

Los asistentes estallaron de nuevo.

—¿Me siento aquí? —preguntó el estudiante 5 de buen talante—. Es mi sillón favorito.

—Sí —contestó Moth.

—Espera —intervino Andy Candy.

Se acercó a un sillón tapizado. Levantó el cojín y comprobó lo que había debajo. Después inspeccionó el respaldo, se arrodilló y echó un vistazo por debajo. Ninguna pistola ni ningún cuchillo escondido. Había una mesita auxiliar con una lámpara y un jarrón con flores secas. Lo apartó para que el hombre no pudiera alcanzar nada si lo intentaba. «¿Puede usarse un jarrón de cristal a modo de arma?» Supuso que sí.

El estudiante 5 esperó con las manos levantadas.

—Una jovencita muy prudente —comentó al fijarse en lo que Andy estaba haciendo—. Previsora. Dime, Timothy, ¿de verdad has pensado detenidamente en esto?

Moth respondió con un gruñido.

—Muy bien. Siéntese —soltó.

—Moth, ¿estás seguro de que no va armado? —preguntó Andy.

«¡Maldita sea!», exclamó Moth para sus adentros. No se le había ocurrido comprobarlo.

—Regístralo con cuidado —dijo, sin apartar el arma de la garganta del hombre.

Andy se situó a su espalda y le metió las manos en los bolsillos. Tras sacar la cartera, lo cacheó, le comprobó los zapatos y calcetines y hasta le palpó la entrepierna.

—Ahora sí que estamos empezando a conocernos mejor —soltó el asesino con una carcajada, como si le estuviera haciendo cosquillas.

Andy deseó poder darle una respuesta ingeniosa que lo pusiera en su sitio, pero no se le ocurrió ninguna.

—Lástima que decidieras estar aquí hoy —prosiguió el estudiante 5—. ¿Sabes qué? Todavía estás a tiempo de marcharte. Puedes salvarte. Más vale prevenir que curar.

«Un asesino que se vale de un tópico. Extraordinario», pensó Moth. Pero no se atrevió a mirar a Andy Candy, por miedo a que aquello tuviera sentido para ella.

—No voy a... —empezó Andy.

—Piensa bien lo que estás haciendo —la interrumpió el hombre—. Las decisiones que tomes los siguientes minutos durarán toda una vida. —Señaló el sillón, y Moth le dio un empujoncito en esa dirección.

El estudiante 5 se sentó sin prestar atención al revólver que lo apuntaba. No apartaba los ojos de Andy.

—No pareces la clase de persona que ignora un buen consejo, Andrea, provenga de donde provenga —prosiguió. El uso de su nombre de pila con familiaridad fue frío—. Será mejor que lo tengas en cuenta. Todavía estás a tiempo.

«Una brecha entre los dos, por pequeña que sea, me favorece —pensó el estudiante 5—. Explota la incertidumbre. Esta noche sé lo que estoy haciendo incluso sin arma. Pero ellos no. De modo que ¿quién va realmente armado?» Este planteamiento le hizo sonreír.

Moth seguía apuntándolo con el Magnum. Andy se dio cuenta de que Moth seguía de pie, con aspecto de estar incómodo y fuera de lugar, así que fue a buscar una silla y la colocó delante del asesino para que Moth pudiera sentarse a unos metros de distancia.

Ambos hombres se miraron como una pareja en una primera cita que no va bien. «Cinta de embalar —pensó Moth—. Tendría que haber comprado cinta de embalar para atarle las manos y los pies. ¿Qué más se me olvidó traer?»

—En realidad —comentó pausadamente el profesor de Filosofía, como si estuviera en clase—, el tema urgente que se nos plantea es sencillo: ¿qué podemos hacer en este momento para ayudar a Moth?

La sala se quedó en silencio.

—Dondequiera que esté, sea lo que sea lo que esté haciendo —añadió el profesor.

El silencio persistió.

—¿Alguna idea? —preguntó el profesor.

—Sí, maldita sea, tenemos que enviar ayuda a Moth —saltó Fred, el ingeniero—. Ahora mismo, joder.

—No es tan fácil —intervino Susan sin entrar en detalles. Seguía de pie delante del grupo, pero ya no la acosaban con sus miradas, sino que se dirigían unos a otros para sugerir posibilidades.

—Llamemos ahora mismo a la policía —propuso Sandy—. No esperemos más. Seguramente Susan sabrá dónde enviarla.

Sacó el móvil de un gran bolso Gucci y lo sostuvo en alto.

—Detendrán a la persona equivocada —aseguró la fiscal en voz baja—. No lo entiendes.

—¿No entiendo qué? —preguntó la abogada, dubitativa, con el dedo sobre el teclado del teléfono—. ¿Qué quieres decir?

—Esta noche el asesino es Timothy.

De nuevo, los presentes empezaron a lanzar objeciones: «¡Qué dices!», «¡No digas tonterías», «¡Menuda chorrada!». Fue un chaparrón de disensiones.

—Esta noche es Timothy quien empuña un arma, quien tiene intención de matar y quien infringe la ley. Con premeditación. Todos conocéis este agravante. Él, no el malo. Ahora mismo, ese hombre es inocente. ¿A quién creéis que detendrá la policía cuando se presente? ¿Al propietario de la casa o a la persona que forzó la entrada, va armada y es peligrosa? Eso suponiendo que Timothy se rinda por las buenas. Yo no lo daría por sentado.

—Bueno, tal vez —replicó Sandy—. Pero una llamada tuya dirigiría a la policía al hombre correcto...

—¿Sin pruebas? ¿Solo con suposiciones descabelladas? Les digo que no detengan al chico que está obsesionado con matar y vengarse, que detengan al otro, y ¿crees que lo harán? Y aunque lo hicieran, ¿cómo iban a retenerlo después de las cuarenta y ocho horas? Y si no pueden retenerlo, estoy segura de algo.

—¿De qué?

—De que desaparecerá.

—Eso es absurdo. Se le puede localizar, como hizo Moth.

—No, no necesariamente. Él lo logró con mucha perseverancia y con algo más que un poco de suerte. Y ese individuo no cometerá dos veces el mismo error. Se esfumará. Puede hacerse. Apostaría a que está preparado para hacerlo. De hecho, no es demasiado difícil. Así que contad con algo: pase lo que le pase a Moth esta noche, si el hombre que mató a su tío sigue vivo de aquí a unas horas, desaparecerá para siempre.

La sala se quedó otra vez en silencio. Susan oyó las respiraciones agitadas.

—Y eso suponiendo que quien enviemos llegue allí a tiempo —añadió en voz baja.

—Tenemos que llamar a alguien —intervino el dentista.

Otra pausa en la sala de Redentor Uno. Sus repentinos silencios parecían tener significado. Todos estaban barajando posibilidades.

—¿Y si vas tú? —sugirió Fred.

—Tuvo la oportunidad de incluirme en sus planes —respondió Susan, sacudiendo la cabeza—. No la aprovechó. De hecho, me dejó fuera. —Pensó que estaba siendo básicamente sincera, pero la palabra que le vino a la cabeza fue «cobarde». Esa sería una descripción precisa de su conducta al acabar esa noche. Captó la ironía. Lo mejor para ella era no hacer nada. Eso le daría excusas, la posibilidad de negarlo todo. Si tenía que salvar su carrera profesional y su futuro, era importante mantenerse al margen. Su vida estaba llena de delitos, y empezar a evitarlos era una prioridad. Sabía, por supuesto, que aquello podía implicar que alguien muriera esa noche.

—¿Y qué? Tendríamos que protegerlo, aunque sea de sí mismo. Eso es lo que intentamos aquí, ¿no?

Hubo un murmullo de aprobación.

—¿Y si vamos todos?

—Ya es demasiado tarde para eso —indicó Susan.

Otro silencio. Entonces habló el profesor de Filosofía con voz fría, muy dura:

—¿Qué podemos hacer para que no sea demasiado tarde?

—Creo que deberíamos confiar en que Timothy hará lo correcto —contestó Susan tras dudar un instante.

No dio a los reunidos ninguna definición de qué era «lo correcto». Por un instante pensó que tal vez tendría que marcharse sin más, pero antes de que pudiera moverse, otra oleada de palabrotas airadas y de indignación recorrió la sala.

Moth estaba sentado frente al asesino. Una ironía lo asediaba: «Es como estar sentado delante del tío Ed. La misma edad. Lo mismo en juego.» El revólver le parecía más pesado que antes. Sabía que había completado la primera fase de su plan y que tenía que dar rápidamente el siguiente paso.

—Andy —dijo, procurando mantener la dureza y la determinación en su voz—, ¿por qué no registras un poco la casa a ver qué puedes encontrar?

—De acuerdo.

El estudiante 5 le sonrió. Profesor y alumna esforzada.

—No toques nada —dijo en tono afable.

Andy se detuvo y lo miró fijamente, como si no entendiera lo que sugería.

—Huellas dactilares —aclaró él—. ¿Estás sudando? Eso dejará un poco de ADN. Tendrías que llevar guantes de látex. Veo que llevas puesto ese bonito sombrero para protegerte del sol. No, no te lo quites. Podría caerte algún cabello. No querrás dejar ningún cabello por aquí, podrían usarlo para localizarte... —Se volvió hacia Moth—. Esas botellas te daban el aspecto del típico borracho de Cayo Hueso durmiendo la mona entre los arbustos. Me ha gustado ese detalle. Es inteligente. Demuestra iniciativa. Pero ¿y las huellas dactilares? ¿Pensaste en eso? ¿Y qué me dices de la tierra húmeda del jardín? ¿Dejaste alguna pisada en ella? Vaya, eso tampoco sería bueno. La policía puede identificar el dibujo de las suelas de prácticamente cualquier calzado, e imagino que el tuyo será muy corriente. ¿Y sabías que la composición de la tierra de Cayo Hueso es única y singular? Un científico forense que examinara las suelas de tus zapatos podría relacionarte con este lugar exacto.

El estudiante 5 sabía que esta última parte era una exageración, quizás incluso mentira, pero sonaba bien y con eso le bastaba. Supuso que la mayoría de lo que el sobrino y su novia sabían sobre el asesinato y las posteriores investigaciones procedía de las series de televisión, que no se distinguían precisamente por su exactitud.

Andy Candy se miró disimuladamente las manos. Se sintió como un soldado que recorre un campo de minas. Se preguntó si se delataría a sí misma o si delataría a Moth simplemente porque una gota de sudor le cayera al suelo. No sabía qué parte de su cuerpo, o del de Moth, podría arruinarles la vida. No hay miedo peor que el derivado de darse cuenta súbitamente de que uno está metido en aguas muy peligrosas y profundas. El miedo puede provocar un agotamiento brusco, una duda insistente, generar confusión. Todas estas sensaciones invadieron a Andy, que quiso gritar.

Moth no sabía qué decir, pero habló con mucha tranquilidad:

—No te preocupes, Andy. No pasará nada. Solo intenta asustarte. Echa un vistazo a la casa.

Eso la ayudó. No estaba segura de que Moth estuviera al mando, pero hablaba como si lo estuviera.

—De acuerdo —dijo, reprimiendo sus ganas de chillar—. Dame uno o dos minutos.

—¿O sea que vamos a quedarnos aquí sentados esperando? —preguntó el estudiante 5 con sarcasmo. Se encogió de hombros.

—¿Por qué no? —replicó Moth—. ¿Tiene prisa por morir?

50

El estudiante 5 era plenamente consciente de que se hallaba inmerso en una partida a vida o muerte, pero estaba entrenado para ello. Un asesinato requiere psicología elemental, tan complejo como una partida de ajedrez, tan simple como las damas. Hay un trasfondo emotivo en cada fase hasta el acto en sí. Puede ser brusco o sofisticado. Puede ser improvisado e impulsivo o estar minuciosamente planeado. Puede deberse a la psicosis o al trastorno por estrés postraumático. Posee tantas variaciones como personas e iras. Era algo que había aprendido como asesino y como estudiante de Psiquiatría.

Sabía que tenía que jugar mejor que el historiador en ciernes que tenía sentado delante. «A veces la gente mira el cañón de un arma y sabe que es inevitable, que es imposible evitar la bala. Pero hoy no es así. Hoy habrá una muerte. Puede que dos, cuando mate también a la novia.»

Imaginó la lucha y cómo el arma caía al suelo. Se figuró la sensación de empuñarla y el explosivo tirón hacia arriba al apretar el gatillo: un recuerdo familiar y feliz. Después se lo tomaría con calma y, sujetando el arma con las dos manos y adoptando la postura de un tirador, pondría fin a la noche. Su convencimiento, su instinto y su anhelo recrearon la escena que sin duda tendría lugar.

Ya se estaba organizando la salida.

«Déjalo todo atrás salvo la muerte. Despídete de Stephen Lewis, como hiciste con Blair Munroe. Conduce veloz hacia el norte. Toma un avión en Miami. Ve a algún lugar diferente e inesperado. Cleveland o Minneapolis y toma allí otro vuelo. ¿A Phoenix? ¿A Seattle? Quédate uno o dos días en un hotel. Deléitate con las vistas y con más de una buena comida antes de regresar sin prisas al este, a Manhattan. Deja que Nueva York te engulla. Comienza a trabajar inmediatamente en una nueva colección de identidades de reserva. Vuelve a empezar. California estaría bien. San Francisco, no Los Ángeles.»

Moth no podía controlar su imaginación desbocada. Era como si le temblaran las ideas. Como temía que el cuerpo se le contagiara, puso el dedo índice en el guardamonte del gatillo. No quería disparar el arma sin querer. De todos modos, tenía el dedo agarrotado, como la pieza rota de una maquinaria, y dudaba que le respondiera. Tenía los músculos como acartonados. Durante todos aquellos días, kilómetros y obsesiones, solo se había concentrado en identificar al hombre que había matado a su tío, en encontrarlo, encararlo y desenfundar antes que él, como si se tratara de una emboscada en un desfiladero del polvoriento Salvaje Oeste.

Un asesinato casi siempre tiene que ver con el pasado, pero este también tenía que ver con el futuro. Había sido fácil yacer en la cama a oscuras pensando: «lo mataré, lo mataré, lo mataré».

Ahora que había llegado el momento de matarlo, Moth se percató de que todo lo que había hecho había sido para llevarlo hasta ese punto, pero no más allá. Recordó la advertencia de Susan Terry: «¿Crees que podrás apretar el gatillo?»

«Creo que sí. Espero que sí.

»Puede.»

Y este era un problema que le inmovilizaba la mano del revólver de un modo insuperable. Inspiró hondo, bajó un poco el arma con un ojo entornado para apuntar al pecho del hombre.

—¿Por qué mató a mi tío? —preguntó. Necesitaba una respuesta, porque ella le indicaría qué hacer a continuación.

Se sumió en un torbellino de incertidumbre. Aquel hombre habría podido decirle que ese no era un ambiente propicio para matar a alguien.

Los exabruptos y la rabia empezaron por fin a amainar alrededor de Susan Terry, como las últimas gotas de un chaparrón. Se mantuvo callada hasta que se hizo un hosco silencio en Redentor Uno.

—Bueno —dijo por fin—. Lo único que podemos hacer es esperar a ver qué pasa.

Sabía que esperar rozaba lo delictivo. Lo correcto era notificar de inmediato a las autoridades. También era lo incorrecto. Susan estaba al límite de la culpabilidad legal. Ni siquiera quería pensar en la culpabilidad moral.

—O sea que, basándote en tu formación jurídica, tu conocimiento de Moth y de la situación en que está metido, así como en los demás factores relevantes, ¿propones que nos quedemos sentados a ver qué pasa? —resumió el profesor de Filosofía con su estilo didáctico.

—Podría decirse así —respondió Susan.

El profesor se puso de pie, como si fuera a empezar a hablar de su adicción, solo que esta vez se dirigió de otra forma a los asistentes.

—Eso es sencillamente inaceptable —soltó, y añadió—: ¿Hay alguien que discrepe?

Un murmullo recorrió la sala: palabras imperceptibles que equivalían a un sencillo «no».

—Si no podemos ayudar a Moth esta noche —prosiguió el profesor—, tendremos que ayudarlo cuando sobreviva.

La sala se llenó de sonidos de aprobación.

—Y creo que sobrevivirá —prosiguió el profesor con un timbre de confianza infundada en la voz—. Al igual que todos nosotros superaremos los demonios y errores que nos trajeron hasta aquí.

Susan echó un vistazo alrededor. Nadie discrepó del profesor. Pensó que la situación tenía cierto aire de campaña de exaltación religiosa.

—Moth es responsabilidad nuestra —afirmó el profesor—. Nos guste o no. —Lanzó estas últimas palabras a Susan como puñales—. Del mismo modo que él ha estado a nuestro lado, nosotros tenemos que estar a su lado —añadió con firmeza—.

Esta es la razón de ser de Redentor Uno. Aquí es donde estamos a salvo de nuestros problemas, donde nos apoyamos unos a otros. De modo que creo que Redentor Uno y lo que significa para todos va mucho más allá de las paredes de esta sala.

—Tienes toda la razón —dijo Sandy—. Bien dicho.

El profesor inspiró hondo, se ajustó las gafas y se humedeció los labios.

—Si sale vivo de esta, hemos de encontrar la forma de protegerlo —dijo, y todos asintieron—. Tenemos ciertos recursos —añadió.

—¿Recursos? —se sorprendió Susan.

—Sí —respondió, volviéndose de golpe hacia ella y señalándola con el dedo—. Tú, por ejemplo.

La fiscal no supo qué decir. Sandy se puso de pie para intervenir:

—O formas parte de estas sesiones o no. Lo de aquí dentro es recuperación. Lo de allá fuera... —señaló la puerta— no. Tienes que decidirte. ¿Eres adicta o exadicta?

Susan dudó.

—¿Quieres volver a venir aquí? —la apremió Sandy.

A Susan las ideas se le arremolinaban. No se le había ocurrido planteárselo de esa forma.

Fred, el ingeniero, se levantó y desde su sitio, al lado del profesor, tomó la mano de la abogada.

—Para empezar —dijo con una sonrisa irónica—, creo que podemos estar todos de acuerdo en algo. —Hizo una pausa para mirar a cada uno de los asistentes antes de fijar los ojos en Susan Terry—. Si algún policía nos preguntara, todos diremos que Moth estuvo hoy aquí con nosotros.

Nadie respondió, pero todos los miembros del grupo se pusieron de pie, incluido el moderador.

Andy Candy quería sentarse o apoyarse en la pared, incluso deslizarse hacia el suelo de madera noble y cerrar los ojos. Al mismo tiempo, quería correr sin moverse del sitio, hacer flexiones y abdominales, dar brincos o saltar a la comba mientras cantaba una tonada infantil: «Al pasar la barca me dijo el barquero: "Las niñas bonitas no pagan dinero."» Estaba exhausta pero vigorizada, aterrada pero tranquila.

Se movió sigilosamente por la cocina y no vio nada especial. Entró en el baño y tampoco vio nada especial. Era una casa pequeña, apenas más grande que un piso, que solamente tenía dos habitaciones y un pasillo sin ventanas. Abrió armarios; el único que contenía algo estaba en la habitación principal: un discreto surtido de prendas en perchas. Usó pañuelos de papel para cubrirse los dedos al abrir los cajones para echar un vistazo. «La ropa interior de un asesino, camisetas y calcetines.» No sabía si los pañuelos de papel evitarían que dejara ningún rastro de su presencia. Lo dudaba, pero como aficionada que era, no se le ocurrió otra cosa.

Intentaba no sentirse asustada, pero cada minuto que pasaba su miedo iba en aumento, no solo porque llevaban mucho rato en casa de un asesino, sino porque no encontraba nada que dijera algo sobre quién era realmente el hombre sentado en su sillón favorito en el salón.

No sabía muy bien qué había esperado encontrar. ¿Tal vez un armario lleno de armas? ¿Una pared con cuadros dedicados a asesinos, de Calígula a Vlad el Empalador pasando por John Dillinger y Ted Bundy? No tenía ni idea de lo que estaba buscando, aunque sabía que su registro era de algún modo necesario. Rebuscó en su memoria imágenes de películas, novelas de éxito, programas de televisión y obras de teatro, pero no pudo recordar ninguna cuya acción se situara en la casa de un asesino y mostrara objetos suyos que revelaran de manera inequívoca quién era y qué hacía. «Por favor, tiene que haber algo.» No era como ver libros de Derecho en la mesa de un abogado, o libros de Medicina en la consulta de un médico. No había ningún título de Arquitectura enmarcado en la pared. Ni siquiera la carta de algún restaurante colgada en un lugar destacado.

La última habitación estaba dispuesta como cuarto de invitados. «¿Invitan los asesinos a sus amigos a alojarse en su casa?» Entró con cautela. Había un futón con una colcha estampada en vivos colores, un pequeño escritorio y una silla. Tenía tan pocos muebles que era casi monástica. Estaba a punto de irse cuando se fijó en el ordenador portátil. «Eso es algo», pensó. Miró alrededor y vio una impresora inalámbrica en un rincón, en el suelo. Junto a la impresora había unas cuantas hojas.

Se acercó a ellas como si estuvieran afiladas y fueran peligrosas.

—¿Por qué maté a tu tío? ¿Qué te hace pensar que lo hice?

—No me fastidie. Dígame la verdad.

—¿Me crees capaz de asesinar pero no de mentirte?

—Diría que la gente a la que encañonan con un Magnum no suele mentir —respondió Moth.

—Pues te equivocas, Timothy. Es entonces precisamente cuando la gente miente. Con entusiasmo y de manera flagrante. Rogando y suplicando. Mentiras, mentiras y más mentiras. Pero, dejando eso a un lado, ¿por qué crees que la verdad te serviría de ayuda?

El hombre hablaba con un desconcierto patente en la voz. Avanzó ligeramente en el asiento, hasta quedar sentado en el borde del sillón. Esto puso nervioso a Moth y aumentó su ansiedad. Notó que le sudaba la nuca. Intentó imprimir frialdad a sus respuestas para disimular su debilidad.

—Soy yo quien hace las preguntas —soltó. Movió un poco el revólver para subrayar sus palabras. Pensó que hablaba como si estuviese en un *western* de John Ford de los años cuarenta. «No debiste hacer eso, forastero.»

Los dos estaban sentados a unos metros de distancia. La única luz de la habitación procedía de una lámpara de sobremesa que dejaba gran parte de la estancia en penumbra. Moth tenía la impresión de que cada palabra dicha acrecentaba la oscuridad. Un ventilador de techo giraba perezosamente sobre ellos, removiendo un aire que parecía naturalmente en calma.

El estudiante 5 lo miró fijamente. Mantenía los ojos por encima del cañón del arma, casi como si así pudiera ignorarla y hacerla desaparecer.

—Muy bien —dijo—. Yo no maté a tu tío.

—No mienta, sé que...

—¿Qué sabes, Timothy? —lo interrumpió el hombre recalcando cada sílaba del nombre de Moth con una dureza repentina—. Tú no sabes nada. Te lo diré de un modo sencillo, tanto como para que pueda entenderlo un estudiante de Historia. O como para que pueda entenderlo un borracho: yo no maté a tu tío.

Moth pensó que se estaba mareando porque la habitación le daba vueltas.

—Piénselo de este modo: esa explicación es lo único que lo separa de la muerte —soltó.

Una vez más, la determinación de su voz sorprendió al propio Moth. No tenía ni idea de dónde le salía, un poco como si hablara otra persona. Era totalmente falsa.

—Tu tío se suicidó —dijo el estudiante 5.

Susan Terry contempló el grupo de alcohólicos y adictos que la rodeaban, hombro con hombro, algunos tomados de la mano, en lo que un observador externo hubiera considerado una plegaria, pero que, como ella sabía, no tenía nada que ver con pedir ayuda al Todopoderoso. Sabía que le estaban pidiendo que tomase una decisión. Podía unirse a ellos o marcharse, pero tenía que decidirse. Era como si hubiera dos vidas antagónicas expuestas ante ella. Las dos altamente imperfectas. Las dos igualmente peligrosas. Las dos llenas de compromiso y dolor. Tenía que permitirse ser débil. Tenía que intentar encontrar su fuerza. Así de simple. Así de complejo.

Inspiró con fuerza.

«¡Decídete ya!», se gritó a sí misma.

—Eso es una estupidez —farfulló Moth.

—¿Crees que me comporto como un estúpido?

—No. Pero sé que usted mató...

El estudiante 5 se encogió de hombros, gesto que hizo que Moth dejara la frase inacabada.

—Estaba ahí. Puede que incluso apretara el gatillo. Pero tu tío se suicidó.

El estudiante 5 ocultó una sonrisa. Cualquier mínima confusión o duda que pudiera sembrar era un punto ganado en el juego psicológico. Recordó la escena de una película oscarizada rodada mucho antes de que Timothy Warner naciera. En *The French Connection*, Gene Hackman interpretaba a un inspector de policía llamado Popeye Doyle que preguntaba a los sospechosos: «¿Te has hurgado alguna vez los pies en Poughkeepsie?» Era una pregunta maravillosa, disparatada, totalmente incomprensible. Dejaba mudos a los asombrados interrogados, quienes, llenos de dudas, intentaban encontrar una respuesta a pesar de no haber estado nunca en Poughkeepsie, en Nueva York, y de no tener ni idea de cuál era el significado de hurgarse los pies.

El estudiante 5 estaba usando una variación del mismo tema.

—También mató a los demás —objetó Moth.

—No. Ellos también se suicidaron.

—Eso no tiene sentido.

—Depende del punto de vista. ¿Estarías de acuerdo en que cualquier acto tiene consecuencias?

—Sí.

El estudiante 5 levantó las manos en un gesto despectivo.

—Lo que me hicieron en el pasado determinó su futuro. Ellos me mataron. O acabaron con quien era y con lo que iba a ser. Es lo mismo que si hubieran cometido un asesinato puro y duro. Al hacerlo, firmaron su propia sentencia de muerte. Es lo mismo que si se hubieran suicidado, ¿entiendes?

Moth captó la lógica de la venganza y el asesinato. Entendía aquel razonamiento. Quiso discrepar pero no pudo.

—O sea que tu tío Ed simplemente pagó el precio de una obligación que había contraído años atrás. Ni más ni menos. Como psiquiatra, creo que lo comprendió del todo en sus últimos instantes.

Moth se sintió como si le hubieran dado un puñetazo. La lógica del asesino se había expresado con una precisión tan incuestionable que no supo qué responder. Se notó débil y más asustado incluso, no solo por lo que había hecho sino por lo que iba a hacer. Estaba a punto de dejarse dominar por la duda, lo que solía conllevar una visita al bar y el suficiente alcohol para olvidar por qué hacía lo que hacía. Supo que tenía que cambiar el rumbo de aquella conversación. «Si quieres matarlo —pensó—, lo mejor es pasar a otra cosa.»

Mientras buscaba posibles respuestas, Andy Candy volvió al salón. Llevaba una hoja en la mano.

—Mátalo —ordenó temblorosa—. Mátalo ya.

51

«No pienses. Apunta. Aprieta el gatillo.»

No hizo nada.

Fueran cuales fuesen los motivos que la llevaron a decir aquello, sabía que Andy tenía razón. Tendría que disparar, tomarla de la mano y huir. Y jamás volver la vista atrás.

Enseguida lamentó no haber hecho al instante lo que Andy le había pedido. En el fondo sabía que tenía que actuar impulsivamente para matar. Aquel momento había llegado y pasado. No tenía la menor seguridad de poder recuperarlo. «¿Soy un asesino? Hombre, no hace demasiado se me daba muy bien matarme a mí mismo. Claro que no es lo mismo, ¿verdad?» En medio de sus pensamientos contradictorios, atisbó un temblor en la apariencia lánguida y relajada del hombre. El asesino que tenía delante se había asustado un momento. «Eso es algo», se dijo. Pero no sabía qué significaba ese algo.

Andy se adentró más en el salón. Avanzó despacio, como reacia a acercarse demasiado.

—Mátalo ya —repitió con un hilo de voz, solo que esta vez habló muy bajo, como si se desvaneciera bajo la mirada de aquel hombre.

—¿Qué pasa, Andy? —preguntó Moth.

Ella se situó junto a él y le puso el papel delante.

Era una impresión de una sola página, obtenida del «directorio de fiscales» de la Fiscalía del Estado en Dade. Delitos graves. Susan Terry, ayudante del fiscal. Una bonita fotografía a todo color, parecida a la que se incluía en los anuarios de la secundaria, acompañada de su biografía y una lista de sus casos más destacados. Era la clase de página que hay en casi todos los sitios web. No tenía nada de especial salvo un detalle: obraba en poder de un asesino.

—Se trata de Susan —dijo Andy, temblorosa. Y añadió—: Pero también de nosotros.

Moth comprendió las implicaciones. Algo que era una especulación se había transformado en una realidad.

—Dios mío —soltó mirando al asesino—. Ya ha empezado a planear más asesinatos.

Antes de responder, el estudiante 5 dedicó un segundo a evaluar la situación. «El sobrino duda. La novia se está desmoronando. Él se aferra a la duda. Ella está asustada. Conserva la calma. Tu momento llegará.» Cuando habló, su voz había perdido parte de su fingida diversión. Ahora era gélida y cada palabra, afilada como un puñal.

—Me gusta saber a quién me enfrento —explicó.

Se produjo un silencio. Moth fue consciente de que Andy respiraba con dificultad a su lado.

—¿Sabéis siquiera quién soy? —añadió el estudiante 5.

A Moth le daba vueltas la cabeza. Pensaba que había averiguado mucho, pero ahora creía que no sabía nada.

—Su nombre es Stephen Lewis —balbuceó Andy Candy—. Ha matado a más de seis personas...

—Te equivocas —replicó sin alterarse el estudiante 5—. Stephen Lewis no ha matado a nadie.

Andy avanzó un poco, moviendo la mano como para desechar esa respuesta.

—Estábamos allí cuando la casa explotó y...

—Ese hombre está muerto. El hombre que vivía allí.

—Estábamos allí cuando disparó al doctor Hogan...

—El hombre que cometió ese asesinato está muerto.

—Cuando el tío de Moth murió...

—Todos muertos.

Andy pareció desesperarse.

—Todo esto son chorradas que no significan nada... —soltó agitando los brazos.

—Te equivocas, Andrea. Te equivocas por completo. Lo significan todo.

Andy se detuvo.

—El hombre que ves delante de ti no tiene la menor relación con ninguna de esas muertes. En este momento soy Stephen Lewis, un extraficante de drogas despreocupado e inofensivo que hizo una única operación, como más de uno por aquí, quedó impune y ahora vive de rentas en la calle Angela de Cayo Hueso y es, casualmente, un ciudadano del estado de Florida que respeta en todo la ley. Soy miembro de Greenpeace y contribuyo activamente a causas progresistas. No tenéis ningún derecho a matarme ni razón alguna para hacerlo.

—Sabemos quién es en realidad —aseguró Moth. Parte del tono frenético de Andy se había incorporado a su voz.

—¿E imaginas que eso justificará lo que estás haciendo?

—Sí.

—Piénsatelo dos veces antes de seguir, estudiante de Historia.

Ni siquiera podía pensárselo una.

La habitación se quedó en silencio hasta que el estudiante 5 anunció:

—Gané antes de que llegarais aquí siquiera. Gané en cada paso del camino, porque tenía razón en lo que hice, y tú no. No te queda ninguna alternativa, Timothy. El arma que sostienes no te sirve para nada, porque si aprietas el gatillo para matarme, acabarás con tu vida del mismo modo que con la mía. Hoy eres tú el criminal, no yo. En este estado todavía existe la pena de muerte. Pero tal vez solo irás a prisión el resto de tu vida. Es una mala elección.

Otro silencio. Moth se dio cuenta de que el asesino estaba diciendo casi exactamente lo mismo que había dicho la fiscal. Era la misma advertencia. De fuentes opuestas.

—Y ni siquiera te salvará afirmar en el juicio que me mataste por venganza. Bueno, seguro que oirás a alguien diciendo al jurado: «¿Qué derecho tenía de tomarse la justicia por su mano?», ¿no?

Moth reflexionó antes de responder:

—Usted se tomó la justicia por su mano.

—No, no lo hice. Las personas a las que perseguí no habían

infringido ninguna ley. Eran culpables de algo mucho más importante. Tomaron sus decisiones y después saldaron su deuda conmigo. No es ese tu caso, ¿verdad, Timothy?

Moth tragó saliva. Había pensado mucho en aquella noche, pero no se había planteado mantener una conversación sobre las verdades psicológicas frente a las verdades legales. «Estoy perdido», se dijo, y tuvo ganas de esconderse.

—No, Timothy, la verdad es que, pase lo que pase, estáis jodidos. Lo estáis desde que llegasteis aquí.

—Si nos marchamos... —empezó Moth con escasa convicción.

El estudiante 5 sacudió la cabeza.

—Podemos informar de todo lo que sabemos a la policía —prosiguió Moth con menos convicción.

—¿Os ha servido de algo antes?

—No.

—Pero aunque investiguen lo que les contéis, ¿qué encontrarán si realmente escuchan vuestra descabellada historia? —Moth no respondió, y el estudiante 5 añadió—: Encontrarán indicios de un hombre inocente que ya no existe. Y ahí se acabará el rastro.

La habitación volvió a quedar en silencio. Fue Andy quien finalmente habló:

—¿Va a matarnos? —preguntó con voz ronca.

El estudiante 5 fue consciente de la naturaleza provocadora de esta pregunta. Era una pregunta crucial; la última. Si respondía que no, no lo creerían, por más que quisieran. Si respondía que sí, tal vez apretaran el gatillo, porque no tenían nada más a lo que recurrir, ninguna jugada más en el tablero de ajedrez de la muerte. Así que se decidió por la incertidumbre.

—¿Tendría que hacerlo? —preguntó, recuperando el tono despreocupado a pesar de tensar todos los músculos.

Moth tuvo la sensación de estar nadando, agotado, a duras penas capaz de mantener la cabeza sobre el agua de un tenebroso mar de dudas. Trató de recordar el cadáver de su tío con la esperanza de que aquella imagen le diera fuerzas para hacer lo que tenía que hacer, aunque fuera un delito grave y obedeciera a la misma maldad que lo había llevado hasta aquella habitación.

Andy Candy se sentía como si le hubieran dado un puñetazo en el estómago. Nada era bueno. Nada era justo. Todo lo que alguna vez había imaginado para su vida se había esfumado. «Estoy rodeada de niebla —pensó—. Estoy atrapada en un edificio en llamas y unas enormes nubes de humo me impiden respirar.» Su único futuro la estaba mirando desde el otro lado de la habitación.

—Mátalo —susurró sin convicción.

—No sois asesinos —objetó el asesino que tenían delante—. No tendríais que intentar ser lo que no sois.

—Mátalo —repitió Andy en voz todavía más baja. «¿Puede Moth disparar al cáncer que mató a mi padre? ¿Puede disparar al violador arrogante que me sumió en la desesperación? ¿Puede matar los pasados de ambos para que podamos empezar de nuevo?»

—Creo que esta velada, por más interesante que haya sido, ha tocado a su fin. Timothy, márchate y llévate a tu amiga Andrea contigo. Lo mejor será que jamás volvamos a vernos.

—¿Nos lo puede prometer?

—No vais a creer nada de lo que os prometa. Puede que queráis creerlo. Intentaréis convenceros a vosotros mismos, pero es una falsa ilusión. Lo único que podéis hacer es tener la esperanza de que sea así. Y esa esperanza... bueno, esa esperanza es vuestra mejor opción.

Moth miró el arma que sostenía. En todos sus estudios de grandes hombres y grandes acontecimientos había constatado la existencia de riesgos e incertidumbres. Nunca había nada seguro. Cada decisión tenía consecuencias imprevisibles. Pero la decisión de no hacer nada era la única paralizante.

Alzó los ojos.

—Permítame que le haga una pregunta, señor Lewis, o quienquiera que decida ser mañana. Si le mato ahora, ¿de quién será realmente la culpa?

Una pregunta existencial. Una pregunta psicológica. Exactamente la misma que el asesino había hecho a su tío.

El estudiante 5 sabía que la única respuesta verdadera era «mía».

Y en ese instante supo que las reglas del juego habían cambiado de golpe. Si respondía correctamente, daría a aquel historiador en ciernes licencia para matarlo. Y no había ninguna mentira útil para dirigir la pregunta a un terreno más seguro.

—¿De quién es la culpa? —repitió Moth.

Esperó la respuesta.

—Mátalo —insistió Andy por última vez, pero en esta ocasión añadió—: Por favor... —No creía que tuviera la fuerza suficiente para decirlo de nuevo. Las palabras le salían de la boca como si estuviera escupiendo grava. Su voz era débil, enfermiza, como si fuera a desmayarse.

Entonces Moth cometió su primer y peor error. Al oír el dolor acumulado en la voz de Andy, distraído por el torrente de emociones, se volvió ligeramente hacia la chica a la que había amado, a la que ahora amaba y a la que imaginaba que siempre amaría, y apartó los ojos del asesino.

El estudiante 5 se había enorgullecido siempre de su capacidad de actuar. A pesar de lo mucho que le gustaba planear, tramar y analizar las cosas, había momentos que exigían entrar en acción. Vio la oportunidad al instante: «Mirada desviada. Fallo de concentración. El dedo junto al gatillo, no en él.» Se había entrenado física y mentalmente para aquel momento, lo había imaginado en más de una ocasión, y no vaciló.

Se levantó del sillón de un salto para cubrir la distancia que separaba su pecho del cañón del revólver.

Andy no soltó un alarido pero gritó del susto.

Moth también chilló, presa del pánico. Intentó obligarse a disparar, pero reaccionó con torpeza.

Y, de repente, el estudiante 5 se había abalanzado sobre él.

La silla donde estaba sentado Moth cayó hacia atrás y ambos hombres aterrizaron enredados en el suelo. Andy recibió las secuelas del brusco movimiento y el impacto la lanzó de lado contra la pared, donde quedó hecha un guiñapo. El pavor y una punzada de dolor se apoderaron de ella, y se tapó los oídos con las manos como si el estrépito de la pelea amenazara con dejarla sorda. Entre las sombras, Moth y el asesino le parecían un solo ser, una especie de hidra malévola que rodaba por el suelo. Podía distinguir patadas, puñetazos y golpes, pero había perdido de vista el revólver. El arma había desaparecido, atrapada entre los dos enzarzados.

Moth estaba debajo del asesino, sintiendo la presión de su peso. Lanzó puntapiés hacia arriba e intentó darle con la rodilla en la entrepierna, cualquier cosa que decantara la pelea a su favor. Sabía algo: no podía soltar el arma, aunque no sabía si todavía la sujetaba. Sus pensamientos eran como descargas eléctricas, chispeantes arcos voltaicos.

«El arma es mortal. Pase lo que pase, no la pierdas.»

Apretó la empuñadura del revólver con la mano derecha; un aferramiento mortal en más de un sentido. Trató de liberar la mano izquierda para protegerse del aluvión de golpes que recibía. Al mismo tiempo, el asesino le cogió la mano con la que sostenía el arma y le retorció tan salvajemente el dedo índice que amenazó con rompérselo mientras intentaba llegar con el pulgar al guardamonte. Moth notó que el cañón se alejaba del asesino para apuntarlo a él en el pecho y fue consciente de que estaba a pocos milímetros de la muerte.

Intentó gritar, pero el estudiante 5 le propinó un puñetazo con la mano libre, y después empezó a estrangularlo.

Gracias a su carísima formación en taekwondo y yoga, el estudiante 5 era excepcionalmente fuerte y estaba muy versado en los puntos vulnerables, pero los músculos enjutos de Moth nivelaban extrañamente la pelea. El hombre luchaba con furia, intentando con una mano rodear la garganta de Moth para estrangularlo y con la otra arrebatarle el revólver. «¡Hazte con el arma! ¡Mátalos a los dos!»

Presionó a Moth con todo su peso. Al notar el metal del arma, supo que en unos segundos podría ponérsela en el vientre y disparar. Suponía que la bala lo heriría a él también, pero eso no le daba miedo. Era el precio de la victoria. No sentía ningún temor, solamente una fría determinación. Y sabía que estaba a punto de ganar.

Moth notaba que la oscuridad se apoderaba de él. Estaba a

punto de perder el conocimiento. «Voy a morir.» Se resistió y echó el resto, intentando concentrarse en el arma que aún sujetaba, pero todo se le escapaba. Se había enfrentado a tantos finales, botella en mano, que estaba convencido de que su muerte sería así. Pero no: iba a morir ahora.

Se le entornaron los ojos y quiso inspirar una última vez para llenar los pulmones, que le reclamaban aire a gritos.

Quiso chillar. «¡No, no, no! ¡No me merezco esto!» Pero no pudo.

En ese momento, un brusco movimiento lo sacudió con una fuerza inmensa.

Era Andy Candy, que había golpeado de lado al asesino. Lo hizo con el hombro, tal como haría un defensa de fútbol americano y provocó que los tres cayeran entrelazados de costado al suelo. Rodeó con los brazos el cuello del estudiante 5 para tirar de él hacia atrás, porque solo podía pensar que tenía que separarlo del único amor de su vida antes de que lo matara.

Entonces, de pronto la ecuación de la muerte cambió. El estudiante 5 lanzó un furioso gruñido, soltó la garganta de Moth y llevó esa mano hacia atrás para librarse de Andy. Pero solo alcanzó a rasgarle la blusa.

Moth jadeó. Salió de la tenebrosa inconsciencia dominado por una furia inmensa.

Sin dejar de rodearle el cuello con un brazo, Andy sujetaba la muñeca del asesino con la otra mano para retenerle el brazo derecho a la espalda. Tenía suficiente fuerza para evitar que él pudiera hacerse con el arma.

Los tres, tirando unos de otros, peleando entrelazados, abandonaron cualquier idea o plan. Eran animales. Prehistóricos. Simplemente luchaban para sobrevivir.

Por un instante dio la impresión de que todos estaban en equilibrio precario al borde de un precipicio. Dos contra uno: dos jóvenes inexpertos y confundidos; un hombre resuelto y avezado.

Moth notó que el arma cambiaba de posición, atrapada entre el asesino y él mismo. La empujó con todas sus fuerzas, procurando desesperadamente saber hacia dónde apuntaba. Ignoraba si aquel segundo sería su primera oportunidad, su única oportunidad o si no sería ninguna oportunidad. No sabía si disparar en aquel preciso instante; mataría a un asesino furioso, mataría a una exnovia o mataría a un alcohólico en recuperación. Pero, aun así, apretó el gatillo, temiendo la muerte, esperando la vida.

La detonación sonó como un mamporro. Los cuerpos entrelazados amortiguaron bastante el ruido.

Moth supuso que estaba muerto.

Andy Candy imaginó que sangraba sumida en un inmenso dolor.

El estudiante 5 alcanzó a pensar: «No puede ser.»

La fuerza de la bala lo levantó unos centímetros al penetrarle a través de los intestinos, el estómago y los pulmones para alojarse finalmente junto al corazón. Simplemente le destrozó el abdomen.

Se sintió como una marioneta a la que han cortado los hilos. No le dolía, pero notaba el colapso en su interior. Tres respiraciones superficiales. Le borboteó sangre de la boca al instante. Acabó boca arriba en el suelo debido a un violento empujón que Moth le propinó con el último ápice de energía que le quedaba. Él y Andy se escabulleron rápidamente por el suelo como un par de arañas para alejarse del tembloroso asesino. El estudiante 5 alzó los ojos, vio el ventilador girando sobre él y pensó: «No puede ser; me han matado unos críos.» Entonces se retorció y murió.

Andy Candy quería gritar o llorar pero permaneció en silencio. La violencia que se había desencadenado en la habitación había sido una avalancha de ruido y rabia mezclada con miedo y adrenalina.

Moth contemplaba la figura muerta en el suelo y lo único que pensaba era que jamás podría volver, aunque adónde no podría volver no formaba parte de su cómputo mental.

Los dos sabían que tenían que hacer algo. Reaccionar. Actuar. Pero de momento estaban petrificados.

«Piensa», se azuzó Moth interiormente. Tardó unos segundos que a ambos les parecieron una eternidad en hablar.

—Andy, tenemos que marcharnos —soltó por fin con voz ronca—. Enseguida. Puede que alguien haya oído... —Se detuvo. Era como estar atrapado en una película, transportado de repente a un mundo cinematográfico donde ya no conocían el argumento ni tenían memorizados los diálogos, y donde todo ocurría a una velocidad supersónica.

Andy apartó los ojos del cadáver tumbado delante de ella y los fijó en los de Moth. Sabía que tenía que responder que sí, pero no podía pronunciar siquiera aquella simple sílaba.

Finalmente Moth logró ponerse en pie. El silencio que rodeaba el cadáver amenazaba con aplastarlo. El ambiente que envolvía la muerte era tan pesado que parecía oprimirle el pecho. Quiso echar a correr sin más, pero sabía que tenía que conservar la poca compostura que le quedaba.

—Ven, Andy —dijo en voz baja—. Vámonos ya.

Se acercó a ella y le tomó una mano para ayudarla a levantarse. No pudo notar si su piel estaba caliente o fría.

Todavía sin hablar, la muchacha recogió la hoja con la fotografía y la información de Susan Terry. También se hizo con el portátil. Le pareció que se movía casi como un robot.

—Tenemos que irnos —repitió Moth, y advirtió—: No nos dejemos nada.

Andy Candy asintió y se detuvo. Le vino a la cabeza una idea, como si se la hubiera chivado una parte malvada de su ser.

—No solo eso —soltó—. Tenemos que hacer algo.

Y fue a la cocina. En la encimera había un bote con un par de bolígrafos y lápices al lado de un bloc, debajo de un teléfono de pared. Era la clase de disposición habitual en cualquier cocina.

Tomó un grueso rotulador negro y volvió al salón, donde Moth la esperaba tenso y pálido, todavía sosteniendo el revólver.

—Dijo que había sido traficante de drogas —susurró Andy—. Que la policía encontraría a un extraficante. —Se dirigió a una pared blanca vacía del salón. Con el rotulador, escribió en grandes letras mayúsculas: «Quien nos engaña lo paga. Scorpions.»

La última palabra era el nombre de la única organización de narcotráfico que recordaba. Era mexicana y operaba en California, aunque no sabía si eso cambiaría algo.

Se guardó el rotulador en el bolsillo. Moth leyó la advertencia, asintió y se acercó al cuerpo inerte del asesino. Arrancó violentamente un trozo de la camisa ensangrentada del hombre. Con ella, subrayó en rojo la palabra «Scorpions» en la pared. Un toque artístico. Tal vez una firma. Se volvió hacia Andy y vio que alargaba la mano hacia él. De la misma forma que haría un náufrago hacia su rescatador.

Cogidos de la mano, salieron tambaleándose de la casa, apoyados el uno en el otro.

Un paso. Dos pasos. Tres.

La noche era agobiante, densa, asfixiante. Esperaban oír sirenas a lo lejos, acercándose. Nada. Esperaban oír voces desconocidas gritándoles: «¿Adónde vais? ¡Quietos! ¡Alto! ¡Manos arriba!» Nada.

Cuatro pasos, cinco.

Querían echar a correr.

No lo hicieron.

Seis. Siete. Ocho.

La oscuridad los envolvió.

—No mires atrás —alcanzó a decir Moth con voz ronca.

La tenue luz del centro de la ciudad coloreaba con su brillo amarillento el vasto cielo estrellado, pero la calle estaba en penumbra. Entraron en el cementerio, saludando las hileras de difuntos como si fueran viejos amigos, agradeciendo que las lápidas y las criptas elevadas los ocultaran. Moth encontró su mochila abandonada, metió el arma junto con las dos botellas vacías de whisky y vodka que el asesino le había advertido que no debía dejar allí. Tomó la hoja con la fotografía de Susan y el portátil y también los guardó dentro. Solo miró a Andy una vez, y se preguntó si estaría tan pálido como ella en medio de aquella oscuridad.

Ambos montaron en las bicicletas alquiladas que habían dejado junto a las tumbas y fueron hasta la tienda. Moth las encadenó diligentemente como el propietario con rastas les había indicado.

Fueron andando por calles laterales, pasando por delante de varias casas iluminadas, oyendo voces de cenas muy animadas. Se cruzaron con una señora mayor que paseaba sus dos doguillos, pero la mujer estaba más interesada en que los perros hicieran sus necesidades que en Moth y Andy.

A la muchacha le resultó sorprendente. Se sentía como si estuviera cubierta de sangre, aunque no era así.

Sin hablar volvieron hasta el coche de Andy, que se sentó al volante, sin saber muy bien si podría conducir. Lo hizo instintivamente. Tras pelearse un momento con las llaves, se ordenó a sí misma dejar de estremecerse a pesar de que las manos le temblaban y el cuerpo prácticamente se le convulsionaba, respiró hondo unas cuantas veces y se pusieron en marcha.

No fue necesario que Moth le recordara que tenía que conducir despacio y con cuidado.

Un kilómetro. Dos kilómetros.

No pudo obligarse a mirar por el retrovisor por miedo a ver las luces destellantes de un coche patrulla.

Cuatro kilómetros. Cinco. Seis.

Ni siquiera se atrevió a mirar de reojo a Moth.

A los veinte kilómetros vio un lugar junto a la carretera y paró. Abrió la puerta, se asomó fuera y vomitó repetidamente.

Aun así, guardaron silencio. Andy se limpió la boca, volvió a poner el coche en marcha y siguió conduciendo.

Cruzaron el puente de las Siete Millas. «Seis millas con setenta y nueve», pensó Moth. Vio la luz de la luna reflejada en las ondulantes aguas oscuras.

Una hora. Dos.

Un hombre frustrado en un BMW deportivo los adelantó zumbando en uno de los tramos de un solo carril por sentido, evitando por los pelos una furgoneta que venía de frente.

Al sur de Islamorada, pasaron por Whale Harbor y por el Bud and Mary's Marina, en cuya entrada colgaba un enorme tiburón blanco de plástico. Por extraño que pareciera, Moth lo consideró adecuado: un falso pez que seguramente jamás visitaría aquellas aguas servía de invitación.

Tres horas.

Siguieron en silencio por el puente del Camello, bordearon los Everglades, donde la noche se confunde con el pantano, pasaron después por la ciudad de Homestead y finalmente descendieron hacia las luces brillantes que señalan la carretera South Dixie que lleva a Miami.

Moth quería decirle que no podría haberlo hecho sin ella, pero no le parecía bien. Quería decirle que todo se había acabado, pero temía que en realidad solo hubiera comenzado.

Andy Candy aparcó a media manzana del piso de Moth. Todavía sin hablar, los dos salieron del coche y avanzaron cogidos del brazo con paso vacilante por la calle. Era como si cada uno de ellos sostuviera al otro.

Subieron la escalera juntos. Moth encontró las llaves, abrió la puerta y la sujetó para que Andy entrara. Después, dejó caer la mochila en el suelo. Andy fue al baño y se quedó contemplándose en el espejo tres o cuatro minutos, repasándose hasta el último centímetro de la cara en busca de algún indicio de lo que habían hecho, o cualquier otro tipo de cambio extraño. «Dorian Gray mirando su retrato.»

Sabía que ahora era diferente, y se contemplaba para encontrar algún signo externo, hasta que, finalmente, no del todo convencida de que un desconocido fuera incapaz de leerle en el rostro lo que habían hecho, se mojó frenéticamente la cara. No logró sentirse limpia. Al mismo tiempo, Moth se lavaba las manos en el fregadero de la cocina. Una vez. Dos. Una tercera para intentar quitarse la mancha del asesinato.

Se derrumbaron juntos en la cama de Moth con los brazos entrelazados. Por un instante Andy pensó que eran como una escultura conmemorativa de la lucha que se había librado antes, esa misma noche. Se percató de que había ciertos contactos más íntimos aún que el sexo. Cerró los ojos, agotada. El sueño se semejaría, sin duda, a la muerte. De todos modos, lo agradeció, así como la total incertidumbre de la vida.

Moth estuvo unos segundos oliendo el sudor de Andy, escuchando su respiración regular, acariciándole un brazo. Lo último que pensó antes de quedarse también dormido fue simple: no veía cómo podrían permanecer juntos y tampoco cómo podrían separarse jamás.

Epílogo: El día siguiente y los posteriores

Veinticuatro horas tras la muerte:

—Hola —dijo Moth—. Me llamo Timothy y soy alcohólico.

—Hola, Timothy —contestaron los presentes en Redentor Uno. Normalmente era una respuesta meramente formal que se murmuraba solo para hacer avanzar la velada. Esa tarde, sin embargo, salió de modo entusiasta de los labios de todos los habituales, y Moth notó la energía y el alivio que se respiraba en la reunión.

—Nos alegramos mucho de verte, Moth —aseguró el profesor de Filosofía. No añadió la palabra «vivo», aunque era lo que estaban pensando todos. Este comentario fuera de lo normal fue secundado por todos los asistentes.

—Me alegra estar aquí —dijo Moth. —Hizo una pausa—. Hace... —empezó a contar, dubitativo—. De hecho, no estoy muy seguro de cuántos días hace que no bebo. Las cosas han sido algo confusas. Mucho, creo. Ya no lo sé.

Hubo un momento de silencio en la sala.

—¿Estás fuera de peligro? —preguntó Sandy con su tono de abogada.

—Eso creo. ¿Cómo puede saberse eso?

Podía haberse referido a cualquier cosa, a un asesino que lo acechara, a un sistema jurídico a punto de abalanzarse sobre él y procesarlo, a las constantes ansias de beber. Era imposible saberlo. Moth se quedó de pie delante del grupo.

Sandy lo intentó de nuevo.

—¿Estás fuera de peligro, Moth? —preguntó haciendo hincapié en «fuera de peligro», como si todos los presentes lo dijeran a la vez.

—Sí —respondió por fin. Podía haber dicho: «No queda nadie que esté intentando matarme, salvo tal vez yo mismo.» No lo hizo.

—Pues entonces tengo una idea —intervino Fred, el ingeniero—. Diremos que este es el primer día.

Moth sonrió. Tenía mucho sentido para él y esperó que fuera cierto. Su tío había intentado enseñarle a ser un luchador.

—Hola —repitió—, me llamó Timothy y hace un día que no bebo.

—Hola, Timothy —respondió todo el grupo.

Cuando por fin llegó a casa, su madre estaba sentada al piano, tocando escalas antes de que llegara su siguiente alumno. A menudo esta práctica repetitiva irritaba a Andy Candy, pero esta vez las notas le sonaron suaves y melódicas. Arriba y abajo, sostenidos y bemoles. La rutina de una profesora de música. Lo mismo podía aplicarse a la reacción de los perros, que corrieron en tropel y meneando el rabo al verla entrar. Esperada. Alegre. Musical.

Su madre alzó la vista, sin atreverse a preguntar nada y temerosa de no hacerlo, sin saber qué decir ni qué hacer, sin la más remota idea de lo que le habría pasado a su hija. Se preguntó si llegaría a saberlo algún día. Lo dudaba.

—¿Estás bien? —Una pregunta anodina.

—Sí —contestó Andy. Pensó que podría ser verdad o mentira. Pronto lo averiguaría.

—¿Hay algo de lo que tengamos que hablar?

«¿De todo? ¿De nada? ¿De asesinatos y muertes? ¿De supervivencia?»

—¿Está Moth...?

«¿De amor? ¿De lealtad?»

—Está bien —dijo—. Los dos lo estamos. —«Pero cambiados», añadió para sus adentros.

—¿Volvéis a salir juntos?

—Más o menos.

Se dirigió hacia la ducha, esperando que su aspecto desaliñado y demacrado no hubiera horrorizado demasiado a su madre. Se giró para comentarle:

—Creo que voy a volver a la facultad. —Sabía que esto la haría feliz.

«A la mierda el violador. A la mierda él y su maldad. Tarde o temprano lo pagará. Puede que no esta semana ni el año que viene, pero algún día lo hará. Todo se equilibrará. El karma es muy puñetero.» Estaba segura de ello, pero no se preguntó quién se lo había enseñado.

—Tengo que acabar el último semestre —añadió por encima del hombro. El piano, los perros, la casa, los animales de peluche en su cama, los retratos familiares enmarcados en las paredes... Todo era tan normal que casi la abrumó—. Me sacaré el título. Tengo que seguir adelante con mi vida —dijo en voz baja, sin saber si su madre la oía o no.

Y se dio cuenta de que tenía mucho que aprender sobre temas muy distintos al que había estado estudiando aquellos últimos días.

Cuatro semanas tras la muerte:

Susan, felizmente de vuelta en el trabajo, contemplaba la impresión informática de su fotografía y su biografía. Una de las esquinas del papel estaba manchada de sangre. Tenía el portátil del asesino junto a su ordenador, en el escritorio del despacho de la fiscalía, pero todavía no lo había encendido ni intentado ver su contenido. No quería saberlo. Su fotografía le decía todo lo que necesitaba. Cogió el teléfono y marcó un número. Era el de la Oficina del Sheriff del Condado de Monroe. Después de que le pasaran un par de veces la llamada pudo hablar con el jefe del Departamento de Homicidios.

—Buenos días —dijo tras identificarse, dando su nombre y su cargo con firmeza profesional—. ¿Están haciendo progresos en el asesinato de la calle Angela de hace unas semanas?

—No muchos, letrada. —Captó la resignación en la voz del policía—. Está claro que hubo una gran pelea. Tiraron muchas cosas al suelo. El hombre quería impedir que le dispararan, eso seguro. Verá, por lo general, los asesinos de las bandas de traficantes son más... digamos, prolijos, ya me entiende. Normalmente encuentras el cadáver atado y con marcas de soplete en los genitales, ese tipo de cosas. O flotando entre los mangles donde lo han tirado. No suelen tener la oportunidad de asestar algún puñetazo. Pero hasta que tengamos algún sospechoso, no hay hilo del que tirar. Y, al parecer, tampoco hay demasiada información sobre la víctima en ninguna parte. Es como si no hubiera existido nunca. Supo esconder muy bien quién era. ¿Tal vez usted pueda ayudarnos? ¿Sabe algo?

Susan Terry sabía mucho, pero respondió:

—No, la verdad es que no. Su nombre apareció en otra investigación de Narcóticos, indirectamente, ¿sabe? Solo quería comprobar si había alguna relación.

—¿Cree que la haya? —preguntó el policía.

—Quizá sí. Quizá no. Seguramente solo es una búsqueda inútil. No desperdicie su tiempo en ello. Si me entero de algo más, le llamaré sin falta.

—Gracias. —El policía colgó.

«Probablemente no se ha dado cuenta de mi bulo», pensó Susan. Se dirigió a la trituradora de papel de su despacho e introdujo con cuidado la impresión ensangrentada en ella.

Seis meses tras la muerte:

Susan había esperado diligentemente. Sabía que solo era cuestión de tiempo que el caso adecuado con las pruebas adecuadas llegara a los tribunales contiguos a la fiscalía. Se trataba de un robo a una tienda que había salido terriblemente mal. Había muerto un dependiente y a los pocos minutos habían detenido a los dos autores, que se enfrentaban a cadena perpetua. No era un buen negocio, teniendo en cuenta los trescientos veintitrés dólares que habían intentado robar.

Se declararon culpables en un juicio público. Susan se sentó dos filas más atrás. Algunos familiares, tanto de las víctimas como de los ladrones, sollozaban detrás de ella. La jueza aceptó la declaración, dio un golpe de mazo y se acabó todo.

Susan esperó a que la sala estuviera vacía y solo quedara rezagada la ayudante de la jueza. Se acercó a ella.

—Hola, señorita Terry —la saludó la mujer. Era mayor y había visto prácticamente de todo en sus años en los juzgados—. ¿Qué la trae por aquí? Este caso no tiene nada de especial.

—Ya —coincidió, sacudiendo la cabeza—. Es solo que quería comprobar algunas pruebas. Tengo la sensación de que esos tipos podrían haber cometido uno o dos robos más que tengo sobre la mesa. ¿Podría echarle un vistazo? —Señaló la caja de pruebas en la mesa de la ayudante.

—Claro —accedió la mujer tras encogerse de hombros—. Va a ir al almacén de todos modos.

Susan empezó a rebuscar en la caja mientras la ayudante se ocupaba del papeleo. Lo que quería estaba encima de todo, en una bolsa sellada con el número de la causa escrito con gruesos trazos negros. Era un revólver Magnum .357, exactamente igual al que Moth le había dado. La única diferencia era el número de serie. Susan había metido el revólver de Moth en un recipiente de plástico similar con el mismo número de causa. En cuanto la ayudante se volvió absorta en recoger sus cosas, Susan realizó un pequeño juego de manos: sacó de la caja el arma del atraco a la tienda y metió en ella la de Moth. Escondió el revólver birlado en su cartera. Trueque finalizado.

—Gracias —dijo a la ayudante—. Ya tengo lo que necesito.

Sabía que el arma era la única prueba sólida que podía relacionar a Moth con el asesinato de la calle Angela. «Jamás subestimes a los científicos de Balística.»

Conservaría el revólver usado en la tienda seis meses. Después, lo cambiaría por otro de alguna otra causa. Un trueque más que destruiría eficazmente cualquier relación que pudiera seguir hasta el investigador más tenaz.

Sonrió. «Adiós a la última prueba clave.» Ya había hecho borrar el disco duro del portátil en una tienda Apple, y después lo había tirado en una bolsa de basura maloliente. Estaba sepultado en el vertedero del condado de Dade. Las otras únicas cosas que podrían situar a Moth en aquella habitación con el asesino abatido eran su ADN y Andy Candy. Había advertido a Moth sobre el primero: «Que no te detengan nunca para que no te incluyan en ningún banco de datos.» En cuanto a la segunda, no era probable que dijera jamás ninguna palabra incriminatoria.

Supuso que más tarde vería a Moth en Redentor Uno, pero no le contaría nada sobre lo que había hecho. Lo único que Moth tenía que saber era que se mantenía limpia. «Ciento ochenta y tres días, y sigo sumando», se recordó llena de orgullo.

OTROS TÍTULOS DEL AUTOR

El psiconanalista

JOHN KATZENBACH

«Feliz 53 cumpleaños, doctor. Bienvenido al primer día de su muerte.»

Así comienza el anónimo que recibe Frederick Starks, psicoanalista con una larga experiencia y una vida tranquila. Starks tendrá que hurgar en su memoria y emplear toda su astucia para, en quince días, averiguar quién es el autor de la amenazadora misiva.

De no conseguir su objetivo, deberá elegir entre suicidarse o ser testigo de cómo, uno tras otro, sus familiares y conocidos mueren por obra de un psicópata asesino, decidido a llevar hasta el fin su sed de venganza.

El psicoanalista es ya todo un clásico de la literatura de suspense psicológico contemporánea.

La historia del loco

JOHN KATZENBACH

Su familia lo recluyó en el psiquiátrico tras una conducta imprevisible. Ahora Francis lleva una vida solitaria, pero un reencuentro en los terrenos de la clausurada institución remueve algo profundo en su mente agitada: unos recuerdos sombríos sobre los truculentos hechos que condujeron al cierre del W. S. Hospital, y el asesinato sin resolver de una joven enfermera, cuyo cadáver mutilado fue encontrado una noche después del cierre de las luces.

La policía sospechó de un paciente, pero sólo ahora, con la reaparición del asesino, se conocerá la respuesta.

Katzenbach se introduce en la agitada mente de Francis, demostrando un gran conocimiento del lado oscuro de la psique humana y ofreciéndonos un thriller tan tenso y adictivo como *El Psicoanalista*.